但汤 2

何常在

著

北京联合出版公司
Beijing United Publishing Co.,Ltd.

目 录 | CONTENTS |

第二卷

风劲好扬帆

第一章

做大事者的特性

"1998年了，再有两年就进入21世纪了。"重游华强北，何潮心情出奇地平静，想起他在华强北最落魄的一段时光，不由得笑了，"当时我天天梦想有一部属于自己的手机，可惜总是买不起。现在总算买到了，我却没有了期待中的惊喜。"

江阔一边付款，一边调侃何潮："你当然没有惊喜了，因为你买手机是我付款！"

"拜托，你是投资人，反正不管怎么走账，都是你的钱。"何潮嘻嘻一笑，拿出了小巧的摩托罗拉StarTAC手机，打开翻盖又合上，"其实我想要的是NEC平板手机，符合我的性格，真诚、坦率，你非要我用翻盖的摩托罗拉，虽然是你出资，但也有点强人所难了，我要提出反对意见……不对，不对，你怎么个人付款了？"

在利道快递的业务突飞猛进之后，郑小溪几次提出要为何潮配一部手机，何潮虽然嘴上答应却一直没有付诸行动。不是他小气，他也知道身为利道的老总拥有一部手机的必要性，只是工作太忙，脱不开身去买上一部。尽管在樟木头镇到处都有手机销售店铺。

何潮一人分身两处，经常奔走在樟木头和东莞市，忙于利道快递和三成科技两家公司的事宜，基本上每天都没有喘息的机会。

等三成科技差不多选好办公地址和厂址之后，何潮以为可以稍微多几分空闲，不料利道快递的发展速度之快，超乎他的想象，不但迅速占领了樟木头镇60%以上的市场份额，也因为三成科技落户东莞，开始进入东莞的市场。

同时，每天都有人前来应聘，也经常会有快递员受不了高强度的工作而辞职。如果顾两在就好了，可以帮何潮承担80%以上的日常管理工作，他可以抽出更多时间和江阔一起规划制定下一步的发展方向。

江阔基本上是常驻樟木头和东莞了，虽然她没有投资利道快递，但利道也是三成科技的大股东,她必须和何潮接触。反正都是工作需要,又不是她非要见何潮不可。

见利道快递以一个"快"字迅速赢得了市场的认可,江阔又动了投资利道的心思,有几次委婉提出,却被何潮要么装傻,要么打太极推诿过去,她就明白利道现在现金流充足,并不需要引进资金,也不用稀释股份。

何潮对待利道和三成一个亲生一个抱养的态度让江阔不太满意,尽管一开始何潮就明确了他的想法,三成是以庄能飞为主,主要是助庄能飞创业,也是为了打造一个平台让江离和夏正加入。他的志向还是快递,并且三成于他而言,是促进利道快递快速发展的助力。事实也证明了他的远见,但江阔对他厚此薄彼的做法还是不时发发牢骚。

其实在江阔内心深处,她很清楚她的不满不是因为何潮对待利道和三成截然不同的态度,而是何潮不让她投资利道。

江阔不得不承认一个事实,利道的发展之快,超出了她的认知。她原本以为利道至少也要一年之后才会奠定基础,三年之后才有实力开始区域布局,五年之后开始全国布点,然而才成立半年的利道已经开始区域布局了,尽管仅限于深圳、香港和东莞(樟木头镇是东莞下辖地)三地,但利道定位准确,布局清晰,开始珠三角乃至全国布局,只是时间问题。

她还是小瞧了何潮,何潮比她更有眼光、更有耐心,也更擅长利用人脉优势。利道刚成立的几个月,完全可以早早就开始向东莞市和深圳市布局,但何潮并不着急,而是先熟悉业务,先摸透行业,先用好每一个人,等到人脉齐备之后,不动则已,一动就展翅高飞了。

磨刀不误砍柴工,何潮确实有点本事,沉稳内敛,从容不迫。江阔以前还埋怨何潮在呼机坏了之后不赶紧修好或是再买一个,现在她才想明白何潮的真正用意。他是有意为之,不想和外界联系,不想被别人打断了计划、影响了判断。

何潮表面温和谦恭,实际上个性要强,固执己见,轻易不会被别人改变,符合做大事者的特性——听多数人意见,和少数人商量,自己做最终决定,就连买一部手机也是如此。

以利道现在的实力,何潮配一辆汽车也绰绰有余了,但他就是不买手机。她说了他几次,他表面上答应,却一直没有付诸行动。开始时她以为他是真没有时间,直到后来有一段时间她在樟木头镇一连住了一周,几乎天天和他在一起,才发现他忙归忙,抽出一个小时到镇上买一部手机还是不会影响利道的运转的。

何潮就是故意的！

在越来越了解何潮的性格之后，江阔就决定改变策略，不再迁就何潮，而是要影响他，改变他。

为了每一次联系何潮不再通过固定电话以及郑小溪的手机中转，江阔决定为何潮配一部手机，她否决了何潮的拒绝，以手机是三成科技几个创始人的标配为由，强行拉着何潮来到了深圳，并再三强调手机是由三成科技公款购买，不需要何潮个人或是利道出钱，何潮被她逼得没有退路时才答应。

在付款的时候，江阔却临时改变主意，走了个人账户，并且没要发票，被何潮发现时，她已经付款完毕。

何潮不好意思地笑了："你干吗要以个人的名义送我一部手机？"

"这是为了让你记住，你欠我一份人情。"江阔收起收据，塞到了何潮手里，"你记住了，如果有一天你背叛了我，要十倍偿还手机款，以及由此产生的人情利息。"

"现在还行不行？"何潮知道上当了，欠债好还，人情债还不了。他从口袋中抓出一把钞票："我错了，江总，我错了还不行吗？来，给你4000元，多还你几百元。"

"拒绝。"江阔毫不犹豫地笑着摆手，"我饿了，请我吃'深小吃'。"

何潮的手机是从华强北的真真电子购买的，旁边的"深小吃"就是黄阿姨的连锁店之一。它原本是一家叫三岁电子的店铺，在顾两的建议下，黄阿姨租下了三岁电子改造后，成了深小吃的第一家连锁店。

表姐投资了黄阿姨之后，黄阿姨的深圳小吃——后经何潮提议改名为"深小吃"，接连开了五家连锁店，主要分布在福田、罗湖、南山关内三区，关外的几个区，还没有开始布局。

最近一段时间没有和黄阿姨联系，何潮倒是和卫力丹联系不断。何潮兑现承诺，为卫力丹买了一台IBM笔记本电脑，高达近2万元的价格让郑小溪和和仔着实心疼了一番。更让他们心疼的是，不舍得买手机的何潮转身又为自己买了一台同样的IBM笔记本电脑，郑小溪和和仔当面都没好意思说什么，私下没少笑何潮骚包。

除了笑何潮骚包，郑小溪还说何潮的举动是为了向卫力丹表示心意，他们的电脑是情侣机，可以随时上网联系。

何潮确实是为了方便上网和卫力丹沟通。他发现虽然上网的速度很慢，但网上的世界日新月异，他在大感新奇的同时，觉得互联网以后必定会大有前景，说不定又是一个新的战场。

通过和卫力丹以及表姐的交流，黄阿姨的深小吃连锁店的经营状况他一清二楚。他之所以特意选在真真电子购买手机，也是为了看看深小吃的现状。

深小吃华强北店人满为患，正是用餐高峰，何潮和江阔等了半天才从一对吃完之后离开的情侣那里抢到了位置，还是那对情侣觉得他们像刚吵过架，出于好心，为了让他们赶紧和好，而提前吃完让他们就座的。

几个店员，何潮都不认识，让江阔占住座位，他去点餐。江阔不肯，非要让他占座她去点餐。他无奈，知道江阔今天有意跟他过不去，只好让她："女士优先，你高兴就好。"他心里却想：好男不和女斗，男人礼让女人，天经地义。

何潮以为江阔点餐会点两人份，不料江阔点完回来，坐在他的对面后，对他悄然一笑："行了，该你了。"

"啊？"何潮气笑了，"我不是说了让你帮我也点一份？我吃什么都可以，你怎么没帮我点？"

江阔振振有词："如果我让你点餐，你连同我的也一起点了，表面上是绅士，其实你是以照顾我的心态，还当我是弱者，所以我先点餐，体现了男女平等。我点餐的同时，连你的也点了，是不尊重你的选择，也显得我自作主张。对不起，我不是女权主义者，所以，请你自己去点餐。"

这也行？

一件点餐的小事让江阔说出了这样一番大道理，何潮服了，老老实实地自己去点餐。点餐完毕，他想替江阔一起结账，却发现江阔已经结了自己的餐费。

还AA制？何潮有几分不高兴，坐回江阔的对面："既然吃饭AA制，那你为什么要送我手机？是不是要我也送你一部同样价值的手机，才公平，才有礼貌？"

第二章

鼓励冒险，宽容失败

何潮一生气，江阔就开心了："手机是我自愿送你的，我有手机，不需要你回送我，你有心就行了。你非要送我的话，是没事找事！"

何潮不说话了，闷着头吃完饭，起身就走："手机也买了，饭也吃饱了，该回去了，还有许多事情要忙。"

"我还没有吃完，你就要走，太没礼貌了。"江阔伸手一拉何潮，"坐下，陪我吃完再说。今天不回樟木头了，留在深圳，我还有事情要你帮忙。"

何潮虽然坐了回来，却真生气了："江阔，你说来深圳只是买手机，外带考察一下华强北市场以及黄阿姨的深小吃，我们的事情都做完了，你却告诉我深圳还有事情要你帮忙，为什么不事先说清楚？我还要回樟木头再回东莞，一堆事情等我处理，你是不是就想折腾我？"

江阔挑起一根米粉，慢慢地放到嘴里，笑得很开心、很轻松："总有一天你会明白一个道理，一个强势得什么都要亲力亲为的老板，手下肯定没有精兵强将，知道为什么吗？"

"因为老板太强势、太能干了，手下都会懈怠，都会等老板搭好框架做好前期工作后，才具体着手。"何潮知道江阔话里话外的意思，"道理我懂，但现在公司在成长期，还是初期，框架搭好了，精兵强将还没有到位，我只能事事都亲力亲为，或者你帮我推荐几个得力干将？"

虽然利道快递有郑小溪、和仔和高英俊等人，还有一个兼职的卫力丹，但和仔和高英俊等人只能负责到员工层面为止，而郑小溪只是负责后勤，卫力丹负责统计数据，公司的运营和业务拓展，还得何潮亲自上阵。

何潮现在还真有几分怀念顾两，顾两一走数月没有音信，也不知道去了哪里，还在不在深圳，也许回了老家。顾两比起其他几人，有管理经验，为人也持重，是一个得力的合伙人。

只可惜，顾两没有等到利道飞速发展就迫不及待离开了，他如果见到利道现在的样子，不知道会做何感想。

所以何潮现在身边急需两个人，一个是可以帮他安排行程、处理日常事务的助理，一个是日常管理公司并且负责运营的副总。毕竟他还要抽出一部分精力放在三成科技。

三成科技虽然有夏正和江离加盟，但夏正的主业是出租车，江离还在当老师，并兼任了郭林选的私人经济顾问。夏正对三成科技的帮助仅限于交通、流通以及中介业务，江离的作用就更是只局限于理论的指导，说到底，整个三成科技的主力还是庄能飞和他。

尽管庄能飞挑了大梁，但还有许多事情需要他出面解决，毕竟他也是三成科技的创始人和发起人之一。

"你答应我陪我在深圳待一天一夜，明天再回樟木头，我就帮你物色副总和助理。"

"成交。"何潮暗暗得意地笑了。他刚才的生气，三分认真、七分假装。这次来深圳，他也不是只为了买一部手机，也安排了其他事情。江阔故意气他，他也就顺势而为，趁机还手，来而不往非礼也，不能让江阔太得意了，以为一切尽在她掌控之中。

当然，何潮也不是非要和江阔争一个高低胜负，而是觉得江阔既然非要计较平等，他也不能处处让她不是？被她发现了他不够资格和她对等，事事不如她，也会有损他的形象，并且还会让她骄傲。

江阔又和店员闲聊了几句，才和何潮一起离开。深小吃在深圳全市一共有五家连锁店，生意都出奇地好，第六家和第七家店正准备开张。

何潮很开心见到黄阿姨事业的腾飞，当然，更开心的是他持有深小吃5%的股份，算下来也是一笔不小的财富了。

不承想当时一段落魄时的经历，竟然收获了丰厚的回报，何潮就明白了父亲常说的一句话——人生不管是低谷还是高潮，都要谦虚低调，认真做事，善待身边的每一个人。

改造升级后的华强北，道路拓宽了不少，两侧的高楼有不少也焕然一新。华强电子世界开业，打破了赛格一家独大的局面，1.45平方公里内聚集了几十个市场，从此，华强北成为国内最大的电子元器件及产品交易中心。

站在路口，何潮手指华强电子世界，再看到整齐的街道，感慨道："顾两的眼光确实超前，预测到了华强北改造升级之后，路边摊点就会撤摊入铺。如果不是顾两的先见之明，黄阿姨的肠粉别说有今天的一切，也许已经关门大吉了。"

"所以人生的际遇之中，遇到一两个关键的人很重要。"江阔手搭凉棚，遮拦明亮的阳光，"华强北到现在已经创造了许多奇迹，未来还会继续，诞生许多千万富翁，也许亿万富翁也不在话下。但你知道这些富翁之中，大多是初中、高中生吗？许多大学生来做生意，却不如初中、高中生。因为这里的生意比拼的不是专业知识，而是市场经验的成熟度以及人脉。OICQ的创始人马化腾也在华强北卖过电脑，他一个深大的毕业生最后输给了几个初中甚至小学文化的同行，最终铩羽而归。"

何潮点了点头，认可江阔的说法。他相信如果他当时也杀入华强北，现在未必能混出什么名堂，也许还会死得很惨："华强北的两大力量是潮州人和温州人，他们中大多人都有亲戚朋友关系。这两个地方的人有共同特点——吃得苦、敢闯外、拉帮带、不怕败，正好和深圳'鼓励冒险、宽容失败'的城市文化融为一体，所以他们在华强北站稳了脚跟，巩固了地盘。"

"你觉得华强北还能兴盛多久？"江阔伸手拦了一辆出租车，上了车。

何潮坐在了副驾驶座："现在是1998年，是华强北改造升级后的元年，按照历史规律推算，十年发展、十年兴盛、十年衰落的三十年河东、三十年河西的理论，华强北至少还可以影响中国电子行业市场15年。"

"知道我为什么带你来华强北买手机吗？"江阔狡黠而得意地笑了，有意考考何潮。她喜欢和何潮聊天的主要原因是何潮非常聪明，反应敏捷，可以第一时间猜到她的心思。

女孩都愿意和聪明的异性打交道，至少不能比自己笨，还需要自己去点拨才能知道她的心思，就累心了。

何潮哈哈一笑："江总做事，从来都不会无的放矢。你来华强北买手机，一是让我故地重游，忆苦思甜，回忆回忆和丹丹的前尘往事，像张学友的《吻别》唱的一样：前尘往事成云烟，消散在彼此眼前。就连说过了再见，也看不见你有些哀怨……"

"停车！"江阔被何潮成功地激怒了，"师傅，麻烦你请他下车。"

出租车司机只是踩了一下刹车，嘿嘿笑了："你们小两口打情骂俏，别捎带上我好不好？我什么都没看见，什么都没听见。"

"好，好，我投降，不敢了。"何潮见好就收，不再逗江阔，"一是让我见识一下改造升级后的华强北，让我判断一下未来的电子产品市场，好为下一步的小灵通销售树立信心；二是让我实地考察一下黄阿姨的深小吃现状；三是让我多学习潮州人和温州人吃得苦、敢闯外、拉帮带、不怕败的精神，继续发扬自强不息的创业精神，不辜负江总的信任和投资，努力开创三成科技的全新局面。"

出租车司机是一个50岁出头的大叔，他由衷地冲何潮伸了伸大拇指："小伙子厉害，拎得清，说得明，会哄人，有前途。"

江阔心花怒放："算你有水平，猜对了一大半，最后一点没猜对，我是想让你深入华强北了解一下大小老板们对小灵通的看法，他们的态度很关键，如果他们大力推广，可以更快地拓展终端客户。"

其实何潮猜到了江阔的用意，只是故意留一手，没有说出来而已。势不能用尽，聪明不可过于外露，适可而止才是智慧，就算是从男女交往的角度出发，也要考虑对方的感受，留给女孩一个表现的机会。

"可是后来你太气人了，我一时生气就没带你去华强北里面转转。"江阔哼了一声，"你现在知道损失大了吧？"

以前他和艾木谈恋爱，艾木虽然是北京大妞，但小性子和小心眼一样不少，女人终究是女人，小性子和小心眼其实是一种引起对方重视，渴望对方关注的技巧。

司机低声咒骂了一句闯红灯横穿马路的行人，接过话头："小灵通是什么东西？和手机一样吗？"

"不一样。它比手机便宜许多，比如你这部手机要2000元，小灵通最贵也就1000元，大多是500元，甚至有200元左右的机型。"何潮心念一动，"江总，对华强北的老板们来说，他们对小灵通的市场判断力也许还不如终端客户准确，有需求就有市场，有市场，他们就会大力销售……师傅，如果有这样的一款可以替代手机的小灵通，你会买吗？"

第三章

无限可能

"怎么会比手机便宜这么多？质量怎么样？话费呢？信号呢？"司机一句话就问到了点子上。

"质量没问题，话费也比手机话费至少便宜一半。不如手机的地方就是信号一般，不能漫游，时速超过30公里以上就有可能掉线，当然，单向收费，接电话免费。"何潮不厌其烦地向司机介绍小灵通的优缺点。

"这样呀……"司机拿起他的NEC手机看了几眼，"如果便宜，我可能会买一台备用，因为我业务多。但速度一快就掉线，就太影响使用了，我开车的时候它不就成摆设了？不能漫游倒没什么，我出市也少。主要是接听电话免费比较好，现在手机接打电话都收费太不合理了，话费也高得离谱。"

何潮点了点头，小灵通正是切中了手机双向收费的软肋，再加上机器本身也便宜，里外计算下来，可以节省不少开支。

"师傅，家里都有什么人？"何潮像拉家常一样问道。

"我老婆，我儿子，我女儿，一家四口。"师傅不明就里，呵呵一笑，"小伙子，我看你的面相，以后你们结婚后，最少也要有三个孩子。"

江阔脸一红："师傅你别乱说，我和他不是男女朋友，才不会和他结婚。"

"老马我一生阅人无数，眼光不会有错，你们有夫妻相。"老马健谈，喜欢和形形色色的乘客聊天，也算是在无聊的出租车生活之中最大的乐趣。不同的人，不同的人生，天天在他的车上上演一出出的人世悲欢。

何潮脸不红心不跳："谢马师傅吉言，我本来和她没什么缘分，你这么一说，我还真得好好追追她，也许她还真是我三个孩子的妈妈，可不能让她从我的眼前路过又跑掉，对不对？"

11

"对，对，对，这么好的丫头你要是错过了，可得后悔一辈子。"老马兴奋地一拍大腿，"丫头，不是我说你，这个小伙子也真的非常优秀，有礼貌，会照顾别人情绪，还有人缘。我开出租车见多了各式各样的人，他是真有水平。"

"有水平的人多了，也不差他一个。"江阔嘴上这么说，心里却闪过一丝异样，从郑小溪撮合她和何潮，到一个陌生的出租车司机也说她和他有夫妻相，一直对他有好感的她说不动心那是骗人的，不过即使动心，也不能轻易承认，"马师傅，你是和他不熟，等和他熟了你就知道他的缺点了，比天上的星星还多。"

"我哪里有这么多缺点？江阔，你说话得讲证据……"话说一半，何潮忽然又笑了，也不为自己辩解了，"是，我的缺点是比星星还多，优点只有一个。但优点是太阳，太阳一出来，星星全不见了。"

"哈哈哈……你这个后生了不得，不得了，以后必成大器。"马师傅也是见人说人话，见鬼说鬼话，"你们去福田CBD是要去民政局领证？"

"啊？"江阔惊叫一声，忙矢口否认，"不是不是，师傅，你真的误会了，我们只是去参加一个酒会。"

"CBD离福田民政局不远，你们要是想领证，一边说话一边就可以走过去。当时我和我老婆就是喝了点小酒，都有点喝多了，走着走着，不知道怎么就走到了民政局门口，正好身上带着证件，就领了结婚证，一晃这么多年过去了。"

"马师傅是不是想呼吁一下，下次《婚姻法》修正的时候，加上一条：酒后领证允许反悔？"何潮有意和马师傅聊到家庭，营造氛围拉近关系，是想以马师傅为个例来进一步验证小灵通市场的规模。

"哈哈哈……你这个后生，说这话是会被老婆打头的。"

也是巧了，马师傅话一出口，江阔的手正好落在何潮的头上，何潮"哎哟"一声捂住了脑袋："老婆打头？江阔，你又不是我老婆，干吗打我？"

江阔是气不过何潮胡说八道，谁知正好踩着马师傅的话点打了何潮的脑袋一下，顿时面红耳赤，羞得一吐舌头，低下头去："不是你老婆一样可以打你，谁让你乱说话！"

"对，对。"马师傅倒会接话，"未来的老婆也可以打，小伙子，打是亲骂是爱。等你们成老夫老妻了，别说打骂了，连话都懒得说的时候，你们会怀念现在的美好时光的，唉……"

"嫂子做什么工作？"何潮忍住笑，看起来马师傅也是一个有故事的人，他就深入了话题。

"她在莲花山公园种荷花，是莲花山公园荷花研发部部长。"马师傅熟练地一打方向盘，从华强路转到了福田路，"我们都是湖北人，1986年就来到深圳了，算是第一代深圳人。我当时才20岁，和她是高中同学。她喜欢园林，就进了洪湖公园培育荷花；我喜欢开车，就进运输队当上了大车司机。后来她调到了莲花山公园当上了荷花研发部部长，我也下海开起了出租车。两个孩子，老大是儿子，九岁，老二是女儿，七岁，都在深圳上小学。"

何潮点了点头，马师傅是第一代深圳人的一个代表："嫂子有手机吗？你们每天都通话吗？"

"有，不过不常用，话费太高了，每天就是接孩子的时候通话一次，每次不超过一分钟。哈哈哈……我的手机是业务需要，要不我也不会开机，就是开机，也是有重要的电话才会接听。"马师傅摇头笑了笑，"我们两个人的月收入加在一起三千多块，有时四五千，也不算少了，但现在深圳房价是五千多每平方米，还好她的单位分配了房子，虽然自己也拿了钱，不过不多，才一万多。要不是房子没花多少钱，我们现在的日子可不太好过。不过我不后悔来深圳，要是没来深圳，现在老家，一个月能赚几百元，一千元就到头了。深圳最大的魅力是给了许多平凡的人敢于做梦的机会。"

"马师傅留一个电话给我，等小灵通出来后，我送你一台。如果用得好，记得多帮我们宣传。"眼见到了CBD，何潮付了车费，要了马师傅的电话才下车。

一下车，江阔就抓住了何潮的胳膊不放："说，你和马师傅聊得这么投机，是不是有什么不可告人的目的？"

"你想多了，我只是想多了解一些小灵通真正的目标人群的收入和家庭状况。收入是消费者购买的基础，家庭状况是消费者购买的动力。我敢打赌，马师傅一定会买一部小灵通，你知道为什么吗？"何潮反手抓住了江阔的胳膊。

"为了更好地接单，毕竟手机接听也收费，不是业务电话就浪费了话费。小灵通接听免费，就算不是业务也不要紧，因为不会花钱。"江阔推开何潮的手，"不要拉拉扯扯，我们只是合作伙伴关系，你别以为马师傅随口一说，你就真以为我们有可能了。"

"什么有可能？我们之间有无限可能，不管是三成科技的合作，还是你对利道快递的帮助。"何潮装傻，暗笑一番，"你错了，江阔，马师傅会买小灵通，不是因为接单，而是为了家人。通信工具最大的作用在于社交属性，是情感的纽带，是沟通的桥梁。他每天在外面开车，老婆肯定担心，同时，他和嫂子也会担心孩子。如果有了便宜的通信工具和低廉的话费，谁不愿意一天和家人通话几次？就像出租车一样，很多人都想出门打车，毕竟比公交车方便许多，但又打不起，因为车费太贵。要么车费降价，要么收入提高，没别的办法。"

江阔白了何潮一眼，以表达对他装傻的不满："你一直就很看好小灵通的市场，通过对马师傅的了解，是不是对小灵通市场更有信心了？"

"人无远虑，必有近忧，小灵通的前景确实不错，但从长远来看，小灵通也有隐患。"何潮一边过马路，一边趁机又悄悄抓住了江阔的胳膊，江阔似乎没有意识到，任由何潮拉着她，"随着经济的发展，消费者收入水平的提高，总有一天出门打车会成为常态，而不是少数人才能享受的待遇。到时就会出现叫车难的问题。手机现在无法普及，就是因为手机成本太高，无法降价，而消费者收入不可能一下提高，所以小灵通才会应运而生。而等消费者收入高到可以随时打车的地步时，也就可以承受手机高昂的价格和话费了，到时就会觉得小灵通现在可以接受的缺点无法忍受了……"

"你的意思是？"江阔其实知道何潮趁机和她接近的小心思，故意假装不知也是因为她心里对何潮由好感上升到了喜欢，"你就通过和马师傅的一番对话，又看到了未来的趋势？"

"说看到了未来的趋势有点夸大，但我确实想了许多。"过了马路，何潮和江阔穿过中心广场，来到了一座并不起眼的高楼面前，作为日后闻名深圳乃至全国的深圳中心区，此时的福田CBD才初见雏形，还没有形成规模。

第四章

特定时代的特定产物

"继续,我听着呢。"等了一会儿不见何潮说下去,江阔不免催促。

"小灵通应该只会兴盛一时,不会长久。"何潮说出了心中的担忧,当决定加入三成科技时,就清楚电子产品更新换代的速度很快,就连手机的功能也在日新月异的进步中,但今天他一下想到了一个问题的关键点,手机现在是机器贵、话费高,就像出租车一样,大众消费不起。但总有一天大众的收入会提高,也就有了消费能力。出租车的替代品是三轮车,那么小灵通也只是手机的替代品。三轮车以低价和灵活取胜,只要能安全地将乘客从一个地点运送到另一个地点,就算完成了使命。相比出租车,它只是速度不够快、安全系数低一些,并不致命。

小灵通则不一样了,速度一快就掉线,无法漫游,这两点都是致命缺点!只要资金充足,没有人会弃手机不用而用小灵通。三轮车却不同,就算收入提高了,需要用车的时候,三轮车凭借便利和快速依然还会有市场。也就是说,三轮车未来除非是政策限制原因,还会一直存在。而小灵通因为两个致命缺点,早晚会被市场淘汰。

"电子产品本来就换代很快,手机不也一样?"江阔没理解何潮的意思。

"不一样,手机是会一代一代换代,我们会一直需要,小灵通只是特定时代的特定产物,会被市场彻底淘汰出局。等都买得起手机的时候,小灵通就没人需要了。"何潮拿出新买的手机,拨出了第一通电话,给庄能飞:"庄总,小灵通的生产计划,我建议不要超过五年,做好三年转型的准备。是的,是我刚刚想到的,还没有和江离讨论。我会和江离见面,好好聊一聊。"

"你的决定太仓促,也太草率了,都没有和我商量。"江阔有几分不高兴,"这么重要的发展方向调整,我就在你眼前,你也不事先征求一下我的意见。何潮,你眼里还有没有我这个投资人兼大股东?"

15

"没有。"何潮是一个想到做到的人，打完电话也意识到过于急躁了，嘿嘿一笑，"在我眼里，你首先是一个美女，其次是一个志同道合的好朋友，最后才是投资人和股东。"

"少来！"江阔尽管原谅了何潮大半，却还是没有完全消气，"我觉得你太独断专行了，三成不是你的利道，三成是大家的三成。你得向我道歉！"

"对不起，江妹妹，我是一时情急，也是为了测试一下你送我的新手机的通话质量。还有一点，我相信刚才和马师傅聊了半天，我又说了不少出租车和三轮车的对比，以你的聪明，早就知道我的想法了，我就默认你和我达成了共识。"

"我是知道了你的想法，但不表明我已经和你达成了共识，你如果想说服我，还需要努力。"江阔知道见好就收的道理，尤其是女孩，收放自如才显大气。她轻哼了一声，又笑了："看在你今天一直陪我的分儿上，先放你一马，等下到了酒会，你要表现好一些，不要让我失了面子。"

"遵命，江总。"何潮嘻嘻一笑，整理了一下衣服，"衣服是不是修身？长相就没办法了，天生英俊，虽然晒黑了一点儿，但还算阳刚。"

"自恋狂。"江阔终于被何潮逗乐了，不过还是替何潮整理了一下衬衣，"还可以，你穿衬衣比较好看，比T恤好一些，尤其是比圆领T恤好许多。"

"你不说我倒忘了，我还有好几件圆领T恤，先不穿了，等你在的时候再穿。"

"你故意和我作对？"江阔才不生气，反倒笑了，"你请便，反正丑的是你，也不是我。"

"圆领T恤只是不符合你的审美，未必在别人看来就不好看。"何潮抬头看了看几十层高的大楼，"如果你喜欢一件东西，会发现它不断出现。同样，你讨厌一件东西，也会发现它总是让你遇见。其实你不喜欢也不讨厌的东西才最多，只不过被你有意无意地忽视了。这在心理学上叫虚假同感偏差，举个例子，你喜欢哪个品牌的汽车？"

"奔驰。"江阔被何潮的理论吸引了，瞪大一双眼睛直直地盯着何潮。

"我们坐车一路过来，你是不是觉得路上的奔驰比宝马、奥迪都多？"

"是呀，确实是多。"

"你讨厌哪个品牌的汽车？"

"奥迪。我不喜欢奥迪的标志，四个圈套在一起，太烦琐、太没审美了。"

"你回想一下，你在路上遇到的汽车，哪两个品牌最多？"

"当然是奔驰和奥迪了。"江阔被何潮弄迷糊了，"你到底要说什么？"

"我要说的是，其实在路上遇到的汽车之中，奔驰和奥迪出现的概率都很低，反倒是丰田、大众、本田还有标致出现的频率最高，为什么你没有注意到？因为在你的潜意识里，你喜欢和讨厌的品牌才会对你带来最明显的刺激效应，刺激效应才会让你产生记忆，其他的，都被你选择性遗忘了。"何潮笑了笑，"还有一个现象，心理学上有一个原理告诉我们，人们都会严重高估跟自己处境相同的人的数量。例如喜欢足球的人会严重高估同样喜欢足球的人在总人口中的比例。因此，根据自己所处的境遇而得出某一类社会现象是常态，但并不正确。比如穷人身边都是穷人，就会认为社会还是穷人多。中产和富人的感受也是一样。但他们的结论都不正确……"

"有道理，你对社会现象还有研究？"江阔好奇的目光中多了几分敬佩之意。

"我不研究社会现象，就没有办法了解消费者心理；不了解消费者心理，就做不好大众消费品……"何潮是有感而发。他越来越肯定他对小灵通只能昙花一现的推论是正确的："你和你身边的人都有手机和汽车，所以不觉得手机和汽车是什么高端消费品。你知道我为什么一直没有买手机吗？我是不想让自己在可以承受得起高端消费之后，就误以为大多数消费者都可以消费得起手机了，这样会影响我的判断，判断不正确，方向就会出现偏差……"

江阔点了点头，一脸认真："你说得太好了，我才知道何总原来是这样一个严于律己的人，为了让何总继续保持艰苦奋斗的作风，和大众消费者打成一片，我要收回手机，省得你腐化堕落。"

"不给，送出去的东西等于泼出去的水，覆水难收。"何潮忙将手机藏在身后。

江阔伸手去抢，何潮躲闪，却没留意身后有墙，后退无路，靠在了墙上，江阔收势不住，一下扑到了何潮的怀中。

由于右手出手过快，伸到了何潮身后，被何潮压在了墙上，抽不回来，她就像右手抱着何潮将何潮逼到了墙角要调戏一样。

何潮被温香暖玉扑满怀，感受到江阔扑面而来的青春气息，他忽然心跳加快，右手一伸，就想将江阔揽在怀中。

江阔突然扑入何潮怀中，不由得心慌意乱，左手一推，想远离何潮，反而推得何潮更用力朝后一靠，压得她的右手更紧，她身子朝后一转，以右手为支点，险些摔倒。

江阔和何潮正好在大厦的门口，她朝后一仰时，有一男一女有说有笑正从里面向外走出，女子躲闪不及，肩膀撞在了江阔的后背上。

江阔被撞得原路返回，再次跌入了何潮的怀中。

何潮朝及时出现的女子投去了深深的感激的一瞥，嘴中发出了无声的感谢，真是撞得太好、太及时了，否则江阔不但会摔倒，还会伤了胳膊。他可不是为了江阔再次投怀送抱而对对方大为感激。

女子背对着何潮，她撞了江阔之后，"哎呀"一声，身子一晃，被旁边的男子扶住。她勃然大怒，转身对江阔和何潮怒目而视："没长眼睛吗？大白天的在公众场合搂搂抱抱，真没素质……"话说一半，她突然捂住了嘴巴，一脸尴尬，"何潮，江阔，怎么是你们？"

何潮忙起身离开墙壁，江阔的手才得以解脱，他和江阔也同时愣住了，对面站着的两人竟然是辛有风和周安涌！

没错，这就是从庄能飞身边失踪不知去向的辛有风。

辛有风没回广州、没去北京，还在深圳并且和周安涌在一起？何潮不敢相信自己的眼睛，连江阔也是震惊得目瞪口呆。

"有风？周安涌？"江阔愣了半天才期期艾艾地问道，"你们又在一起了？"

周安涌也有几分尴尬，下意识离辛有风远了几分："何潮、江阔，你们别误会，我和有风只不过是有项目合作，没在一起，我已经和海之心确定了恋爱关系，有风也知道。"

辛有风慌乱之中一拢头发，脸微微一红："刚才我没看清是你们，不好意思。我和安涌是商业合作伙伴，你们千万别误会，就和你们的关系一样纯洁。"

第五章

入场券

话说一半，辛有风被周安涌一拉胳膊，醒悟过来，忙又笑了："不对，你们是在一起了，恭喜。郎才女貌，天作之合。"

"你现在在哪里？"何潮过滤了辛有风的话，直接问到了关键问题，"就算要离开庄能飞，至少也要告诉他一声，毕竟你们也相爱一场。"

"没有相爱，只有伤害。"提到庄能飞，辛有风顿时变了脸色，咬牙切齿，"我不能告诉你们我在哪里，不是信不过你们，是怕庄能飞知道了我的下落还会纠缠个没完没了。请你们转告庄能飞，我很好，让他不要再找我了，我和他一刀两断，以后再也不会见面了。"

周安涌点了点头，附和辛有风："有风离开庄能飞后，状态好了许多，现在想重新开始，想和我联合开发一款软件。她毕竟还年轻，有权利选择自己的生活和人生，希望你们理解她、支持她。"

告别周安涌和辛有风，何潮和江阔两人上楼，周安涌和辛有风的意外出现，让两人刚才的旖旎感觉荡然无存，两人心里却微有起伏，关系比以前更近了一步。

"你刚才是背对着辛有风和周安涌，没有注意到他们两人其实手拉手，很亲密，"何潮回忆起刚才的一幕，大为疑惑，"安涌不是有了海之心，怎么又和辛有风关系这么密切了？"

"男人是不是都忘不了初恋情人？"江阔低着头半天没说话，忽然就抬头看向了何潮，"哧哧"地笑，"毕竟是人生中第一个动心的女孩，男人肯定耿耿于怀、念念不忘，是不是？"

怎么一股子浓浓的醋味儿？何潮笑了："女人不也一样？同样是人生之中第一个喜欢的异性，肯定刻骨铭心。"

19

"男女不一样。女人过去就过去了，就算前男友找上门来，她也不会再回头。男人就不同了，如果前女友有事相求，他肯定会心软，会同意，在帮忙的过程中，一来二去就旧情复燃了。"江阔推了何潮一下，"说，艾术给你发了多少条信息？你回复过几次？"

"我在说正事，你却总是跑题。"何潮笑了，"我没回过艾术一次信息，呼机是单向传呼，我以前是没有手机，也打不起国际长途，现在有手机了，但时刻在你的监视之下，又不敢打。"

"我又不是你什么人，谁敢监视你？你想打就赶紧打，问问她是不是已经成了别人的女友，你好祝福她。"江阔窃笑。

两人到了19楼，门口有两名保安，在查验江阔的请柬之后，放行了江阔，说什么也不让何潮进，即使江阔说何潮是她带来的朋友。气得她一怒之下，打出了一通电话。

片刻之后，一个人从房间中急匆匆跑了过来，连连向江阔道歉，狠狠地批评了保安几句，请何潮一起进去。

这是一个超过200平方米的公寓。

房间里面已经有了三四个人，有男有女，正有说有笑。公寓的装修很别致，颇有几分西欧的简洁实用风格，墙上还挂了不少油画。不过一眼就可以看出油画并非出自名家，而是模仿之作，多半出自深圳的大芬油画村。

江阔为何潮介绍了酒会的主办者武陵春。

武陵春再次为怠慢何潮的事情道歉，他嗓门洪亮，身材高大，来自湖南娄底，长得比何潮还像北方人。

"都说南人北相是福相，不做高官必是巨商，我的理想就是当官。"武陵春的手也宽大有力，他和何潮握手寒暄，"早就听江总提起过你，说你文有才能、武有手腕，我就一直想认识你。我求了江总几次，江总就是不带你来见我，当成宝贝一样珍藏，生怕被别人抢走了。哈哈哈……后来我就想，江总对你多半是有意思了，否则也不会这么保护你。"

江阔在一旁笑而不语，难得没反驳，一副"你说什么就是什么"的淡然模样。

武陵春现在是南山区一名副区长的秘书，他手臂用力地在空中画了半个圈："公寓不是我的，以我的收入除非贪污，否则一辈子也可能买不起。贪污的事情我可干不来，不符合我的做人原则。当然了，别人会说以我的级别，都没人送礼，哈哈哈……也不完全是，深圳这个地方的官场生态和其他内地城市还是不太一样，官员有服务意识，都一心为了经济发展，所以我才来深圳。你呢？何潮，听江阔说你在樟木头镇有一家快递公司，发展得很不错，有没有兴趣来南山区？工商手续什么的，直接找我就行，肯定没问题。"

等武陵春转身去招呼别人，何潮才长舒了一口气："他太能说了，太敬业了，你怎么认识了他？"

江阔忍住笑："说来话长，上次我参加南山区的一个招商会，经人介绍和他认识了。认识之后，他三天两头约我吃饭喝茶，我刚开始还以为他是想追求我，后来才知道他对谁都这样，只要是他认为可以投资南山区的港商、台商，他都会保持三天一个电话、一周一次面谈的工作效率。他的工作方法是从余副区长身上学来的。余副区长有一次去北京开会，正好和许多知名企业家坐在一桌。余副区长让他要了每个人的名片，再打听到每个企业家入住酒店的房间号，晚饭后，余副区长一个一个登门拜访……"

何潮点了点头，他之所以来深圳，也是对之前生活城市的工作效率和官僚作风大为不满。工作效率和官僚作风影响的是地方生态，并且形成地域文化，会带来整个地域的风气人浮于事，最终在激烈的人才和投资竞争中败北。

现在的竞争，不仅是行业内的竞争、行业和行业的竞争，还有地域和地域的竞争。

"余副区长是余知海？"对余知海，何潮略有耳闻。他来深圳之前就听说过余知海的事迹。作为中南政法学院的高才生，他大学毕业后就来到了深圳，从检察院的书记员做起，后转调到区委组织部，历任教育局和文化局、民政局局长，现在升任了副区长。

"你也知道他？不简单，你才来深圳多久，就对深圳的官场生态有了一定的了解，果然是有心人。"江阔对何潮的夸奖是出自真心。

何潮不好意思地笑了："你夸错了，我对余知海的了解是因为艾木，他是艾木的舅舅。"

"真的？"江阔不怀好意地笑了，"你有了手机，赶紧和艾木通一个电话。别怪我没有提醒你，余知海的升迁空间很大，在深圳，只要是有才能并且踏实肯干的官员，都有大好的前景。"

"你看，"何潮没接江阔的话，知道江阔是在故意调侃他，他的目光被楼下的一对男女吸引了，"安涌和有风没有走，还在楼下。"

江阔顺着何潮手指的方向望去，果然对面的一栋楼下，周安涌和辛有风相对而立，两人不时仰望几眼她和何潮所在的大楼，也不知道在说些什么。江阔忽然想起了什么，招呼坐在沙发上出神的一个漂亮女孩："好儿，好儿。"

被称为"好儿"的女孩一下跳了起来，开心地过来抱住了江阔的胳膊："江姐姐叫我？我还以为你不认识我了，我刚还在伤心呢，江姐姐有了新欢就忘了姐妹。"

江阔为何潮介绍："邓好儿，电视台主持人。何潮何总，利道快递创始人。"

邓好儿没听过什么利道快递，利道的业务目前还仅限于樟木头和东莞，在深圳几乎无人知晓，她只是淡淡地"哦"了一声，和何潮握了握手，就对何潮失去了兴趣，带着一脸讨好的表情想和江阔说话，江阔却只是一指窗外的周安涌和辛有风："他们是不是来过？"

离得远，看不太清，邓好儿眯着眼睛愣了一会儿才点了点头："对对，就是他们，说是来参加酒会，却没有邀请函，争吵了半天，保安还是没让他们进来。"

江阔点了点头，不再理会邓好儿，拉过何潮，压低了声音："这个酒会很高端，有很多重量级人物到场，周安涌想借机结识一些人，只不过他还不够资格拿到入场券。"

"我都不够资格拿到入场券，何潮怎么会有？别开玩笑了，有风，他和江阔就是过来办事，巧合而已，肯定不是参加酒会。"周安涌努力朝楼上张望，依稀可见窗户处有两个人影，很像何潮和江阔，但也只是很像而已，不能肯定是他们，他坚信自己的判断，"就连邹晨晨托了刘以授，也才弄到一张邀请函。邹晨晨故意坑我，非说可以带我进去，却还是被拒之门外，太丢人了。"

深圳最大的魅力是所有人的青春都不需要一张入场券就可以进门，但进门之后，还是需要许多机遇。周安涌很想拥有参加今天高端酒会的机遇，在听邹晨晨说起的一刻，他就萌发了前所未有的强烈愿望，因为他知道，酒会上的与会人士，都是他日后在深圳飞黄腾达的助力。

第六章

周安涌的危机感

可惜的是，不管他如何巧舌如簧，如何低声下气，保安就是不让他和辛有风进去，让他无比恼火的同时，又颜面大损。

不过也让他暗自庆幸带辛有风来是正确的抉择，幸亏没带海之心，否则在海之心面前丢这么大的脸，会严重影响他在海之心心目中的形象。

带辛有风参加如此高端的酒会，周安涌考虑了很久，最终促使他下定决心的一个理由是——辛有风比不了海之心见过世面，因此由她陪他，可以显示出他的从容和优雅，毕竟，他也没有参加过如此高端的酒会，万一因为不懂礼节或是哪里出了差错贻笑大方就不好了。他不想让海之心看到他的心虚和怯场，他要在海之心面前保持从来不会失分的风度。

还有一点，辛有风虽然爱慕虚荣，但在小事上很听话。回想起和辛有风恋爱的几年，她对他的温顺体贴，他不无得意地想，辛有风抛弃了庄能飞，宁愿在他身边当他的助理，也不愿意和庄能飞一起创业，说明了什么？说明经历了许多的辛有风越成熟越能意识到他的优秀，他的优秀会随着时间的推移而被越来越多有眼光、有品位的人发现。

当然，他也不得不承认在接到辛有风电话的那一刻，得知辛有风想离开庄能飞前来深圳投奔他，他几乎没有犹豫就一口答应下来，未免没有一报当年被撬墙脚之恨的心思，更有复仇成功的快感作祟。

还有一点，周安涌也不会承认自己是如此浅薄、如此短见之人，重新接纳辛有风，是他的事业发展到了现在，确实需要一个人作为他和七合科技之间的桥梁。

七合科技是他和李之用、柳三金合伙的公司。李之用为法人代表兼大股东，代持了他的股份，柳三金是最小的股东。公司成立之后，由李之用打理。但李之用自从被他招聘到启伦集团担任了他的副手，工作非常繁忙，抽不出时间来运营七合科技，让他十分焦虑。

有心放李之用离开启伦，专心经营七合科技，周安涌手中有许多外包的单子可以交由七合科技接手，只要找到代工厂就可以从中赚上一笔，但李之用一走，谁在启伦集团帮他监视邹晨晨？

上次饭局之后，邹晨晨立刻在启伦集团成为红得发紫的明星，不但成为曹启伦最为信任、最为倚重的人，还担任了三方联合成立的万众置业的CEO，成了独当一面的诸侯，拥有了财权、人事任命权和公司决策权，是名副其实的封疆大吏！

周安涌虽然还是启伦集团的副总，表面上领导邹晨晨，但在实际关系上，邹晨晨不但和他平起平坐，隐隐约约还高他一头，因为他在启伦集团基本上没有自主权，事事都要曹启伦拍板。尽管曹启伦基本上不否决他的决定，但是最终决定权毕竟不在他自己手里。

邹晨晨却可以直接决定万众置业的所有事情，曹启伦没有权力否决——他只占了25%的股份，而刘以授和赵动中各占35%，邹晨晨个人持有万众置业5%的股份。

邹晨晨持股5%的事情，是由刘以授提议的，赵动中随即附议，曹启伦虽不情愿也只好应下。如今邹晨晨表面上还是曹启伦的助理兼万众置业的CEO，实际上和启伦集团已经没有隶属关系了。作为一个独立的个体，她俨然已经是曹启伦、刘以授和赵动中三方的关键支点了。

邹晨晨的聪明也让周安涌佩服不已。她每天都来启伦集团打卡上班，然后再去万众置业。尽管万众置业和启伦集团是同楼不同层，很近，露面打卡也不过是几分钟的事情，她却做得很到位、很自然，让曹启伦心里十分舒坦，并没有觉得邹晨晨羽翼未丰就翘了尾巴，反而认为邹晨晨心里始终有他这个正牌老总。

其实周安涌心里清楚，邹晨晨只是做做样子，是因为曹启伦在她眼中还有利用价值。等有一天完全得到了刘以授和赵动中的信任，她就会毫不犹豫地抛弃曹启伦，一心一意为刘以授和赵动中服务了。

如果真有这么一天，周安涌也可以理解邹晨晨的选择，毕竟人往高处走，就是他自己如果被刘以授或是赵动中器重，非要挖过去，他也不敢保证不会动心。

不过曹启伦越是信任邹晨晨，邹晨晨又越是乖巧懂事并且低调认真，周安涌越是不放心邹晨晨，并且相信邹晨晨肯定无法做到在曹启伦、刘以授和赵动中三人之间真正的平衡，必然会有所偏向。刘以授对她已经抛出了桃枝，他不相信邹晨晨不会动心。

　　深圳是一个充满了诱惑的城市，很少有人在面对可以至少少奋斗20年的诱惑时不动心。邹晨晨是一个年轻漂亮的女孩，她也说过，就算输了陪刘以授三年，三年后，她也不到30岁，完全可以从头再来。

　　周安涌相信他已经听明白了邹晨晨的言外之意，是以退为进，是认为刘以授开出的条件不够好。外界盛传刘以授为了追到一个名叫邓好儿的女主持人，开出了一栋别墅、一辆跑车，外加每月三万元生活费的条件，邓好儿最后缴械投降，乖乖地当起了被刘以授豢养在笼中的金丝鸟。

　　如果刘以授开出同样的条件给邹晨晨，邹晨晨还把持得住？才怪！周安涌很清楚一点，一旦坐实了邹晨晨和刘以授的暧昧关系，曹启伦和赵动中对她的信任会立刻消失，邹晨晨只有一条路可走，辞职走人，交出万众置业的CEO位置。

　　周安涌对万众置业CEO的位置很是向往，作为曹启伦、刘以授和赵动中三人的支点公司，万众置业相当于一个法外之地，他如果当上了CEO，会很快利用三家的资源让万众置业迅速壮大起来，从而成就自己的大计。可惜了，邹晨晨只是一个女孩，她恐怕没有那么远大的志向，也没有想自己成就一番事业的雄心，她的最大梦想可能只是找一个有钱人嫁了，最不济是退而求其次，傍一个大款，趁着年轻美貌，多换一些现金。

　　李之用来到启伦集团之后，凭借勤快和有眼力见，很快就得到了曹启伦的赏识。为了避嫌，周安涌并没有透露自己和李之用的发小关系。李之用很有人缘，公司上下都对他赞不绝口，因此，他很快就成了公司的另一个明星，知名度仅次于周安涌、邹晨晨，私下被许多人看好，认为他必定会是曹启伦跟前的又一个红人。

　　李之用得到了重用本是好事，但也是双刃剑，被委以重任的李之用每天忙得不可开交，没有时间和精力再处理七合科技的业务，以至错失了几个至少可以获得上百万元的项目，让周安涌大为痛心的同时，不得不重新考虑李之用的定位。除了得到曹启伦的重用可以更多地获取曹启伦的资源，李之用还负责启伦集团和万众置业的项目对接，让他有机会可以和邹晨晨经常接触，如此就可以更清楚地了解邹晨晨的一举一动。

　　邹晨晨是周安涌在启伦集团的最大威胁。不管邹晨晨最终的选择是跟刘以授，还是傍曹启伦，都会成为他上升道路上的绊脚石。目前来说，只有李之用既有能力又深得他的信任，可以帮他对付邹晨晨。他不舍得放李之用回七合科技。

但七合科技成立以来，一直没有任何项目。尤其是在听说了何潮和庄能飞、江阔联合成立的三成科技进展迅速，不但在东莞选好了办公地点，厂址也已经落实，国外的供货商以及国内的销售渠道正在建立中，他羡慕嫉妒的同时，深为自己落在庄能飞后面而懊悔不已。

更让他焦虑万分的是利道快递的飞速扩张！

原本周安涌完全不看好利道快递，在何潮和庄能飞、江阔成立三成科技时，他还以为何潮是在借机转型，不再继续运营利道快递，却没想到，在三成科技启动的同时，利道快递的发展一日千里，在短短两个月内竟然膨胀了十几倍！

而且业务还渗透到了东莞，并且有进一步向深圳蔓延的趋势。周安涌在震惊之余，除了佩服何潮的胆大和眼光超前，再一次有了深深的危机感。他原本比何潮快了许多，感觉何潮离他越来越远。他以为何潮永远无法追赶上他，没想到何潮装上了翅膀。何潮之前的速度慢是助跑，助跑之后，飞上蓝天，就开启了飞行模式，速度是他的数倍。

如果何潮照现在的模式发展下去，利道快递和三成科技齐头并进，不出半年，何潮就会将他远远地甩在身后。再过一年，他会连何潮的背影都看不到了。

不行，不能让何潮在他的前面领跑，他不管是能力、眼光还是格局，都比何潮强了太多，为什么会是何潮领先？不公平，不科学！

第七章

周安涌的布局

周安涌想加快他的布局，但身边缺少信任并且有能力之人。当辛有风想投奔他时，他立刻接纳了辛有风并且让辛有风负责七合科技的运营。辛有风没有辜负他的信任，到任后不久，就从他手中接过一个启伦集团的单子并且运作成功，转手外包，赚了十几万。

现在周安涌很清楚他的不足在哪里，一是人脉，二是人手，资源倒不是很缺，启伦集团有许多单子需要外包，他可以很容易让七合科技承接。但七合科技没有足够的人手来操作此事，他只能眼睁睁看着许多机会从眼前溜走。

机会就是金钱，就是更大的发展契机。

人手不足是因为他来深圳的时间太短，认识太少深圳的高端人士。只要认识了高端人士，他不愁没有更多的人才可用。所以当听到邹晨晨说今天有一个酒会会有许多高端人士出席时，他当即含蓄地透露了想见见世面的意思，邹晨晨果然没有让他失望，立刻主动提出可以帮他要一张邀请函请他一起参加，他假装客气几句就答应了。

他还真以为邹晨晨是真心帮他，却没想到竟然被拒之门外！他才知道，邹晨晨就是想让他出出洋相，好当众欣赏他的难堪！

周安涌怒火中烧，暗暗发誓，今日耻辱，他日一定让邹晨晨加倍偿还。

他日还太遥远，现在周安涌就不甘心，他和辛有风站在对面的楼下没有离开，就是要等邹晨晨出现后，好当面质问一番。

辛有风却不想再等下去了："算了，别等了，我们还有更重要的事情要做，何必在一件小事上纠结？不管邹晨晨是什么想法，记她一笔就行了，以后早晚还回来。"

"不行，今天的酒会特别重要，除了武陵春，据说宁劲和彭帆都会到场，还有神秘嘉宾，是一个千载难逢的认识重量级人物的机会，我一定得想办法进去。"周安涌眼神中闪动不甘的光芒，他拿出手机，"听说还有郭林选，我一直想认识郭林选，却总是错过机会。我约了江离几次，江离总是说一些不着边际的经济理论，就是不介绍我和郭林选见面，估计是得到了何潮的暗示，不想让我和郭林选走近。如果再认识不了郭林选，我就又让邹晨晨抢先了。"

"你想认识郭林选不也是为了万众置业，最后还不是帮邹晨晨打开局面。"辛有风抓住周安涌的胳膊劝他，"万众置业成立是为了善来集团的合作项目，骗过刘以授和赵动中，但你们都不认识郭林选，更不用说郭统用了。现在既然是邹晨晨负责，就是她的问题了，你放手不管就行，让她为难去吧。"

"话不能这么说，打通善来集团的关系，也是我的职责所在，我不能因私废公。而且认识了郭氏父子，也就成了我的个人人脉。"周安涌郑重其事地告诫辛有风，"有风，永远记住一点，你所做的任何事情，不管出发点是为了谁，最终都会成就自己。"

"记住啦。"辛有风调皮地吐了吐舌头，"那么现在就只能干等吗？"

周安涌没说话，拨出了一个号码："三金，方便说话吗？"

作为善来集团保安部副队长，柳三金现在可是地道的大忙人，整个善来集团的保安工作都由他具体负责，现在他肩上又多了一个重担——负责善来集团所有工地的保安工作。

善来集团的保安部队长胡锐年纪偏大，又经常生病，家里事情也多，不是请病假就是请事假，三天两头不上班，要不是因为是郭统用的发小，早被辞退了。郭统用念旧，始终为胡锐保留着保安部队长一职，除了该发的工资，还有额外的补助。

胡锐不干活儿还拿高薪，许多保安都不服气，但柳三金上任之后，不但很快平息了保安们的怒气，还让保安们集体为胡锐捐款，此事深得郭统用之心。柳三金的方法很朴实，他先是向保安们讲述他当年当兵时的经历，虽然和平年代没有打仗，但在一次执行任务时，他的一个战友因公牺牲。当时发生危险，谁也没有发现，只有战友注意到了。如果他自己跑掉，绝对可以保命。但他没有，他提醒了所有人。当意识到时间不够，无法保证所有人都安全撤离时，他选择自己开车离开人群。

车爆炸了，他壮烈牺牲，十几个战友无一伤亡。

所有人都铭记他的壮举，大家约定，每人固定一个月份去看望战友的父母，十几个人可以保证月月有人照顾老人。他们的约定一直持续到现在，从来没有一人少去一次。

柳三金讲完他战友的故事后，话题一转又落到了胡锐身上。胡锐当年和郭统用一起打天下，本来是公司的股东，后来家里出了变故，急需用钱，就早早卖掉了股份套现。郭统用为人重情，不管是在微末之时还是发迹之后，对胡锐一如既往。如此重情重义的老板在现在已经很少见了，都说商场残酷无情，但商场也是人情之场，如果胡锐一病，郭统用就翻脸不认人，直接解雇并且一刀两断，是很大公无私，却没有人情味儿，谁希望自己的老板是一个无情无义之人？

柳三金的故事和道理感动了所有保安，保安们不但不再指责郭统用对胡锐的照顾，还对郭统用敬佩加崇拜，并且同情胡锐，凝聚了人心，加强了队伍建设，提高了保安团队的工作效率。

按理说，以郭统用的级别，基本上不会记住保安部副队长是谁这样的小事儿，但因为胡锐之事，柳三金上任不到三天，他就牢牢记住了柳三金，并且认定柳三金是一个可造之才。

因为儿子郭林选不成器之事，郭统用特别注意培养年轻人才。柳三金在完美解决胡锐之事以后，就正式进入了郭统用的视线之中，成为郭统用有意培植的管理者之一。

郭统用的用人风格分为三个阶段，第一阶段就是人品考察，第二阶段是压力观察，第三阶段是忠诚测试。柳三金已经通过了人品考察，所以郭统用加了重担，暗中观察在重压之下柳三金的承受和应变能力。如果过关，柳三金就会进入第三阶段的忠诚测试。

只有三个阶段全部过关，郭统用才会对其真正委以重任并且列入重点管理人员储备库。

柳三金并不知道他已经被郭统用赏识并且正处在第二关考察阶段，他只是尽心尽力做好自己的本职工作，并没有想那么多。周安涌打来电话时，他正在一处工地安排保安工作。

"方便。"柳三金起身来到保安室外面，站在阳光下。

"你能查到郭统用和郭林选的去向吗？"周安涌有了主意。

"郭统用去了福田CBD，郭林选不知道，他从来不用公司的司机，安保工作也不用公司安排，他的去向我从来不清楚，也无权过问。"柳三金只当周安涌是随口一问，也没多想就说了出来。按理说，以他的工作性质，不能透露公司高层的行程。

当初周安涌坚持让柳三金留在善来集团，就是看重柳三金可以掌控郭氏父子动向的便利。善来集团的保安部兼管司机班，负责车辆调配以及郭氏父子的出行安排。

"三金，帮我一个忙，"周安涌深吸一口气，"你去一趟郭林选的办公室，看看是不是有一张策马酒会的邀请函，日期就是今天。"

柳三金想了想，有几分为难："不太好吧，安涌？你的要求超出我的职责范围了。"

"又不是什么大事，只是一张邀请函而已，过了今天就成废纸了。郭林选不用，我拿来用，也算是变废为宝了。主要是也不会损害他什么利益，也许还可以帮我们打开新的局面。"周安涌知道柳三金有时过于耿直，所以耐心说服他。周安涌也不敢肯定郭林选的办公室就一定有邀请函，只是推测以郭林选的为人，不管是不是参加酒会，肯定不会按照要求带着邀请函前去。

郭林选从来不是一个循规蹈矩、按常理出牌之人。

周安涌也是抱着姑且一试的心思，死马当活马医。

"我试一下。"柳三金犹豫了片刻，还是被周安涌说服了，"半个小时。"

周安涌挂断电话后，喜形于色："如果我可以混进酒会，说不定会有出人意料的收获。耐心等上半个小时，也许会有奇迹发生。"

"好吧。"辛有风咬了咬嘴唇，犹豫了一下，"刚才何潮和江阔碰到我们在一起，会不会告诉庄能飞？"

"他们告诉就告诉吧，也没什么，你又没有卖给庄能飞。"周安涌不以为然地笑了笑，又抬头仰望了几眼酒会所在的窗户，一脸羡慕的表情，"何况我给了庄能飞一个大单，他就算知道你又回到了我的身边，也不会说什么，这个单子，至少可以让他赚800万，还好意思和我计较别的小事？"

第八章

远交近攻

"你真的想让庄能飞大赚一笔？"辛有风愤愤不平地说道，"他害得我差点儿掉下悬崖摔死，他还让我变得神经衰弱，限制了我人身自由50天！"

"生意总是有赔有赚，只有让人看到赚钱的希望时，人们才舍得投入，才会按照你既定的路线前进。"周安涌得意地一笑，"庄能飞能不能赚钱，就看他自己的本事了。这批货，是韩国客户的订单，哈哈哈……韩国客户一向挑剔，又不好打交道，而且不按照合同办事的可能性很大……考验他的时候到了。"

"如果庄能飞赔了，不是也连累了何潮？"辛有风朝阴影下面移动了几分，阳光太强，晒得太热，"何潮对你真的不错，你不能害他。"

"我没害他，他是我兄弟，我怎么可能害他？"周安涌淡淡地一笑，嘴角露出一丝轻蔑，"他先是不顾及我的颜面，当初在我离开时非要留在元希电子，当我是兄弟了吗？他又在庄能飞没有机会东山再起时，非要助庄能飞一臂之力，和庄能飞联合成立三成科技。如果不是他出面，江阔怎么可能投资一无所有的庄能飞？他又何曾想过帮助庄能飞等于打我的脸？有风，我处处想着他，他倒好，事事和我作对，你说他一再有意针对我，我什么时候报复过他？他是我的兄弟，我怎么可能报复他？不，我连记恨他都不会！"

辛有风听出了周安涌的抱怨和不满："你别这样说何潮，他不是你想象的那样，他自始至终也没有想要害你，总是替你说话。"

"你不了解他，我认识他二十多年了。"周安涌摇了摇头，一副痛心疾首的样子，"原本我和他亲密无间，真的是除了女朋友，其他都可以共享。没想到来了深圳之后，他变了那么多。当初他非要留在元希电子，一是想踩着我的失败上位，二是他对你有意思……"

辛有风张大了嘴巴："何潮对我有意思？我怎么不知道！安涌，你别乱说，何潮对我一点儿想法也没有，他喜欢的是江阔。"

"他喜欢的是江阔，但男人嘛，从来不在意多喜欢一个。况且对他来说，喜欢你只是他用来打击我的手段，而不是目的。"周安涌叹息一声，"我以前也总是检讨自己，不该这么恶意猜测自己的兄弟，后来发现，他的所作所为比我猜测的还要恶劣。他表面上对我很好，也很关心我，实际上最见不得我比他强，哪怕只是强上一丁点儿。人都避免不了远交近攻的毛病，总是把最好的一面留给外人，最差的脾气、最恶劣的行为留给对他最好的人。"

辛有风第一次听周安涌如此评价何潮，接受不了，想反驳，却见周安涌摇头叹息，一副无比懊悔的样子，就知道周安涌已经认定了何潮的所作所为，不管她怎么为何潮辩解都无济于事。她也了解周安涌，几年的恋爱下来，周安涌的固执和自以为是她早有体会。

"如果有一天何潮意识到他的不对，他向你道歉，你会原谅他吗？"辛有风替何潮所做的假设，其实是在为自己试探周安涌。

周安涌几乎不假思索地答道："我说过，他是我的兄弟，我永远不会记恨他，不管他什么时候意识到自己的错误，只要他对我说一句'对不起'，他以前对我做过的所有坏事、说过的所有坏话，我都会当作没有发生过。"

辛有风长长地舒了一口气："我相信你的胸怀，安涌，你对何潮如此，对我也会一样宽容。"

周安涌揽着辛有风的肩膀："我们不再是恋人，但还会是朋友和合作伙伴，相信我，不管你曾经伤害我有多深，我都会在你回心转意的时候瞬间原谅你的一切。"

辛有风感动了，用力抱住了周安涌："安涌，对不起，我当时是鬼迷心窍，太幼稚、太不懂事了，不知道你的好，现在我真的好后悔。如果我说我还想回到从前，你会不会觉得我很傻、很天真？"

"不会。"周安涌轻拍辛有风的后背，"我可以理解你，但不会接受你，我有海之心了，我要对她负责。我们以后会是非常默契的合作伙伴，可以成就一番事业。"

辛有风尽管微有失落，却可以接受："我知道了，人生是单行道，没有回头路可走。不过我不明白，你为什么不和海之心合作？她比我还优秀。"

"还不到和她合作的时候，何潮的事情让我明白了一个道理，合伙即人生，分开各成功，所以不能轻易合伙，不能轻易让别人走进你的人生。"周安涌话未说完，手机响了，他顿时一脸喜色，"三金来电话了。"

挂断电话，周安涌右手用力一挥："成功了，十分钟后，三金送来邀请函！哈哈哈……等下让狗眼看人低的保安看看，我周安涌够不够资格参加酒会！"

"我不够资格？笑话，如果我都不够资格参加酒会，整个深圳也没有几个人够资格了，你这个所谓的高端酒会，也就别办了。"郭林选在门口被保安拦住了，他没带邀请函，保安不让进，他就发作了："江离，酒会我们不参加了，走，喝酒去。"

和郭林选一起的江离忙拿出他的邀请函递了上去："他是善来集团的公子郭林选，他的邀请函是武陵春亲自签发的，就是忘了拿，不信你们可以问一下武陵春。"

"不用问了，我不参加了，我才懒得在这种虚伪的场合应付差事，纯属浪费生命。"郭林选推开江离，转身就走，余光一闪，看到了一个熟悉的人影，顿时愣住了，"他是不是何潮？"

江离也愣住了，仔细一看，和江阔在窗前并肩而立宛如一对璧人谈笑风生的家伙，不是何潮又能是谁？他揉了揉眼睛，再次确认了一下，连连点头："没错，就是何潮这小子。"

"可算逮着他了。"郭林选哈哈一笑，推开保安，大步流星径直朝何潮走去。保安想阻拦，却被江离拉住。

正好武陵春及时出现，和保安说了一声，保安顿时对着郭林选的背影肃然起敬——有眼不识堂堂深圳一哥，真是失礼。

郭林选一直想见何潮而不得，他对上次何潮在"当年明月"将他耍得团团转一事记忆深刻。只不过让江离约了几次何潮，何潮都推脱没有时间，让他颇为气愤。深圳一哥想见一个无名小卒，无名小卒还不给面子，何潮这小子也太托大了。

他却并不知道，江离只帮他约了何潮一次，当时何潮正忙于和庄能飞一起在东莞挑选三成科技的厂址，是真的脱不开身。后来的几次，江离嘴上答应，其实并没有和何潮说。原因无他，江离很清楚他见何潮的目的就是收拾何潮，自己才不想让何潮和他打架。

没想到，何潮居然也参加了酒会，还事先没有和江离沟通，失误，天大的失误！江离叫苦不迭，原本郭林选也不想来，是他好说歹说，声称酒会有重量级人物到场，可以更好地拓展人脉，郭林选无动于衷。他又以邹晨晨会到场为由诱惑郭林选，郭林选才上钩。

郭林选喜欢邹晨晨，从江离认识郭林选第一天起他就知道了，因为郭林选从来不掩饰自己的喜好。

江离表面上是郭林选的私人顾问兼经济学老师，实际上郭统用的本意是希望江离可以和郭林选成为好友，再慢慢影响并引导郭林选逐步走向正轨，不再总是没有正行，就知道泡妞。归根结底，从内心深处，郭统用还是觉得偌大的家业由郭林选继承才放心。

郭统用还向江离许诺，如果江离可以改变郭林选，让郭林选变得有事业心，他不但会许以重礼，还会让江离成为善来集团的顾问，年薪100万起！

江离怦然心动。

世界上有两件事情最难，一是将别人口袋里的钱装进自己的口袋，二是将自己脑中的思想放入别人脑中，后者比前者难度更大。所以尽管郭统用许以重礼，江离却还是信心不足。和郭林选认识的时间越长，他越明白一个事实：郭林选就像一棵从小没有长直的大树，现在长得东倒西歪，想扶正几乎没有可能。

怪就怪郭林选从小就没有受到健康的引导，郭统用忙于生意，郭母又体弱多病，顾不上管教儿子，在郭林选人生中最关键的成长期和叛逆期，从来无人告诉他该如何树立积极向上的人生观和价值观。

没办法，自己既然接了这个工作，就得咬牙坚持下去。江离除了上课，大部分时间都跟在郭林选身边，要么和他讲讲当前的宏观经济形势，要么分析深圳未来的发展前景，或者具体落实到善来集团的下一步如何发展。他倒也听，虽然心不在焉，却并不反驳，有时兴致来了，还会和江离探讨几句。但往往他的问题总是和江离的初衷风马牛不相及，每次都让江离哭笑不得，觉得之前和他讲了半天的道理都肉包子打狗了。

第九章

对内贤惠，对外跋扈

好在江离还算比较有耐心，他总是安慰自己，慢慢来吧，只要功夫深，铁杵磨成针。郭林选其实挺聪明，精通人情世故，就是青春期长了一些，一直叛逆到现在。

江离只来得及冲武陵春点点头，算是打了招呼，便忙追了过去，他可不想郭林选和何潮一见面就打起来。他原本没想何潮能来，何潮资格不够，却忽略了江阔。他早先和何潮通个电话就好了，可以做好防范。可是何潮一直不买手机，真拿何潮没办法。

一抬头，注意到何潮手中拿了一部崭新的手机，江离更是不知道该怎么形容自己的心情了。好吧，郭林选不按常理出牌，何潮也是一个随心所欲的怪人，他们真要一见面就大打出手，可千万别怪在他的头上，他真的很无辜。

何潮正和江阔讨论小灵通和手机会是怎样的一个互补的应用。他认为在现阶段，部分富裕阶层会有一部手机和一部小灵通，小灵通作为固定电话的补充和延伸，可以很好地弥补手机话费高昂、待机时间不足的缺点。购买手机吃力的工薪阶层，对小灵通则是刚需了。两者综合下来，小灵通市场确实庞大。但小灵通的致命缺点也会导致它早晚会被市场淘汰，就像黑白电视机现在已经很少有厂家生产了，因为市场没有了。

在讨论得正热烈时，何潮忽然感觉哪里不对，抬头一看，果不其然，一人正大步流星、气势汹汹地朝他走来。他下意识向前一步，将江阔挡在了身后。来人有点面熟，他肯定是在哪里见过，等等，想起来了，是深圳一哥郭林选。

何潮不经意的举动，让江阔觉得甜蜜无比。女孩的心思总是细腻而容易被感动，何潮下意识的举动，是对她的保护和爱护，是在遇到危险时毫不犹豫地挺身而出。她站在何潮的背后，忽然觉得何潮单薄的背影无比高大。

35

郭林选旁若无人地来到何潮面前，当距离何潮还有半米时，忽然站住，上下打量何潮一眼，一脸冷峻："何潮，上次的事情，我们还没有完，说吧，怎么办？"

何潮说不紧张是自欺欺人，深圳一哥的名头太响，任谁在盛名之下，都会先入为主地退让一步，却还是硬着头皮说道："什么怎么办？上次的事情，各凭本事，愿赌服输。"

"愿赌服输是吧？"郭林选伸手从路过的服务员手中拿过两杯酒，一杯递给何潮，"来吧，今天我们再赌一把，谁输了谁就在深南大道裸奔。"

何潮紧张的心情顿时缓解了一大半，哑然失笑："怎么赌？不会是赌喝酒吧？能不能换个赌法？裸奔太没创意了，也不符合你深圳一哥的身份。"

郭林选一口喝完杯中的鸡尾酒，扬手放下酒杯，拉着何潮来到窗前，指着下面的广场："看到广场上的喷泉没有？不在深南大道裸奔也行，谁输了谁在喷泉里面裸体跳舞，敢不敢赌一把？"

郭林选不会有什么心理疾病吧？怎么不是裸奔就是裸舞？

"和著名的深圳一哥赌一把也没什么。"何潮仅存的几分紧张也不见了，他算是领会到了郭林选的玩心，也注意到了他身后紧跟过来的江离，呵呵一笑，"问题是为什么要赌，怎么赌？"

"就是，不能你说赌就赌，总得有个说法。"江阔从何潮身后闪了出来，站在何潮身边，盈盈一笑，"作为何潮的合作伙伴，我有义务保护他的人身安全。"

"你是何潮的投资人，我知道。"郭林选想起了什么，古怪地一笑，"怪不得上次你哥让你勾引我，你无动于衷，原来你喜欢的是何潮。你小心点儿，这小子坏得很，贼主意挺多，一不小心就会着了他的道儿。表面上他老实诚实，其实是明傻暗奸，是一个大大的坏蛋。"

江离赶到了，冲何潮和江阔打了招呼，一拉郭林选："一哥，今天是酒会，人太多，不适合和何潮解决私事，等酒会结束后，私下再约，解决起来才更好玩。"

"不行不行，我好不容易逮着何潮，万一酒会一结束他就跑了怎么办？今天我不和他算清账，他别想站着离开。"郭林选不同意，抓住了何潮的胳膊："何潮，要是怕了就说一声，叫三声爷爷，今天我就先放你一马。"

"叫什么？"何潮一愣。

"爷爷！"

"欸！"何潮哈哈一笑，"怎么赌，赌什么，你说了算，谁怕谁是浑蛋！"

江阔忍住笑："不许说脏话。"

"不说脏话，谁怕谁是乌龟蛋。"何潮直视郭林选的双眼，"郭总，酒会结束后我肯定等你，现在我们毕竟是在别人的酒会上，得顾及主办者的面子，你说是不是？"

"也是。"郭林选点了点头，忽然才反应过来，呆了呆，"你刚才占我便宜是不是？小子，你记着，等下我要你加倍偿还。"

江离忙凑了过来，嘻嘻一笑："何哥，你别生气，郭公子就这脾气，跟小孩一样，说来就来说走就走。等下酒会结束后，我先带他走。"

江阔摇头，冷冷一笑："何潮被欺负到头上了，是可忍孰不可忍，不行，他说来就来可以，但说走就走就不能由他说了算了。何潮也不是谁随随便便就能欺负的，当我不存在是吧？"

江离一脸苦笑："江总，江姐，姑奶奶，你别挑事了行吗？郭公子有时是不着调，但心不坏，就是万一真的发疯起来，也六亲不认，像脱缰的野马，犯不着跟他一般见识。他得哄，是顺毛驴。"

"谁还没有一点儿脾气？"江阔回身冲何潮嫣然一笑，转身又变回了一脸冷漠，"我家何潮也是一个宝宝，也得哄，不是逆来顺受的冤大头。"

"好吧，何宝宝。"江离牙疼一样咧了咧嘴，冲何潮竖起了大拇指，意思是你家江阔真护你，对内贤惠，对外跋扈，是一个贤妻。何潮当仁不让地冲江离眨了眨眼，坦然地接受了江离的羡慕，同时对江阔投去了充满柔情蜜意的一瞥。

他却被江阔拒绝了，江阔回敬了他一个不要得意的眼神，小声说道："一个团队就是要互相帮助，你别想多了，刚才的话是场面话，不是真话。你只是语言中的宝宝，不是现实中的。"

何潮一口甜点噎在了嗓子里，忙摆手："快帮我拿一杯水，噎死我了。怪不得老人们常说，东西不能乱吃，话不能乱说。"

江阔忍住笑，有意板着脸，转身走了。

何潮和江离说了一会儿话，一抬头却不见了郭林选。江离眼尖，指着客厅的一个角落："看，一哥正在和邹晨晨聊天。怪不得不见了，原来是发现目标了。"

何潮笑了笑，问道："江安为郭统用推荐的CEO人选宁英俊，后来怎么没有了下文？"又想起他手下还有一个高英俊，不由得乐了，"叫英俊的人还不少，香港有个宁英俊，深圳有个高英俊，到底谁更英俊？"

"你更英俊，行了吧？"江离没好气地翻了一个非常标准的白眼，"你非和郭公子较什么劲儿？他有时就是一个二百五你知道吗？他每天除了泡妞就是和人斗气，反正有大把时间，你有时间和他胡闹吗？还有，你买了手机也不和我说一声，是不是想绝交？"

　　何潮将手机递给江离："赶紧打过去，记住号码。我的手机刚买还不到两个小时就遇到你了，至于吗？快说宁英俊是不是被郭统用否了？"

　　"郭总没明说，多半还在犹豫。不过我挺担心的，宁英俊是一个大草包，要格局没格局，要高度没高度，什么也不会，也不知道江安是不是眼瞎了，非要推荐他。郭总一开始就没看上宁英俊，但江安不停地游说郭总，再加上宁英俊和郭公子挺合得来，如果再没有其他合适的人选，多半就定他了。"江离的目光来回穿梭，在邹晨晨身上停留几秒钟，又落在了邓好儿的身上，顿时眼睛亮了亮，"电视台女主持人，哇，本人比电视台上还好看，我得认识一下。"

　　"你是有女朋友的人，别到处乱看，注意形象，控制住你的荷尔蒙，别跟着郭林选学坏了，他早晚栽在女人手里。"何潮揽住了江离的肩膀，"江安的出发点肯定不是为善来集团考虑，虽然他是江阔的哥哥，但一码归一码，这事儿有蹊跷。还有，宁英俊怎么就和郭林选合得来了？"

　　"他们在一起喜欢讨论泡妞心经，一来二去就成了哥们儿。宁英俊一看就是花心大萝卜，他还不如郭公子，郭公子花心归花心，至少对每一个女孩是真心喜欢，宁英俊泡过的女孩，都是花言巧语骗到手的，玩够之后就一脚踹掉。"江离叹息一声，"为什么现在的女孩都这么傻？有些男人一眼就可以看出不会专一，油腔滑调、油嘴滑舌、油头粉面，她们偏偏喜欢，是不是现在的女孩智商都下降了？"

第十章

捷径和惰性

何潮笑了："古往今来，向来是多情女子负心汉，何曾变过？女孩喜欢让她们开心的人，而最简单、最直接的开心就是花言巧语、甜言蜜语。你喜欢的东西，往往就是害你的东西，道理许多人都懂，到具体事情上，还是过不好这一生。"又意识到跑题了，他赶紧回到正题，"你觉得江安热衷于为郭统用介绍CEO，是什么目的？"

"CEO是首席执行官，具有决策权，公司的大小事务和具体业务，CEO都可以一言而定。"江离嘿嘿一笑，"举个例子，如果我担任了善来集团的CEO，你有一个项目要和善来集团合作，是不是直接说服我就可以了？以我们的关系，你说服我显然比说服一个陌生人容易无数倍。"

"所以，江安是想通过宁英俊掌控善来集团了？"何潮想了想，"你觉得方法可行吗？虽然郭林选不是很靠谱，但郭统用也不至于让一个外人彻底掌控公司。"

"事在人为。"江离叹息摇头，"郭统用毕竟老了，一哥又不争气，让他伤透了脑筋，现在他的精力大不如从前了。以前他是操心一哥的接班人大事，现在又催一哥结婚，希望一哥早日生孩子，唉，让无数人敬仰的郭统用郭总，其实也是一个普通的父亲。"

何潮想起自己的父亲，忽然也有了几分感慨。在成长的过程中，父亲是必不可少的重要角色，一个人的成长道路上如果缺少了父亲的引导，将会不完整，并且很难健全人格。父亲对孩子的关爱和母亲截然不同，母亲作为女性，关注点往往琐碎而具体，父亲则更多地放在人生和事业上。父亲的存在尤其对于男孩子来说至关重要，可以让男孩从小学会承担责任。

有一段时间没有和家里通话了，也不知道父亲的气是不是消了。他从小只要和父亲闹不愉快，都会采取沉默加逃避的方式解决，让时间去冲淡一切。也不是他非要如此，而是父亲喜欢用时间来消化两人之间的分歧。

开始时，他还觉得父亲的沉默是冷暴力，后来慢慢理解了父亲的做法。在冲动和盛怒时，不要试图通过对话去解决问题，因为失去了理智之后的对话，往往会上升为谩骂甚至是暴力。时间是可以解决一切矛盾的良药，如果经过了一段时间冷静的思索之后，分歧还在，还是谁也说服不了谁，就索性搁置分歧，让更长的时间去证明谁对谁错。

到今天，何潮很感谢父亲的宽容以及用沉默为他营造的可以试错的成长环境，人生如果连试错的勇气都没有，永远也不会有成功的可能。

郭统用的问题在于对郭林选管得太多、太细了，不像一个父亲，倒更像一个母亲。问题是，男孩对父亲的接受程度不同于母亲，一些管教发生在母亲身上，合情合理，但由父亲来做，就容易出现相反的效果。郭林选的所作所为和郭统用的要求背道而驰，也许并不是郭统用的要求郭林选都不喜欢，而是他就是要和郭统用对着干，是逆反心理作祟。

如果可以化解郭统用和郭林选父子之间根深蒂固的矛盾，肯定可以赢得郭统用的好感和信任，何潮眼前一亮，一个主意在心中迅速形成。

"宁劲来了。"江离一碰何潮，"快看，和彭帆一起的，个子高而且瘦的那个。"

门口进来两个人，50多岁年纪，都是瘦高个子，左边一人，国字脸，肤色稍黑，头发斜分，穿着随意，步伐坚定。右边一人，瘦长脸，耳大有轮，面容沧桑。如果说国字脸的宁劲如同一棵苍劲的松树，那么瘦长脸的彭帆则如一株挺拔的竹子。

两人一现身，立刻引起了人群的骚动，就连坐在沙发上和邹晨晨聊得火热的郭林选也站了起来，毕恭毕敬地和两人握手，态度十分谦恭到位。

何潮和江离不敢怠慢，也围上前去。何潮通过观察郭林选的举动，对郭林选多了一层了解，微微一笑："郭林选表面上不着调、不靠谱，其实心里有一杆秤，见人说人话、见鬼说鬼话、见神说神话的技巧运用娴熟。"

江离呵呵一笑："今天可是人、鬼、神都在，看他说什么话。"

"人、鬼、神都在，说胡话。"说话间，何潮和江离来到了人群中，由于晚了一步，被挡在了外面，与宁劲和彭帆隔了两三层人群的距离。

"算了，今天没机会和宁劲、彭帆说话了，我就算凑过去，在他们眼里，也不过是无数仰慕者中的一员，根本不可能给他们留下什么印象。"江离拉着何潮就要离开，"宁劲和彭帆的事迹你肯定也知道，你更看好谁？"

国内稍有名气的企业和企业家，何潮不敢说了如指掌，但至少能知道得七七八八。了解每个优秀企业家的成功之路，既是他的兴趣爱好，又是他的动力所在，况且每个人的成功经验，都有可以借鉴之处。

但是何潮一直坚信成功不可能被复制，每个人的成功都有明显的个人烙印和成长环境，无法照搬。

宁劲的传奇事迹不知道被媒体演绎了多少版本，固定的一版是1987年他43岁时欠债200万元，背水一战来到深圳创业，成立了中作。他先是靠代理香港某公司的程控交换机获得了第一桶金，后来孤注一掷投入C&C08交换机的研发。1993年末，C&C08交换机终于研发成功，因为其价格比国外同类产品低三分之二而性能丝毫不弱，中作得以迅速占领市场。

现在的中作，虽然和摩托罗拉、诺基亚等世界500强企业的差距巨大，但崛起之势不可挡，并且自主研发能力很强，何潮非常看好中作的前景，并且很是敬佩宁劲的为人。

和宁劲的传奇经历相比，彭帆创立国盛就顺利多了。从美国学成归来的彭帆，是中华人民共和国成立后国家培养的第一批工程师之一，曾任某航天部门的技术员。1985年，43岁的他被派来深圳组建国盛半导体厂，1997年成立国盛通信有限公司，他任副董事长兼总经理。

以目前的实力和发展态势来说，国盛远超中作。从背景来说，国盛也是远比中作深厚。许多人在围绕宁劲和彭帆时，更多的是和彭帆握手，递上名片，希望结识彭帆。

就连郭林选也是和彭帆热聊了几句，对宁劲兴趣不大。倒是邹晨晨跟在宁劲身边，问东问西，几句话过后，就被宁劲记住了。

不多时，众人形成了以宁劲和彭帆为中心的一个圆，像聊天，又像提问。武陵春的问题最多："彭总、宁总，现在中国的通信市场是国外通信企业的天下，什么时候才能见到国产品牌的手机问市？中国是不是真的生产不出一部拥有自主知识产权的手机？"

彭帆示意宁劲先说，宁劲摇了摇头，请彭帆先讲，彭帆呵呵一笑："老宁非让我先说，我明白他的意思，是让我抛砖引玉，好，我就满足他的愿望。中国的基础薄弱，不单单是科技，还包括基建、技术储备等等。中国想赶上西方发达国家，还有很长的路要走。毕竟进入中国的国外企业，都是百年的跨国集团公司，有些公司一年的营业额比许多国家一年的国民生产总值还要高，是真正的富可敌国。不过不要紧，中国人从来不怕艰难险阻。虽然我们起步晚、起点低，但相信总有一天会赶上他们。只要给我们足够的时间，别说一部手机了，就是一架飞机，我们也能完全依靠自己生产出来。"

武陵春笑了笑，继续提问："彭总觉得什么时候国盛可以生产出自己的手机？"

彭帆转身看了宁劲一眼："我估计至少还需要十年。在手机上面的科技水平，中国和国外的差距还很大，大到什么程度呢？像是火车和自行车的差距。日本现在有一种技术，是将无线市话建立在固定电话网上，国内命名为小灵通，接下来国盛会主推小灵通，有望在两三年内在小灵通的技术上获得突破。饭要一口一口吃，路要一步一步走，在超越之前，先学习，先买来技术，再消化吸收。"

何潮算是听出来了，彭帆的理念是贸工技之路，应该说，在初期阶段，购买技术再消化不失为一条捷径。但任何事情都有两面性，捷径走得久了，人会产生惰性。就像资源丰富的阿拉伯国家，没有一个发展科技和制造业，为什么？卖石油多省事，发展科技和制造业又累成功率又低，哪里有躺着赚钱舒服。

可是资源有卖光的时候，科技和制造业却永远不会停下前进的脚步。

"我想听听宁总的看法。"邹晨晨站在宁劲的对面，离宁劲不过两米之遥，她一袭长裙，又简单地束了一个马尾辫，往前一站，亭亭玉立犹如一株盛开的向阳花。

第十一章

格局和方向

邹晨晨明媚地一笑，一拢头发："买来主义在短期内看来是行之有效的方法，但从长远来看，并不利于中国科技的发展，会让科研人员产生依赖性以及偷懒心理。我觉得我们从小学到大学再到工作，有一个毛病一直没有改过，就是能抄袭就不会学习，能知道答案绝不会倒推过程。就像男人追求女人一样，能上来就接吻的，他肯定不会先从牵手开始。"

"哈哈……"

邹晨晨的话引起了哄笑，气氛也轻松了许多。

尽管深圳的冬天远不如北方气温低，但由于潮湿阴冷，再加上室内室外温度一样，其实并不如北方的冬天舒适。邹晨晨的脸红润如朝霞，也不知是太冷的缘故还是心情过于激动。

宁劲也笑了，他摆了摆手："偷懒、爱走捷径以及好逸恶劳，是人类的天性。既然是天性，就别指望人类可以自己主动去改变，只能被迫被动地改变。德国哲学家康德说过：'这个世界上唯有两样东西能让我们的心灵感到深深的震撼，一是我们头上灿烂的星空，一是我们内心崇高的道德法则。'这话对也不对，对于有敬畏之心、有信仰的人来说，星空和道德法则，可能震撼心灵。但对于大多数碌碌无为的人来说，星空和道德法则，哪里有法律和权力更能约束他们的行为？"

众人面面相觑，不是在说技术吗？宁劲怎么说到人性上了？

宁劲也看出了大家的疑惑，哈哈一笑："放心，我没跑题，只是用来引申出我的观点。前段时间，中作新招聘了一批人学生，都是名牌大学毕业的高才生，天之'娇'子，对，不是骄傲的骄，是娇气的娇，个个娇气得不行，所以我让他们全部到深圳火车站去卖菜刀。你们可能觉得很不可思议，大学生上了几年大学，学了那么多知识，为什么还要去卖菜刀？因为我就是要通过卖菜刀这样一件小事告诉他们，四年的大学，不管学了多少高深的知识，如果在火车站卖不出去一把菜刀，说明你的知识只是书本知识，是无法联系实践的理论，是空中楼阁！"

宁劲的声音洪亮，中气十足，声音在房间中回荡，嗡嗡作响。

"有些大学生坚持不下来，只卖一天就不干了，我当即就辞退了他。不要以为你一个大学生有什么了不起，你学了再多的知识，如果不能应用到实践中，你就是半成品，只是一个书本的存储器。后来所有留下来的大学生都工作得很顺利，也做出了很多成绩。菜刀卖得越好的大学生，升职越快，收入越高。原因就在于，你放下了所谓的面子和自尊，放空了自己，你才能有更多进步。"

郭林选露出了不以为然的神情，武陵春也是微有尴尬之色，邓好儿更是撇了撇嘴，小声嘟囔了一声："老传统！老古董！老家伙！"

江离小声说道："宁劲为人很强势，在中作推行权力碾轧一切的风格，许多人受不了他的霸道和独裁而离开。但奇怪的是，留下来的人都提升了不少。何潮，你说是不是有人天生就有受虐倾向，越是被压榨，越能出效率？"

何潮点了点头，认叮江离的部分观点："创始人风格就是公司风格，宁劲强势、说一不二，彭帆儒雅而从容，以后他们谁能走得更长远，一看谁的格局更大，二看谁的方向正确。"

"格局可以后天练出来，方向正确，就得看天生的嗅觉灵敏了。"江离得意扬扬地自夸，"就像我，就是天生的经济学家，对世界局势和国内经济了如指掌。"

江阔拍了拍江离的肩膀："等有一天你和宁劲、彭帆一样成了中心人物，你再吹牛也来得及。到时你吹牛都是哲理，现在吹牛，都是大话、废话。"

江离半张着嘴巴，一句话卡在喉咙，再也说不出话来。

"也许有人会认为我是老传统、老古董，应该被扫进历史的垃圾堆里，对不起，我短时间内还退不出历史舞台。"宁劲听到了邓好儿的不满，虽然在笑，笑容却很严厉，"年轻人喜欢安逸、喜欢放纵，也可以理解，但我还是坚持我的看法，在该吃苦的年纪选择了安逸和放纵，在你该安逸的年纪就得吃苦了。如果人生中有一个阶段必须吃苦，你是愿意在年轻时吃苦，还是在年纪大了要体力没体力，要能力没能力时吃苦？显然是前者更符合人生常态。你们肯定不理解我为什么讲了半天人生的道理，因为一家企业和一个人一样，在不同的阶段都会面临着不同的选择。"

"中作在成立初期，为了生存，只要是可以赚钱的业务就会开展。只有保证了生存才能谈论发展，就和年轻人先要放下身段敢在火车站卖菜刀一样。当你卖出第一把菜刀时，说明你已经成功地迈出了走向社会的第一步。在解决了生存问题之后，企业开始进入了发展阶段，那么是继续把全部利润用在赚钱的业务上，还是一部分用在研发技术上，就像你到了30岁时，是要把所有的收入都用在消费上，还是拿出一部分钱用来学习提升自己上？"宁劲朝邹晨晨点头一笑，"你会怎么做？"

邹晨晨甜甜地一笑："我肯定会继续学习以提升自己，时代在进步，在学校里学的知识会很快落后于时代的发展。"

"说得对。"宁劲连连点头，"你拿出一部分钱用来学习，肯定要节省，那么比起把全部收入都用在消费上的同事，在吃饭穿衣上要显得寒酸一些，不如他们光鲜，也不如他们潇洒。这时你要坚持自己，不要动摇，你学习的知识早晚会成为提升你的能力和竞争力的关键因素，不用三年，你就会显露出比同事更强的适应力、更敏锐的观察力以及更适应时代的自控力。"

何潮听得连连点头，宁劲深入浅出，表面上是说人，其实是说他的理念。彭帆是贸工技路线，宁劲则是技工贸的支持者和实践者。

"了解中作的人都知道，中作在成立初期是靠代理程控交换机起步，后来就自己研发了一台交换机。当时中作集中了所有力量，几乎是孤注一掷，不成功便成仁。最终研发成功后，价格比国外同类产品低三分之二，利润还有100%以上，由此可见国外的产品利润有多大。正是因为知道如果国内没有同类产品，国外产品的报价才会在他们国际价格的基础上乘以三倍的系数，摆出的就是狠宰中国企业一刀的架势。但没有办法，国内生产不出来同类产品，却还有需要，就只能挨刀。落后就要挨打，挨打完了，还得继续任人宰割。那么只有一个办法让国外的产品降价，就是自力更生，自己研发出来！"

何潮带头鼓掌："说得好！起步和创业的时候，模仿和学习必不可少。起步之后，就得考虑自主研发了。中国到现在为止，不能自主生产一部手机、一辆汽车、一台电脑，关键的零件都受制于人，一旦因为国家政策的改变而中止供货，会导致整个产业链的崩溃。命运只有掌控在自己手里，才是真正地站了起来！"

宁劲朝何潮投去了深深的一瞥："年轻人，你很有见解嘛，叫什么名字？"

"他叫何潮，我叫江离。"江离忙不迭站了出来，高高举起了右手，"宁总，我有问题想请教您。"

宁劲只看了江离一眼就收回了目光："今天不回答问题，只抛出问题。何潮是吧，你做什么行业？"

"快递。"何潮微微激动，手心出汗，宁劲是他的偶像，没想到自己一时冲动之下说出的一番话，还真的引起了宁劲的注意。他努力平息紧张的心情，让自己的声音听上去不那么失真："不知道宁总对快递行业的前景怎么看？"

"快递……劳动密集型产业。"宁劲停顿一下，"中国人多，幅员辽阔，肯定需要快递。不过既然是劳动密集型产业，进入门槛低，竞争会很大，想要杀出重围树立自己的品牌，也不容易。越是没有门槛的行业，反倒是越难成功的。"

"和世界上最珍贵的东西都是免费的是一样的道理，比如阳光、空气、雨水，最珍贵，却又不收费。但从经济学来看，免费的其实又是最昂贵的。当你免费获得一件东西时，你肯定会用你所不知道的形式去支付免费获得所需要的成本，而且还是加倍的。"江离迫不及待地想让宁劲记住他，急忙插话。

宁劲摇了摇头："年轻人，你要学的东西还有很多，建议你先和何潮去体会一下快递行业的艰辛，然后再去研究形而上的经济学，这样比较接地气。"

众人笑了起来，江离也笑，还想再说几句什么，宁劲却看了看手表，摆了摆手："没有时间了，我还有事情要忙，今天就到这里了，谢谢各位。"

第十二章

相伴相生

彭帆也起身和宁劲一起离开："我也有事，祝大家玩得开心。"

何潮知道机不可失，时不再来，当即向前一步："宁总，为什么中作不研发一款完全国产的小灵通？"

宁劲站住，愣了一下："为什么要研发小灵通？我并不看好小灵通的市场，作为过渡产品，生命周期太短。你看现在还有多少人在用BP机？"

何潮下意识摸了摸口袋里面的呼机，虽然买了手机，但他觉得在相当长一段时间内，呼机会和手机并存，小灵通也是。

"我的看法和老宁的正好相反，小灵通不会是过渡产品，而且未来有相当长久的生命周期，所以，国盛会很快投产小灵通，并且会加大研发力度。"彭帆上下打量了何潮一眼，"年轻人，你也看好小灵通的市场？"

"是的，彭总，我觉得小灵通在未来会大行其道，至少会有十年的生命周期。十年后是不是还存在，就不好说了。另外，我不叫年轻人，我叫何潮。"何潮的态度恭敬而不失端正，微微一笑，"国盛能不能生产出来一款完全拥有自主产权的小灵通？"

彭帆怔了片刻，摇头笑了："何潮，好，我记住你了。你断定小灵通只有十年的生命周期，现在是1998年，意思是到2008年小灵通就退出市场了？你的口气未免太大了，我都不敢说小灵通可以兴盛多久，相信就连宁总也不会给小灵通一个明确的生命界限，哈哈哈……初生牛犊不怕虎，是因为不知道老虎的厉害，被老虎吃了之后再怕，也就晚了。"他顿了顿，说，"小灵通的关键技术并不掌握在中国企业手中，没有办法生产出来拥有完全自主产权的机型。但小灵通的技术并不难突破，主要还在于是不是值得投入。如果市场大好，国盛肯定会研发自己的核心技术。前期，还是以购买专利和核心部件为主。所以说到底，年轻人，不要好高骛远，还是市场决定一切。"

宁劲拍了拍何潮的肩膀："何潮，你有想法、有情怀，是好事，但要面对现实。中作从一开始就非常看重自主研发，但你要知道，中国的科技力量非常薄弱，想要追上国外，任重道远。而且还有一点，现在是分工协作的时代，一家企业甚至一个国家，都可能没有办法完善产业链。不过我一直坚持一个观点，核心技术一定要掌握在自己手中。"

何潮坚持自己的看法："我觉得一是小灵通会兴起，但不会长久，因为随着收入的提高、手机价格的降低，大多数人最终还是会选择手机而不是小灵通。就像BP机会慢慢退出市场一样，因为BP机有天生的缺陷，只能单向接收而不能双向交流。二是小灵通虽然不会长久，不过会有一个兴盛期，所以也值得投入，会有不错的市场回报。但我们不能过度依赖小灵通，只可把它当成一个短期项目而不是长远布局。"

宁劲哈哈一笑："你这个小伙子有意思，综合了我和老彭的看法，各取其一，你这完全就是中庸之道呀。我不赞同中庸之道，做人做事，要专注其一，当断则断。何潮，有一句话你要记住，世界上没有左右逢源之事。"

彭帆握住何潮的手："许多人要么不看好小灵通，要么盲目看好，或者完全不了解，你是我遇到的人中，唯一可以冷静理智地看待小灵通的年轻人，现在像你这样有思想、有深度的年轻人并不多，更难得的是，你还从事快递行业。不过快递行业和电子行业相伴相生，你对电子行业了解越多，越能更好地发展你的快递公司。别听老宁的话，中庸之道才能走得长久，左右逢源也是本事。凡事不可偏执，过于激进和过于保守，都不可取。"

两人临走的时候，彭帆主动留了名片，并且要了何潮的手机号码。在何潮的索要下，宁劲以没带名片为由没留联系方式，也没要何潮的联系方式。

众人送两人到门口，何潮、江阔和江离、邹晨晨送两人到电梯，电梯门一开，何潮顿时惊呆了——电梯里面赫然是周安涌和辛有风。

周安涌正和辛有风有说有笑，以拿到了邀请函而扬扬自得，电梯门一开，顿时犹如一盆冷水从天而降，浇了他一个透心凉！

不仅是因为他最想见的宁劲和彭帆就要离开，还因为两人的身后赫然是何潮和邹晨晨，他得意的心情瞬间跌到了谷底。他费尽心机才得到的入场券，在别人眼中不过是一张没有多少含金量的纸片。不管是何潮还是邹晨晨，都是他认为远不如他的人，却不但比他快了一步进入酒会，还结识了宁劲和彭帆……不公平，不应该。

他们凭什么？

周安涌心中瞬间怒意高涨，却又在和何潮对视的一刹那平息了心情，深呼吸一口，谦恭地一笑："宁总好，彭总好。"

宁劲和彭帆微微点头，进了电梯，冲何潮等人挥了挥手。在电梯门即将关上的瞬间，宁劲忽然说了一句："对了，何潮，有时间你可以来中作找我喝茶，有些事情我们可以深入聊聊。还有，我有两个很有意思的朋友，你肯定也想认识一下。"

何潮还没有来得及答复一声，电梯门已经关闭了。

何潮哈哈一笑，打了周安涌一拳："刚才在楼下，你不早说你也参加酒会，干吗这么半天才上来？"

邹晨晨也和何潮一样打了周安涌一拳，拿出一张邀请函："说好了等我来了一起上来，我到了后又找不到你，打你电话又打不通，你玩什么失踪？给你邀请函，好像我骗你一样，你肯定背地里说我坏话了。嘻嘻，好吧，看在你来晚的分儿上，我原谅你了。"

周安涌"呵呵"傻笑一气，依次为几人互相介绍，邹晨晨和何潮握手时，眼神在何潮的脸上停留了很长时间，悄然一笑："我早就听安涌说过你不下一百次，在我的想象中，你应该白白净净，斯文微胖，戴一副眼镜，没想到，你的形象和我想象中的正好相反。"

"安涌居然形容我这么文雅？白净斯文，又有眼镜，这分明是他的形象！"何潮大笑，"你是不是很失望？又黑又瘦又没眼镜，民工男一个。对不起，我的形象影响了邹小姐的心情，是我的错。"

"哈哈哈……何哥你太逗了，不过你说错了，你的形象幸好不是我想象的样子，因为我最不喜欢白净眼镜男了，看上去就有心理障碍。哎呀，我不是说你，安涌，你白净但不斯文，戴眼镜但不近视，我说的是我的前男友吕庆园。"邹晨晨忙解释一番，她语气轻松，肢体语言到位，实在让人挑不出毛病。

邹晨晨确实是真心邀请周安涌参加酒会，刘以授给了她一张邀请函，后来赵动中也帮她要了一张，她想与其浪费还不如拉上周安涌一起。

不料周安涌没有和她一同前来，她带着两张邀请函进来，周安涌电话也打不通，她还以为周安涌有事来不了。她万万没有想到，在周安涌的心中，她已经被列入了黑名单，和何潮并列。

几人回到了酒会，这一次周安涌顺利地过关，保安没再对他盘问，只是多看了他几眼，眼神中有一丝不屑和轻视。他愤愤不平地想：一个小小的保安牛什么牛？总有一天我要让你仰视都看不到我的膝盖！

不过进入酒会现场，周安涌感觉之前所受的委屈都一扫而光了，太"高大上"、太有精英范儿了。在来到深圳半年之后，他终于一步迈进了上层圈子，也算是扬眉吐气了。

只是何潮一个小小的快递公司的老板，甚至不如华强北拥有一个一米柜台的小老板赚得多，有什么资格跻身于如此高端的酒会？不就是靠一个江阔吗？也不知何潮到底哪里好，江阔偏偏就欣赏他、认可他，江阔好歹也是世家大小姐，来自香港，怎么会这么没有眼光？

周安涌热情地和每一个人打招呼，握手并且递上名片，这么好的结识高端人士的机会，他不能错过。辛有风跟在他的身边，也一一和人寒暄。

何潮、江离和武陵春聊了起来，很是投机。而邹晨晨和江阔一见如故，两人手拉手坐到一边，不多时就有说有笑了。

郭林选！周安涌转了一圈后才发现躲在角落里的郭林选，顿时眼前一亮，如此良机岂能错过，忙快步上前："郭公子，我叫周安涌，我们上次在'当年明月'见过一面，不管你还有没有印象，我再做一下自我介绍，周安涌，启伦集团执行副总裁，这是我的名片。"

郭林选正眯着眼睛远距离欣赏邹晨晨，越看越是喜欢，心中一直琢磨怎样才能让邹晨晨为他所用时，周安涌就突然冒了出来挡住了他的视线，他不耐烦地推开周安涌："让开，好狗不挡路，别影响我欣赏美女。"

第十三章

投其所好

周安涌心中的怒意一闪而过，顺着郭林选的目光望去，顿时明白了什么，呵呵一笑："邹晨晨是曹总的行政助理兼万众置业的CEO，也是我的同事，我和她很熟，对她还算比较了解，郭公子想知道她的爱好、性格以及前男友什么的，都可以问我。"

一句话立刻如利箭一样射中了郭林选的心脏，郭林选当即拉过周安涌坐在了他的身边："周安涌是吧？我记得你，当时在'当年明月'，你很戾，躲在了后面，比何潮差多了。不过看你现在的样子，混得比何潮强。"

周安涌一脸尴尬。想起当时的情景，他自认也不算太戾，至少没有临阵脱逃，还和郭林选的手下打了半天，最后也没怎么吃亏。他勉强笑了笑："郭公子记性真好，过目不忘。"

"我能记住的人不多，都是有特点的，比如何潮，这小子有时正经，有时蔫坏。比如江离，本事不大，大话挺大。比如你，眼睛贼亮，心眼多，心思活泛……"

"我就当郭公子是在表扬我。"

"说，邹晨晨到底是一个什么样的姑娘？"郭林选舔了舔嘴唇，露出了贪婪的笑容，"如果你能帮我拿下她，你提什么要求我都答应。"

辛有风站在周安涌身后，走也不是、留也不是，悄悄一拉周安涌的衣服，周安涌回身看了一眼，示意她坐下。

"邹晨晨现在单身，和前男友吕庆园分开很久了，不，准确地说，吕庆园不是她的前男友，并没有和她真正确定恋爱关系。吕庆园是她的同班同学，一直追求她，特别喜欢她，她没有答应。大学毕业后，她来了深圳，吕庆园本来被上海的一家全球500强企业录取，为了她放弃高薪工作，也跟着来到了深圳。现在他好像是

51

在深圳发展银行工作，不时来公司找邹晨晨，邹晨晨有时拒绝，有时也会跟他出去吃饭。他这家伙挺有耐心，脸皮也够厚，照这样下去，如果他坚持不懈，邹晨晨早晚会被他攻克。"

郭林选眯起了眼睛："有竞争是好事，我喜欢挑战……吕庆园这小子长得怎么样？"

周安涌摇了摇头："他和郭公子不能同日而语，白净，斯文，戴眼镜，是邹晨晨最不喜欢的类型。不过你也知道女人，女人看男人的审美是会随着时间和环境而改变的，有时她特别讨厌的类型，被缠得久了，也许也会喜欢上。"

郭林选愣了愣："不会，你别拿一个小小的吕庆园来说事，我比你了解女人，尤其是有个性的女人。晨晨是一个不会轻易妥协自己审美的女孩，吕庆园大学四年都没有追上，到了社会上，再给他十年他也没有机会。但晨晨这样的女孩，真要喜欢上一个人，也是很可怕的事情，很难改变。他不可怕，何潮才可怕。"

"和何潮有什么关系？"周安涌背对着何潮，话一出口意识到了什么，回头一看，邹晨晨不知何时又和何潮坐在了一起，正和何潮聊得开心，不时掩嘴大笑，说到高兴处，还要摸一下何潮的胳膊。

江阔只坐在了何潮的对面，对邹晨晨和何潮过于亲密的互动，假装视而不见。

周安涌愕然：不是吧，邹晨晨这么快就和何潮打成一片了？他了解邹晨晨，邹晨晨看似随和，和谁都聊得来，但实际上越是和谁都聊得来的人，交朋友越是挑剔。邹晨晨八面玲珑，能在刘以授和赵动中面前应付自如，在何潮面前自然更是不在话下。现在邹晨晨明显不是在应付何潮，而是确实和何潮聊得十分投机！

周安涌认识邹晨晨以来，见过她应付形形色色的人，在如沐春风的笑容之下，其实是职业的礼貌和客套的礼节，但对何潮不一样，她的笑容发自内心，肢体语言也不是有意的迎合，而是无意的亲近。

有意的迎合是刻意，无意的亲近是心声，如果说刚一见面邹晨晨就喜欢何潮肯定是夸张，但周安涌可以肯定的是，邹晨晨对何潮有好感。

何潮凭什么这么有女人缘？周安涌说不嫉妒那是欺骗自己，他自认很有男性魅力，但说实话，邹晨晨对他的微笑之中，从来都是公事公办的礼让和尊重，让他很是郁闷。邹晨晨对他的所有好感到公事为止，从来不会和他私下接触，更不会有任何让他误会的表示。

邹晨晨其实是一个边界感很强的人，公私分明，不会把公事和私事混为一谈。

周安涌很清楚，邹晨晨表面上对他客客气气，却从来没有对他敞开过心扉，他和邹晨晨的关系到同事为止。

周安涌强压心中的不适，故意不以为然地一笑："何潮喜欢的是江阔……不过，如果邹晨晨真的喜欢他，只要邹晨晨想要，江阔别看是富家千金，也竞争不过她，她不是一般的女孩，她的魅力无人抵挡。"

郭林选听出了周安涌的言外之意："你的意思是说，只要邹晨晨看上了何潮，不管何潮喜不喜欢她，她都能拿下何潮了？如果何潮也喜欢她，他们就干柴烈火，迅速燃烧了？"见周安涌点头，他又咧嘴笑了，"你的意思是，如果我不能尽快让她改变主意不看上何潮，我就没戏了，该干吗就干吗去，对吗？"

周安涌不好意思地笑了笑："郭公子的魅力虽然所向披靡，但邹晨晨也是一个比较棘手的猎物，以前她没有目标还好说一些，现在对何潮有了好感，恐怕郭公子拿下的难度会增加不少。我这个兄弟，还是很有女人缘的，又会花言巧语。当年在学校，他就是凭借花言巧语外加脸皮厚心黑才拿下了校花艾木。艾木可是心高气傲的北京大妞，多少公子哥儿和官二代、富二代都没有追到手。相信我，邹晨晨和他接触越久，他们之间发生故事的概率就会越高。不过我可以帮郭公子……"

"何潮是你兄弟，你为什么帮我而不是帮他？"郭林选不傻，自己有时故意信口开河，其实就是想知道对方的真正意图，在巨大的诱惑面前，对方的底牌很容易就拿了出来，"你想要的一定很多。"

"不多，真的不多，郭公子你误会我了。"周安涌暗暗地笑了，事情比他想象中还要顺利，他知道自己离成功又近了一步，"我帮郭公子其实也是在帮何潮，何潮是我兄弟，我肯定不会害何潮，但何潮有一个缺点或者说是毛病，就是太多情，对漂亮的、有风情的女孩见一个喜欢一个。记得小时候何潮和我开玩笑说，全国每个省份如果都有一个女朋友，自己就可以和《天龙八部》里面的段正淳段王爷一样走遍天下、爱满天下了。只不过何潮和郭公子不一样，郭公子富可敌国，要什么有什么，可以成为段王爷一样的人物，何潮还在创业期，穷小子一个，哪里有时间和金钱去泡妞？我希望何潮把主要精力用在事业上，事业有成之后再去实现自己的梦想。"

何潮如果听了周安涌对他的评价肯定哭笑不得并且大呼冤枉，他什么时候说过每个省份都有一个女朋友的远大志向？他从来不敢有这么宏伟的理想！

"行了，别扯没用的，你直接说你能怎么帮我吧，我才不管你和何潮是什么关系，又对他是什么态度。我明确告诉你，周安涌，这些年接近我的人，没有一万也有八千，不管男女，都有明确的目的。我知道大多数人最喜欢做两件事情，毫不利人的锦上添花、毫不利己的落井下石，从来没有雪中送炭。你想要什么，明说，我最喜欢等价交换。"郭林选直视周安涌的双眼，"你越有野心，越有欲望，我越喜欢，我最不喜欢假装什么都不要的人，扯淡！你什么都不要不成神仙了？神仙跟我一个凡人还谈什么饮食男女的俗事？"

周安涌嘿嘿一笑："郭公子性情中人，好，我就明说了。万众置业是一家三方公司，三大股东分别是曹启伦、刘以授和赵动中，邹晨晨是CEO，是三方的支点。万众置业的成立就是为了和善来集团联合开发项目……"

"你等等，"郭林选愣住了，"刚才邹晨晨和我聊了一会儿，以前她也私下和我接触过几次，怎么提也没提过这事儿？"

邹晨晨和郭林选认识，周安涌当然知道，邹晨晨几次和郭林选接触，竟然没提过万众置业之事，倒也有意思，说明邹晨晨要么是极有心计，要谋划什么大事，要么是有意徐徐图之，并不着急。这么一想，周安涌除了对邹晨晨多了几分敬佩，心里更加迫切要将邹晨晨赶出启伦集团了。

周安涌顺势说道："万众置业虽然是由晨晨负责，却是我在一手策划并且推动，因此晨晨是在等我和郭公子接触洽谈。"

"说下去。"郭林选朝后用力一靠，半躺在沙发上。

第十四章

永不抛售

"万众置业在筹备一个龙岗区的叠拼别墅项目，前期的准备工作完成60%以上了。项目虽然不大，总投资也就5个亿左右，但对郭公子来说，是一个练手并且证明自己的好机会。如果郭公子愿意代表善来集团加入万众置业的叠拼别墅项目，不但可以有更多的机会和邹晨晨接触，还可以一步步地掌控大局，最后顺势并购万众置业，买走曹启伦、刘以授和赵动中的全部股权，你不就成了邹晨晨的老板了？"

"嗯……有的女人喜欢安稳，就送她房子；有的女人喜欢跑来跑去，就送她汽车；有的女人喜欢事业，就送她一个公司……投其所好是赢得好感的关键一步，这个主意不错。"郭林选点了点头，喜形于色，"如果我猜得没错，曹启伦、刘以授和赵动中都在打晨晨的主意，对不对？"

周安涌嘿嘿一笑："赵动中不好说，城府比较深，看不出来……"

郭林选哈哈一笑，明白了周安涌欲言又止的意思："行啊，你的主意我觉得可行。现在说说，你想要的是什么吧。"

"安涌想自己创业，希望郭公子可以……"辛有风在一旁听了半天，见机会终于来了，忙不迭帮周安涌说了出来。

她却只说了一半，被周安涌狠狠地抓了一下手，用力过大，疼得她差点惊叫出声，忙闭了嘴。

"能帮上郭公子是我的荣幸，我不图回报，当然，我也有一些私心……"周安涌谦恭地笑了笑，"邹晨晨是一个事业心很强的女孩，又长得漂亮，还能说会道，人缘极好，在男人的世界里，她比我更有竞争力，性别优势太突出了。如果郭公子和万众置业的合作成功，算是我的业绩，曹总肯定对我高看一眼。再如果郭公子最终真的收购万众置业，邹晨晨也就脱离了启伦集团，她在启伦集团就不再和我竞争总经理之位了，早晚曹总会让出总经理之位，只担任董事长。"

"你打了一手好算盘。"郭林选拍了拍周安涌的肩膀，哈哈一笑，"不过你的主意虽然不错，但你在整个事件之中并不是不可或缺的一环，我直接去和邹晨聊，也能达到想要的效果。周安涌，你得说说你在哪方面具有不可替代性。"

周安涌早有准备："我在两方面具有不可替代性。一是我和何潮的发小关系。我太了解他了，我和他亲如兄弟，所以如果邹晨喜欢上了他，我可以解决这个麻烦。二是我还比邹晨更得曹总、刘总和赵总的信任。虽然邹晨很有魅力，但毕竟是一个女孩子，除非她真的跟了其中一人，否则男人不会绝对信任一个和自己没有亲密关系的女人。但她又是聪明人，跟了三人之中的任何一人，都会得罪另外两个人，所以肯定不会这么做。她必须在三人之间保持平衡，而能帮她周旋在三人之间如鱼得水的最合适的一个人，就是我。"

郭林选沉默了几分钟才说："你说服我70%了，还差30%我需要亲自向邹晨求证一下。走，你跟我去和邹晨当面聊聊。"

周安涌有几分心虚地跟在郭林选身后，他以极低的声音对身后的辛有风说道："不要乱说话。"

辛有风以前肯定会反驳周安涌，习惯性地张了张嘴，虽然不是很习惯周安涌的强势，却还是咽了回去："知道了。"

何潮正和邹晨谈论过去的1997年都发生了什么大事件，他称之为——风雨之1997年，危机之1997年，以及机遇之1997年。

1997年，高山大海、惊涛拍岸、潮起潮落，有数不过来的企业巨人一夜之间轰然崩塌，诸如史玉柱败走珠海、太阳神陨落、三株失控、标王秦池白酒的溃败等等，但也有铺天盖地从零开始的创新和起步，比如丁磊的网易、王志东的新浪和张朝阳的搜狐，预示着中国开启了互联网元年，还有恒大的发迹、奥园的进击、万科的超车。

邹晨很佩服何潮对时代的敏感，她补充说，1997年还有国企改革，国企工人下岗大潮，等等。两人还聊到了香港金融危机，一致的看法是，金融危机对内地各大城市的影响有限，当然也包括深圳。

"虽然深圳在许多人眼里就是香港边儿上的一个城市，但深圳的背后是广袤的陆地，有雄厚的后盾，所以金融危机这个热带风暴，撼动不了深圳的根本……"何潮和邹晨大有相见恨晚之意，虽然邹晨未必有江阔的格局和眼界，但她在许多事情的看法上和他完全一致，并且她也没有江阔身上与生俱来的优越感和对深圳莫名的轻视，尽管江阔会刻意掩饰，但有时还会不由自主流露几分，他就很愿意和邹晨晨聊天，"不过我相信，1998年中国的经济会明显放缓，但不会太久，很快就会有新的利好政策出台，到时经济发展还会继续高歌猛进。"

"何哥的利道快递，有没有融资计划？江总身后可是有雄厚的资金，你们强强联合，肯定可以大有作为。"邹晨晨敏锐地察觉她和何潮过于热切有些冷落了江阔，江阔表面上坦然，眼神中却不可避免地流露出了一丝丝不悦，她忙转移了话题，想让江阔也加入讨论中。

江阔却不领情，淡淡一笑："现在利道快递发展的势头良好，现金流充足，不需要融资，何总不愿意释放股权。"

"真的吗，何——总？"邹晨晨拉长了声调，咯咯一笑，"江总又不是外人，你让她投资利道，她肯定不是短期就想套现的财务投资，是长期持有战略投资，说不定还永不抛售，期限是一辈子。"

江阔岂能听不出来邹晨晨的话是什么意思，微微一哂："别开玩笑，我和他是再正常不过的商业合作关系，倒是你，和他挺适合。他也一再强调，川妹子最有味道，你就是他最喜欢的省份的女孩，又是他最喜欢的集温柔、活泼、可爱于一身的类型。"

邹晨晨听出了江阔话中浓浓的醋意，反倒笑得更开心了："真的吗？温柔、活泼、可爱……怎么没有漂亮？何哥，难道我还不够漂亮？你真的最喜欢川妹子？"

何潮真不记得他什么时候和江阔说过他最喜欢四川女孩，他嘿嘿一笑，顾左右而言他："宁总是重庆大学毕业的，怪不得身上有一股不服输的劲头。酒会过半了，还会有什么重量级人物到场吗？"

"何哥，你别弄错了，重庆姑娘和川妹子不是一个品种，重庆姑娘哪儿有川妹子好？"江离想将何潮的跑题拉回来，话没说完，后背被人拍了一下，他顿时大叫，"谁打我？干吗这么用力？会疼的知道吗？啊，郭公子。"

郭林选一脸浅笑地站在江离身后，双手插兜："聊得这么开心，酒逢知己千杯少，晨晨，喜欢上何潮了？"

谁都没想到郭林选上来第一句话就是如此刁钻的问题，所有人的目光都聚焦在了邹晨晨身上。

邹晨晨眼波流转，莞尔一笑："江离喜欢何潮，是欣赏。江阔喜欢何潮，是赞赏。我喜欢何潮，是鉴赏。我当然喜欢何潮了，不喜欢怎么会遇见他？不喜欢怎么会坐在一起聊天？喜欢和喜欢不同，有的喜欢会发展，有的喜欢就是到喜欢为止。我也喜欢你，郭总，来，请坐，欢迎加入我们的天南地北聊天小分队。"

江阔暗暗点头，这个回答她给满分。虽然她心中确实有一丝不快，不是因为邹晨晨抢了她的风头，也不是因为邹晨晨过于光彩照人，而是邹晨晨和何潮一见如故，聊得太投机。她曾经多次告诫自己，她和何潮只能是商业合作伙伴，不可能成为恋人，但越是接触得多，她越是喜欢和何潮在一起时的感觉。很多次她否认自己的直觉，并且告诉自己，不，她并没有喜欢上何潮，和他在一起谈论的都是事业，不涉及私事。

但谁又能将公事、私事分得一清二楚？就像今天她非拉着何潮买一部手机，原本是想走三成科技的账，临时鬼使神差自己付款。当时的念头非常清晰，她就是要送一部手机给何潮，因为何潮送过一部呼机给艾木。

她就是要让何潮欠她一个人情，这样何潮才能总是记得她。她也很记恨何潮不让她投资利道快递，是，最开始她是不太看好利道快递，但人总有看走眼的时候，她也不是全才，现在再投资利道也不算晚不是？但何潮对利道保护得很周到，就像自己的一亩三分地，谁也不能染指。

江阔理解何潮的心思，利道就像是他的孩子，他想完全按照他的思路来打造利道，让利道好好茁壮成长。可问题是，她就算加入利道，难道会影响利道的发展而不是会对利道的成长更加有利？

第十五章

没有退路的义无反顾

她不知道何潮到底是怎么想的，反正始终觉得何潮不让她投资利道，就是对她有防范心理，不当她是自己人，对她没有真心相待。尽管有时她也反思，在商言商，她不应该用感情来绑架商业，但她是女人，女人难免会有情绪，会因为感情上的付出而要求对方也对等地付出。

今天的酒会，江阔的出发点也是让何潮见见世面，拓展人脉，何潮很优秀，他需要的只是时间和机会。之前他和宁劲、彭帆的互动让她很是开心，他成功地引起了两人的注意，并且她也相信他给两人留下了深刻的印象。

没想到，何潮的魅力真够大的，引起了宁劲和彭帆的关注不算，还和邹晨晨聊得这么投机。她就生气了，何潮这么不懂事，她带他来酒会是让他提升眼界、多交朋友的，不是让他来泡妞的！

之前她还不觉得什么，尽管何潮身边有郑小溪、卫力丹以及辛有风，但她从来没有感觉受到威胁，邹晨晨一出现，她立刻就有了警惕之意，下意识就察觉到了危险的逼近。事实也验证了她的感觉正确，女人的直觉有时真的很准，就像可以提前嗅到危险气息的猎手，对每一个猎物的实力都有第一眼的准确判断。

邹晨晨和何潮的第一次见面是"与君初相识，犹如故人归"的意气相投，完全没有生疏感，就如同她和何潮第一次见面一样。

不，邹晨晨和何潮第一次见面，比她和何潮的第一次见面还要轻松，还要开心，她和何潮之间还有距离感，文化的差异以及成长环境的不同。香港和内地确实存在着一定的隔阂是不可辩驳的事实，但邹晨晨和何潮没有，他们只用半个小时就了解了对方，而她和何潮足足用了三个月。

江阔有了前所未有的危机感。如果她再和何潮就这样按部就班地发展下去，只能是和她嘴上所说的一样——永远只是正常的商业合作伙伴关系，而何潮和邹晨晨极有可能会迅速走近，成为恋人。

江阔此时才不得不真正地面对自己的内心。她终于承认了一个一直逃避、不愿意承认的事实——她真的喜欢上何潮了，喜欢得义无反顾，喜欢得没有退路！

何潮并没有察觉到江阔的心思百转千回，他和邹晨晨聊得投机，只是因为两人理念相同，有共同的话题，许多事情看法一致。郭林选一到，他忙起身相迎："郭公子请坐。"

"座位不够，我坐了，你不就没地方坐了？"郭林选嘴上这么说，却还是不客气地坐在了何潮的座位上，"我和你，只能有一个人有机会。"

郭林选一语双关，何潮一愣，注意到郭林选看向邹晨晨时炙热的目光，立刻明白了什么："机会如果是自己争取来的，会很有成就感；如果是别人让的，对郭公子不公平。郭公子怎么会让别人施舍机会，对吧？"

郭林选火气被腾地点燃，站了起来："何潮，你的意思是要和我公平竞争了？晨晨，我把话搁这儿了，从今天起，我和何潮开始追求你，以三个月为限，谁输了谁就在深南大道裸奔。"

何潮哑然失笑，郭林选是不是对裸奔有癖好？不管赌什么，赌注都是裸奔，他也是服了："能不能换个赌注？"

江阔悄悄来到何潮身后，用力拧了何潮的胳膊一下，咬牙小声说道："你还真赌呀？别弄假成真了。"

何潮疼得倒吸一口凉气："江阔，别闹，等下我再和你解释，现在气势不能输。"

郭林选不理何潮，直视邹晨晨："晨晨，你说呢？"

"好像没我什么事情吧？"邹晨晨才不想成为何潮和郭林选斗气的焦点，尽管她很想和郭林选走近，借机打开万众置业的局面，"你们赌你们的，我就看看，我不说话。"

周安涌朝邹晨晨连使眼色，邹晨晨假装不见，周安涌无奈，只好走到邹晨晨身后："晨晨，命运馈赠的礼物，刘以授的有价格，郭公子的也有价格，而且郭公子的价格更高，回报更丰厚。"

邹晨晨心如明镜，她之前之所以一直没有主动和郭林选接触，任凭曹启伦、刘以授和赵动中催促多次，还是保持了自己的节奏，就是很清楚郭林选对她的想法。如果她主动和郭林选走近，就失去了讨价还价的主动权，会被郭林选漫天要价。所以她耐心等待周安涌的出击，她相信周安涌比她更希望打开局面。

不管怎样，她不想拿自己的青春交换，她不想成为有钱有权人士饭桌上的一道菜品或是谈资，她想依靠自己的能力打下一片天地。

现在看来，她还是低估了郭林选对她的兴趣，更让她意想不到的是，郭林选当面不出手还好，一出手还连带将何潮拉下了水。是，她承认她对何潮有好感，但才刚刚认识而已。

邹晨晨再八面玲珑，再能应付自如，毕竟年纪还轻，从未经历过如此复杂的场面。面对曹启伦、刘以授等人的调侃，她可以轻松应对，因为她知道他们是已婚男人，她不会爱上已婚男人。但何潮和郭林选不同，他们是单身，而且年龄相仿，更主要的是，她对何潮有好感，对郭林选也并不讨厌。

邹晨晨一时不知所措："安涌，我该怎么办？"又一想，周安涌肯定期待她和郭林选发生什么，他的立场不会公正，就又向江阔求助："江姐姐，帮帮我。"

如果是平常，江阔肯定愿意帮助邹晨晨，但现在不同，邹晨晨有可能从她身边抢走何潮，尽管他们才刚刚认识，但感情和投资一样，要防患于未然，她就淡然一笑，摆了摆手："不关我的事情，晨晨你这么聪明，肯定可以想出一个万全之策。"

周安涌趁机连连点头："对，对，晨晨不要怕，你现在面对的困难不是放弃，是选择。"

郭林选大大咧咧地跷起了二郎腿："怎么样，晨晨？你可以尽快考虑拿出主意，机会不是每天都有的。"

邹晨晨在众人目光的注视下，咬了咬嘴唇，忽然笑了："何潮说了算，他要是同意，我也跟。怕什么？哪怕只有最后一张牌时，说不定还有机会海底捞一把。"

"什么是海底捞？"江阔一脸好奇加不解。

"海底捞是麻将术语，"何潮笑了，"四川人喜欢打麻将，如果最后一张是自己摸到并且和牌，就叫海底捞，也叫海底捞月，是最后一次机会却拿到了最大的幸运的意思。"

江阔笑问："这么说，你是同意了？"

"难得郭公子信心十足，又这么有闲情雅致，更难得晨晨给了我一个追求她的机会，我怎么会不同意？虽然说最难消受美人恩，但美人主动，身为男人也不能退缩不是？"何潮意气风发，哈哈一笑，"我可以同意，但有一个条件，如果郭公子接受，就马上可以开始。"

61

"说，"郭林选懒洋洋地笑了笑，"条件随便提。"

何潮咧嘴笑了笑："如果郭公子以善来集团的名义和万众置业合作一个项目，我就同意我们的赌局；还有一点，三个月后，晨晨如果不喜欢我们两个人中的任何一个，等于我们都输了，是不是郭公子要和我一起在深南大道裸奔？"

郭林选翻了翻白眼，没说话，想了一会儿才说："行，如果到时我们都失败了，我陪你一起在深南大道裸奔，时间和具体地点由我指定，没问题吧？不过我得事先声明，你如果和邹晨晨一起串通骗我，让我发现了，嘿嘿，一哥一生气，后果很犀利。"

"没问题。"何潮一口答应，"晨晨没问题吧？"

邹晨晨回何潮以感激的一瞥，何潮所提条件是对她的刻意照顾，等于确保了她立于不败之地，以和万众置业合作为先决条件，以她可以不喜欢任何一人为最终结果，她完全没有后顾之忧。不过让她奇怪的是，郭林选明明知道这个赌局是一个大坑，有输无赢，有败无胜，为什么还一口答应？

邹晨晨虽然知道郭林选不靠谱、不着调，但郭林选只是生性爱玩，又不是傻，不可能不知道何潮是故意设置了陷阱，却还是答应下来，莫非郭林选还有什么后手？不管了，到时再说，至少现在过关了，最重要的是，还拿下了她梦寐以求的合作。

她真该好好感谢何潮，何潮对她是完全不求回报的帮助！她也看了出来，江阔喜欢何潮，当她和何潮聊得投机时，江阔有意无意间流露出来的敌意，让她意识到江阔把她当成了情敌。她其实早就看出了江阔对何潮的在意，喜欢就是喜欢，越刻意，越容易露馅。

相比之下，周安涌就很不地道了，邹晨晨有意朝旁边错了错身子，离周安涌远了几分，她冲何潮甜甜一笑："没问题，谢谢何哥。"

郭林选忽然说道："你们都有条件，我也有，不能欺负老实人不是？我的条件很简单，既然大家要一起玩，那就都得守规矩。我和何潮保证从现在起，三个月不追求其他女孩，晨晨你也得保证，三个月内，不接受除了我和何潮之外的任何人的追求。怎么样，我的提议公平吧？"

"公平，我同意。"邹晨晨点头答应，"我想何哥也没有意见吧？"

她一边笑，一边看向了江阔。江阔也是一脸温和笑意，镇静自若："他求之不得。"

第十六章

命运自己主宰

三个月后。

深圳的冬天短暂而温暖，第一次在岭南过冬的何潮不太适应南方阴沉而潮湿的冬天，反倒是过年回家的时候，躲在暖气十足、温暖如春的家里，才真切地感受到了冬天温情的一面。

温情不仅来自舒适的温度，还有亲情。

1998年1月28日是正月初一，何潮和周安涌在1月26日回到了石家庄，两人同乘一架飞机，也是两人第一次坐飞机。

自从上次酒会之后，何潮和周安涌加强了联系，两人每周都会见上一次，谈人生、谈理想、谈对爱情的向往。何潮很欣喜地发现，他和周安涌冰释前嫌，回到了以前亲密无间的发小状态。

27日晚上，除夕，何潮邀请周安涌一家来家中做客。周安涌及其父母一行三人和何潮一家四口围坐在了何潮家的客厅之中，在由赵忠祥、倪萍、亚宁、朱军等人主持的春晚的陪伴下，度过了一个其乐融融的除夕之夜。

第11个节目是李光曦、李谷一和张也三个人合唱的歌曲《走进新时代》，何潮和周安涌都小喝了几杯，有了几分醉意。两人一起对着何潮家的平面直角32英寸环宇电视高唱："让我告诉世界，中国命运自己主宰。让我告诉未来，中国进行着接力赛。承前启后的领路人，带领我们走进新时代，啊！带领我们走进、走进那新时代……"

只是令何潮想不到的是，曾经石家庄人最引以为傲的环宇电视，数年之后就消失在了时代的潮流之中，被层出不穷的新电视品牌冲击得没有还手之力。

何潮的父亲和周安涌的父亲呵呵一笑，周仁成和何父碰杯："孩子们去深圳，我们就算跟不上他们的脚步，也不能拖累他们才是。"

何父笑了笑，没有说话，眼中有异样的东西在闪动。

何潮春节期间一共在家里待了十天，在2月6日返回了深圳。本来他打算2月4日回去，却被母亲强行留下。母亲说，那天是立春，要在家里过了春天再走。周安涌比他待的时间更短，大年初三也就是1月30日就回去了。

何潮想送周安涌到机场，周安涌婉拒了。他说不用何潮来回跑了，从市区到正定机场不过40多公里，他打个车过去也花不了多少钱。何潮笑称他真是不一样了，膨胀了，去机场这么远也敢打车了，从市区到机场的大巴有很多，才十元钱。

周安涌大笑。他还真没有衣锦还乡的感觉，毕竟他才刚刚坐得起飞机、打得起车，等真的有钱了，要为父母买一套房子、一辆汽车，才算没有辜负父母的养育之恩。

石家庄的房子一平方米在800元左右，好一些的楼盘是1000元到1500元，以周安涌的实力，即便是现在为父母买一套100平方米的房子也不在话下。周安涌父母的房子还是单位的福利分房，88平方米。何潮家的房子也是父母的福利分房，父母还算幸运，赶上了最后一批分房的名额，90平方米的三室一厅，一家四口，也算够用了。

何潮在家里住的这些天，和妹妹何流说话最多，其次是母亲，和父亲一共只说了不超过20句话。父亲只问了问他在深圳的事业，对他在深圳的吃住是不是习惯，只字未提。当听到他从事快递行业，并且已经拥有了100多名员工时，父亲只是淡淡"哦"了一声，脸色波澜不惊。

不过何潮还是敏锐地从父亲一闪而过的欣喜眼神中捕捉到了父亲的赞许。

母亲关心的更多是他的生活习惯，以及他有没有谈女朋友，而小妹更想知道深圳和家乡的区别，有多新潮，香港好不好，有多繁华，有多发达，希望他下次回来为她多带礼物，更希望跟随他一起去深圳。

小妹不愿意留在石家庄当一名老师。她不想和父母一样，在一个内陆平原城市平淡而没有波澜地过一生，太无聊，也太无趣了。人生不应该是一马平川的平原，而应该是策马狂奔的草原和山川。

临走的时候，父亲送了何潮一块手表。

何潮从小喜欢手表，上初中的时候，想让父亲买一块手表，父亲没同意，让他自己勤工俭学想法赚钱。他二话不说，卖了一个暑假的冰棍。他记得是去邻村大郭村批发冰棍，批发是一分五一根，零售卖五分钱一根。生意不好的时候，他也卖三分钱一根。

一个暑假下来，何潮每天要骑几十公里自行车，在五六个村子穿街走巷，嗓子喊哑了，皮肤晒黑了，最终赚了30多元钱。

　　当时石家庄手表厂生产太行、红莲、石珠、三鱼等品牌的手表，太行最贵，要100多元，何潮买不起，看上了一款红莲手表，是50元钱，还差十几元，母亲心疼何潮，暗中塞给何潮十几元。何潮买了一块红莲牌机械手表，手动上弦，每天误差在两三分钟。

　　他每天睡觉都不摘表，没过多久，手表磨花了不少，尤其是表蒙子，划得不像样子，雾蒙蒙一片。因为当时的手表表蒙子都是有机玻璃制造，既不耐磨又不防水，还容易损坏。

　　后来父亲买了一块西铁城的石英表，100多元钱的日本进口手表比何潮的国产机械手表自然要好了许多，最重要的是，石英表走时比机械表准确，又不用每天上弦。何潮非常喜欢父亲的手表，有几次偷偷戴上不肯摘下，被小妹发现了后，在父亲面前告了他一状。

　　他被父亲狠狠打了一顿。

　　至今何潮都想不明白为什么父亲会因为一块手表打他，又不是丢了，只是戴了几次而已。就算珍贵，难道比儿子还宝贝？何潮因此委屈了很长时间，还连带至少一个月没有和小妹说一句话。

　　没想到，父亲竟然主动将心爱的手表送他了，让他大为惊讶的同时，又想起当年的往事，想要问个清楚。父亲却摆了摆手，只扔下一句话就转身走了："当年我打你，不是因为对我来说手表有多宝贵，而是我希望你以后不管想要什么，都要光明正大地去争取，不要在背后做文章。"

　　其实到了深圳之后何潮才发现，许多往常觉得新奇以及高不可攀的产品，在深圳随处可见，价格也便宜许多。身为改革开放的前沿阵地，深圳的优势十分明显，是何潮以前想象不到的便利和机遇。

　　他没说什么，默默收好父亲的手表，踏上了回程。

　　江阔过年期间去了美国，说是要到正月十五之后才回香港。在和何潮通话时，江阔还开玩笑说要替何潮看望一下艾术。何潮的手机上早就存下了艾术的号码，一直没有拨打，不是他舍不得越洋电话高昂的费用，而是不知道该说什么。

　　天各一方，又各自在不同的人生轨道上安身立命，再隔了12个小时的时差，他们还是不要再打扰各自热火朝天的生活了。

是的，何潮的生活现在非常火热，以至于他忙得不可开交，因为不但三成科技的发展进入了快车道，利道快递也开始了在深圳的布局。

深圳，才是兵家必争之地。

何潮之前之所以选择在樟木头落脚，是无奈的迂回之计，毕竟先在深圳落脚成本太高且风险太大。樟木头镇一是有各种成本上的优势；二是快递业还没有形成规模，有利于初创公司的前期布局；三是樟木头镇作为连接东莞和深圳的中间地带，又有许多工厂，具有天然的地理优势。

更不用说樟木头镇又名小香港，居住了许多香港老板，和香港之间的快递单子来往非常频繁。

在三成科技完成在东莞的建址之后，春节期间，庄能飞也没有休息，加班加点指挥工人干活，准备在春节过后正式开工。

春节一过，就在何潮回来的第二天，三成科技正式开工了。庄能飞听从了何潮的建议，并没有举行开工仪式，也没有邀请嘉宾到场，只是放了一盘鞭炮之后，就进入了试生产阶段。

三成科技主要生产三成牌小灵通，核心部件从国外进口，非核心的外壳、按键，以及天线和一些射频元件，香港和深圳有些厂家也可以生产。庄能飞希望在未来，非核心关键部分可以国产，等以后技术成熟时，尽可能做到60%国产率就了不起了。

庄能飞也希望在未来有一天，核心部件也可以自己生产。没有核心技术，就没有核心竞争力，永远会受制于人。

由于三成科技的开工，利道快递的业务量大增，只用了不到一个月，三成科技来往香港和深圳的单子就达到了利道快递业务的三成，由于大多数单子发生在深港之间，利道快递将总部迁往深圳之事迫在眉睫了。

春节之后回到深圳，在两个多月的时间里，何潮一直在忙利道快递总部迁移之事。在夏正和江离的帮助下，在武陵春的牵线下，利道快递的深圳总部落在了宝安区。

第十七章

深圳是一所学校

作为老工业区，宝安区密密麻麻都是工厂，电子、化工、纸品、塑料、五金、服饰、机械机电等各类工厂比比皆是。工厂众多也是何潮选择宝安区的一个重要因素，工厂多，快递单子就多，有利于利道在完成初期积累之下，迅速在深圳立足并且打开局面，在最短的时间内，更上一层楼。

尽管武陵春非常希望利道快递可以落户在南山区，江阔、庄能飞、江离和夏正也认为在南山区好一些，但思考再三，在权衡之下，何潮还是自己做出了最终决定。

此事让江阔大为生气，在几次电话沟通无果之后，江阔一怒之下一连两个月没有和何潮联系，也没有见面。春节像一个分水岭，将两人生生隔开了，似乎转身成了陌生人。

何潮也知道江阔真生他的气了，一是因为他的独断专行，二是因为他和郭林选的赌约。当时和郭林选约定好共同追求邹晨晨之后，回去的路上江阔就旁敲侧击地问他是不是真的喜欢上了邹晨晨。尽管后来他一忙起来，就将追求邹晨晨的事情抛到脑后，当了逃兵，但江阔还是对此事耿耿于怀。想想觉得也是，当着江阔的面去追另外一个女孩，哪怕只是为了打赌，为了争一口气，在江阔看来也是对她的无视和挑衅。

说心里话，何潮知道江阔对他的心意，他也喜欢江阔。身为男人，他更清楚应该拿出魄力挑明对江阔的感情，之所以一直隐而不发，不是他伪装，而是总觉得时机还不到。

现在利道快递虽然发展迅猛，但还处于创业阶段，远远没有长成一棵参天大树，稍有风雨就有可能夭折，他不敢掉以轻心。现在利道从樟木头镇到东莞市的进军是很顺利，而从东莞市到深圳市的迁移，就不知道会遭遇什么困难和挫折了。

何潮的想法很明确，利道只有在深圳站稳脚跟，才是度过了幼儿期的标志，才是开始区域和全国布局的第一步。

第一步非常关键，马虎不得，稍有不慎就有可能前功尽弃。正因如此，何潮在春节过后，忙着各种事宜，除了偶尔发几句短信安慰一下江阔，很少打电话和她沟通。

也是因为他打过几次电话，都被江阔拒听了，他也就没有再打。不是他有多直男，低不下头，实在是忙得顾不过来。

深圳的春天短暂而明媚，就和深圳的冬天一样，还没有觉得寒冷就温暖了，才刚刚温暖就炎热了。亚热带的天气总是让人猝不及防，就像随时会下的阵雨一样，不知道什么时候淋湿了情绪，也不知道什么时候放晴了心情。

四月的深圳，已经是初夏的温度了，想起远在北方的家乡，此时还春寒料峭，何潮坐在深圳的办公室里，望着窗外盛开的鲜花，不由得微有感慨，忽然萌生了要去春游的念头。

来深圳快一年了，印象中他还没有一天假期，从来都是如陀螺一样转个不停，不是为温饱奔波就是为事业忙碌，连停下来看看路边风景的闲暇都不曾有，人生固然要有事业才好，但也不能只为了事业而活。

才这么一想，手机就响了，是香港的陌生号码。他愣了愣，顿时无比欣喜，忙接听了电话："江阔，你总算理我了，是不是气消了？"

"拜托，何潮，别这么激动，听清声音再说话，我不是江阔。"话筒中传来的声音有三分熟悉、七分陌生，还有一丝调侃和激动，"还不到一年，你不会连我的声音都听不出来了吧？不过想想也是，我在美国待久了，中文发音可能都不准了，你又恨不得早早忘了我，乍一听我的声音不知道我是谁，完全可以理解。"

怎么会是她？何潮顿了顿，心中泛起一股难言的苦涩，努力轻轻一笑："艾木，你怎么在香港？"

"在美国待久了，我想回国，却又适应不了内地的生活和环境，就只能来香港了。我会在香港停留几天，你既然在深圳，不过来和我见个面吗？"

艾木的声音恢复了几分京味儿，依稀有当年的腔调，何潮眼前浮现出长腿、细腰、束马尾辫的艾木形象。是呀，转眼快一年了，其间，艾木给他发了不少信息，他从来没有回复，没想到，她突然就回国了。

不对，她怎么会知道他的手机号码？

艾木似乎猜到了何潮的心思，哈哈一笑："你肯定纳闷我怎么会知道你的手机号码，对吧？我知道你所有的事情，甚至比你自己知道的还多。好不好奇？惊不惊喜？来香港见我，我会告诉你真相。"

"最近……"何潮想说"最近没空"，话说一半，听到一个男人的声音从话筒中传来！

"何潮，如果你不来香港，你就是草包，就是孬种，就是败类，就是屄蛋！"

历之飞！

何潮一下站了起来，声音都有了几分失真："之飞，是你！你也回来了？"话一出口才意识到不对，历之飞既然和艾木一起回来，说明他们已经在一起了。

历之飞开心的笑声传了过来，刺激何潮的神经："哈哈哈……我当然回来了，艾木回来，我肯定要陪她一起，要不也不放心她。我和她马上就要结婚了，回来也是为了拍婚纱照，她一直有一个香港梦，我得为她圆梦。不怕你笑话，就算不拍照，我也得陪她回来，我可不敢让她单独见你。哈哈……兄弟，你可别见怪，我是真的在乎她，怕她一转身又从我身边溜走。"

何潮深呼吸一口，努力平息了一下激动的心情："好，我去香港见你们。毕竟是老同学了，不远万里归国，不好好招待一下你们也说不过去，地址告诉我，我尽快过去。"

"我们就住在维多利亚港的香港九龙酒店，地址是香港九龙尖沙咀弥敦道19-21号……你拿笔记下来，我知道你有随手记录的好习惯。"

历之飞的话还未说完，何潮已经在便笺上写下了地址。

刚放下电话，他还没有来得及感慨几句，郑小溪就敲门进来了。

利道快递搬到深圳后，郑小溪除了负责行政，还兼任了何潮的助理，替何潮处理一些日常事务，相当于行政总监。

一身职业女装的郑小溪进来后，也不说话，在办公室转了一圈，摸了摸窗台，查看了几眼绿植，用力吸了几口气，才点了点头说道："夏正找来的办公楼环境不错，价格也公道，而且他请来的装修队干活儿很实在，材料也环保，就连赠送的绿植也货真价实，都活了。夏师傅人真不错，何哥你真有眼光。"

见郑小溪如此细心，何潮也就放心了："和仔和高英俊招聘员工的事情，安排下去了？"

"安排了，和仔和高英俊都亲自出马，不过最近大环境不是很好，经济有点低迷，许多外来务工人员都回去了，招聘难度比以前大了不少……"郑小溪本来不近视，特意配了一副平光眼镜，再加上职业女装，显得既知性又大方，比以前更多了女人味和成熟风情，"又让江离说对了，内地整体经济走势确实受到了金融危机的冲击。"

受到何潮和江离的影响，郑小溪也开始关注经济走势以及国家政策的调整，虽然有时理解不了一些专业术语，更没有何潮的远见和江离的丰富理论，但她报名了自学考试，决定提升自己。

报名了自学考试之后，郑小溪才发现身边和她一样努力上进的人为数不少。在自学考试辅导班，她并不是年龄最小的，有刚刚高中毕业没有考上大学的小年轻，也有六十多岁的老人家，还有带着孩子上课的妈妈。孩子还小，光着屁股在教室走来走去，虽然偶尔会吵闹影响学习，但大多数人都报以会心一笑，理解并体谅一个妈妈的辛苦和努力。

深圳就像一所学校，身在其中的人都当自己是学生，不进则退，都在不断地学习和进步，唯恐落后别人半步。

何潮非常支持郑小溪通过学习进一步提高自己的能力，给了她充足的学习时间，只是他到现在还没有物色到一个特别合适的助理，卫力丹大学毕业还要两年，等不及她了。

如果江阔能够帮他最好不过了。有了江阔，他不但相当于有了助理，还有了投资人、合伙人以及女友，可惜的是，江阔不再接他的电话、回他的短信，难道是真的不理他了？

算了，不想那么多了，挠头的事情还有很多，先解决最迫切的。何潮点了点头："我们都想想办法，最近业务量大增，确实需要大量人手，人手不够，会严重制约公司的进一步扩张。"

"何哥肯定会想出万全之策的。"郑小溪嘻嘻一笑，她依然保持了对何潮的绝对加盲目的信任，"哎呀，我差点儿忘了正事，有人要见你，在会客室等了一会儿了。"

第十八章

相望于江湖

"我今天还有事情要处理，"何潮也没多想，起身就走，庄能飞打来电话让他过去东莞一趟，要和他商量三成牌小灵通的设计款式问题。他准备叫上江离一起过去："你让对方先回去，有什么事情电话沟通也行。"

"是一个美女，你真不见了？"郑小溪眨了眨眼睛，"特别漂亮，而且特别有礼貌，又特别会说话，连我都特别喜欢她。"

"美女？"何潮愣住了，他还以为是上门来推销房子的中介或是出租客，他认识的美女不多，有限的几个基本上郑小溪都认识，"谁呢？叫什么名字？"

"一年之计在于春，一日之计在于晨，"门一响，邹晨晨推门进来，笑意盈盈，"不是谁，是我，邹晨晨！"

"晨晨！"何潮一脸惊喜，"你来了怎么不直接进来，还故意等在外面？是不是想等我出去迎接？"

邹晨晨嫣然一笑："怎敢劳动何总大驾？我是怕打扰何总工作，等何总不忙的时候再接见我。"

"行了，别贫了。"何潮心情大好，让郑小溪泡茶，却被邹晨晨摆手拒绝。

"不用麻烦小溪了，我说几句话就走。"邹晨晨站在何潮面前，一身长裙的她正好沐浴在窗外射来的阳光下，熠熠生辉，"先是感谢何总对我的帮助，万众置业和善来集团的合作非常顺利，前期的对接工作已经完成，即将正式开展项目。如果不是何总，我和郭公子不可能这么快达成共识。"

何潮笑笑："还有呢？"

"还有就是万众置业组织了一次香港考察活动，特意邀请何总作为嘉宾参加，时间定在后天。"邹晨晨一拢额头的一缕头发，笑容如窗外的阳光一样灿烂，"希望何总抽出时间，一定要参加我们的考察活动。"

何潮摆了摆手："说得这么正式，让我都不好拒绝了，说吧，都有谁参加活动？"

邹晨晨嘻嘻一笑，吐了吐舌头："不好意思，能不能让我暂时保密？我想制造一个惊喜。"

"行吧，随你。有没有惊喜无所谓，别弄出惊吓就行。"何潮忽然又想起了什么，一拍脑袋，"差点儿忘了，你和郭公子的恋爱进展得怎么样了？"

"你总算想起这事儿了，别提了。"邹晨晨顿了顿，一脸神秘的笑容，"这就是你的不对了，何总，你当时一口答应下来，我还以为你真会来追我，结果等了半天，别说人影了，一个电话也没有，你平常都是这样对待仰慕你的女孩子的吗？"

何潮尴尬地笑了笑："这个、那个，我真不是怠慢你，晨晨，当时的情形你也知道，郭公子步步紧逼，我只能采取以退为进的策略……"

"打住，停！"邹晨晨做了一个暂停的手势，"我就是开个玩笑，说心里话，我知道何总当时是为了帮我才故意答应郭公子，你的目的是郭公子和万众置业的合作，而不是追求我，对吧？不过我有一点不明白，你为什么要帮我？"

不等何潮张口，邹晨晨又抢先说道："你不许说假话，要说真话。说假话我会伤心的，真话哪怕残酷，我也可以接受。我从来不相信一个男人会无缘无故地帮助一个女人，男人的帮助之中，都有企图。不要紧，只要我喜欢，你的企图也许正是我的意图。"

"真话伤人，假话伤己，不如好话，皆大欢喜。"何潮哈哈一笑，"我帮你，真不是对你有什么企图，当然了，你漂亮，又单身，我也单身，如果我喜欢你，再去追求你，也在情理之中。如果我真要追求你，肯定不会用和郭公子打赌的方法，那样太不尊重你，也太势利了。我一直相信一句话，求人不如求己，帮人就是帮己。私心也有，我就是想借机缓和和郭公子的矛盾，还有一个原因就是，你也别生气，我觉得你和郭公子还真有几分般配，说不定他不羁的心可以停留在你的港湾。"

"真话伤人，假话伤己，不如好话，皆大欢喜。"邹晨晨重复了一遍何潮的话，微微皱眉片刻，忽然又笑了，"一般来说，可以让人皆大欢喜的话多半是谎话，是不是？"

"这就要看你怎么理解了。"何潮不解释，只是笑，"你还没有回答我的问题呢。"

"我和郭公子的事情，就不劳何总关心了……只要你参加万众置业的香港考察活动，你就会知道你想知道的一切。"邹晨晨伸开五根手指朝何潮挥手，她的手指在阳光下犹如白玉一样，"我先走了，何总，后续事宜我会再和你对接，到时你可不要不接我的电话，记住了。"

邹晨晨的身影转眼消失在了阳光下，她曼妙的身材如同在风中穿梭的蝴蝶，鲜花、阳光以及长长的走廊，隐约间，何潮仿佛又回到了大学时代，回到了和艾木初恋的时光。

何潮必须得承认邹晨晨确实漂亮而妩媚，娇艳有风情。何潮一时出神，不过他的神思恍惚很快被郑小溪的咳嗽声打断。

"喀喀，何哥，你说是男人之间的友情保鲜时间长，还是男女之间的爱情长？"郑小溪扳着手指，"算起来，你和江姐姐有三个月没有见面了，难道三个月不见就相忘于江湖了？哎呀，也不知道是不是我记错了，原话好像是相濡以沫，不如相忘于江湖。"

尽管郑小溪表演得挺像，但太了解她的何潮还是一眼看出了她的假装，不由得笑了："自学果然有进步，都知道相濡以沫。你说得没错，我和江阔是有一段时间没有见面了，但我们没有相忘于江湖，而是相望于江湖，隔着山，隔着水，隔着时间，但隔不开思念，隔不开我们之间相守相望的挂牵。"

"好吧，我信你了。"郑小溪吐了吐舌头，又眨了眨眼睛，样子调皮而古怪，"你怎么知道江姐姐也在牵挂你？"

"她不是一个半途而废的人，她有耐心，也有毅力……"何潮望着郑小溪红润的脸庞，开心地笑了，"正好，我也是！所以，我相信她不和我联系，有主观原因，也有客观原因，但不管是哪一种原因，都是为了等待下一次更好的相见，以及沉淀。"

"沉淀什么？"

"感情。"何潮向前一步，逼视郑小溪的双眼，"你转告江阔，差不多就行了，男人既不愿意去摘触手可及的花朵，是因为太容易，而没有挑战性，也不愿意去采天山上的雪莲，是因为太艰难甚至要付出生命的代价。再好的男人耐心也有限，因为好男人身边总是不缺美女，就像美女身边总不缺优秀男人一样。稀缺资源永远都具有不可替代性。"

"好的，我记下了。"郑小溪下意识回答了一句，忽然又觉得哪里不对，"不对不对，我私下没有和江姐姐联系，不知道她现在做什么，又在哪里。"

"哈哈哈……"何潮大笑一声，转身离去。他早就猜到江阔私下一直和郑小溪保持密切的接触，可以说，江阔通过郑小溪可以时刻了解到他的一举一动。

郑小溪也不知道吃了什么迷魂药，居然充当了江阔安插在他身边的"间谍"，难道她忘记了她到底和谁的关系更近？何潮有时也哭笑不得，女人就是女人，有时不能以常理推断。

其实他也理解郑小溪的所作所为，在她眼里，他和江阔才是天造地设的一对，再加上她和江阔姐妹情深，对于所有接近他或是他有意的女孩都心存警惕。出于本能以及为江阔着想，她要将一切可能的苗头扼杀在摇篮之中，也情有可原。

江阔也是，干吗非要通过郑小溪了解他的一举一动？只要她打来电话，他能不向她说个清清楚楚？他已经多次主动打电话给她，也算是对打赌追求邹晨晨之事表示了歉意。况且三个月来，他别说真的付诸行动了，连见都没有见过邹晨晨一次。

天地良心，他清白得像白莲花！

难道说江阔除了生气，还被其他的事情牵绊了？有什么难言之隐？

何潮越想越觉得委屈，差点拉着郑小溪的手好好诉苦一番，还好他只是自嘲地想一想，随即否定了自己滑稽的念头，转身下楼。

楼下，和仔正靠在一辆丰田皇冠车旁，低头抽烟。

丰田皇冠是利道快递的第一辆车，但不是何潮的专车，而是公车，除了何潮、和仔、郑小溪和高英俊都可以随时开走它。

"你回来得正好，走，跟我去一趟东莞。"何潮招呼和仔，拉开车门坐到了副驾驶座，又给江离打了一个电话，让江离自己过去东莞，自己不再绕远接他了。

和仔上车，动作熟练地将车开上了主路。一直等出了深圳市，和仔都没有说一句话，沉默得像一块木头，只管埋头开车。半个小时后，他终于忍不住了，何潮怎么也不问问他为什么不说话，扭头一看不由得哑然失笑，何潮歪坐在座位上已经睡着了。

第十九章

警 告

最近他实在太累了，和仔最清楚他的不易了，自己只负责招聘事宜就已经忙得团团转了，他不但要操心利道的一大摊子事情，从总部地址的选择到利道发展的大方向，再到下一步的规划、人才招聘等诸多事情，还要腾出时间来关心庄能飞，简直就是超人。

庄能飞也真是的，这么大一个人了，怎么事事还要征求何潮的意见？他自己不能做决定吗？他还是三成科技的大股东，为什么屁大点儿事情都要麻烦何潮？这么没有主见，怎么能当老总？

和仔特别心疼何潮，何潮承担了太多的压力和责任，不但没日没夜地忙于工作，还要忍受江阔的冷暴力。他真想当面质问江阔干吗对何潮这么苛刻，何潮又没有做错什么，既没有追求邹晨晨，也对邹晨晨的好感视而不见，何潮比周安涌强了何止一百倍！

一想到周安涌，和仔就气不打一处来，自从春节过后，周安涌和何潮的来往就频繁起来，基本上每周都要见上一面。不知何故，和仔从一开始就不喜欢周安涌，总觉得在周安涌油头粉面的背后，包藏着一颗深不可测的祸心。

是的，和仔坚定地认为周安涌不是好人，迟早会害了何潮。有几次他直来直去地告诉何潮不要和周安涌往来。何潮不听，说周安涌是自己认识20多年的发小，他就知道不管再说什么也不会管用，在何潮的心目中，周安涌就是亲兄弟，就是铁打的死党。

有时，和仔也会怀疑自己的判断，他和周安涌不熟，甚至完全不了解周安涌，为什么只凭感觉就觉得周安涌不是好人呢？会不会太偏激、太武断了？但他就是无法说服自己。每一次周安涌过来公司，只要让他遇见，他就不会给好脸色。

如果周安涌对他也冷面倒还好了，他还高看周安涌一眼，偏偏周安涌每次都对他非常客气，不但客气，还十分有礼貌，是唯一称呼他为和总的人。尽管他一再强调让周安涌叫他和仔，并且他也不姓和，姓傅名学和，周安涌也不知是真没记住还是有意为之，下次再见还叫他和总，他就认为周安涌太虚伪、太会假装了。

除了不喜欢周安涌的虚伪，和仔更不喜欢周安涌身边美女不断。周安涌特别喜欢炫耀，从手机到汽车再到美女，总是在不经意间流露出高人一等的优越感，让和仔很不舒服。何潮就不同了，不管是在樟木头落魄时，还是现在事业有成时——当然，何潮并不觉得他已经事业有成了，万里长征才迈出第一步。何潮低调沉稳，始终如一，就连买了一辆汽车也和大家共用，丝毫没有架子，更没有高高在上。

周安涌真是没有见过世面，以他的收入和地位，在富翁遍地走、拆迁户到处有的深圳，又算得了什么？还没有成功就今天一个姑娘、明天一个美女，装什么大尾巴狼？

虽然后来何潮也向和仔解释，周安涌身边的美女，从辛有风到海之心，再到邓好儿、苗妙，除了海之心，其他都是合作关系，并非都是他的女朋友。但和仔对他还是没有改观，海之心和苗妙还好，很知性、很职业，像是合作伙伴，辛有风和邓好儿就不一样了，一个花枝招展，一个搔首弄姿，一看就不像正经人。

还是何潮好，到现在为止身边一个美女都没有，不愧是他们的老大，和兄弟们保持一致，要单身就都单身。和仔甚至不无得意地想，以何哥钢铁直男的性格，说不定会打一辈子光棍，要不江阔这么好的女孩，怎么会一连几个月都没有理他？

和仔越想越觉得好笑，不由得笑出声来。何潮被吵醒了，揉了揉眼睛："到哪里了？你傻笑什么呢？是捡钱了，还是有女朋友了？"

"都没有，我是想你也许会一辈子单身，找不到女朋友。"和仔继续笑，挤眉弄眼，"要是有一天，我和高英俊他们都结婚了，你还单身，你会不会气疯？"

"想什么呢？你觉得我会没有姑娘喜欢？"何潮伸出了胳膊，肱二头肌虽然不是很突出，却也有几分威势，"瞧这身板，再瞧这帅气的脸庞，还有温柔体贴的性格，除非姑娘们都高度近视1000度还不戴眼镜，否则一眼就可以发现如此拉风的男子，不管走到哪里都掩饰不了夺人的魅力。和仔，你是不是受到什么刺激了？怎么突然说出这种连你自己都不相信的傻话？"

"快到东莞了，还有半个小时。"和仔咧嘴笑了笑，忽然又变得严肃起来，"何哥，不扯闲篇了，说正事。最近招聘工作开展得不太顺利，大环境不是很好，好多打工仔、打工妹都回老家了。以前我还不觉得，什么东南亚金融危机，关我们什么屁事？现在才知道，风刮过来后，都会受到冲击。"

"就这点儿小事也值得忧心忡忡？不是你和仔的风格。"何潮看出来和仔最近有点闷闷不乐，他拍了拍和仔的肩膀，"和仔，以后改改你的脾气，别一遇到事情就闷在心里。一是对你的身体不好，你看你和我一样大，却好像大我十岁一样；二是不利于解决问题，你藏着不说，别人怎么帮你？"

"你比我大15岁！"和仔赌气地捅了回去，又嘿嘿一笑，"我最近是有两件事情犯愁，一是招聘的事情，二是辰哥……"

何潮心中一惊，蓦然想起之前辰哥警告利道快递不能踏入深圳一步，莫非和仔担心的是这件事情？果然让何潮猜对了，和仔叹息一声："不瞒你说，何哥，前几天我和辰哥见了一面，辰哥对我非常不满，说要不是看在我跟了他一场的分儿上，他早就收拾我了。他还说，当初他看走了眼，没想到利道快递发展得这么快，已经抢了他的不少生意。他说近期会和你好好谈谈，让我传话，如果你不和他谈，他会采取一切必要的措施让你知道深圳到底由谁说了算。"

何潮冷笑："他这是威胁我了？"

"辰哥是一个说到做到的人，心狠手辣，只要翻脸，从来不讲情面。"和仔一打方向盘，汽车左转，他咧了咧嘴，倒吸了一口凉气，脸上流露出痛苦的表情，"何哥你得想想办法，深圳不比其他城市，治安比较乱，主要是人员流动性大，抢劫事件时有发生。有不少老板出门被自己辞退的员工打了一顿又被抢了钱，最后找不到人，也不知道跑回老家还是去了哪里。有很多没有工作的打工仔，抢上一把钱就跑，很多抢劫案破不了……"

深圳现阶段的治安不是很好，何潮自然清楚，他一把抓住和仔的胳膊："你怎么了，和仔？"

"没事，没事。"和仔目光躲闪，想挣脱何潮的手，"我开车呢，你别拉我，不安全。"

何潮才不听，不由分说掀起了和仔的衣服，和仔怕痒，一边挣扎一边笑："非礼啊，你别摸我，我不喜欢男人……"

和仔的背上，赫然有儿道伤痕，长约20厘米，宽约2厘米，虽然已经结疤，却还是触目惊心。何潮顿时呆住了，瞬间明白了什么："辰哥？"

和仔不笑了，见何潮目光犀利，只好点了点头："不只是我，还有高英俊以及其他一些兄弟……辰哥说了，先送一份开胃小菜让你品尝品尝，如果再不识趣，就上大餐了。"

"妈的，敢欺负我的兄弟。"何潮一拳打在了车门上，怒不可遏，"他还说什么了？"

"别的没说什么，他就是让你尽快和他见面聊聊。"和仔放下衣服，嘿嘿一笑，"何哥你也别气了，这点儿小事不算什么，犯不着你亲自出面，我和英俊就能解决。大不了让庄能飞出面，肯定可以摆平。不怕你骂我，我挨打也不完全是因为利道的事情，还有别的原因。"

何潮以为和仔骗人，才不信："瞎说什么呢？我不管谁管？你别找理由了，你告诉辰哥，我下周就和他见面，倒要看看，他到底想要怎样。"

"其实辰哥一开始只想教训我手下的几个兄弟，并没打算动我，好让你见识一下他的手段，后来知道了我的事情，才又收拾了我。"和仔的神情有几分扭捏，"虽然我被打得很疼，但也值了，男人嘛，该勇敢的时候绝对不能怂。"

"到底是什么事情？"何潮摸了摸和仔后背的伤痕，很深、很宽，不由得心疼，"不管是什么事情，下手也太狠了。"

"不狠，一点儿也不狠，越狠越好。何哥，你别误会，我不是为辰哥说话。"和仔嘿嘿一笑，不好意思地摸了摸脑袋，"辰哥手下有一个小妹叫许愿，当我还是辰哥手下时，和她接触不多，没想到她对我印象挺深。后来我离开辰哥了，我们联系一直没断。回到深圳后，我和她经常见面，就有了感情，结果被辰哥发现了。"

第二十章

应 战

"许愿是辰哥的手下还是……"何潮猛然打了和仔一拳，"行啊你，和仔，不声不响地居然都有女朋友了，说，她长得漂亮吗？"

"漂亮，可漂亮了，不漂亮能当我女朋友吗？"和仔一脸得意，神情却又迅速地暗淡下去，"她就只是辰哥的手下，又不是辰哥的什么人，辰哥又不缺女人。谁知道她和我确定感情后，辰哥不知道是出于什么心理，又看上她了，非让她跟了他。她不同意，就离开了辰哥，辰哥找不到她，就把气出在我的身上了。还别说，挨了一顿打后，她心疼得不得了，比以前更爱我了，我也算是赚了。"

真是一个愿意为爱付出一切的傻小子，何潮无声地笑了，想起了和仔因为喜欢一个女孩而退学的往事，愈加觉得和仔真实可爱。他拍了拍和仔的肩膀："好小子，泡妞的水平比我还高，真有你的。行了，辰哥的事情你别管了，我来处理。"

"不行！"和仔梗着脖子，额头上的青筋都暴了出来，"辰哥的事情是我引起的，我不能让你替我出头，这事儿交给我了。就是有一点儿，万一我发生了什么意外，何哥，一定记得替我照顾许愿。"

"别瞎说。"何潮打了和仔一个巴掌，念头一动，想起了在酒会上和郭林选见面时冒出的一个想法，他拿出手机打通了郭林选的电话："一哥，郭公子，别来无恙啊。"

郭林选近来诸事顺利，心情不错，正在打高尔夫的他本来不想接听任何电话，见来电显示是何坏人，他嘿嘿一笑，按下了接听键："何潮，最近你死哪里去了？怎么连一个人影都看不到？就算你知道竞争不过我，至少也要做表面文章邀请晨晨吃顿饭、喝杯咖啡什么的，不至于这么消极逃避不是？不战而败不是你的风格，我记得你挺有自信的，哈哈……"

何潮虽然不想和郭林选在电话里唇枪舌剑，却也不免反驳几句："我退避三舍也是为郭公子着想，怕我一出手郭公子连一丝机会都没有，不过好像即使我没有出手，郭公子也没有得手，这就不知道是什么原因了。"

郭林选的好心情瞬间被何潮破坏了，他扔了球杆："怎么着，要不要见面单挑一次？"

"可以，为了不耽误郭公子的宝贵泡妞时间，"何潮见成功地激怒了郭林选，暗暗一笑，顿了顿，"我想今天晚上请郭公子吃饭，不知道郭公子愿不愿赏光？"

"都有谁？"郭林选立刻心生警惕，"不是鸿门宴，就是上梁山，肯定没好事。"

"没别人，就我和你。"何潮哈哈一笑，"我们吹过的牛皮、打下的赌，总得有个结果吧？除非郭公子想赖账。"

"你才会赖账，我堂堂的深圳一哥，怎么可能出尔反尔！行，你定地方和时间，我奉陪到底！"郭林选被何潮一句话点燃了斗志，当即应战。

"晚上六点半，华侨城见。"

挂断电话，何潮看了看时间："还来得及，等下见了庄能飞后，吃了午饭，就返回深圳。"

三成科技的厂址在东莞最为密集的工厂区，周围全是林立的工厂和高楼，三成科技的牌子掩映在众多科技、贸易公司之间，毫不起眼，一如当年的元希电子。

不过里面的气象就大不相同了，比起元希电子不可同日而语。厂区中摆放了不少刚刚从香港和国外运来的设备，进进出出的每个工人脸上都洋溢着光芒和兴奋，以及对未来的憧憬。

"庄能飞以后能不能别一有事情就叫你过来？"和仔停好车，颇有几分不满，"你在深圳、他在东莞，他以为东莞是深圳的一个区，说过来就过来，不需要时间？等下我告诉他，再有事情让他来深圳，何哥何老板也不是谁想请就可以随便请得动的。"

"你要告诉我什么，和仔？"庄能飞的声音冷不防在和仔身后响起，他用力一拍和仔的肩膀，"你小子不地道，在你老板面前说我坏话，你以为我是故意摆出姿态让何潮来东莞见我？我去深圳容易，但这些设备和模具运去深圳就难了。你是做快递的，和仔，得学会计算成本和时效。"

和仔嘿嘿一笑，挠了挠头："我就是发发牢骚，又不是真埋怨你。庄总，说实话，我还真有几分佩服你，能伸能屈，是一条汉子，这么短时间就建好了厂房、打通了渠道，是一个牛人。"

"少拍马屁。"庄能飞白了和仔一眼。他比以前胖了几分，也更邋遢了几分。他一把推开和仔，拉过何潮来到院中摆放的设备面前："何潮，看到没有？设备都到位了，现在就等最终敲定设计图和款式了。你要不要先看看设备？"

和仔刚刚下去的火气又上来了，挤到了何潮和庄能飞中间："庄总，庄老板，我能不能提个意见？以后别一有事就指挥我们何哥，他从深圳过来也挺远的，来回折腾大半天，他又不是你的顾问，更不是你的员工。现在我们利道正在招聘员工，急需大量人手，你不赶紧发动发动你的关系，帮忙解决一下？"

和仔和高英俊最近招聘工作很不顺利，忙得焦头烂额、脚不沾地，却进展甚微，再加上又有辰哥的威胁，内忧外患之下，见庄能飞一见何潮就让他忙活，和仔心中无名火起，自然就没有好脸色了。

和仔是理解不了何潮为什么要帮庄能飞，在他看来，庄能飞的三成科技如果没有何潮，绝对没有成立的可能。江阔之所以投资三成科技，先是投资了2000万元，后来又追加了2000万元，前后两次共4000万元投资，全是因为何潮的面子。

不过借助三成科技的业务，利道快递不但业务量大增，而且还顺利地将总部搬迁到了深圳，也算是不小的收获了。

庄能飞最近事情颇多，虽然也知道和仔是何潮最信任的追随者，但也懒得向和仔解释什么，一抬头看到江离正好也到了，他一指江离的广州标致505汽车："你去和江离聊聊，不管你有什么问题，他都能解答。至于能不能帮你解决实际问题，就看你的领悟能力能不能转化为实际行动力了。"

江离停好车，笑眯眯地来到和仔面前，拍了拍和仔身边的皇冠，啧啧几声："有时我不得不佩服日本人的专业精神，法国标致成立于1890年，丰田成立于1937年，标致比丰田足足早了半个世纪，但不管是质量还是经营意识，标致比丰田都差太远。"

和仔也喜欢汽车，顿时转移了注意力，围着江离的标致车转了一圈："这车太丑了，方头方脑的，你从哪里弄的？真没品位。"

"品位是建立在经济基础之上的，和仔同志。"江离哈哈一笑，揽住了和仔的肩膀，"是郭公子送我的，是他淘汰下来的车，不想要了，就让我免费开。免费的车，不开白不开是吧？其实早在标致引进中国的时候，我就预言标致必败，结果还真被我不幸言中了。广州标致去年以一美元的象征性价格卖给了丰田，广州标致很荣幸地成为中国历史上第一家失败的合资汽车品牌。"

20世纪80年代初期，德国大众落户上海，而一直有汽车梦的广州则和法国标致成立了合资公司。1985年3月15日，广州标致正式成立，是继上海大众之后中国汽车工业第二个合资项目。距离1984年10月10日上海大众的成立，仅仅五个月。

但和质量过硬、合作方式灵活并且重视中国市场的德国大众不一样的是，质量一般、合作态度傲慢、工作散漫的法国标致并没有认真对待广州标致，也并不看好中国的汽车市场。

在成立的第四年，也就是1989年9月11日，广州标致才正式投产了505SX轿车。因为不管是技术含量还是性能、造型，都比当时的上海大众桑塔纳优势明显，并且在同期，其主要竞争对手上海大众、一汽奥迪甚至天津夏利都存在产能与产量不足的情况，于是在天时地利人和之下，广州标致505成了国内高级轿车的代名词，广州标致也因此迎来了鼎盛时期。一时间，许多人以拥有一辆标致505为荣。

郭林选就是在当时心血来潮，也买了一辆。买来之后他才发现广州标致和他平常所开的车相比，档次低了太多，只开了一次就扔车库置之不理了。如果不是他再次心血来潮送给江离去开，这车估计会被冷落到报废。

法国人终究要为自己的傲慢付出代价，其后几年，广州标致只生产505一款车型，并不引进最新的车型和技术，也不布局售后网点，并且售后态度差、价格高，好不容易建立起来的名声，在短短几年时间内就一败涂地。再加上竞争对手陆续引进最新车型，并且扩大了产能，没有认清自己优势的广州标致迅速被市场淘汰。

第二十一章

每个时代都有成功者

江离认真分析过标致失败的原因，归根结底还是法方不愿意提供先进技术和车型，而广州方面也对市场判断失误，没有及时跟上中国快速增长的汽车市场的变化。虽然他对标致汽车不感兴趣，但郭林选非要送他一辆让他免费使用，他本着为郭公子排忧解难、废物利用的出发点，就勉为其难地接手了郭公子的二手车。

不过还好只是二手车，不是郭公子甩不掉的二手女友。

和仔才不会想那么多，他拿过钥匙，开了一圈后回来，将钥匙扔给江离："不好开，视线不好，舒适度也不行，比皇冠差远了。谁会傻到花20多万买这车？"

江离不服气："虽然现在广州标致破产了，但标致505在几年前也算是风靡一时的车型，也有优点好不好？"

和仔嘿嘿一笑："它不如德国车硬朗、结实，不如日本车省油、舒适，还挺贵，所有的优点在20多万的价格面前都不值一提了。对了，现在它好像降价了，只卖10万了吧？"

"一下降了一半，库存都清空了。"江离叹息一声，"很多人就是图便宜，赶紧抢一辆，却不去想以后的保养和维修问题，标致在国内一共也没几家维修点……一个品牌建立起来不容易，毁掉很容易。标致输了这一仗，估计最少还得努力20年才能追赶上来。"

江离的预言还是太乐观了，20年后，法国汽车在中国的销量依然惨淡，始终远离主流。

江离继续他的感慨，看向了院中的设备以及设备旁边的何潮和庄能飞："你知道我最佩服何哥哪方面吗？就是他始终站立潮头，始终紧跟时代脚步，从来不会落后时代半分。不要和时代的趋势逆流而行，你会被时代的浪潮冲击得没有还手之力。不管是物流还是电子制造业，都踩在了时代的节点上。和仔，千万别离开何哥，他肯定会带你走向成功的高原。"

"能不能说人话？"和仔推开江离的胳膊，"江离，别扯没用的形而上的理论，你先告诉我怎么才能招到人行吗？现在利道急需人手，我都急得上火了。"

"这事儿……何哥肯定可以想出办法。"江离理论高深，但具体到实际操作上，他就不知道该怎么办了，忙打太极，"我去和何哥、庄哥谈点事情，和仔，你继续想办法。相信自己，你肯定行。"

江离悄悄来到何潮和庄能飞身后，蹑手蹑脚，想听听两人在谈论些什么。

庄能飞拿着一张图纸，铺在设备的上面，指指点点："设计成平板的款式倒不是不可以，但到底是采取圆角还是直角，我拿不定主意。西门子有一款手机，我记不清是什么型号了，就是平板圆角，很圆润，很好看。但诺基亚的平板直角也不错，对了，你没有考虑过做成翻盖式的？"

何潮摇头："小灵通现在可以作为主力机，但未来几年，可能会成为备用机。即使是现在，对许多拥有手机的人来说，它也算是备用机，所以，对于备用机来说，越简单越方便越好。就做成平板机型，圆角最好，圆角既显得圆润，又方便携带，直角有时可能会硌手。"

"对，何哥说得对，平板圆角，必须是平板圆角。"江离凑了过来，嘻嘻一笑，看了几眼图纸，"建议设计成三种型号，一种天线在左上角，一种在右上角，一种不带天线，满足三种不同人群的需求。"

"有道理。"庄能飞赞赏地点了点头，"叫你过来还算有用，江离，你总算接地气一回了。"

江离不服气："我一直扎根于大地好不好？从来没有脱离过人民群众。等三成小灵通生产出来后，我要大力推广。"

"可惜我们没赶上好时候。"庄能飞一拳砸在设备上，愤愤不平，"刚改革开放的时候，只要胆大不要命、不怕输，随便摆个地摊都能赚钱，然后就出现了一批大发横财的人。后来国有企业改革，从承包制到政企分开，又有不少人大捞一笔，成了亿万富翁。你们看看现在有多少大公司大老板，不是沾了当时国企改制的光？海南的房地产火爆，我算是赶上了，捞了一桶金。来到深圳后，我好不容易赶上了电子制造业的兴起，却又因为由低端到高端的产业升级，沦落成了组装工厂，还因为识人不明被坑了一把，破产了。希望这一次我能抓住小灵通的机会，好好地赚上一笔。东南亚金融危机越来越严重，据说中国经济第一季度明显放缓，谁知道现在投资小灵通会不会被放缓的经济脚步拖累？要是我早出生几年就好了，就都赶上所有的好日子了。"

江离顿时不乐意了，当即反驳："庄哥，你不要这样，每个时代都有抱怨的人，比如1978年的改革开放，比如1980年的深圳建市，比如1988年的海南建省，1997年的下岗潮，等等。但每个时代都有成功者。现在大家都觉得中国的经济已经不行了，受东南亚金融危机的影响，前期的发展会毁于一旦，制造业的人工成本优势也正在消失。但是反过来一想，我们现在的抱怨和当年那些失败者的抱怨，又有什么不同？没有抱怨的人都成功了，抱怨的人抱怨了几十年，还在抱怨中怨天尤人，还是一个失败者。"

风吹树叶，哗哗作响，庄能飞罕见地沉默了。江离的话确实很有道理，每个时代都有自己的特色，有自己的优势也有不足。抱怨的人只看到不足，乐观向上的人却寻找优势。就像一张白纸，上面有几个黑点，大多数人会注意到黑点的存在，很少有人会逆向思维，观察黑点之外的大片大片的空白。

时代和人一样，黑点是缺点，空白是优势。人不能总盯着缺点而忽视优点，对时代不公平，也让自己丧失了宝贵的机会。

何潮朝江离投去了赞许的目光："江离，你离一个优秀的经济学家只有一步之遥了。"

江离惶恐地连连摆手："在别人面前我吹吹牛还可以，在你面前，我还得继续保持谦虚谨慎的作风。对了，差点忘了一件事情，庄哥，我前些日子在深圳见到辛有风了。"

"喀喀……"何潮忙咳嗽几声，试图提醒江离，不让江离继续说下去。

江离却没明白何潮的暗示："何哥，你嗓子不舒服？"

"不舒服你个头。"何潮气得踢了江离一脚，"你怎么这么笨呢？"

"我哪里笨了？你得给一个明确的方向，要不我还真不好找到自己的缺点。"江离嘻嘻一笑，"你是不是不想让我透露辛有风的消息给庄哥？"

还不算太傻，何潮索性挑明了，点了点头："现在是非常时期，需要庄哥全力以赴负责生产和销售工作，不能让他为其他事情分心。"

上次遇到了周安涌和辛有风，何潮就在想要不要告诉庄能飞真相。后来在回去的路上，江阔也提到了此事，而且她的态度很明确，最好不要告诉庄能飞，不但于事无补，还会有负面影响。对庄能飞来说，目前最要紧的是事业，感情上的事情既勉强不来，又无法强求，何必再让他徒增烦恼？

后来辛有风打来电话，特意请求何潮不要透露她回到了周安涌身边的事实，虽然她和周安涌只是商业合作，不涉及感情，就连周安涌的正牌女友海之心也认可了她和周安涌的合作关系，但她还是不希望庄能飞知道她的下落。

有几次何潮和周安涌碰面，周安涌也含蓄地表达了同样的意思，希望辛有风可以按照自己的想法回归正常的生活，不再被庄能飞骚扰。

何潮思来想去，觉得不让庄能飞知道辛有风的现状为好，也就保守了秘密。

庄能飞斜着眼睛看了何潮和江离一眼："你们太小瞧我了，庄能飞今非昔比，辛有风不过是一场夏天的风，来也匆匆、去也匆匆，怎么可能还会影响到我的事业心？说吧，江离，她现在怎么样了？"

"挺好的，她好像还胖了一点点，整个人都有光彩了。"江离注意到庄能飞的神情有几分不对，忙收了回去，"庄哥，你是真想听还是就是随口一说？"

庄能飞其实心里还是没有放下辛有风，不仅因为他真的深爱辛有风，还有不甘和自尊作祟，他自嘲地一笑："就算是一条小狗养了半年也会有感情，何况是一个人？"

何潮连使眼色，不想让江离继续说下去，江离却视而不见："她现在也在做电子制造业，是和周安涌合作。"

"周安涌？"庄能飞顿时大怒，一脚踢飞一块砖头，"狗男女又混一起了！何潮，真有你的，你肯定早就知道了，却还瞒着我，是不是还和周安涌一起嘲笑我的失败？"

何潮很是不满地推了江离一把："让你多嘴！"

第二十二章

患得患失

何潮想了想，觉得事已至此，也没必要再隐瞒什么了："辛有风是和周安涌合作了，不过仅限于事业，不涉及感情。安涌现在有女朋友了，叫海之心，是一个海归，我也见过，逻辑思维清晰，干练而有管理才能，很适合安涌。他们很般配，不出意外会结婚。说到失恋这件事情，我和你一样同病相怜，这不，我的前女友从美国回来了，现在在香港，和她的现男友在一起，还邀请我去香港鉴赏他们的幸福，你说我是该大度地赴约还是该小气地逃避？"

"当然是大方地赴约了。"庄能飞又笑了，叹息一声，摇了摇头，"听到你也这么倒霉，我的心情瞬间好了许多。好吧，不说这些乱七八糟影响心情的事情了，说说周安涌给的800万的订单是不是可靠。我托人打听过了，他介绍的韩国客户真名金仲焕，外号金不换，来中国做生意多年，还算有一定的实力和人脉。之前他一直在北京、上海，刚来深圳不久，通过曹启伦认识了周安涌，又听刘以授和赵动中对周安涌比较认可，就认准了周安涌这个人。所以他对周安涌介绍的人绝对信任，省去了前期的沟通成本。"

"金不换？这名字有点意思。"何潮点了点头，"你和他见过了吧？对他的感觉如何？我和安涌每次接触，他都说起这件事情，说他也是觉得心中有愧，愿意补偿你一些。并且曹启伦虽然也生产小灵通，但现在曹启伦的重心落在了房地产和金融上，对制造业的兴趣在减少。还有，金不换是和曹启伦很熟，但对曹启伦的理念不是很赞同，也和曹启伦谈了几次，没有谈妥，所以才让安涌介绍另外的供应商。安涌就介绍了你。"

"我们谈过了，感觉还行，他懂行，不是外行。"庄能飞原本对周安涌介绍的800万订单持怀疑态度，虽然订单数额并不大，但对于刚刚起步的三成科技来说，操作不好，也可能事关生死。不过通过一段时间的接触，他反倒越来越有信心了：
"我说周安涌为什么这么好心要帮我们，原来是辛有风又回到他的身边了，好吧，姑且当周安涌真的是良心发现了。"

"打住，暂停。"江离及时插嘴了，"在经济规律和商业活动中，不能用良心来衡量一次合作的可行性。而且说实话，在小灵通技术上，韩国比我们先进许多，他为什么要购买我们的品牌去韩国销售？不符合客观规律。"

"还用你说？一边儿去。"庄能飞笑骂了一句，"金不换想要的是代工，OEM懂不懂？他们出技术出设计，我们负责生产加工。"

"如果我不懂代工，就没几人懂了。"江离哼了一声，鼻孔朝天，"你想过没有？就算找代工，也要找成熟的生产厂家，为什么要找一个刚刚成立的公司？庄哥，我不是不相信周安涌，我是讲商业规则和人性。"

庄能飞哈哈大笑："你的理论确实有点水平，但缺少实际操作经验。小灵通作为新兴事物，现在还没有成熟的生产厂家，都在试生产阶段……懂了吗？"

"懂了。"江离老老实实地点了点头，问何潮："可以走了吗？既然定了款式和方向，接下来就是庄哥的事情了，我们现在回深圳，下午还有课要上。"

"不行，吃了午饭再走。"庄能飞理解不了江离现在的状况，"你是善来集团的座上宾，是郭统用的御用顾问，是郭林选跟前的红人，每个月赚的钱比你教书一年的工资还要多，为什么还要上那个破班？你是不是有什么心理疾病故意找不自在？"

"你才是，怎么说话呢？"江离笑了，"这你就不懂了吧？为郭董当顾问、给郭公子当导师，是职业，是理论联系实践的具体操作。教书是兴趣、是爱好，是理论研究的基础。兴趣和职业，就像理想和现实，要区分对待，一手抓理想，一手抓现实，两手都要抓，两手都要硬。"

"你说什么都对。"庄能飞难得没有反驳江离，拉上何潮上楼吃饭去了。

三成科技的布局和元希电子大不相同，办公楼在前面，后面是生产车间和职工中心，以及生活区。此后相当长一段时间内，大多数电子制造公司都是类似的格局。

午饭也简单，在食堂的包间里面，何潮、庄能飞、江离和和仔四人，要了几个菜，也没喝酒，三下五除二就吃饭完毕。

席间，江离滔滔不绝地又说到了当下的局势，随着新一届国务院领导的上任，新任总理以前就以铁腕著称，并且是经济方面的高手。面临经济下行压力，总理有可能拿出非常规手段。北京的风吹草动，会很快波及深圳，经济政策上面任何一个看似微小的调整，都会有牵一发而动全身的效果。

庄能飞对江离大而无用的理论毫无兴趣，也对国家领导层的正常交接没什么想法，只相信不管是谁在位，推动经济发展让百姓更加富裕的执政理论不会改变。江离摇了摇头，叹息一声："多亏有何哥，否则有时你连是怎么死的都不知道。天下大势，浩浩汤汤，顺之者昌，逆之者亡。是顺是逆，有时你都没有概念。政府执政的出发点肯定是想让百姓安居乐业，但政府会有宏观调整，如果你从事的行业不符合宏观调整的方向，对不起，你碰得头破血流不能怪政府，要怪只能怪自己不长眼睛。"

庄能飞急了："你的意思是国家会禁止生产小灵通了？"

"我没这么说。"江离直着脖子，"我是说研究清楚国家的政策引导方向，再做好长远或是短期的布局，才是上策。"

"有何潮还有你，我想那么多干吗？"庄能飞一瞪眼，抓起茶杯喝了一口，"我现在就想知道，辛有风还能不能回到我的身边？"

原来庄能飞的心思还在辛有风身上，江离无奈地笑了，后悔刚才提到辛有风了，只好将他知道的关于辛有风的所有事情都告诉了庄能飞。问题是他知道得有限，和辛有风接触很少，他的消息没能满足庄能飞的好奇和期待，庄能飞就又问何潮。

何潮沉默了半天，一直在想江阔。不知为何，他心里总是隐约觉得哪里不对，江阔应该不是在和他置气，他了解江阔的性格，她不是没完没了的脾气。她很聪明，不会无理取闹。

"庄哥，你也是快40岁的人，不再是没有谈过恋爱的小男生，为这点儿小事患得患失，你为什么不直接去深圳一趟，当面问个清楚？你如果还真的喜欢辛有风，就拿出诚意做一些事情挽回你们的爱情，别弄得这么扭捏，问来问去的。辛有风当年喜欢你，不就是喜欢你的干脆和大气？"何潮忽然烦了，站了起来，一口气说完，转身就走，"回去了，就这样吧。"

江离和庄能飞面面相觑，不知道何潮为什么突然变脸。

何潮上了车才清醒了几分，刚才的一番话，明是说给庄能飞，其实何尝不是在为自己打气？这么一想，他当即拿出手机打给了江阔。

结果还是关机。

到底是怎么一回事？难道是出了什么事情？他发了一条短信："江阔，丁公，公司的事情你也该过来开会了，作为股东和合伙人，你缺席了好几次重要会议。于私，我们好歹朋友一场，接电话和回短信，是人和人交往最基本的礼貌。"

车门一响，他也没看，埋头说道："开车，回深圳，晚上还要和郭公子吃饭。"

汽车发动，驶出三成科技，来到了公路上，驾驶座上才传来声音："你和郭公子有约了？是该和他好好谈谈了，争取说服他，也许在招聘员工的事情上，他可以帮到你。"

"怎么是你？"何潮听到声音不对才扭头去看，原来是江离在开车，一想就明白了，"你和和仔调换了一下，有话要说？"

江离的车技明显不如和仔，有几分笨拙，开得也不快，他笑了笑："刚才也说了不少，但我还想和你聊聊利道在深圳的发展和下一步在全国的布局。"

何潮揉了揉太阳穴："拜托，我今天好不容易从这些问题里面脱身出来，你又要拉我回去，一天也不让我轻松是不是？"

"早晚是你的事情，逃避不是男子汉大丈夫所为。"江离才不会放过何潮，"我知道你肯定已经有了明确的目标和方向，只不过你有没有发现，我们两个人有一个共同的缺点，大方向上想得多、想得全，但在具体执行上，就缺少细节上的考虑了？当然，你比我还强一些，至少有人格魅力和亲和力，可以团结有执行力的人来落实你的想法。"

何潮点了点头，认可江离的说法："每个人都有优点有缺点，没有全才，就像招聘的事情，他们都认为我肯定成竹在胸，实际上却是……"

第二十三章

节外生枝

"没有一点儿头绪？"江离哈哈大笑，"没事，你也别自责，我也一样。"

"谁跟你一样。"何潮毫不留情地和江离拉开了距离，"我如果跟你一样一遇到实际困难就毫无头绪，我还是别创业了，和你一样当老师不就得了？我是说我还没有具体的执行方案，但解决方法已经有了。"

"是什么？"江离不以为意，嘿嘿一笑，"不会是把希望寄托在郭公子身上了吧？"

"怎么了？难道不行？"

"不是不行，是郭公子太随性了，除非你能找到让他感兴趣的切入点，他做事随心所欲，全凭喜好，完全没有章法。"江离一想起和郭林选接触以来遇到的种种事情，不由头大，"郭董一直想让我引导郭公子改邪归正，惭愧的是，我没影响他多少，倒被他带坏了，去了不少KTV、酒吧。如果你想说服他帮你，首先得跟他一样学会花天酒地。"

"人都有逆反心理，不管年龄多大。"何潮双手抱头，用力朝后背一靠，"越是得不到的越想得到，有时并不是因为有多喜欢，而是因为不甘和想证明自己。郭林选的游手好闲，不是因为他真的生性如此，而是因为他就想让他的父亲生气。如果我没猜错，一是父亲从小对他管教过严而关心过少；二有可能是母爱的缺失。"

江离张大了嘴巴："何哥，你太厉害了，一猜就中。我和郭公子认识这么久才知道他从小先是被父亲打骂，后来十几岁时一怒之下反抗父亲，离家出走十几日，父亲吓坏了，又对他百般溺爱，就让他发现了父亲的软肋。至于他的母亲，他从来没有提过，感觉他和父母的关系都不太好，是一个从小缺爱的孩子。"

又聊了一会儿郭林选，江离转移话题，提到了何遇。

何遇和江离在同一所学校教书，虽然相识于KTV，却一见钟情，现在已经到了谈婚论嫁的地步。但让江离郁闷的是，何遇的父母不同意他们的婚事，原因很简单，何遇父母看不上江离，觉得江离太能说会道，过于口若悬河，不是踏实过日子的好人。

气得江离差点儿没骂街，难道他知识渊博、善于表达也有错？

何遇的父母来自湖南贫困山区，一辈子没有出过大山，第一次出门就是为了女儿的婚事。在他们传统而朴素的认知里，一个男人沉默寡言、埋头苦干才是好男人，夸夸其谈、说话不着边际的男人，第一是不稳重，第二是不靠谱。

越能说的男人以后越有可能不顾家。

江离无法说服何遇父母相信他是一个顾家的好男人，他费尽口舌，甚至用他的星座是巨蟹座肯定顾家来作为论点，却被何遇父母轻而易举地以两人属相不合推翻。何遇也被父母的固执气哭了，声称她不管怎样都要嫁给他。

结果何遇母亲当场气得病倒，住进了医院。住院期间，何母说什么也不让江离探望，还以死相逼何遇和江离分手。江离为了照顾何母情绪，只好暂时不和何遇联系。

这件事情让他非常苦恼。他很爱何遇，也不嫌弃何遇当过陪酒小妹，没想到何遇父母却觉得他配不上何遇，他又不好把气撒在何遇身上，只好闷在心里，也就只能向何潮诉苦。

他和夏正说过一次，原以为夏正会义愤填膺地为他出谋划策，不料夏正却给出一个快刀斩乱麻的办法："龙雨有一个很好的姐妹叫胡立晶，开一家美容院，长得比龙雨还好看，比何遇也不差，她还是深圳当地人，家里有房有车，就喜欢文化人，介绍你认识一下？你肯定符合她的要求。"

江离当时就被气笑了："狐狸精？谢谢，消受不起，怕折寿！你说她父母得多有文化，怎么起这么一个有创意的名字？"

江离没敢和郭林选说起这事儿，他就知道郭林选肯定会嘲笑他居然被一个陪酒小妹的父母看不上。他是觉得何遇为生活所迫，陪酒赚钱也没有什么，郭林选却最看不起陪酒陪唱的小妹，虽然自己有时还很喜欢调戏她们。

"你说这事儿我到底该怎么办？"江离愁眉不展，"我总不能因为她的父母就和她断了吧？我不舍得她，她也不舍得我，唉，感情上的事情，真的是比经济理论还难研究清楚。你说也是怪了，为什么她的父母就是看不上我？我哪里差了？"

"你哪里都不差，是何遇的父母不懂你的高度。"何潮也无可奈何地笑了，想起了他和江阔、庄能飞和辛有风、和仔和许愿，原以为就他有感情上面的苦恼，却没想到身边的兄弟朋友都一样，相比之下，恐怕还是周安涌最春风得意了，"别急，你慢慢来，何遇父母又不会在深圳一直待下去，等他们回去了，你们先领证结婚，生米煮成熟饭，他们还能让你们离婚？"

"没别的办法了？"江离有几分失望，以为何潮可以想出什么万全之策。

何潮摇头："代沟有时无法消弭，受限于时代、成长环境和人生阅历，一个人无法用他的经验说服另外一个人。你和何遇父母原本就不是一个世界的人，非要达成共识，根本就没有可能。就像我和江阔一样，原本也不是一个世界的人。"

"我就知道你放不下江阔，其实卫力丹也挺适合你，不如考虑一下她？"江离一抬头，哈哈一笑，"正好路过深大，要不要看望一下她？"

何潮正好有事要找卫力丹，看了看手表，离和郭公子的见面还有几个小时，时间够用："好，我打电话给她。"

正是下午三点钟的光景，阳光正好照耀在深圳大学校门的四个金色大字上。卫力丹抱着电脑从里面欢快地跑出来的身影，像是一只在阳光下歌唱的小鸟，轻快、开心、充满朝气。

每次见到卫力丹，何潮就会心情舒畅许多。卫力丹很像他的妹妹何流，健康、向上、阳光，却又比何流更明媚开朗。

卫力丹的身后跟着一个男生，穿白衬衣、黑裤子的男生，留着寸头，和到处可见的流行长发形成鲜明对比。他鼻梁很高，皮肤很白，个子也不矮，白净的脸上满是愤怒和不满。

"力丹，等等我，别跑那么快，小心摔跤。"男生边追边喊，充满敌意的目光落在了靠在车边的何潮身上。男生追上卫力丹，拉住了她的胳膊，一指何潮："他是谁？是你男朋友？怪不得你总是不肯答应我的追求，原来喜欢的是他！"

卫力丹挣脱男生的手掌："放开我，张送！他是谁不用你管，反正我不喜欢你，你也别再浪费时间了，就当我求你了，好不好？"

"张送？"何潮脸色一沉，上前一步挡在了卫力丹的面前，一把推开张送伸向卫力丹的右手，"追求女生要注意方式，不要动粗。我警告你，以后不许再动力丹一根手指！"

"你让开！"张送勃然大怒，双手一伸，就要推开何潮。

何潮怎会被他推中，侧身闪到一边，右手护住卫力丹，左手一伸一推，他被何潮带动，身子一转，险些摔倒。

张送满脸通红，左右看看，从地上捡起一根木头，朝何潮当头砸来。何潮也怒了，本来他当张送是学弟，加上他也才出校门不久，见到比他小不了几岁的大学生会有亲切感，没想到，张送说动手就动手，而且还下狠手，他不由得也动了几分火气。

卫力丹吓得大叫："张送，你住手！你疯啦？"

江离也吓得不轻，上前一步就要帮忙，何潮本来一人对付张送绰绰有余，不料半路上杀出了一个江离。何潮分身乏术，无法兼顾卫力丹和江离，而卫力丹惊慌失措之下，也想护他，他只能用力拉开卫力丹。

江离就没有躲开，被张送一棍子敲在了头上，咔嚓一声，手指粗细的木棍应声折断。

"啊！"江离痛得大叫，双手抱头蹲在了地上。张送一击得手，脸上露出一丝狞笑，再次捡起一根树枝朝何潮打来。

正好和仔赶到了，下车后冲了过来，何潮沉闷地说了一声："和仔，护好力丹和江离。"话一说完，他起身向前，左胳膊一举，硬生生接了张送一棍。

树枝不粗，但敲打在手臂之上，也是生疼。何潮趁张送还来不及收手之时，右手一记勾拳挥出，正中张送下巴。张送闷哼一声，朝后一仰，摔倒在地。

和仔扶起江离，见江离头破血流，血从后脑流下，背上都红了一片，顿时红了眼，二话不说，转身到车上拎下车锁，气势汹汹地冲张送而去。他的车锁长约半米，全金属制造，少说也有七斤重，要是打在身上，肋骨也会断上几根。

"和仔，住手！"何潮冷喝一声，忙制止了和仔。和仔下手不知轻重，说不定会出人命。他上前一步，逼近张送："张送，不是我们人多欺负你，是你先动的手。还想再打吗？"

94

第二十四章

往后余生

张送躺在地上，咬牙切齿："有种留下名字，信不信我让你在深圳活不下去？"

一个学生就如此口出狂言，何潮被气笑了："我叫何潮，记住了，人可何，大潮的潮。行啊，你说说你怎么让我在深圳活不下去？"

"何潮是吧？哈哈哈哈……我记住你了，你等着！"张送从地上爬了起来，食指一摸鼻子，无比嚣张地说道，"你知道我是谁吗？你也记住了，我叫张送，弓长张，送行的送，深圳大学大二学生，下半年就大三了。我有一个哥，亲哥，叫张辰，你肯定也听过他的大名，'良辰美景''深圳四哥'之一的辰哥……我哥是辰哥，怕了吧？"

竟然是辰哥的弟弟，怪不得这么张狂，何潮暗中摇了摇头，张送没少看香港黑社会电影，语气和神态像极了古惑仔，可惜深圳是深圳，香港是香港。

"啊？原来你哥是辰哥，厉害，真厉害。"何潮竖起了大拇指，故作害怕之状，"刚才我不知道你是辰哥的弟弟，多有得罪，张送，你多担待。"

"知道害怕了吧？跪下求饶，我一开心说不定还能放你一马。"张送得意地抬头望天，一只脚还轻轻点地，"跪下，叫三声爷爷……"

话才说一半，肚子上已然挨了一脚，张送收势不住，后退数步，一屁股坐在地上，双手捂着肚子，气急败坏地大喊："我要告诉我哥，你们一个也别想跑！敢打我，让你们知道辰哥到底有多厉害。"

和仔出手了。

何潮当然不知道若干年后国内会响起不少"我爸是某某""我爹是谁谁""我老公是××"等炫耀身份、仗势欺人的声音，他只知道他既然和辰哥已经势不两立了，又不幸遇到辰哥的不争气的弟弟，何况又是张送先动手，就别怪他不客气了。

何潮还没有来得及上前一步，再动手教训教训张送，和仔就忍无可忍了。刚才一脚踢中张送的肚子，和仔再次一个箭步向前，一巴掌打在了张送的脸上。

"告诉辰哥，踢你肚子、打你耳光的人叫和仔，大名傅学和，曾经是他的手下，现在跟着何哥！再告诉你哥，何哥下周就要和他见面，想提什么条件，尽管提，何哥看心情好坏再决定是不是满足他！"

张送被打得晕头转向，愣了半晌才"哇"的一声哭出来："你们欺负人！你们三个欺负我一个，我要告诉我哥，让他打死你们，把你们都扔海里喂鱼！"

"小小年纪这么大口气，有人生没人教的东西！"和仔被骂得火起，正要冲过去再打一个耳光，冷不防从人群中冲出一个老者。老者年纪在六旬开外，精神矍铄，步伐有力，大步流星来到张送面前，一个响亮的耳光打了上去："告诉你哥张辰，我吴老伯替他好好教训教训你。就你还是什么大学生，简直就是大畜生！有本事你让你哥来找我，我就在莲花山北村，我叫吴为！"

"怎么谁都打我？"张送的嚣张被彻底打掉了，咧嘴大哭，"你们就会欺负老实人，呜呜……我告诉我哥去。"

张送一边哭一边爬起来，转身一瘸一拐地走了，引发了人群一阵哄笑。

卫力丹紧紧抓住何潮的胳膊，刚才她确实吓得不轻。一直以来，张送不止一次明确表示了对她有好感，并且想要追求她。她也当面拒绝了张送，并且一再表示他们并不合适，张送却并不放弃，始终对她死缠烂打。

碍于面子，她也不好和张送划清界限，毕竟是同班同学。再者她也知道张送的哥哥是辰哥，她对辰哥没什么好印象，也不喜欢张送飞扬跋扈的性格以及自以为是的做派。不想张送今天听到她接听了何潮电话，一路跟在后面，惹出了一个天大的麻烦。

在有几分愧疚的同时，她也深深被何潮的英勇和气概折服。当何潮举起手臂挡下张送的一击时，她感觉自己的内心都要融化了，太帅太酷了。而当何潮一拳打倒张送，她心中传来一声欢呼的同时，又有一丝甜蜜涌现，她知道，她爱上何潮了。

到底是真爱还是只因为仰慕而产生依赖，她不清楚。反正她知道，往后余生，不管她是否还会和何潮在一起工作，也不管她走多远、走多久，在她的内心深处，永远有一块只属于何潮的地方。

卫力丹也清楚，她对何潮的爱慕之中，还有敬佩。当初她之所以跟随何潮创业，倒不是她有多看好物流行业的前景，而是觉得何潮踏实可靠。她在大学期间，学习之余有足够的精力和时间可以用来兼职，况且何潮又很大方，愿意提供一台最高端的笔记本电脑让她使用，她就死心塌地地成了何潮的追随者。

却万万没有想到，利道物流更名为利道快递后，发展如此迅猛，只短短一年，就从樟木头镇杀回了深圳，并且已经拥有了100多名员工。虽然在遍地世界500强分公司以及各种外资、合资和独资大型公司的深圳，利道快递依然是一棵微不足道的小草，但是才成立不久就有如此耀眼的成绩，说明还是何潮有眼光、有能力、有魄力。

当然，他也有魅力。

照这样发展下去，等她毕业时，利道就会成长为一棵大树，哪怕不是参天大树，至少也可以遮风挡雨了。深大毕业生的就业率是高，但如她一样还没有毕业就可以看到未来，并且毫无疑问可以在利道拥有一席之地的大学生，也不算多。

家里有矿有几栋楼的除外。

同时，妈妈的深小吃连锁店也前景一片大好，说不定等她毕业时，会开十几家甚至几十家连锁店，或许妈妈还会让她接手深小吃的经营，她到时还会面临甜蜜的痛苦选择。不过不用想，她肯定还会继续留在利道，利道才有她的用武之地。

说来这一切都得感谢何潮，当初如果不是认识了何潮，妈妈不会有深小吃，她也不会有一个光明的未来，何潮就是她和妈妈的幸运星。她深信一个道理，帮助别人就是帮助自己。当初她帮助何潮，只是出于最简单的出发点，没想到换来了如此丰厚的回报。

卫力丹努力学习，希望不辜负何潮对她的信任和重托。她很明白，何潮让她兼职利道，并且在利道为她预留了技术总监的位置，是想让她为利道开发一款可以最大限度优化送货、减少中间环节的软件。

利道快递的核心竞争力就一个字——快！天下武功，唯快不破。快，不仅体现在快递员的速度上，还和如何规划路线、优化流程以及合理化管理有关。

卫力丹每天在学习必修课之余，还自学了许多与编程有关的知识，并且开始着手编写一款优化管理软件，现在已经完成了三分之一。保守估计，在她毕业之前，就可以交工。

何潮先是一愣，随即想起了吴为吴老伯正是利道成立之初，在莲花山公园第一次开会时遇到的老人家，不由得乐了："老人家，我们又见面了！刚才您的一番话真有力量，大学生不如大畜生，很符合当下一些大学生的所作所为。"

"哼，要是他是我的儿子，我不一巴掌打死他，我就不是他爹！"吴为也认出了何潮，"咦"了一声，"怎么是你？何……何潮对吧？你怎么还在深圳？你的物流公司怎么样了？是不是早就倒闭了？"

吴为一拍脑门："让我想想，距离我们上次见面得有一年了吧？快一年了。我当时说的是如果你能挺过去两个月就算我输，小伙子，你跟我说实话，你挺了多久？"

旁边正好有一辆利道快递的送货车驶过，小型集装箱车厢上印着大大的"利道快递"四个字，白底黑字，又是黑体，格外醒目。

何潮笑呵呵地一指："吴老伯你看……"

吴为看了一眼送货车，没反应过来："看到了，怎么了？我是问你的物流公司怎么样了，又不是看车……"吴为忽然醒悟过来，一拍大腿，"啊，你的公司活到了现在，还发展壮大了？怎么可能？我不信。"

"爱信不信。"和仔也认出了吴为，他对吴为印象深刻，小声说道，"倔老头儿又来了，没什么见识，还自以为是，世界上最不缺的就是这种阻碍社会进步的老顽固。"

"你说什么？你再说一遍，看我不抽你耳光。"吴为听得清清楚楚，顿时火起，扬手要打和仔，被何潮拉住了。

"吴老伯，我记得您当时说如果我能挺过去两个月，您让我过去找您，我要什么您就帮我什么，对不对？"何潮忙转移了话题，他可不想吴老伯再和和仔冲突。

吴为眼睛一瞪："没错，不过前提是在我能力范围之内，你让我去杀人放火，我肯定不会去，因为我办不到。愿赌服输，既然你们的公司能开到现在，说明你也算有点本事。我这人别的本事没有，就是说话算话，你尽管开口。"

第二十五章

数 据

和仔朝何潮连使眼色，希望何潮出一个天大的难题为难一下吴为，他特别讨厌吴为，这么一个又臭又硬的倔老头儿，就会没事找事，还一副"老子天下第一"的德行，都这把年纪了，脾气这么大，可见还没有活明白。

何潮却总是一副笑眯眯的样子，他不理会和仔的暗示："盛情难却，我就提一个小小的要求。现在利道快递不但没有倒闭，还发展势头良好，急需人手，吴老伯德高望重，不只莲花山北村，整个深圳都会尊敬吴老伯三分。"

吴为冷冷一笑，板着脸："小伙子，别拍马屁，我不吃这一套，有事说事。"嘴上这么说，但他眼角的喜色还是透露了他内心的欢喜。

何潮要的就是送一顶高帽子给吴为："吴老伯说的哪里话？吴老伯为人正直，才不会像一般人一样喜欢听奉承话，刚才我说的都是事实，可不是拍马屁。吴老伯，我想求您办的就是一件小得不能再小的事，利道快递现在急需100名快递员，以及十个加盟商。"

吴为顿时愣住了："100个快递员好办，我发动一下乡亲，让他们都帮你们找人，也就是一天工夫的事情；可是十个加盟商就不好办了，我又不认识做生意的人。"

何潮要的就是吴老伯这句话，加盟商只是他虚晃一枪。他抛出两个难题，让吴老伯二选一，好让吴老伯有路可退。

"谢谢吴老伯，您老人家真是厉害，一句话就解决了困扰我很多天的难题。"何潮连连道谢，忙留下了自己的联系方式。吴老伯被何潮夸得不免飘飘然，也留下了手机号和呼机号，并和何潮约定，最晚三天给他一个明确的答复。

吴老伯走后，几人在附近找了一家茶馆。本来卫力丹要去新开的咖啡馆，说要培养喝咖啡的习惯，因为星巴克快要进军内地了，她在香港喝过星巴克，觉得味道很不错，早晚也会在深圳开店，却被何潮拒绝了。何潮不太习惯咖啡的味道，还是喜欢喝茶。

和仔就说得更直白了，喝茶才是中国人，喝咖啡的都是假洋鬼子，被卫力丹翻了好几个白眼并且鄙视他没有见识。

1999年1月，星巴克在北京中国国际贸易中心开设中国内地第一家门店。直到2003年，星巴克深圳第一家才落地。

江离的头已经止血了，伤得并不重，找了一家诊所包扎一下就没事了。他毫无形象地大口喝了一杯茶，重重一放茶杯，愤愤不平地说道："真是太嚣张了，不就依仗他哥是什么辰哥才敢这么无法无天，他肯定是香港黑社会电影看多了，以为深圳也和香港一样。内地就没有黑社会！什么辰哥良哥，迟早被打掉。"

何潮就笑，安慰江离："仇不过夜，刚才我也已经替你还回去了，你这个未来的著名经济学家，就不要把心思用在预言某个人失败的小事情上了，来，聊聊未来互联网的发展和应用。"

几人聊了一会儿互联网到底会给社会生活带来什么样的影响，江离的看法是非常大，何潮持同样的态度，不过比江离更谨慎乐观一些。他认为互联网的应用需要硬件的支持，也就是电脑、手机等电子产品的科技水平发展决定了互联网的发展。

和仔并不看好互联网的未来，认为互联网脱离了现实，谁会天天坐在电脑面前上网不去干活儿？不干活儿就不会创造价值，就像单子一样，必须有人动手送到客户手中，才算满足了客户需求，难道互联网可以做到？

卫力丹对互联网的前景充满了信心，向何潮展示了她完成了三分之一的软件，自信又遗憾地说道："如果有足够的数据支撑，软件可以更好地计算出来最优路线和最佳送货时间，可惜的是，没有足够的获取数据的途径。"

江离最喜欢数据了，顿时眼前一亮："什么数据？"

"每个路口的红绿灯时长，每条道路的车流，等等。比如说从华强北到深大，最便捷的道路就是直接从深南大道过来；但也可以从沙河东路绕行滨海大道，再到深大；也可以从深南大道绕到沙河西路，再到滨海大道。三条路线，第一条路线路程最短，时间也最短；第二条路线路程最长，时间也最长；第三条路线路程和时间都居中。通常情况下，肯定会优先选择第一条路线，但如果有特殊情况出现，比如深南大道封路了，那么第二选择就是沙河东路了。再如果深南大道和沙河东路都出现拥堵，就可以及时调整路线，走沙河西路。快人一步，是在每一个环节都要比别人快，都要有后备方案。后备方案很重要，没有后备方案，不知道另外两条路线，遇到拥堵时只能堵在深南大道，不知道还有沙河西路和沙河东路两条路备选，就落后别人了。当然，真正优化路线统计数据，要远比上面的例子复杂。"

江离听了顿时肃然起敬，当即站了起来："原先我一直不明白为什么何哥非要重用你，我总觉得你一个大学生，还没有出校门，肯定没什么本事。没想到，力丹，你还真的挺厉害。如果你的软件有了足够的数据支撑，随时传到利道总部，利道在调配车辆时，肯定可以比同行快上一步，不，是三步。"

和仔瞪大眼睛，没听明白到底是什么意思，张了张口，话到嘴边又咽了回去——算了，让他们去耗费脑子吧，他喝点茶休息一下，该惬意的时候就得惬意，想那么多不得累死？

何潮深以为然地点了点头："数据确实很重要，现在大多数人还没有意识到数据的重要性，估计不用多久，都会在数据上下功夫了……对了，采集数据的事情，可以让夏正负责！"

"对呀，我怎么没想到！"江离刚坐下又一拍桌子站了起来，"只需要一个可以采集数据的产品装在出租车上，每天都记录下来，日积月累，就是一份宝贵的行驶数据。太好了，就这么定了！让夏正发动他的出租车朋友一起为我们采集数据。又一个困扰利道的难题解决了，等掌控了大量的数据之后，利道又会向前迈出一大步。"

"我现在不关心什么数据，只关心员工什么时候可以到位。没有员工，数据又有什么用？"和仔幽幽地叹息一声，"也不知道何哥到底是怎么想的，为什么把这么重要的事情交给吴为那个倔老头儿？他能办成就见鬼了。还有，何哥，你当时提到十个加盟商是什么意思？"

何潮笑着解释："既然吴老伯主动要帮我们一个忙，不给他压点担子也是对他的能力的轻视不是？和仔，你可千万别小瞧人，以吴老伯的个性，他如果没有六成以上的把握，肯定不会答应。越是倔强的人，越讲信誉。多个朋友多条路，多一个希望，何况这个希望是自己送上门来的，哈哈。加盟商的事情，我是初步有这么一个想法，还没有来得及和你们交流。"

和仔有几分不高兴："何哥，你什么时候才能改了自作主张的习惯？虽然你是老大，但至少也要尊重一下跟随你的这些兄弟，事先说一声有那么难吗？"

"怪我，这事儿怪我。"何潮满脸赔笑，点头哈腰，态度要有多端正就有多端正，"其实我当时只是随口一说，是为了多给吴老伯一个选择，好让他有路可退。

不过说实话，这个想法我早有了，一直没有成形，今天正好你们都在，就一起合计合计。是这样的……"

何潮早就有了发展加盟商的想法，本来想采取直营的策略，但直营成本太大了，按照现在的速度发展下去，每年能发展两个直营点就不错了，还是在深圳本地。如果在全国范围内布局，利用自有资金哪怕是融资去一个一个城市布点，怕是十几年也完成不了几个区域。

人手和精力都达不到。

想要快速扩张，追赶同行的脚步，采取加盟制是唯一的也是最佳的选择。

何潮说出了自己的想法，和仔反倒沉默了，过了一会儿才说："对不起何哥，我错怪你了，以后这样的决定你自己做主就行了，不用和我说。"

卫力丹乐了，不明白和仔为什么转变这么快："怎么了，和仔？为什么又改变了主意？"

和仔眼睛一瞪："这么费脑子的事情和我说，不是害我吗？我要是能想明白这些，还用跟在何哥身边？我早就和顾两一样自己出去单干了。我知道自己的斤两，人贵有自知之明，对吗？"

江离不笑，一脸严肃："加盟商的方法快是快，但有后遗症，你可要考虑清楚了再决定。"

"我考虑清楚了，每一个阶段都有每一个阶段的选择！现阶段只能这样，以后是不是后悔现在的决定，以后再说。"何潮一口喝完杯中茶，"就这么定了，你们有没有反对意见？有的话保留，没有的话通过。"

第二十六章

困难重重

何潮是利道的最大股东，可以一言而定，和仔虽然也有股份，不过很少，卫力丹的股份比和仔稍多一些，但也不够否决何潮的资格，还持有利道股份的包括顾两、郑小溪，郑小溪自不用说，肯定无条件服从何潮的决定，而顾两由于人不在利道，股份虽在，实际上却归何潮持有了。

何潮的决定就是利道的最终决定了。

卫力丹不无感慨地说道："上次遇到吴老伯，是利道的成立大会。这次遇到吴老伯，决定了利道的发展方向，也是怪了，吴老伯和利道有什么仇、什么怨，怎么一见到他，利道就有改变？"

"经济学上有概率，生活中也有，别用概率来当成定律。"江离反驳了卫力丹的说法，"就像一个人遇到真爱的概率只有30万分之一，据说比遇到外星人的概率还低。但绝大多数人一辈子都遇不到外星人，却有至少70%以上的人可以遇到真爱。所以说，概率和数据一样，可信又不能全信。话又说回来，就算遇到了真爱，谁又能知道和真爱结婚的概率有多少？还会有社会因素、家庭原因等想不到的困难阻止两个人走到一起，人生啊，真是艰难如斯。"

"他怎么了？"卫力丹惊讶地张大了嘴巴，露出了一嘴好看的白牙，她微微一笑，"听上去好像失恋了。"

"比失恋还严重。"何潮哈哈一笑，拍了拍江离的肩膀："江离，你的事情不妨和力丹聊聊，说不定她可以帮你想想办法。"

"她都没有谈过恋爱，小屁孩一个，能有什么办法？别闹了。"江离推开何潮的手，还想再发几句牢骚，手机忽然响了，是郭统用来电。

"你才小屁孩！我早长大了，比你还成熟！"卫力丹当即不服气地反驳了一句。

江离忙接听了电话："郭董，我在深大，好，半个小时就可以过去。"

放下电话，他起身便走："郭董找我有事，要谈一些高深的理论，不和你们说了，说了你们也不懂。我先走了，暂时放下形而下的痛苦，去聊一些形而上的高度。"

何潮一把拉住了江离："先不急，你和郭董聊完后，能不能想个办法带郭董去一个地方？"

"去哪里？"江离愣了愣，"我可不敢保证，郭董不比郭公子，他做事情很有章法、很有条理，一般每天的事情都提前安排好了，不会临时改变行程。"

"别忘了你是谁，你是现在的人民教师兼郭公子的人生导师，未来的著名经济学家兼善来集团的经济顾问，如果你连说服郭董的口才都没有，以后怎么纵横经济学界，成为万众瞩目的大人物？"何潮才不听江离摆一堆困难，当即一顶高帽甩了过去。

果然管用，江离立刻喜笑颜开了："这话说得我都没法拒绝了，行，去哪里？你告诉我地址。不过有一点，你别弄出什么不靠谱的事情，影响了我在郭董心目中的形象，那就对不起兄弟了。"

"我会吗？"何潮鄙夷地看了江离一眼，"听我的没错，我会送你一份大礼，让你在郭董心目中的形象提高至少十分以上。"

"得了。"江离连连点头，"我信你了，谁让你是我来深圳之后遇到的第一个投缘的人！"

"等我发短信给你发地址。"何潮神秘地冲江离笑了笑。

送走江离，何潮让卫力丹回去上学，卫力丹咬了咬嘴唇，想说什么却没有说出口，毅然转身走了。和仔望着卫力丹的背影，嘿嘿一笑："何哥，丹丹喜欢你，你怎么办？"

"还好意思说我，你说你怎么办吧！"何潮表面上轻松自若，其实内心还是有几分不安，如果是正常的商业上的竞争，一切都在明面上还好说，但辰哥不是正常的商人，不会按常理出牌，他倒不怕辰哥对卫力丹不利，而是担心和仔。

和仔和许愿的事情已经惹怒了辰哥，又打了张送，这个仇是结下了。

和仔无所谓地笑了笑："能怎么办？辰哥如果真不肯放过我，非要没完没了，大不了一命抵一命，用我的命换他的命，也值了。"

"别说傻话，在我眼里，他的命没你的命值钱。"何潮揽住了和仔的肩膀，"不如这样，招聘员工的事情暂时让高英俊和郑小溪负责，我让江离和夏正也过来帮忙，你去广州待一段时间，任务是寻找十个以上的加盟商。"

和仔连连摇头："我才不跑路，我不怕辰哥，不能扔下你们不管……"

"这不是跑路，是工作需要。"何潮耐心地说服和仔，"公司现在发展进入了快速期，我们要做区域和全国性的快递公司，不能只局限在深圳一地。深圳是总部，布局可以慢一些，深圳之外的扩张，反倒要加快一些，否则就会被同行抢先了。现在别的快递公司正在加快全国布局，我们不能只盯着深圳一个地方。"

和仔被说服了，低头想了一会儿："好，我尽快动身去广州。不过我先说清楚，如果辰哥找你，你让他找我。"

"行，没问题。"何潮一口答应。

和仔送何潮到华侨城，扔下何潮一人去赴郭林选之约，他开车离开。

华侨城此时已经初具规模，虽然和以后成为深圳著名景点的名气还无法相比，却也逐渐成为深圳最有情调的地方之一。已是日暮时分，一天的忙碌下来，何潮确实有了几分疲惫，很想坐在椅子上要一杯咖啡或是红茶，静静地发呆，看日落，什么都不想。

可是，他没有这份悠闲，他只能马不停蹄地大步向前。

才坐下不到五分钟，郭林选的电话就打了进来。

"我到了，你在哪里？"郭林选的声音有几分不耐烦，"看到了，你在青朴落，坐着别动，我马上到。"

何潮坐在青朴落的外面，四下张望，没发现郭林选，忽然被人拍了肩膀，回头一看，郭林选正一脸怒容地站在身后。

"何潮，你还有脸来见我？说过要一起追求邹晨晨，为什么说话不算话？"郭林选戴了一副墨镜，大大咧咧地坐在何潮对面，摘了墨镜扔在桌子上，"说，我们的打赌算谁输了？"

何潮不慌不忙地笑了，拿起郭林选的墨镜看了看："普拉达的，少说也得1000元人民币，送我怎么样？"

郭林选一脸厌恶的神情，抢回墨镜扬手扔进了旁边的垃圾桶："扔了也不送你！少废话，快说，你叫我过来，怎么了结一下我们的打赌？"

何潮哈哈一笑，起身从垃圾桶中翻出了墨镜，拿回之后，用纸巾擦了擦戴上："你不要的话可以送我，不要浪费东西。"摘下墨镜放到一边，"打赌的事情，我得承认我输了。愿赌服输，郭公子你呢？是不是已经赢得了天下？"

郭林选愣了愣，忽然拿过墨镜扔到地上，一脚踩得粉碎："我的东西就算不要了，也不会给你。你连接我的二手淘汰品的资格都没有！是，你输了，我也没赢，但你消极应战，你输得很窝囊、很不男人！"

三个月来，郭林选一共约了邹晨晨十次，邹晨晨赴约三次，成功率33%。去万众置业找邹晨晨十次，十次邹晨晨都热情接待并且陪他喝茶聊天谈项目，成功率100%。

但在有限的三次约会中，邹晨晨陪郭林选看了一次电影，喝了一次咖啡，逛了一次奔驰汽车销售店。郭林选毫不掩饰地展示了他挥金如土的土豪气势，看电影包场，喝咖啡包店，去汽车销售店要当场下单买车送邹晨晨。

邹晨晨委婉地拒绝了郭林选的好意，最终只接受了一辆奔驰车模。此后几次，郭林选数次相邀，邹晨晨都以各种千奇百怪的理由拒绝，理由很怪，却又很充分，总是让他无话可说。

三个月的时间说快也快，最后一个月时，郭林选加快了攻势，每天送一个99朵玫瑰外加豪华礼物的套装，每次邹晨晨都是只收下鲜花，豪华礼物物归原主。而收下的鲜花，邹晨晨让人制成干花，做成了十几个花篮，在善来集团和万众置业签署合作协议的当天，摆在红地毯两侧，每个花篮都写下了郭林选的大名。

当郭林选发现写有他的名字的花篮时，一股强烈的挫败感油然而生。邹晨晨就像油盐不进的怪物，他找不到她身上的任何弱点，她似乎没有需求和爱好，简单得像一张白纸，却又聪明得像一个久经世事的老手。

真是一个让人琢磨不透的女孩呀。

郭林选很清楚女孩的需求和喜好就是她的弱点，一个女孩越喜欢什么，越会被什么俘虏。他只需要投其所好，不惜重金并且投入足够的时间和精力，几乎没有他攻克不了的姑娘。久经情场的他还总结了一套经验，遇到高冷的，就死缠烂打，并且要厚颜无耻；遇到热情的，要高冷，要冷漠；遇到冷艳的，要不冷不热、时冷时热；遇到慢热的，要大火强攻、小火慢炖，让她抓不住重点，让她欲罢不能。

第二十七章

得不到的才是最好

郭林选纵横情场多年，从未失手。只有一次他还没有得手就主动撤离，是因为被对方玩怕了。

是的，没有人会相信万花丛中过、寸草不沾衣的深圳一哥郭林选，泡妞无数也有怕的时候。郭林选一年前喜欢上了一个名叫小七的姑娘。郭林选喜欢六这个数字，不喜欢七，偏偏对方叫七，他就来了兴趣，非要挑战一下自己的原则。在他看来，每个人都有原则，却往往是用来被突破的。

郭林选决定追求小七，除了想要挑战自己，还有一个重要的因素是他确实喜欢小七的善变——时而冷艳、时而热烈、时而高冷、时而知性，她一个人身上至少集中了四种不同风格，称她为百变女郎也毫不为过。

当然，小七长得也很漂亮，郭林选承认他一向是一个视觉动物，不好看的女孩不管性格多好，他都没有兴趣去认识、去了解。只有长相过关，性格有吸引力，他才有动力去追求。至于对方是小家碧玉，还是大家闺秀，对他来说毫无意义。他只知道女人就是女人，不管生长在什么家庭，共性永远一样——好奇、虚荣、占有欲强并且情感细腻。

小七是一个顶级富二代。在郭林选的划分中，富二代分为三类，一是初级，家族有十亿以下的资产；二是中级，家族资产在十亿以上、一百亿以下；三是顶级，家族资产在一百亿以上。小七家族到底有多少钱，他不得而知，他只知道在小七眼中，他是一个穷人。

但小七就是被他的魅力深深地吸引了。她渴望的时候，他拒绝；她拒绝的时候，他渴望。不出三个月，她彻底臣服在他的魅力之下，乖乖地当了他的女友。

郭林选以为是又一次意料之中的胜利，却发现，他的所有热情和感情到成功地俘获了小七为止，而小七的爱情之火才刚刚开始燃烧。

一般说来，女人是水，男人才是火。开始时男人热烈，女人矜持。慢慢女人的爱情之水被烧开，开始沸腾了，男人的爱情之火已经烧完，熄灭并且冷却。男女之间的不同步造成了许多爱情悲剧，也是男女一生纠缠不休的根本原因所在。郭林选有一句名言曾经一度广为流传，当他厌烦一个女友时，女友总会埋怨他，说他很久没有说爱她了，他的回答是："以前不是说过了？等有变化时再通知你。"

小七却是异类。

小七的爱情既有男人的热烈，也有女人的沸腾。水一旦烧热，冷却也慢，不像火可以很快熄灭。但整合了男人热烈和女人沸腾的小七，在被郭林选点燃之后，热烈又沸腾的爱情像一张密不透风的网，将郭林选网在了网中央，让他喘不过气来。

郭林选敢说分手，小七就敢在郭林选开车时抢方向盘，要一起开到海里去；郭林选敢不赴约，她就敢开着跑车一头撞坏郭林选停在公司下面的SUV，两辆价值数百万的豪车就此报废；郭林选敢不答应和她一起出国旅游，她就敢偷了郭林选的护照，如果郭林选还不答应，她就会剪了郭林选的护照冲进马桶。

郭林选遭受了泡妞生涯中最吓人的一场噩梦！

为了留住郭林选，小七甚至还暗中找来一个房产中介接近郭林选，中介声称只要郭林选说服小七出售她位于罗湖的一栋独栋别墅，光中介费用他就可以付2000万。只要郭林选点头，他可以先预付500万订金。

好在郭林选泡妞的原则是只谈感情、不谈金钱，通俗点讲就是只要色、不骗钱，才没有动心，也因为他并不缺钱。后来他才知道中介原来是小七故意设计他，好让他有把柄落在她的手中，从此对她死心塌地。

郭林选一向喜欢控制别人，怎么可能被小七如此严密控制？他唯恐小七再做出什么不可收拾的事情来，当即玩起了消失，出国躲了两个月有余。

等他回来后才知道，小七在他出国的第一个月，发疯了一样全世界找他，宣称谁能知道他的下落，她愿意付费100万元作为报酬；能带他回来，当场转账200万。第二个月，小七在善来集团闹了七次。就在他回来的前几天，她还又来了一趟。

郭林选被吓得不轻，当即想要再次出国避避风头，他怎么也没有想到纵横情场多年，居然遇到一个如此棘手的硬茬。当他收拾好行李前往机场时，半路上被小七拦截了。

小七将郭林选逼停在了京港澳高速上，郭林选以为小七会找他拼命，不料小七敲了敲他的车窗。等他放下了车窗，她递过来一支点燃的烟："别怕，我就是想让你知道，不管做什么事情，都要有始有终才算男人。行了，现在我正式通知你，我们分手了。记住，是我最先提出分手的，是你被甩了。"

直到小七的车灯消失在车流之中，郭林选才如梦初醒，狠狠地抽了一口烟，呛了一下，扔了烟，下了车，骂了一句："真潇洒！"

话刚说完，扔在地上的烟突然爆炸了，威力虽然不大，但如果郭林选正叼在嘴里，非得崩掉几颗门牙不可。

郭林选惊得目瞪口呆！

泡妞无数的郭林选，迄今为止到底有过多少女友，他也记不清楚了。无数女友在生命中一闪而过，大多数现在别说记起长相了，连名字都忘了。唯有小七时至今日依然鲜活地留存在他的脑海中，一刻也未曾忘记，还不时想起，时刻提醒他不要抽陌生人递来的烟。

不过现在的他已经不抽烟了，也就是从上次之后，他对抽烟有了抵触心理，留下了心理阴影。

小七是第一个让他留下恋爱后遗症的女孩，邹晨晨则是第二个。相对来说，邹晨晨更让他耿耿于怀，因为小七是他想甩而甩不掉，邹晨晨则是他想得却不可得。

对男人来说，得不到的永远最好。

最让郭林选气愤的是，他苦求而不可得的邹晨晨，何潮则完全不放在眼里，连最起码的表面文章都懒得做一下，一次也没有邀请邹晨晨不说，还直接放弃了赌局，摆明就是认为即便自己不出手，他郭林选也没有一丝机会。

郭林选就将在邹晨晨身上碰到软钉子的气全部发泄到了何潮身上，一见面就气不打一处来。

何潮能猜到郭林选对他的怒气是因为他的消极应战，他也不想解释什么。他和郭林选不一样，郭大公子每天不用工作就可以衣食无忧，从小就可以过睡觉睡到自然醒、数钱数到手抽筋的无忧无虑的生活，他不行，他一切都得靠自己的双手。相比追求邹晨晨，他有更重要的事情要做。

不过他不是一个没有担当的男人，既然打赌就得有一个结果出来。他弯腰捡起了被踩碎的墨镜，连道可惜："可惜了，可惜了……有些东西就像墨镜一样，一旦破碎就再也没有办法复原了。郭公子，这一局，算是打成了平手，同意吗？"

郭林选险些气歪鼻子，费了九牛二虎之力，却要和什么都没有做的何潮算成平局，他才不甘心。

"真要算个清楚的话，何潮，其实是你输了。我虽然没赢，但晨晨并没有说她不喜欢我，所以我也没有输。"郭林选认真想了想，试图找到他和何潮赌局中的漏洞，"你都没有参与竞争，等于弃权。弃权就是认输，既然是你输了，是在深南大道裸奔还是在广场喷泉裸舞，你选一下。"

"郭公子，账不能这么算，"何潮微微一笑，胸有成竹，"晨晨是并没有说她不喜欢你，也没有说她不喜欢我。归根结底，我们都还有希望，都没输。既然都没输，还是平手。"

郭林选被何潮的话逗笑了："既然你这么说，行，现在我就打电话给晨晨，由她来决定最终的胜负。"

话未说完，何潮的手机响了，何潮只看了一眼就会心地笑了："说晨晨，晨晨到，她来电话了。"

郭林选顿时一脸紧张："她找你什么事？"

"接了才知道。"何潮扬了扬手机，特意起身到一边儿接听了电话，"邹总，你好。"

"邹总？什么邹总？这里没有邹总，只有晨晨。"邹晨晨的声音欢快而雀跃，"虽然你叫我邹总故意疏远我，但我还是要套近乎叫你何哥……何哥，后天去香港的考察活动正式确定了日程，后天早上八点，我派车到公司接你。"

"不用接我，说好在哪里会合就可以了。"何潮注意到郭林选悄悄地跟在了身后，假装没看到，"是从罗湖口岸过关吧？"

"是的。直接到罗湖口岸会合也可以，我在罗湖口岸等你，何哥……"邹晨晨顿了顿，似乎犹豫了一下，"你可以带一个助理，男女不限，现在就要告诉我，好安排房间。"

"我……我！"郭林选听到了何潮和邹晨晨的对话，抢过了何潮的手机，"晨晨，是我，郭林选，我后天正好没事，可以陪你一起去香港。"

第二十八章

打着幌子，戴着面具

"郭公子！"邹晨晨愣了愣，欢快的笑声传来，"你怎么和何哥在一起？你也要去香港？好呀，我们在香港也许还可以偶遇。"

"偶遇个鬼！我要和你一起去！"郭林选才不希望邹晨晨和何潮一起去香港，"快，给我留一个名额。"

"对不起，郭公子，名额已经没有了，您只能自己过去了。"邹晨晨思忖片刻，"目前只有何哥手里还有一个助理的名额，除非您愿意当他的助理，当然前提是他得同意。"

"当他助理？还得他同意？"郭林选冷笑，笑过之后又改变了主意，"行，没问题，我就当他的助理好了，你要记住，晨晨，我所做的一切都是为了你。"

"助理的待遇和嘉宾不太一样，不管是住宿还是交通工具……郭公子肯定受不了委屈，要不还是算了？"邹晨晨直接过滤了郭林选的表白，一副公事公办的口气，"万一怠慢了郭公子，我心里过意不去。"

"我愿意，你管不着。我最近就喜欢艰苦朴素，怎么着吧？"郭林选翻了翻白眼，将手机还给何潮："你告诉邹晨晨，你要带一名助理一起过去，快。"

何潮才不会放过如此大好良机："带一个情场上的竞争对手过去，我是在给自己找不痛快，总得有点补偿才心理平衡。"

郭林选想见邹晨晨心切，只得低头："行，算你狠。我们的打赌算是平局，谁也不用裸奔。"

"你以助理的身份过去没问题，问题是，到时如果事情很多，我让你忙来忙去，你没有时间和邹晨晨在一起，不是白去了？"何潮继续为郭林选挖坑，又提出了第二个条件。

111

"你还想怎样？"郭林选气得不行。

"送我一副同款墨镜。"何潮回身指了指桌子上的碎镜，他最见不得糟蹋东西，也是为了故意气气郭林选，"另外，今晚我有个饭局，你全程陪同，中途不能离席，并且你还得买单。"

郭林选脸色都变了，愣了半天才咬了咬牙："行，我答应你！"

一个小时后，何潮和郭林选相对而坐，在一家粤菜馆的包间里面，两人大眼瞪小眼，一言不发。

时间一分一秒过去了，郭林选不时看表，终于失去了耐心："到底请谁吃饭？这么大架子，等了半天还不来，再不来我可要走了。"

"再等等，马上就到了。"何潮拿出手机看了看他和江离的短信，江离已经成功地说服了郭统用前来吃饭，此时已经在路上了。

"说实话，何潮，你到底为什么要帮邹晨晨？别告诉我，你就是想帮她，没有企图。男人不会无缘无故地对一个女孩好，你我都是男人，不必装清高。"郭林选实在想不明白何潮到底在图什么，"别以为我不知道你故意设局让我进来，就是为了帮邹晨晨的万众置业打开局面。"

"在回答你的问题之前，郭公子，你能不能先回答我一个问题？"何潮的手机振动了一下，江离发短信告诉他，还有十分钟，他笃定了，"你明知我挖了一个坑还要往里面跳，别告诉我，你喜欢邹晨晨已经到了不可自拔的地步，为她牺牲善来集团的利益也在所不惜……你肯定有自己的打算。"

"没错，我是喜欢邹晨晨，但我不会因为喜欢她就以牺牲公司的利益来讨好她。"郭林选将手机放在桌子上，轻轻转动，"万众置业没什么实力，也没什么可以合作的价值。但万众置业是一座连接曹启伦、刘以授和赵动中的桥梁，所以和万众置业合作，既可以帮邹晨晨打开局面，又可以和曹启伦、刘以授、赵动中建立联系，一举数得，我何乐而不为？"

"曹启伦恐怕还不够实力入得了郭公子的法眼。"何潮早已想到郭林选肯定有所谋划，也清楚三人之中，曹启伦的实力最弱，"好吧，就算万众置业手中的地皮郭公子很感兴趣，但以善来的实力，强行买走万众置业的地皮也不算什么难事，郭公子是想借机和刘以授还是赵动中合作？"

"何潮，曹启伦现在的实力是不如刘以授和赵动中，但我认为早晚曹启伦会超过他们，曹启伦是一个枭雄，不会久居人下，总有一天会骑在刘以授和赵动中头上。"郭林选嘿嘿一笑，不知为何，他很愿意和何潮讨论心中的抱负，也许是他无人可以诉说，也许是他认为何潮只是他的情敌，而不是他的商业对手，"不过现阶段，我还是更想和刘以授合作。刘以授手里有许多别人没有的资源，其这些年积攒了不少人脉。"

"明白了，明白了……"何潮连连点头，"你是想借机介入万众置业，打着泡邹晨晨的幌子，戴着花花公子的面具，不动声色地布局，等到时机成熟时悍然出手，打所有人一个措手不及，也让郭董高看你一眼，对不对？"

郭林选眼中的惊讶之色一闪而过，随即又恢复了淡然："你想多了，我就是想借合作的机会，认识一下刘以授，再捎带认识曹启伦和赵动中，主要还是为了泡邹晨晨。同时我也可以找机会和刘以授、曹启伦交流一下泡妞的经验，哈哈。刘以授是好色而没有节制，见一个喜欢一个。曹启伦虽然好色，但还算有原则和品位，不是特别喜欢的，不会下手。"

何潮愣住了，什么时候曹启伦转了性子？印象中曹启伦也是见一个喜欢一个的性格，莫非以前是在假装？不过他没有深思曹启伦的爱好问题，还在推测郭林选到底是一个什么样的人。

表面上郭林选是一个花花公子，不学无术，不务正业，但据何潮的观察，郭林选吊儿郎当的人设似乎是一种掩护，他本人并非如外界所认为的一样无所事事又无能。

因为何潮不止一次注意到郭林选的许多细节，比如一丝不乱的发型，比如在正式场合出现必穿的商务正装，比如锃亮的正装皮鞋，就连领夹也会精心挑选以搭配衣服，等等。说明郭林选大大咧咧、不靠谱、不着调的背后，隐藏着一颗注重形象以便为人留下良好印象的细腻之心。

如果何潮没有猜错，郭林选在内心深处渴望着做出一番事业。他目前的表现都是假装，是他在还没有找到方向之前刻意为之的假象，他想要的是迷惑所有人，包括他的父亲郭统用，然后在暗中布局，等时机成熟之后一举抛出，就会有一鸣惊人的效果。

何潮相信，郭林选从小在父亲大山一般的阴影中长大，想要超越父亲几乎没有可能。有不少心理学家研究发现，父亲的成就越大，对儿子的压力反倒越小。因为父亲的成就达到可望而不可即的高度之后，儿子不会再去奢望可以超越父亲，也就不再对未来抱有希望，没有了成功的动力反倒不会再有压力。

小时候，在何潮眼中，父亲就是至高的存在，几乎无所不能。家里不管什么东西损坏，父亲都能修好。不管遇到什么困难，父亲出面总能迎刃而解。缺衣缺粮的时候，父亲从集市上买回。房子旧了漏雨了，父亲修好补好。再漏，父亲直接推倒旧房盖了新屋。

由于父亲沉默寡言，总是一个人默默地承受一切，从来不和任何人商量，压力向来是自己一个人扛。在何潮整个童年的记忆中，父亲就像是一座大山，巍峨而宽阔，不管有多大的风雨，父亲总能为一家人遮挡。

直到何潮上了大学之后，有一天回家，父亲病了，倒在病床上的父亲身体瘦弱，双眼无神，颤抖着接过母亲递来的热水和药片，嘴一歪，水顺着嘴巴流到了身上，洒得到处都是。

父亲没有和往常一样发火，只是固执地推开母亲的毛巾，自己擦拭起来。那一刻，何潮第一次感觉父亲不再是一座永远矗立的大山，父亲真的老了，像是一棵不再青葱苍劲的松树，岁月在他的身上留下了沉重的痕迹并且夺走了他作为一家之主的权威。

何潮当时暗卜决心，他要接过父亲肩膀上的责任，要为这个家扛起一片蓝天。父亲辛苦了一辈子，从来不曾停歇，父亲太累了，也该歇息了。

尽管一心想要为父亲分担压力，何潮却从来没有向父亲当面说起一次。他有几分害怕父亲，父亲固执地维护着自己的父权，不容他有丝毫的侵犯，他还没有足够的底气挑战父亲。

何潮总是觉得，一个男人真正成熟的标志不是结婚生子，也不是事业有成，而是在家中真正地挑起大梁，接过父亲一家之主的位置，成为全家人的支柱。当初他之所以不管去哪里也不愿意留在石家庄，就是不想留在父亲身边受到父亲的影响，他想自己展翅高飞。

第二十九章

因 时 而 动

尽管他现在在深圳也算事业小有所成，但父亲的余威还在，在家中还是说一不二的存在。就算他赢得了天下，如果没有父亲的认可，没有父亲放手让权，让他成为一家之主，他就没有得到他想要的最终成功。

推己及人，何潮相信郭林选的处境和心境和他大有相似之处，当然，郭林选比他压力更大、阴影更广。他想要超越父亲，从现实层面好超越，难在心理层面；而郭林选不管是现实层面还是心理层面，都很难逾越父亲这座高不可攀的大山。

何潮来深圳是想自己闯荡一番，好一步步在内心深处走出父亲的阴影。郭林选却用玩世不恭和随心所欲来掩饰自己，想另辟蹊径弯道超车来超越父亲。上次在酒会上，他从郭林选对宁劲和彭帆的恭敬态度以及有意接近两人的举动就可以得出结论，郭林选并非对商业上的事情不感兴趣，只是在努力掩饰罢了。

当郭林选一口答应他为邹晨晨开出的条件时，他就再次肯定了自己的推测，郭林选泡妞归泡妞，商业上的布局思路却十分清晰，并不是为了泡妞就乱来。

"怎么不说话了？"郭林选等了半天，见何潮一副若有所思的神情，不由得不耐烦地敲了敲桌子，"何潮，不要考验我的耐心，我的耐心和我的人性一样，禁不起考验。"

"郭公子，"何潮从思索中回过神来，"如果让你做一个选择，邹晨晨和万众置业的项目，你会怎么选？"

"什么意思？"郭林选不明白何潮为什么会突然有此一问。

"意思就是如果你选择邹晨晨，就失去了万众置业项目，你还会选择她吗？"何潮抛出了一个测试的选择题。

郭林选瞬间就明白了何潮的意思，哈哈一笑："你想什么呢？晨晨和万众置业是一体的，她就是万众置业，万众置业就是她。"

何潮并不笑，一脸严肃："邹晨晨能够成为曹启伦、刘以授和赵动中三人的支点，凭借的仅仅是她的能力吗？固然晨晨的能力也非常出类拔萃，但和她能力相同的人也不在少数，为什么她可以，别人不可以？就是因为她被曹启伦、刘以授喜欢。如果她喜欢你，等于曹启伦和刘以授都没有了机会，你说他们还会重用她吗？多半会换了她。同理，不管她选择了你们三人之中的哪一个，另外两个都会对她失望，如果你是她，你会怎么做？"

"当然是谁也不选了，"郭林选眼睛一亮，一下跳了起来，"明白了，明白了，谢谢你何潮，我就是太高调追求晨晨了，应该暗中进行才对。她就算喜欢我，也不可能公开答应我的追求，这么做等于自绝于曹启伦和刘以授了。我怎么这么傻，还要和你打赌去追求她？！我太不懂女人心了，太笨了。这么说，只要我低调一些，还是有机会的？"

何潮叹息一声，可以看出郭林选是真喜欢邹晨晨。一个男人，哪怕再爱玩、再放荡不羁，也总会有一个女人让他收心，让他心甘情愿地回归安稳的生活。

只是他原本是想测试郭林选到底是真的放荡还是在假借放荡来掩饰自己，结果又被郭林选带偏了，只好摇头一笑："有，有，机会是本无所谓有、无所谓无的，只要你努力过了，拼搏过了，也就不会后悔了。"

"不对，努力过了，拼搏过了，如果没有结果，还是会后悔。"郭林选忽然幽幽地叹息一声，"何潮，从小到大，你有没有过后悔的事情？"

"你应该问，有过多少后悔的事情。"何潮不知郭林选为何突然有此一问，愣了愣，"后悔的事情多了，最大的后悔就是有一年父亲生病了，我没能在医院陪他。"

"为什么？"

"当时我正在北京上学……"何潮叹息一声，摇了摇头，"算了，我不怕告诉你真相，当时既不是期中考试，又不是什么重要的时间节点，而是艾木的生日，为了陪艾木去长城，就没有回石家庄陪父亲。"

"艾木？前女友？"

"是的。"何潮很老实地点了点头，"正热恋，我们一刻也不想分开。听到父亲病了的消息后，我还没有来得及编一个理由，母亲就说不用特意回来，家里有她还有小妹，再说又不是什么大病。我就说服了自己，反正父亲也不会有事，回去也是耽误学习时间。其实我有足够的时间回家一趟，北京到石家庄才三四个小时的路程。还有一个原因，我有点怕父亲，不想见他。"

"为什么会怕自己的父亲？"郭林选来了兴趣，微微前倾了身子，"难道你父亲从小对你管教很严，还经常棍棒教育？"

"棍棒教育不多，偶尔一两次，但管教确实很严。"何潮心想话题既然被成功地引到了父亲身上，也不枉他今天的一番努力，"到现在我还没能走出父亲的阴影，总觉得自己不管多有成就，不管年龄多大，在父亲眼中都是随时可以被他教训的小屁孩。"

"你说得太对了，不知道为什么他们总是认为我们还没有长大，还想管控我们的一切，想让我们完全按照他们的设想长大、工作、结婚生子！拜托，我们不是他们的翻版，不是他们没有实现的梦想的试验品！"郭林选忽然就发作了，满脸涨红，一拳砸在桌子上，"有一天等我有了孩子，我一定不会约束他的自由和天性，他想玩就玩，想做什么就做什么，给他足够的空间快快乐乐地长大……"

"如果我有了孩子，我不会这么做。"何潮指了指窗外，"郭公子，你觉得是窗外的大树好，还是灌木好？"

郭林选回头看了一眼，撇了撇嘴："当然是大树好了，又直又高，灌木杂乱无章，既不实用又不美观。"

"如果我们从小缺少父爱和管教，就会长成灌木。只有有父亲的精心栽培和引导，才能长成大树。"何潮顺势引导，"有时父亲的管教或许方法不太适当，或许过于严厉，但不管怎样，他们从来都是希望我们可以成长为参天大树，没有父亲喜欢自己的孩子长成杂乱无章的灌木丛。"

郭林选不说话了，目光呆呆地望向了窗外。夜色之中，灯光之下，大树和灌木交相辉映，一个顶天立地、身姿挺拔，是让许多人仰望的风景；一个低矮匍匐，只是道路的点缀。

也不知过了多久，郭林选忽然情绪低落地摇了摇头："何潮，你和你父母处得怎么样？"

"我和母亲关系还可以，和父亲很少说话。记忆中，我年纪越大，和父亲说的话就越少。有时回家，如果是父亲单独在家，我宁可出去也不愿意待在家里，因为两个人坐在一起无话可说，很尴尬、很沉闷。"

"你和他说话的时候，都说些什么？"郭林选的心扉慢慢打开了，也许是因为安静的氛围，也许是因为何潮的循循善诱，也许是因为他内心压抑太久，无人可以诉说，"我总觉得和父亲很难谈到一块儿，谈爱情？很难为情；谈事业？眼界不同、见识不同，对未来的看法也不同，谈着谈着就成了争吵。许多人羡慕富二代，却不知道，如果有一个强势的父亲，他用他以前的成功来强迫你接受他的所有想法和理念，那种痛苦，让你恨不得你不是什么富二代，而是一个穷光蛋。"

何潮暗暗点头，他虽然不是富二代，却完全可以理解郭林选的痛苦，因为他也有同样的苦恼。父亲学识过人，在他小的时候经常会给他讲一些大道理，当时听了觉得无比正确。长大后，父亲依然为他讲起重复了千百遍的道理，他听得多了，都能背得滚瓜烂熟，不想再听，父亲却偏偏还是说个不停。

问题是，父亲过于遵循书上的道理了，时代在进步，社会在发展，大道理是概论，却不是方法论，如何让大道理在人生的道路上实现，才是关键。有一次父亲又看不惯某种社会现象，愤慨地抨击了几句，何潮并不赞同父亲的观点，父亲过于偏激了，就说了一句："君子因时而动，知者随事而制……正所谓此一时，彼一时，古往今来，所有的大道理都是基于当时的社会现状，并不一定适合现在。现在有多少人天天把真理和哲理放在嘴边，却往往是大道理都懂，依然过不好这一生……"

父亲当时就摔了筷子，一个月没有和何潮说一句话。何潮知道他的话伤了父亲，但没有办法，父亲总是拒绝时代的进步，认为不管时代怎么发展，道理不能变。他也认为道理依然是道理，但道理只是指导，落实的方法还需要因时因地而改变。

人类从第一次工业革命的蒸汽技术革命，到第二次工业革命的电力技术革命，再到现在的第三次工业革命的计算机及信息技术革命，短短200多年来走过的发展道路远超以前2000多年的人类发展历程。

第三十章

父 与 子

就中国而言，自1978年改革开放以来，打开国门迎来了新事物、新思想、新技术，也让许多人无所适从。时代潮流滚滚向前，从不停歇，在抛弃跟不上时代脚步的人时，时代连一声再见也不会说。

何潮尽管不愿意承认父亲其实已经落后于时代了，但也不得不说，父亲所坚持和所固守的一切，正是他对时代浪潮发出的反抗和呐喊。

不过他也理解父亲望子成龙的心情，只是不同的时代有不同的成功之路，改革开放不仅是打开国门引进外资和先进技术，还有改革保守而落后的思维方式。父亲代表的是一代人在跟不上改革开放脚步时的恐慌、不安和不甘。

和父亲的固守不同的是，郭统用对郭林选的严管是基于他自己的成功模式。父亲是时代的弃儿，从某种意义上看，何潮必须承认父亲虽然也是改革开放的受益者，但也是失败者。父亲身边不少同龄人，原本不如父亲，却在改革开放初期勇敢下海，现在都成了富甲一方的企业家。父亲每每提及他们，都多有不满，指责他们投机倒把，侵占了国家便宜，并且搅乱了市场秩序，等等。

郭统用是改革开放的受益者和成功者，或者说是时代弄潮儿。如今依然站立潮头的他，想按照自己的成功方式来打造郭林选，既是人之常情，也是惯性思维。何潮还好，选择了逃离石家庄远来深圳的方式反抗父亲的权威，郭林选没有逃离深圳，却采取了游手好闲、无所事事的方法来对抗。

说到底，他和郭林选其实是同病相怜，各有各的苦恼和不幸。

"你以为当了穷光蛋就可以避开富二代的苦恼了？哈哈，你错了，郭大公了，穷二代的苦恼是怎样成为富一代，好让自己的儿子成为富二代。"何潮笑了，笑得很狂放也很悲凉，他也没有掩饰，很真诚地说出了自己的苦闷，"和你相比，我的苦恼不是父亲想要安排我的人生，而是想要左右我的思想，让我以他对人生的理解来生活。成功的父亲用方法来安排儿子的人生，平凡的父亲用思想来配置儿子的生活，我想也许这就是父亲和儿子之间永恒的对立和永远的矛盾。"

听了何潮的话，郭林选也笑了，却笑得很无奈、很沉重，丝毫没有嘲讽和轻视。他沉默了一会儿："说实话，何潮，我朋友特别多，男女老少，加在一起少说也有几百人。但可悲的是没人懂我，都以为我真的就是一个花天酒地、游手好闲的富二代，没有人知道我到底想要什么、想做什么，就连父亲也不理解我。从小到大，他对我不是不管不问就是严加管教，在我离家出走一次之后，他又对我百般宠爱、百依百顺。为什么他事业有成，是无数人眼中的成功人物，可以了解手下每一个人的想法，甚至对一个保安队长胡锐的关心就远超过我，知道胡锐需要什么，却从来不知道我想要什么……"

郭林选双手抱头，用力拉扯自己的头发："何潮，你体会不到那种痛苦，你不想要的，他偏偏要给你。你想要的，他非要夺去。有时我甚至想如果他不是我的父亲该有多好，我可以按照自己的想法去安排自己的人生，哪怕我去要饭、去流浪，也比被他设计好人生的每一个阶段甚至精确到每一步强上百倍！"

"现在郭董不是不再干涉你的人生了？你不是正按照自己的方式为所欲为？"何潮不动声色地看了看手机，手机上面有一条短信在闪动，他迅速回复了一下。

"是，至少表面上是。"郭林选一拳砸在桌子上，"我只有假装游手好闲，故意寻花问柳，才会让他觉我没有希望了，他才不会继续控制我的人生。我想做一番事业，但不想成为他的附庸，不想成为第二个他，他有他的人生，我有我的。我不但不想和他走同样的道路，也不想和他过同样的生活。"

"你的意思是不想从事房地产行业？"何潮终于问出了落地的问题。

"也不是，我对从事房地产行业还有制造业，都没有偏见。"

"我明白了。"何潮点了点头，"当初父亲非要让我留在石家庄，我就不回去，不管是留在北京还是来深圳，不管去哪里，只要离开石家庄就好。你也一样，不管想从事什么行业，只要不是郭董指定的就好，对吗？只要是父亲支持的，你就反对。只要是他反对的，你就支持，对吧？要的就是对着干、拧着来。"

"还是你了解我，何潮，我现在忽然有点喜欢你了。"郭林选温和地笑了笑，"当我讨厌一个人的时候，如果这个人突然说欣赏我、理解我，那我就一点也不讨厌对方了。我就是这么有原则，无法讨厌一个有眼光的人。"

"哈哈……"何潮被郭林选的幽默逗笑了，"所以你和邹晨晨合作开发万众置业的别墅项目，一是想自己绕开郭董做一番事业，你可以有自主权；二是如果可以借机泡到晨晨，也是意外的收获，对不对？"

"第一点对，第二点不对。泡到晨晨怎么算是意外的收获？追求晨晨和开发万众置业的别墅项目，是并列的，不分先后顺序，不分轻重，哈哈。"郭林选也笑了，"在我眼里，晨晨的价值可比万众置业的项目，甚至比整个万众置业还重要。"

"可惜晨晨不在，否则她听了不知道会有多感动。"何潮轻轻拍了拍手掌，"不过你刚才的话，相信郭董听了也会有所感触。"

"谁？"郭林选顿时站了起来，一脸警惕，"何潮，你刚才说什么？"

门一响，两个人一前一后进来了，前面是郭统用，后面是江离。

郭统用的脸微微涨红，手轻轻颤抖，他身后的江离连朝何潮大使眼色，何潮摇了摇头，意思是不用管，让他们父子自己解决。

何潮发短信让江离带郭统用过来，等两人到了后，他又发短信让江离和郭统用等在门外，先不要进来，听他和郭林选的对话。

何潮是希望郭统用可以听到郭林选的心声。他精心安排了郭氏父子一次隔墙不见面的心灵对话，是因为他很清楚当父子两人面对面时，很难坦诚地真心交流。他自己有切身体会，和父亲单独相对，有时真的许多话都不想说出来，也不知道是为什么。

江离原本以为他没有办法左右郭统用，不料郭统用到了之后，听到里面何潮和郭林选正在进行的话题，当即站在了门口，没有进去，一直在静静聆听。

江离也听到了里面何潮和郭林选在讨论什么，他紧张地看了郭统用一眼，见郭统用虽然故作镇静，眼神中却还是有慌乱之意，他担忧万一何潮此举惹怒了郭统用，说不定会弄巧成拙，让郭统用父子两人的关系更加紧张。

好在江离暗中观察了一会儿，郭统用虽然局促不安，但还是克制住了情绪，一直听到了最后才推门而进。他忙紧跟郭统用进去，朝何潮连使眼色，埋怨何潮不该冒险，换了他，他肯定会徐徐图之，而不是如此下注。

太冒险太冒失了。

见到父亲突然出现，郭林选瞬间明白了什么，原来何潮让他一直在等的人是父亲，何潮根本就是在耍他！怒火一闪而过，他一把推开何潮，就要夺门而出。

"站住！"

郭统用一错身挡在了郭林选面前，拦住了郭林选的去路："林选，今天的事情不怪何潮，我和江离正好过来吃饭，江离说何潮也在，我说那就一起吃也无妨。要进来时，我听到了你们的谈话，我就自作主张在门口听了半天……"

　　何潮朝郭统用投去了感激的一瞥，却换来郭统用感激的眼神回应。他索性不再多说什么，解铃还须系铃人，就一把拉过江离躲在了后面。

　　郭林选不信："别再骗我了，好吗？爸，你肯定和何潮约好故意来设计我，是不是？也行，反正刚才我说的话你都听到了，你也知道我到底是怎么想的了，你是不是还要继续用你的管教方法来安排我的人生？如果是，我的回应还和以前一样，游手好闲、无所事事、花天酒地、败家子！"

　　"我们就不能坐下好好谈谈吗？"郭统用一脸恳求。

　　郭林选怒气冲冲地看向了何潮："何潮，你可以走了。"

　　"何潮不能走，他得留下做一个见证人。"郭统用拍了拍何潮的肩膀，又朝江离点了点头："江离，上菜吧，我和林选好久没有一起吃饭了。"

　　"不吃，我没心情，没胃口。"郭林选余怒未消，转身要走，却被何潮一句话留住了。

　　"郭公子，还想后天一起去香港陪晨晨吗？"

　　郭林选收回脚步，虽有不甘，却还是慢慢地坐回了座位。

第三十一章

夹缝中生存

粤菜馆的另外一个包间，座无虚席，刘以授坐在首位，左右分别是曹启伦和赵动中。

周安涌、邹晨晨、海之心、辛有风以及李之用作陪。

刘以授满面春风，举起酒杯："各位，今日聚会，庆贺万众置业打响第一炮，和善来集团正式签订了合同。这件事情，晨晨功劳最大，来，我们一起敬她一杯。"

邹晨晨坐在最下首，和刘以授相对，她忙站了起来，高高举起酒杯："刘总这么说就是骂我了，如果不是曹总、刘总和赵总的鼎力支持，哪里有我什么事情？我能签下善来集团，也多亏了安涌总的帮助，要不是他，我也认识不了何潮，要不是何潮，郭林选也不会真心帮我。总之，谢谢大家，邹晨晨何德何能，能得到这么多前辈的赏识，我什么都不说了，一切都在酒里。"

说完，她一饮而尽满满一杯白酒，足有一两多。

刘以授暗暗赞叹，邹晨晨八面玲珑不说，说话办事十分得体，又长得漂亮，实在让人挑不出毛病，真是一个厉害角色。不过越厉害越能激发他的征服欲，他就是喜欢棘手的、聪明的、有本事的美女，像邓好儿一样没什么本事就会凭借美色勾引男人，又什么都不想付出总是提要求的女主持人，他基本上只需要三个月就腻了。

谁说男人没追求、没品位？男人也喜欢有味道的漂亮女人，都不喜欢肤浅虚荣一眼可以看到底的浅薄女人。邹晨晨不但漂亮，还像是一湾深不见底的湖泊，让人看不穿、摸不透，更增加了神秘感。

漂亮、得体、能干又神秘的女人，是每个男人都想要征服的女神。

"都干了，晨晨都带头了，我们不能落后不是？"刘以授也一口喝干，哈哈一笑，放下酒杯，"说句良心话，我压根儿就没有想到这事儿能成。还是晨晨魅力大，郭林选乖乖地听话，让签字就签字，让打款就打款，简直就像是晨晨的哈巴狗，哈哈。"

刘以授大笑，众人之中，却只有周安涌微笑，曹启伦、赵动中都没有一丝笑容。

刘以授不干了，脸色一寒："怎么了这是？事情成了你们还板着脸给谁看？要是还不满意，自己上，别再为难晨晨了。"

曹启伦摆了摆手："刘总言重了，不是给谁脸色看，是我刚才和赵总仔细研究了一下合同才发现，郭林选有点儿本事，不像表面上那么草包，合同里面有许多于他有利的限制性条款，而且如果万众置业要进一步发展，他有权增资以达到控股的份额。"

"我也看了，没问题呀。"刘以授脸色转晴，"他当万众置业是一个可以持续发展的公司，我们只是当一个项目公司，龙岗联排别墅项目开发完毕，万众置业就会被注销了，他还想增资控股？公司都没有了，控股个鬼。你说呢，晨晨？"

合同的条款，邹晨晨逐条看过，对郭林选的所有意图了如指掌。是的，郭林选是将万众置业当成了一个借助三方力量可以长远布局的公司，所以想在未来持续增加投资并且最终达到控股的目的。当初她劝郭林选不要考虑那么长远，先做好眼前的项目，如果项目成功，大家还有很强烈的合作愿望，就再继续签订各种项目放在公司，公司项目一多，自然就会持续运转了。

郭林选不听，非要先将长远发展写进合同条款。邹晨晨无奈，只好同意。因为她很清楚一点，不管是曹启伦、刘以授还是赵动中，都不会对万众置业投入太多的精力，只当万众置业是一个支点，联排别墅项目完成，万众置业的使命也就完成了。尽管说来她很希望万众置业可以不断地承接项目，一步步做大做强。

邹晨晨想得很明白，万众置业的成立本身就有很大的偶然性，曹启伦三人的出发点都不那么纯粹，万众置业的名字很大气、很好听，万众一心，共置大业，其实三个人心思各异，怎么可能一心？曹启伦和刘以授一是想利用对方的资源和人脉，二是都对她有想法，而不动声色的赵动中到底打的是什么主意，她也猜不透，却也能知道，赵动中加入万众置业，肯定不是为了帮曹启伦和刘以授，更不是为了帮她，除了赚钱的根本目的，也另有谋算。

邹晨晨知道她在夹缝中生存，唯有谨小慎微走平衡路线，才能保持不倒。其实郭林选的加入对她站稳脚跟大有好处，至少对曹启伦三人来说，多了一个制衡。

"各有各的诉求也是人之常情，我们要理解郭公子想要干一番大事的热情……"邹晨晨呵呵一笑，努力让语气听上去轻松随意，"曹总也不用过于担心以后，以后万众置业真的发展壮大了，郭公子想要控股就让他控股好了，到时你们三位原始股东的股份说不定会升值几百倍退出，不也是好事？"

周安涌及时插嘴了："曹总多虑了，郭林选不是什么有远大志向的人，他愿意在合同条款上计较就让他计较好了，许多人就是喜欢嘴上和细节上占便宜。"

海之心意味深长地看了周安涌一眼："安涌，你真觉得郭林选是一个花天酒地、不学无术的公子哥儿？"

周安涌一愣："难道不是？"

海之心微微皱眉，若有所思："我总觉得他的花天酒地和游手好闲是在假装，从他的言谈举止还有穿衣打扮来看，他不像是一个胸无大志就知道吃喝玩乐的富二代。"

"你真这么认为？"刘以授哈哈大笑，"你觉得呢，有风？郭林选是不是花花公子？"

"我……"辛有风愣住了。

辛有风自从回到周安涌身边，迅速融入了周安涌的人际圈子，她非常庆幸迈出了关键的一步，现在的生活才是她想要的。

曹启伦、刘以授和赵动中三人之中，她对刘以授最有好感，曹启伦太冷漠了，对她不冷不热，让她很是难受。赵动中太深沉了，目光有时过于深邃，她觉得很难和他有共同语言，只有刘以授行事随心所欲，又出手大方，才见她几面就送了她一部手机和一个手包，她对刘以授的好感就与日俱增。

刘以授是何许人也，见过的女人无数，一眼就看出来辛有风心思好动，容易得手。他就是一个经验丰富的猎手，只需要片刻的判断就可以知道捕获猎物需要付出多少时间和精力。

太容易得手的猎物没有什么挑战性，何况辛有风又不是他喜欢的类型。不过即使对辛有风并没有什么想法，也不妨碍他对辛有风的帮助和爱护，毕竟辛有风好控制，而辛有风又深得周安涌信任。

刘以授对周安涌还是有几分佩服的，能让前女友和现女友坐在一起和平共处，并且现女友还不怀疑他和前女友会旧情复燃，周安涌也算是有两下子了。

"我不知道，我和郭林选又不熟。不过男人嘛，好色还是不好色，装是装不出来的，就像何潮，肯定不好色。"辛有风掩嘴而笑，"我认识他这么久了，就没见过他调戏哪个女孩……"

邹晨晨的眼睛亮了亮："就是，他连和郭公子打赌追求我都不上心，一次也没

125

邀请我吃饭、看电影什么的，他到现在还没有正牌女朋友吧，安涌？"

周安涌不以为然地笑了笑："女人就不要讨论男人好色不好色了，男人如果不好色，你们女人打扮得再漂亮，穿得再花枝招展，也是对牛弹琴。告诉你们，男人都好色，不同的是好色程度的深浅，或者说，控制自己欲望的高低。何潮不好色？不好色他会追到他们的班花艾术？艾术可是北京大姐，家庭条件优越，父亲还曾经是部委的高官，母亲经商。以他的条件，原本配不上艾术，为什么最后还是得手了？对男人来说，好色是第一生产力。男人不追逐女人，就算打下一片江山，又有何用？"

"跑题了，说郭林选怎么又转到何潮身上了？"曹启伦摆了摆手，"怎么我和之心的看法一样，越接触越觉得郭林选不简单呢？难道是我和之心的错觉？你们真的都觉得郭林选就是一个废物？"

众人一起点头。

曹启伦摇了摇头，自嘲地一笑："好吧，群众的眼睛是雪亮的，我信你们了，来，喝一杯。庆祝郭林选入选本年度最佳废物人选，也欢迎他跳入万众置业的大坑。等万众置业的别墅项目竣工之后，让郭大公子净身出门，出门左转是公厕，出门右转是公园，随便他去哪里，哈哈。"

众人大笑。

邹晨晨也跟着笑，心里却隐隐有几分担忧，她是想做一番事业，可惜在座的几人都抱着坑郭林选一把的想法，到时真的让郭林选大赔一笔，曹启伦三人也许可以从容脱身，她说不定就陷了进去。不行，她一定得想个办法不让他们得逞。虽然她是曹启伦的手下，但从商业的立场出发，对每一个投资人负责是她的职业操守。

第三十二章

焦 虑

邹晨晨也清楚，从长远来看，对一没资源、二没资金的她来说，信誉比什么都重要。曹启伦三人坑了郭林选一把还可以转身去别处再赚钱，她就没那么幸运了，除了依附三人其中的一人，很难再在深圳立足了。

邹晨晨轻轻拉了一下周安涌："安涌，你不觉得这么坑郭林选，不利于我们以后的职业规划吗？"

周安涌微微一笑，笑得很含蓄、很职业："以后是以后，现在是现在，谁知道以后谁说了算？也许到时郭公子和他的善来集团已经破产了……"

邹晨晨心中一惊，觉得也是。她还是小瞧了曹启伦三人，三人的野心怎么会只限于一个万众置业？万众置业只是一个跳板，善来集团才是目标。

邹晨晨不再说话，因为她清楚在巨大的利益面前，她人微言轻，说了不但没用，反而会引起几人的猜疑。

在众人的欢声笑语中，邹晨晨表面在笑，心思却有几分沉重。她的一举一动被周安涌看在眼里，周安涌暗暗高兴。几杯酒下肚之后，周安涌有了几分酒意，悄悄问海之心："之心，你觉得我现在的布局还差哪一步就可以突围了？"

近来周安涌和何潮来往颇多，对何潮的事业进展了如指掌，越是了解，心里越是焦虑。原本他比何潮快了好几步，现在倒好，何潮的利道飞速发展不说，就连庄能飞的三成科技也即将投产。

两个曾经的手下败将眼见就要将他远远甩在身后，他无法接受这样的现实！

辛有风回归之后，陆续帮他承接了几个单子，他的七合科技也赚了不少，要说他现在虽然不算是千万富翁，但至少也足够在深圳安身立命了，买一套房子绰绰有余了。但他的目标并非只为解决温饱，而是为了超越。

辛有风能力有限，最大的优点是忠诚，不但忠实地执行他的命令，还从来不会问问题，是一个非常可靠的合作伙伴。正因如此，海之心才认可他和辛有风的合作关系而没有吃醋。尽管海之心表现得很是大度，但她患得患失的心理还是没能瞒过周安涌的细心。

周安涌也可以理解海之心的担忧，毕竟前女友回到身边，是一个女孩都会有心理负担，担心他会被再次抢走。他就安慰海之心，并且说出了他的心里话，他是一个有洁癖的男人，接受不了一个女孩离他而去，跟了别的男人一段时间后再回到他的身边，他过不了自己的心理关。

这么一说，海之心就彻底放心了。她自认也算了解周安涌，周安涌从穿衣打扮到生活中的每一个细节，确实是一个非常挑剔的人。挑剔的人，是对自己严格、对别人苛刻。优点是做事认真负责，有毅力，缺点是容易看不起不如他的人，认为只要是他能够完成的事情，别人都一定可以做好。只要做不好就是能力不够，就是无能。

海之心也相信在周安涌的心目中，她比辛有风更有分量。辛有风毕业于名牌大学，但她也不差，还是国外的一流知名大学，论眼界和见识，论能力和格局，她样样比辛有风强，就算长相，她也比辛有风更有魅力。所以周安涌除非鬼迷心窍了，否则怎么可能选择辛有风而不是她？

她也明白周安涌是一个争强好胜之人，非要和何潮一较高下也是出于远交近攻的心理。她也能理解周安涌为什么见不得何潮比他强的心理，人都愿意强过自己身边的和熟悉的人，而不会和无关的陌生人一较高低。

所以在周安涌面前，她虽然不说何潮的坏话，但也不会替何潮说话。不像辛有风，每次周安涌指责何潮时，她总是会替何潮辩护几句，完全体会不到周安涌内心的焦虑和不安。

辛有风有时还真是天真，以为周安涌会真心希望何潮好。是，周安涌也没有盼望何潮失败，但他所期望的何潮的好是建立在不如他的前提下。哪怕何潮成了深圳首富，前提是他已经是中国首富，他也会为何潮鼓掌。

如果不是，就不行了，周安涌受不了何潮高他一头。

海之心很认可周安涌的才能，在她眼里，何潮远不如周安涌有才华、有毅力，何潮现在发展势头良好，只不过是顺应了时代潮流，换句话说，交了好运。她坚信，周安涌才是时代的幸运儿，一旦小灵通开始全面投放市场，周安涌一夜之间就可以成为亿万富翁。

只不过最近周安涌的步伐迈得过于急躁了，也可以理解，先是何潮的利道快递将总部搬来了深圳，然后万众置业也打开局面，和善来集团签订了协议，项目即将启动，而他的七合科技虽然有辛有风和李之用，却依然只是承接启伦集团转过来的单子，赚一些低端加工的钱，既没有核心技术，又没有核心资源，只是一个赚差价的中间商。

用周安涌的话说，没什么技术含量的生意，永远不会做大做强，因为门槛太低，随时有被淘汰被替代的可能。

海之心赞同周安涌的说法，同时劝周安涌不要操之过急，何潮现在是走得快一些，只是因为他的时机到了。而周安涌的时机还没有到来。

周安涌不听，非要加快布局。在认识了刘以授和赵动中之后，邹晨晨的主要精力用在了万众置业的第一个项目上，周安涌却一方面让辛有风和李之用盯紧邹晨晨，另一方面又通过刘以授和赵动中拓展了不少人脉，包括深发行一个支行的信贷员元久良，又通过武陵春拓展了副区长余知海，以及余建成。

元久良别看只是一个小小的信贷员，却深得行长孙学的赏识，据武陵春透露，元久良升职只是时间问题，快则两三月，慢则半年，元久良肯定可以成为支行业务部的经理，手中会掌控放贷大权。在周安涌眼中，元久良就是未来的财神爷。

而认识余知海对周安涌来说，更是打开了全新的局面。毕业于少年班的天才少年余知海因为本身也是才子，非常爱才，得知周安涌是北大的才子后，对周安涌青睐有加，让周安涌以后有事可以直接找他，不必经过秘书武陵春。

周安涌大喜，可以直通副区长，以后有事要办就方便多了。

上次酒会，周安涌就听邹晨晨说起余建成会到场，结果等了半天，并没有见到余建成现身。余建成名气之大，在周安涌初来深圳之时就如雷贯耳了。曹启伦不止一次对他说过，如果说深圳只有一个人让他既敬重又仰视，那么只能是余建成。

余建成和刘以授一样，是借拆迁起家的拆一代，原福田区中子村村主任。中子村是当年有名的二奶村，因距离口岸近，和香港元朗隔海相望，无数香港人周末一拥来深圳度假，就落脚在中子村，久而久之就形成了集群效应。

余建成发现了商机，将中子村的许多民房改造成出租屋，对面过来的香港人就租住在此，尽管他们当中大多是卡车司机、出租车司机、建筑装修工人、清洁坏卫工人及小摊小贩等，每月挣六千到一万元港币，在香港连中等都算不上，但在深圳算是中上等的。所以他们喜欢在香港上班，来深圳花钱，享受富裕阶层的待遇。

因此繁华热闹的中子村就成了这些香港人的乐园。在带动消费的同时，他们也吸引了许多深圳年轻女孩的青睐。有在香港娶不起老婆的，也有在香港有老婆的，都人手一个深圳的年轻女孩，放在出租屋里面包养起来。

人数越来越多，消费越来越多样化，很快中子村就出现了各种各样的美容美发店、按摩洗脚店、歌舞厅、酒吧、夜总会等消费场所。到香港回归前，中子村盛极一时，最多时在不到半平方公里的土地上，有数万港人活动。

作为深圳"黑历史"的一部分，余建成对当年的这一段往事讳莫如深。他不像刘以授一样对拆迁致富的事实毫不避讳，而是每次提及他的发家史，第一句话就是他的口头禅："哎呀哎呀，不好意思啦，我能有今天，不是我有本事，靠的全是运气啦。"

后来中子村拆迁，作为村主任的余建成大手一挥，拆除重建53756平方米，上马一个商业综合体项目。该项目集商业、办公、酒店、商务公寓、住宅、大型地下停车场于一体，是深圳所有城中村中最大的一个单体项目。

不过余建成发家的第一桶金，并非外界盛传的拆迁致富。据知情人士透露，余建成其实是靠走私汽车、电子产品起家，因为每周都有上万港人前来中子村度周末，每人为他携带一块手表、一部手机、一件音响，他就可以以两到三倍的差价销往内地其他城市，大赚无数笔。

第三十三章

东风

　　总之，余建成的发家史到底真相如何，并无几人知晓。又因为余建成的刻意包装和掩饰，甚至连中子村当年不光彩的一段往事，表面上也和他并无什么关系。还有一点，余建成和刘以授大不相同的是，他读书多，知识面广，又有儒雅之气，平常喜欢宽松的太极服或是中式服装，至少在观感上比刘以授形象高雅多了，别说没有暴发户的姿态了，几乎就是一个饱读诗书、出口成章的专家学者。

　　尤其是近年来，余建成从里到外，从举止到言谈，愈加从专家学者上升到了大师气象。

　　余建成还喜欢书法，没事的时候舞文弄墨，经常送别人自己的书画，笑称涂鸦之作，权当一笑。别人也不好意思不收，有好事者做过统计，余建成的书画在深圳市面上流传之广、收藏之多，远超许多名家。尽管都是免费赠送，但无形中也是一种推广和宣传。

　　如今的余建成坐拥无数写字楼、数个楼盘、几个商业综合体，至于酒店、饭店、停车场和出租屋，更是不计其数，没有人知道他的真正财富有多少。有人曾和他开玩笑，如果他一天花100万，多少年可以花光所有资产。

　　余建成当时没有正面回答，只是大笔一挥，写了一句诗："一万年太久，只争朝夕！"

　　刚过60岁的余建成，对外宣称不再过问世事，要隐居，要修身养性，每天养花弄草，打太极、写字、散步，过起了深居简出不关心风云变幻的隐士生活。也不知他是真心退隐还是有意为之，反正近一年来在公开场合已经极少可以见到他的身影了。他谢绝了许多邀请，更不再参加任何宴会。所以上次酒会，听说他会出现，周安涌还无比兴奋地期待了半天。

结果别说人影了，整个酒会都无人提及余建成的名字，应该是以讹传讹了。周安涌为此失望了很久，却没想到，一个偶然的机会，他居然和余建成不期而遇！

认识余建成还是因为刘以授和武陵春。

武陵春受余知海所托，发起了一次慈善拍卖会，用来资助深圳的流浪儿童。周安涌本来不想参加，原定由曹启伦亲自出面，好给区里留下启伦集团热心公益的好印象，曹启伦却因临时有事参加不了，就让周安涌代替了。

周安涌老大不情愿地到了会场，打算随便拍一幅字画表达一下启伦集团的心意就赶紧走人。不料在会场遇到了刘以授，他忙不迭陪刘以授转了转，假装欣赏在会场摆放的众多字画。

实话实说，周安涌并不喜欢字画，尽管父亲周仁成平常喜欢写写画画，家中也有不少父亲的习作，父亲也曾想要培养他写字画画的爱好，他却始终提不起兴趣，觉得书画太耗费时间也太没有价值了。

不过由于耳濡目染，周安涌对于字画还是有一定的鉴赏水平的。在一幅临摹南宋赵黻的《江山万里图》面前，周安涌停下了脚步，对刘以授笑道："原作采取全景式构图，以滔滔江水为主脉，结合近景、中景、远景，描绘出自西蜀至东吴长江两岸的山光水色。这幅临摹的作品，有原作的五分形似，四分神似，功力很深。会场所有的字画中，当以这一幅为最上乘。这个人如果是深圳本地人，就更不简单了。"

刘以授并不懂字画，在会场假装在每幅字画面前停留点头，只不过是附庸风雅，听周安涌点评得很是到位，不由得惊奇："安涌不愧为大才子，学识渊博……不过为什么说是深圳本地人就更不简单了？"

"广东人一向认为广东以北的地方全是北方，哈哈，所以广东人都觉得全世界就广东最好。热爱故土本来是好事，但过于热爱了就容易偏执，一偏执目光就局限了，广东的文化很难影响到广东以外也正是这个原因。广东自从1991年的《外来妹》之后，再也没有出品过影响全国的影视剧。《江山万里图》是长江两岸的山光水色，一般深圳本地的书画家，很少有这样开阔的视野……"周安涌忽然意识到话说多了，忙收了一收，"不过话又说回来了，广东是广东，深圳是深圳，深圳是包容开放的城市，是一个移民城市，另当别论。"

"说下去……"

周安涌的身后冷不防响起一个声音，他回头一看，是一个一身白衣、仙风道骨的人物。他手持折扇，脚穿皮鞋，一身宽大的衣服飘然若仙。宽脸、大额、浓眉，嘴角挂着一丝儒雅而不失温和的笑容。

刘以授一脸讶然，想说什么，却被老者的眼神制止了。

周安涌不明就里，微微一笑："不敢，不敢，刚才只是随口一说，我又不懂书画。"

老者摆了摆手："哎呀，年轻人太谦虚就是虚伪了，你刚才说有原作的五分形似、四分神似，我觉得你还是夸大了，顶多只有原作的三分形似、两分神似，一呢，其人并没有见过长江，能够画出三分形似也算是勉力了；二呢，其人并未见过原作，只是临摹了另一幅临摹作品，能有两分神似也算是勉强了，呵呵。"

周安涌是谁，立刻听出了来人是谁，当即迅速瞥了一眼画作的署名，顿时倒吸了一口凉气，大吃一惊——作者竟然是大名鼎鼎的余建成！

"余……总！"周安涌激动得有些手足无措了，"我……我刚才的话真的就是不懂装懂，您别在意。"

"哎呀，我再说一遍，年轻人不要太谦虚，太谦虚就是虚伪了，我喜欢有朝气、有冲劲的年轻人。还有，不要叫我余总，如果觉得我年龄可以当你的老师，叫我一声余老师我会很开心。没办法，年纪大了，好为人师嘛。"

"余老师。"周安涌强压心中狂喜，他知道在余建成面前的第一关算是顺利通过了。没想到，无心插柳，他居然入了余建成之眼。

在刘以授的介绍下，又有刚才周安涌深得余建成痒处并且让余建成大感舒坦的点评，周安涌很快就赢得了余建成的好感，并且被余建成特许以后可以直接去他隐居的梧桐山山居找他喝茶聊天。

周安涌结识了元久良、余知海和余建成三人之后，和海之心深聊过一次，他的布局是，元久良以后是钱袋子，用来贷款；余知海是政府人脉，用来笼络资源和拓展人脉，并且申请各项优惠政策；余建成则是靠山、是助力，也许目前来看还没有可以用得上的地方，但等他的事业发展到一定程度之后，余建成指点之间，就有可能让他更上一层楼。

海之心对周安涌的安排深以为然，她最喜欢也最佩服周安涌的地方就是他可以准确地判断每一个人在他的商业版图中的价值所在，从而根据价值的高低做出一个轻重缓急的交往规划。应该说，周安涌的布局已经很完善了，以他才来深圳一年的时间来看，他绝对跑赢了大多数同龄人。

海之心知道周安涌尽管事事安排得井井有条，却有时还是底气不足，心里没底，毕竟周安涌所有的人脉都是借力，在自身没有足够的实力之前，所有的借力有可能随时失去。创业的人，都有害怕过一夜就被世界遗忘的恐慌，她就安慰他说："你的布局现在是万事俱备，只欠东风了。东风就是最后一步，就是小灵通真正推向市场之时。"

周安涌对海之心的回答不太满意，他是在等小灵通上市的时机，也相信小灵通一旦引发市场的火爆，他肯定会迅速崛起并且超越何潮。但根据他以及相关机构对市场的预判，小灵通有可能在两年之后才会引来销售高峰。

两年后是2000年，还是太晚了，到时说不定何潮的利道快递就成长为国内最大的快递公司了。原先周安涌并不看好何潮的快递，但现在改变了主意，觉得何潮真有可能创造一个无法想象的奇迹。因为，利道发展得太快了！

如何才能尽快超越何潮呢？他悄悄一拉海之心的手："之心，你说在座的各位，有谁可以助我快速发展打败何潮？"

"安涌！"海之心知道周安涌酒意上涌，说话有几分失去理性，却还是忍不住想要提醒他一下，"你不要总把打败何潮当成目标，太高估了何潮，也低估了自己。不要计较一时的得失，总有一天，你会比何潮强一万倍。"

周安涌自顾自喝了一杯，目光从曹启伦、刘以授、赵动中、辛有风、邹晨晨等人的脸上一一扫过，用力摇了摇头："都使不上力，都没用，还得我自己来！之心，你不要劝我，我就是过不了自己的心理关，我就是要走在何潮前面，这样我才能更有士气。你说何潮为什么现在这么顺水顺风？他难道就不能遇到一些挫折吗？"

第三十四章

辰 哥

"对了，有件事情我得先和大家说一下，等下我会来一个朋友，介绍大家认识一下，他有点事情耽误了，要不早到了。"刘以授站了起来，手敲酒杯，忽然手机响了，他面露喜色，"说到就到了，我来迎一下。"

曹启伦眼中闪过一丝讶色，他认识刘以授多年，还从未见过刘以授主动亲自前去迎接的人，会是什么大人物呢？

门一响，一个人推门而进。他脚步匆匆，走路虎虎生风，大步流星来到刚刚离座的刘以授面前，一把抓住了刘以授的胳膊："刘总，来晚了，不好意思，处理一点事情。"

刘以授也抓住了他的胳膊，哈哈一笑："不要紧，没有外人，都是自己人。来，给大家介绍一下，张辰，星辰贸易的老总。"

众人反应冷淡，只有点头致意。

刘以授微微一笑，故意停顿一下才说："张总还有一个外号叫辰哥，对，深圳辰哥。"

众人皆惊，纷纷起身相迎。

辰哥个子不高，是短小精悍的类型，一双眼睛炯炯有神，闪耀精明的光芒，皮肤稍黑，颧骨微高，顾盼之间，颇有几分威势。

原来传说中的辰哥如此其貌不扬！周安涌心中微有失望，他还以为辰哥会多威风。他的眼神被海之心尽收眼底，她轻轻一推周安涌："你可别小瞧辰哥，你是北方人，不知道南方人的长相和性格的对应关系。辰哥一看就是狠角色，心狠，下手狠，而且为人特别精明。"

"聪明不可外露，外露就是精明。精明的人没人喜欢，谁都不想被精明的人所骗，都会敬而远之，他就做不成事情了。"周安涌对辰哥的第一印象极其一般，就连和辰哥握手时，也是随意应付了事。

辰哥坐在了刘以授的旁边。

"来晚了，我让大家久等了，抱歉。"辰哥双手举杯，一饮而尽，又接连喝了两杯，"自罚三杯，算我向大家赔礼道歉。"

"到底出了什么了不起的大事，还得你亲自出马？"刘以授只是随口一问，是想给辰哥一个台阶下，也是为了衬托辰哥的不了起。

辰哥又倒满一杯酒："我先敬大家一杯！"也不等众人喝酒，他再次一口喝完，一扬手摔了杯子。

"啪"的一声，杯子清脆的响声让众人心头一凛。

"我弟被人打了，我去了一趟深大看看他。"辰哥眼中的凶光一闪而过，又轻描淡写地笑了，"小事，不值一提的小事，回头我叫几个人送对方一份大礼，让对方生活不能自理就不会再欺负小孩子了。"

众人又是一惊。

"谁这么不长眼敢打辰哥的弟弟？"刘以授就知道辰哥如果不是有特别要紧的事情，也不会迟到，"我替你收拾收拾他。"

"不用刘总出面，一个小角色，才来深圳不久的外地人。要是这么小的一个角色也要刘总出面，就太折我的面子了。来，我再敬大家一杯。"辰哥没有了酒杯，直接将酒倒在了茶杯里，"提醒大家一下，以后不要再和他做生意，万一误伤了大家就不好了。他叫何潮，开了一家快递公司，叫利道快递。"

"啊！"周安涌手中的酒杯险些失手落地，竟然是何潮得罪了心狠手辣的辰哥——何潮不想活了，惹出这么大的麻烦？他心中迅速闪过深深的担忧。

"要不要替何潮说说话？"海之心悄悄握住了周安涌的手，"你和刘以授关系不错，在座的又都是朋友，他们一起替何潮求情，再让何潮向辰哥赔个不是，说不定事情就过去了。"

海之心虽然也是才来深圳不久，却多次听说关于辰哥的事迹，知道辰哥的厉害，如果辰哥真对何潮下手，何潮必定凶多吉少。她很担心何潮的安全。

有那么一瞬间，周安涌真想冲动地站起来替何潮求情，希望辰哥高抬贵手放何潮一马，他愿意为何潮承担任何后果。他甚至站了一半，但片刻之后他又恢复了清醒。何潮不顾后果打了辰哥的弟弟，做错了事情就要承担应有的责任，他何必替何

136

潮强出头？

何况他根本就不知道事情的始末和谁对谁错！

如果错全在何潮呢？他怎么替何潮出头？不是自己打自己脸吗？

对，他虽然是何潮的兄弟，但立场公正，站在正义的一方，不能因为兄弟情谊就置是非于不顾。他可不是因为辰哥要收拾何潮可以让何潮事业受挫、发展受阻而不帮，他绝对是为了正义！

何潮好好的为什么要打辰哥的弟弟呢？他难道不知道自己的分量吗？他是不是有了一点钱、一点成就就膨胀了，觉得可以在深圳横行霸道了？他真没素质、真没水平，等见了他，自己一定要好好教育教育他，不要以为开了一家小小的快递公司就觉得有多了不起、多不可一世了，在深圳，快递公司多如牛毛！亿万富翁也数不胜数！

周安涌正浮想联翩时，邹晨晨猛然站了起来，举起酒杯："我先敬辰哥一杯。我叫邹晨晨，是曹总的助理，也是刘总和赵总的副手。辰哥，有件事情想向您请教，不知道何潮为什么要打您的弟弟？希望了解一下前因后果，好判断谁是谁非。"

辰哥脸色一沉，目光斜向了邹晨晨："邹晨晨……你是想替何潮说话？你认识他，还是你是他的女朋友？"

刘以授连朝邹晨晨使眼色："晨晨，坐下，不要乱说话。只要打了辰哥的弟弟，不管他是谁，不管他有什么理由，都是他的错。不关你的事，你不要搅和进来。"

"不，我就是要问个明白。"邹晨晨不坐，又倒满一杯酒，"辰哥，我再干一杯。您要不说，我会一直喝下去，直至您觉得我喝得诚意足够了为止。"

辰哥不说话，眼睛中的精光不停闪动。曹启伦、赵动中都劝邹晨晨不要多事，邹晨晨偏偏不听，一口接一口喝酒，直到喝完了一杯白酒后，辰哥一拍桌子站了起来："行了，别喝了，再喝你就喝死了，也显得我辰哥欺负女人。我和何潮的事情，一两句话说不清楚，我不怪你替何潮出头，也不和你计较。你回去告诉何潮，他有两条路……

"一、乖乖地滚出深圳，可以带走利道快递。利道快递不管是在东莞还是广州，只要不在深圳就好；二、人可以留在深圳，关了利道快递。"

"没有第三条可走？"邹晨晨一脸凝重。

"没有。"

"如果他两条路都不选呢？"邹晨晨的眼神中隐有怒火。

"他会被迫离开深圳，而且还带不走利道。"辰哥不动声色地笑了笑，笑容中隐含凌厉之气，"晨晨，你是一个好姑娘，千万别走错了路。深圳是一个好地方，但不是谁都可以待下去的好地方。"

"我知道了，谢谢辰哥。"邹晨晨忽然又喜笑颜开，再次举起了酒杯，"我就是一时好奇，随口问问，辰哥人真好，真有耐心，是一个好大哥。再敬辰哥一杯！"

刘以授眼中闪过一丝愕然，赵动中眼皮轻抬，眼神中有意味深长的东西闪动，曹启伦脸色阴沉，端茶放到嘴边碰了碰嘴唇，没喝一口又放下了。

周安涌和海之心愣了愣，都朝邹晨晨投去了复杂的目光。

卫生间内，邹晨晨吐得一塌糊涂，辛有风在旁边为她拍着后背，不停地埋怨："晨晨，你何必为难自己？酒量不行就不要逞强了，再说何潮又不知道你为他出头，既不落人情，说不定又让曹总对你有看法，何苦呢？"

"我管不了那么多。"邹晨晨再次吐了一下，漱了漱口，摆了摆手，"何潮知道不知道无所谓，但我必须得表明态度。何潮帮过我，我不能在他有难的时候袖手旁观。帮多帮少是能力问题，但帮不帮是态度问题。做人，态度得端正。"

"你是不是觉得安涌没有替何潮说话，很不够意思？"辛有风小心翼翼地试探一问。

邹晨晨一愣，随即摇头笑了："没有，没有！每个人都有自己做事的方式和原则，安涌嘴上不说，暗地里肯定会帮何潮，他和何潮可是铁哥们儿！我就是傻，才会把话说到明面上，没办法，人没本事，只能硬冲了。他肯定早就想到了100种办法可以帮何潮过关。"

辛有风眼中闪过一丝愧疚之色，她处处为周安涌着想，时刻替周安涌监视邹晨晨的一举一动，是不是真的很不应该？邹晨晨并不像周安涌所说的一样是一个精明过人、处心积虑的女孩……又一想，管不了那么多，她现在只能依附周安涌生活，周安涌让她做什么她只能照做，要不还能怎么样？

希望何潮可以安然过关吧，何潮是一个好人，就是有时太固执、太要强了，他要是能像周安涌一样多一些圆滑和世故，应该会好很多……辛有风心中涌现一丝担忧和不安。

第三十五章

父亲都是儿子的英雄

何潮并不知道在同一家饭店离他直线距离不到200米的另一个包间中，他成了众人的焦点，不幸的是，并不是什么好事，而是他被辰哥列为首要攻击目标并且下了封杀令的恶性事件！

此时的他，正在为郭统用、郭林选和江离讲故事，讲得津津有味。

"有一次，美国著名作家马克·吐温在教堂听牧师募捐演讲。开始时，他觉得牧师讲得生动而感人，准备等牧师停下演讲就去捐一大笔款。结果十分钟过去了，牧师还讲个没完，他有些不耐烦了，改变了主意，将刚才决定的数额减少一半。又过了十分钟，牧师还没完没了，他的耐心完全失去了，决定改变想法，一分也不捐。他之所以会做出那样的举动，显然是因为牧师演讲时间太长，让他产生了极度的厌烦情绪，厌烦情绪引发了逆反心理，这就是著名的超限效应。"何潮微微一笑，冲郭统用点了点头，"郭董肯定也听说过《狼来了》的故事，第一遍狼来了，可以吓跑人；第二遍，就只能吓住人；第三遍时，就没人相信了。"

江离顺势接话说道："超限效应就是刺激过多、过强或作用时间过久会引起心理极不耐烦或逆反，是人类十大心理效应之外的三大效应，和马太效应、月曜效应并列。另外，人类十大心理效应是……"

"现在不是上课时间，江老师，别说了。"郭林选很不客气地打断了江离的话，他知道江离最喜欢卖弄了，对于一些专业术语有特别的偏好，一旦说起来肯定会滔滔不绝、没完没了，他指了指何潮，"还是让何潮继续说下去。"

尽管很是不满何潮故意设计他，但等他坐下来之后，时隔很久再一次和父亲在同一张桌子吃饭，心中还是升腾起了异样的感觉。尤其是在郭统用低头时头上斑驳的白发清晰可见，并且父亲在吃东西时一举一动不再如以前一样流畅，微微有些僵

139

硬和迟缓，他心中久冻的寒冰终于裂开了一丝裂缝。

父亲不再如当年一样高高在上并且威风八面了，他老了，真的老了，不管是头上的白发、迟缓的动作还是不再咄咄逼人的气势。郭林选心中不由得一酸，想起了父亲当年意气风发之时是如何指点江山的。现在的他，和以前判若两人了。

时光一去不复返了，转眼间，他从一个懵懂少年长大成人，而父亲也从一个中年男人步入了老年。

何潮点了点头，放下手中筷子，他已经吃饱了，继续说道："小时候父亲经常批评我，第一次我很认真在听，第二次就有了几分不耐烦，会想我都已经知道了，你还说个没完？第三次的时候我就会想，我偏这样，爱怎样就怎样，随便，怎么都行，谁怕谁，可以，都没有问题，等等。我会产生一系列的反感情绪。"

"对，对，这是因为人在受到批评后，内心往往会产生一种失衡感，需要经过一段时间才能恢复平衡。如果接连受到重复性的批评，人的心理失衡感就会不断加重，被批评者的心情就没有办法恢复平静，从而产生强烈的反感情绪，极易出现超限效应引发逆反心理。"江离还是忍不住再次用专业术语补充了几句。

自始至终，郭统用一直很有耐心地听何潮说个没完，既没赞同也不反驳，就在一旁静静地吃饭。现在他放下筷子，擦了擦手："何潮，你和父亲的关系到现在还紧张吗？"

"现在好多了，主要是我们离得远了，一年到头见不到几次，反而会珍惜为数不多的见面。"何潮心中长舒一口气，他以为他的一番苦心会白白浪费了，没想到郭统用还是听了进去，不由得暗叫侥幸。

"列夫·托尔斯泰说过一句话：幸福的家庭都是相似的，不幸的家庭各有各的不幸，我想父子关系紧张的不在少数，原因千差万别，很难用一种方法来解决。"郭统用很清楚何潮是有意缓和他和郭林选之间紧张的父子关系，也很感激何潮精心安排的一切，但他也清楚一个事实，他和郭林选之间的矛盾和误会太深，怕是很难一朝化解。

郭统用早就听江离不止一次说过何潮，用江离的形容就是，何潮既有高深理论又可以理论联系实践地落地，是一个不折不扣的实干家。最难得的是，他还不是只凭一腔热血、三分热度的实干家，而是有规划、有理想的实干家，从一开始就有成就一番事业的企业家情怀，不是只想赚钱没有社会责任感的商人。

初见之下，郭统用对何潮的观感尚可，但还没有上升到江离所说的高度。尽管他也知道何潮尽心在为缓和他们父子俩的紧张关系而努力，却还是觉得江离对何潮的定位夸大了。

何潮听了出来郭统用的言外之意："父子关系紧张，原因千差万别，想要归纳出来一个共性，确实很难。但如果我们从另外的角度来归类，也许可以勉强划分为三类。第一类，普通家庭。父亲是普通人，望子成龙心切，对儿子寄予厚望，想在儿子身上实现他未曾实现的抱负，所以对儿子逼迫过多。儿子的逆反心理来源于对父亲施加过多压力的不满，会认为连父亲也没有办法实现的理想，他怎么可能实现？因为在儿子眼里，父亲一直都是无所不能的形象化身。"

郭统用微微点头，对何潮的说法表示赞同："我小的时候就觉得父亲无所不能，想要什么都可以变出来。等有一天父亲变不出来而我自己变出来的时候，就说明父亲老了。"

"第二类，富裕家庭。父亲有一定的社会地位和不错的收入，希望儿子可以更上一层楼，可以在现在的基础上更进一步，所以对儿子要求过多。儿子的逆反心理来源于对父亲期望过高的不满，会觉得父亲不应该把没有完成的梦想都压在他的身上，他从小没有吃过太多苦、受过太多罪，生活安逸而知足，为什么还要拼搏去自讨苦吃？"

"第三类，富豪家庭。父亲是拥有巨额财富的成功人士，是时代的弄潮儿和幸运儿。父亲并不想儿子在他的基础上更进一步，只希望儿子可以继承他的家业，保住他打下来的江山，当然，能更进一步自然更好。但往往是，儿子对父亲从事的行业毫无兴趣，也不想当家族掌门人，只想过平淡的生活，或者想自己开创一番事业，不想笼罩在父亲的阴影之下……"何潮一口气说完，拍了拍胸口，"不好意思，郭董，班门弄斧了。"

郭统用沉默了一小会儿："林选，我不明白，你到底是对房地产行业不感兴趣，想自己开创一番事业，还是只想过平淡的生活？为什么你会觉得笼罩在我的阴影之下？你有什么事情不能和我好好商量，非要我行我素呢？"

"爸……"郭林选深呼吸一口，如果没有何潮和江离在场，他真的坐不下去，总觉得郭统用像是一座高山一样，只要在父亲面前，不管是坐是立，也不管开口还是沉默，巨大的阴影和威压总是让他难以呼吸。

他不知道为什么会对父亲有如此强烈的恐慌。

"父亲最早都是儿子的英雄，所以父亲对儿子的影响，非常大。母亲影响儿子的是生活细节和生活习惯，父亲影响儿子的是世界观、价值观，是理想和梦想！"郭林选终于鼓足勇气说出了心中所想，"爸，在很小的时候，你一直就是我心目中最伟大的英雄。那么多高楼，你说盖就盖，拔地而起，你就像是会千变万化的神仙。你还记得有一次你开车带我去公园吗？你打了转向灯，然后转弯，我当时就觉得特别神奇，车怎么这么听灯的话，灯一闪就拐弯了？在孩子的世界里，一切都那么神奇、那么不可思议。"

郭统用的眼睛湿润了："我想起来了，想起来了。我当时回答你说，傻孩子，不是车听灯的话，是灯和车都听爸爸的话。"

"是的，你是这么说的。你知道你说完这句话后，我为什么不说话了？"郭林选的眼睛也湿润了，他扭头过去，不让父亲看到他软弱的一面，"是你一句话破坏了我对神奇事物的想象力，是你让我觉得，一切都在你的掌控之中，没有什么事情可以由着我的想象天马行空！"

"巧了……"何潮及时插话了，"小时候有一次爸爸骑自行车带着我，他转弯的时候喜欢按响铃铛，我就好奇地问他，爸，为什么铃铛一响，自行车就乖乖听话拐弯呢？"

"你爸怎么回答的？"郭统用立刻问道。

"我爸说，傻孩子，铃铛是自行车的孩子，自行车怎么能不听孩子的话？孩子一笑，自行车当然就要高兴地拐弯了。"何潮想起了那个夏日的午后，他坐在父亲的自行车上，手里拿着小风车，路边是杨树丛林，空气中飘着庄稼成熟的香气，他开心得像是在阳光下飞舞的树叶。

第三十六章

往事

　　郭统用不说话了，目光望向了窗外，他沉默地喝了一口茶，轻轻放下茶杯，动作轻柔而舒缓："何潮，说出来你也许不会相信，当年我初来深圳时，连一辆自行车也买不起，不管去哪里，全靠走路。好在当时深圳并不大，只有华强南路、深南大道等几条主要道路。华强南路直通香港，开始的时候总共才几公里长，路的尽头是深圳河，过了河就是香港。记得我住在深圳河岸，每天都可以看到对岸的香港人来车往，无比繁华，就特别羡慕。"

　　在郭统用缓慢的叙述中，何潮、江离第一次知道了郭统用的深圳往事。郭林选也一反常态颇有耐心地聆听，尽管其中有许多故事他早已听过多次，却也有许多细节还是第一次听到。

　　郭统用是工程兵，当年在山西太原当兵，后来随部队南下建设深圳。刚来深圳时，他就住在华强南路尽头和深圳河交叉处的上步码头。

　　上步码头的周围全是荒草荒地，他们到来后，每天就是开垦、修建码头。潮湿而蚊虫众多的河边，来自全国各地的热血青年奉献了全部的青春和汗水，不但建好了上步码头，还拓宽了华强路和深南大道。

　　深圳的道路划分，很有意思，华强路、华兴路、华为路、振华路、振中路，都饱含了朴素的愿望和希望，取中华强盛、中华复兴以及振兴中华之意。再后来南山区开发时，命名的工业一路、工业二路，正是大量工厂兴建之时。再到后来科技升级，道路命名就变成了科技路、高新中道、科丰路。

　　当然，在郭统用初来深圳的年代，正是深圳建市之初。深圳的含义就是深水沟的意思，谁也无法预料深圳的明天会怎样，许多受不了罪、吃不了苦的战友，纷纷选择了离去。别说和北京、上海的繁华相比了，就是和广州、东莞比，彼时的深圳也只是一个满是泥泞、道路坑坑洼洼、到处是低矮的民房、鸟不拉屎的山地，谁也看不到明天的希望。

郭统用坚持了下来。

给离开的兄弟们送行，他们大碗喝酒、大块吃肉，并且抱头痛哭。郭统用送给战友们一句话："一起热血，一起流泪，聚是一团火，散是满天星。"多年以后，流散在全国各地的战友，不管是事业有成还是平平淡淡，都无比怀念当年在深圳热情激荡的岁月。可惜的是，他们没有等到深圳春风浩荡的一天。

上步码头的周围修建了许多住宅，当时也没有明确规划，谁先占地归谁。许多人都觉得地方又脏又乱，周围荒凉一片，谁愿意住在河边？郭统用却占了好几块好地方，并用所有的积蓄盖成了房子。他总觉得既然国家投入了这么大的力气建设深圳，深圳一定可以发展起来。不说别的，就凭他们这么多人的青春和热血，就不可能白白浪费。

许多人不理解郭统用的做法，别人都是要么把钱存起来，要么寄回家里等以后娶媳妇用，只有郭统用傻傻地在荒郊野外盖房，谁愿意住在臭水沟边？周围全是荒地，又荒无人烟，以后想卖都没有人接手。

郭统用不管别人怎么想，只管按照自己的想法一步步来。几年后，深南大道初见规模、华强北初见雏形时，上步码头的重要性飞速上升，郭统用囤积的几套房子升值了数十倍！

转手一卖，郭统用就赚到了第一桶金。此后，郭统用下海、炒股、倒卖玉米、倒卖指标，等等，什么赚钱干什么。可以说，他是完全跟随深圳的发展一起成长起来的深圳第一代企业家，他见证了深圳从一片荒芜到初步落成再到初见繁华，而他的善来集团也是从一间民房出发，紧跟深圳前进的脚步，从承包工程到自己开发项目，再到成为深圳市知名房地产商，转眼间走过了近20年的时光。

郭林选刚出生时，正是郭统用企业发展的初期，千头万绪都需要他厘清。而妻子田婷婷不但帮不上什么忙，还总是埋怨他不顾家，家里什么事情都不管。他不管怎么和她讲道理她都不听，哪怕他说他只有一双手，只能搬砖养家，要是放下砖去抱她和孩子，全家人就没饭吃。

田婷婷不理解郭统用也就算了，还天天想方设法饿郭统用，不把郭统用挤对得气急败坏誓不罢休。郭统用脾气再好，也架不住天天被人发牢骚加谩骂，一怒之下吃住都在工地，不再回家。

田婷婷不甘示弱，也抱着孩子回了湖北老家，一住就是半年，不管郭统用如何哀求，就是不回深圳。当时郭林选已经两岁了，她每天都对郭林选灌输郭统用如何不好，如何抛妻弃子，如何不顾家，如何在外面花天酒地，等等。幼年的郭林选虽然不懂妈妈说些什么，但在无意中已经被妈妈洗脑，种下了爸爸对不起他们母子的种子。

后来郭统用的事业越做越大，在深圳买了别墅，装修一新，又为田婷婷配了专车和保姆，在家中住了一年半的田婷婷终于肯回来了。回来后，她坦然地过起了贵夫人的生活。她并不知道，在她离开深圳的一年半间，郭统用的公司渡过了成立以来最大的一个难关，险些要了郭统用的命。在最艰难时，郭统用站在深圳河边，几次想要跳下去，几次想起郭林选又收回了心思。孩子不能一出生就没有了父亲，孩子是无辜的，不应该有一个不幸的童年。

郭统用四处求人，最后在战友们的帮助下得以过关。过关之后，他大病一场。在他生病的日子里，无人照顾，每天自己吃药，自己去医院打针，打针过后，再咬牙到公司上班，处理事务。曾经最狼狈的时候，他两天没睡觉、三天没吃饭，最后一头栽倒在地，足足昏睡了一天一夜才醒来。

当他最无助、最需要人照顾、最需要关爱和亲情的时候，田婷婷却在父母身边，在父母的呵护下，抱着郭林选对郭统用横加指责。而当她回来享用郭统用用命换来的一切时，依然对郭统用横挑鼻子竖挑眼，全无温柔体贴，只有胡搅蛮缠和无理取闹。

当郭林选五岁时，郭统用遇到了生命中又一个重要的女人——罗初。罗初来自湖南，离田婷婷的家乡湖北只有300多公里之遥，300公里的距离养育出来的儿女却有天壤之别。罗初温柔体贴、落落大方，不但举止得体，还包容大气，除了生活上可以给予郭统用照顾之外，在事业上也为郭统用带来了巨大的帮助。

原本郭统用还和罗初保持了距离，对罗初也没有超越友谊界限的想法，并且罗初作为他的助理兼部门经理，不搞办公室恋情也是他自己定下的规矩。但在田婷婷知道罗初的存在后，对罗初百般辱骂，并且数次闹到公司，声称罗初勾引郭统用而郭统用乱搞破鞋。

郭统用忍了田婷婷很多年，觉得田婷婷在他最一无所有的时候嫁给他，不嫌弃他贫穷，对他不薄，他不能忘恩负义。但这么多年来，田婷婷愈加肆无忌惮，不但让他男人的尊严扫地，还要闹到公司，简直不可理喻。

他忍无可忍了，一怒之下和罗初在一起了。

田婷婷一开始还要死要活，在郭统用面前碰了几次壁后，也不闹了，提出了离婚和分割财产的要求。郭统用拿出了公司的三分之一股份划归到了她的名下，但不同意离婚，因为他的原则不允许他和她离婚。

郭统用的原则遵循古人的三不出之说。三不出是周朝以来的婚姻制度，在三种情况下，丈夫无论如何不得休妻：一、妻子嫁来时丈夫贫困，后来又发达了；二、妻子娘家无人了；三、妻子为公婆守孝三年。他和田婷婷结婚于微末之时，现在有钱了，不管是什么原因只要离婚就等于他抛弃了田婷婷。

田婷婷非要离婚，郭统用坚持不离，两人僵持了一段时间，田婷婷提出不离婚也可以，孩子必须由她抚养。郭统用不想放手孩子，希望可以培养郭林选成才。但如果郭林选待在田婷婷身边，以田婷婷的性格，郭林选肯定不会健康地长大成人，心智健全比什么都重要。做不到换位思索，一切由着性子来，任性、自私、擅用一哭二闹三上吊的田婷婷，能为郭林选带来正确的人生观和世界观才怪。

最后郭统用只能同意离婚，条件是孩子归他。田婷婷又提出离婚可以，孩子归他也可以，但不能对外公布离婚，他也不允许再婚。什么时候可以公布离婚，什么时候他可以再婚，她说了算。

如此苛刻的条件，为了孩子，郭统用也咬牙同意了。

郭林选留在了郭统用身边，为了消除以前田婷婷对郭林选的负面影响，郭统用不断地为郭林选灌输大道理，一而再、再而三地强调，结果就造成了超限效应。

第三十七章

人间的悲伤从来不会相通

　　而离婚后的田婷婷，先是回了湖北，后来又出国，四处游山玩水，还写了不少游记，竟然成了旅游作家。她的文字中，不乏对女权的宣扬和对男权的贬低，处处流露出女人就应该潇洒、应该自由、应该为自己而活的腔调，却从来不透露她所拥有的一切都是建立在郭统用提供的财力和物质的支持之上。更不用说她身为股东，从来没有为善来集团的发展壮大出过一份力，只领分红。

　　"也许我当年确实太忽略了她的感受，但在深圳刚刚建市的时候，所有人都热火朝天，都拼命干活，我但凡有一点儿时间也会去陪她和你，可是，时间实在是有限。林选，你不知道当年的深圳是怎样争先恐后的景象，别说停下来喘气了，就是稍微跑得慢一些，也会被人甩在后面。每个时代都有自己的特点，不像现在，现在你们可以从容一些，当年确实谁也不会停下奔跑的脚步……"郭统用说完，长长地叹息一声，轻轻擦拭眼角的泪水，"我希望安排你的一切，是不想你再和我当年一样累、一样拼命、一样无助。我赤手空拳打下一片天下，吃过多少苦，受过多少罪，有过多少次想要自杀的念头，都不会和你说，就想用打下的江山，为你营造一片蓝天。"

　　郭统用说完，何潮、郭林选和江离都没有说话，外面风吹过树叶，沙沙作响，像是一首没有歌词的赞歌。

　　也不知过了多久，郭林选缓缓站了起来，后退一步，朝郭统用深鞠一躬："爸，您辛苦了！"

　　郭统用的眼泪瞬间流了出来。

　　窗外明月当空，照耀千家万户。同一片夜空，同样的月光，只是人间的悲欢从来不会相通。

香港，江宅。

江阔的眼泪在眼眶里转来转去，强忍着不流出来，病床上的父亲已经瘦得不成样子，双手干瘪，瘦骨嶙峋，青筋暴起，他右手无力地指向江阔身后的江安，声音微弱："江……江安，你过来一下。"

江安来到父亲面前，蹲了下去："爸，我在。"

"江安，爸爸不行了，不能再帮你们遮挡风雨……喀喀！"江子伟猛烈咳嗽几声，"你跟爸爸说实话，这一场东南亚金融风暴，江家到底损失了多少？"

"爸，您就别管这些了，安心养病。"江安愁眉不展，回身不满地瞪了江阔一眼，暗示江阔擦干眼泪，"江家没事，早就有了预防机制，基本上没什么损失。"

"你骗我，别以为我老了，不中用了，就不知道世界形势了，喀喀……"江子伟再次咳嗽一番，挣扎着想要起来，"江安的股票跌了三成，业务量减少了三成，员工辞职和跳槽又有三成？江家现在风雨飘摇！"

"没有，没有，爸，你多想了，江家现在一切安好，业务量增加了不少，股票下跌也正常，香港哪家公司的股票不跌？这么多年多少大风大浪江家都挺过来了，这一次不过是小风小浪，没事的。"江安继续宽慰爸爸，连使眼色让江阔也过来说上几句。

江阔却不上前，她不愿意欺骗爸爸。江家最近确实摇摇欲坠，眼见就要硬着陆了，不但她束手无策，就连哥哥也是焦头烂额。

恰恰这个时候，爸爸一病不起，病情越来越重，眼见一天天衰弱下去，不管多高明的医生都无能为力。江阔心急如焚，知道爸爸是积劳成疾，再加上金融危机对江家生意带来的巨大冲击，爸爸在内外交困之下，终于支撑不住了。

尽管爸爸几年前就交出了江家的掌舵大权，由江安担任了董事长兼总经理，但江阔知道，爸爸表面上退下，不再插手家族生意的任何事务，实际上暗中还在了解公司上下的一举一动，他不是不想放手，是不放心。

东南亚金融危机之初，爸爸凭借多年的经验和敏锐的眼光，一再提醒哥哥要小心应对，最好收缩投资保持现金流的充足，危机来临之时，现金为王。他提醒哥哥将江家在东南亚的部分生意暂停，集中精力做好过冬的准备。若无必要，只投资内地，其余地方，全部暂缓。

哥哥表面上答应，暗中依然大开大合，继续按照原定的步伐推进。江阔知道哥哥的理念是越是危机之时，越要高歌猛进，因为此时大家都在收缩战线，反倒是低价吃进别人产业的最佳时机。

哥哥只顾一心冒进，却忽视了一个重要的问题，别人现金短缺战线收紧之时，江家同样也是如此！就像雪崩的时候没有一片雪花是无辜的一样，洪水来临的时候，没有一滴水可以置身事外。

金融危机席卷的是整个区域的整个产业，不是只有别人家下雨，江家晴天！

江阔劝过哥哥多次，不要冒进，不要贪心不足蛇吞象。一开始哥哥还有些耐心，想要说服她。后来她说得多了，也就起到了超限效应，哥哥不但不再理会她的劝告，反倒以允许她投资三成科技为条件，希望她不要再对他指手画脚。

江阔无奈，知道说服不了哥哥，只好退而求其次，拿着资金投资了三成科技，将主要精力放在了深圳。她几次想投资何潮的利道，也是想趁机多向哥哥要一些资金，既是为江家规避风险，不将鸡蛋放在同一个篮子里面，也是为了和何潮有更密切的合作。

结果几次被何潮拒绝，就让她格外生气，何潮分明是不想长久而密切地合作，他到底想干什么？江阔生气的另一个原因是如果现在不将资金转移过来，被哥哥拿去收购因东南亚金融危机而濒临倒闭的东南亚的公司，早晚会赔个精光，相比之下，深圳因为有国家政策在支撑，是最好的避风港。

春节期间，江阔去了一趟美国，见到了艾术。

江阔在何潮的呼机上见过艾术所留的电话，心细的她当时就记了下来。到美国后，她打电话给艾术，说她是何潮的投资人和合作伙伴，艾术当即驱车数百公里从纽约前来华盛顿和她见面。两人在林肯纪念堂前的台阶上坐了一下午，聊得非常投机，大有相见恨晚之意。

江阔对艾术的印象很好，她从小生长在香港，性格虽然自认还算开朗，但由于环境影响，还是沾染了一些商业气息，相比之下，还是艾术更爽朗、更直接。一方水土养一方人，也算正常。

两人谈到了何潮，江阔从艾术嘴中得知了不少何潮的往事，也对何潮多了了解。她才知道，在艾术的眼中，何潮就像一个大孩子，很情绪化，高兴的时候，笑得很阳光，像是蓝天白云晴空万里；不高兴的时候，他忽然就像暴风雨。所以艾术觉得他很适合当一个作家，写一些感性的文字，而不适合经商。

在江阔眼中的何潮却是另外的形象，理性、固执、自以为是，却又可以理论结合实际，是一个不折不扣的行动派。他完美地结合了江离和夏正各自的优点，成就了一个独一无二的何潮。

为什么在大学时代的何潮和步入社会的何潮会有如此巨大的反差？江阔想不明白，艾木不但想不明白，也不相信何潮会有如此巨大的转变。

分别时，江阔再三要求艾木不要告诉何潮她们见面的事情，艾木一口答应。艾木早就看了出来，江阔喜欢何潮，却又不好意思挑明，而何潮应该也喜欢江阔，但何潮可能考虑到两个人身份地位的差异以及他在深圳立足等现实问题，也不敢向江阔表白。

艾木和何潮相爱一场，也算是和平分手，就有意撮合一下两人，就问江阔有没有听过一首歌，名字叫《More Than I Can Say》，江阔脸一红，谎称没有，她其实知道凤飞飞根据此歌改编的中文歌曲叫《爱你在心口难开》。

艾木又补充说道，何潮既有大男子主义的一面，又有温情的一面，想要征服何潮，既要激发他男人的征服欲望，又要表现出你应有的气势，让他感觉到你的魅力与众不同。直白点说就是既要被动又要主动，现在都什么年代了，女孩子也不能坐等爱情上门，要勇于自己追求真爱。

两人还约定，年后如果艾木回国，会在香港中转，和江阔再聚。

江阔原本打算在美国待到三月再回香港，有一些事情要处理。不料到了二月中旬得知爸爸病情加重的消息，就提前返回了香港。

几次何潮打来电话或是发来短信，她没有接听也没有回复，一是确实有几分生何潮的气。何潮没有和她说清他和艾木的事情也就算了，还和郭林选打赌去追求邹晨晨。好吧，她承认邹晨晨确实优秀，但她也不差，何潮为什么敢当众打赌去追求邹晨晨，就不敢明确表示要追求她？她才不会像艾木所说的一样主动向何潮表白，她是女生，就要矜持，就要等何潮主动。她已经无数次暗示要让何潮主动了，如果她再主动，岂不是等于她既贴钱又贴人，何潮凭什么？

哼！休想！

第三十八章

大厦将倾

当然，不和何潮联系的最重要的原因还是爸爸的病情以及江家遭遇的重大危机！

谁也没有想到金融危机会愈演愈烈，大有蔓延之势。香港的经济危机已经严重影响了江家，因为哥哥一系列的投资失误和过于冒进的措施，江家面临破产！

江家的生意严重依赖房地产，而房地产业对于香港来说，早已不是金蛋，而是炸弹。房地产占香港GDP的比重连年下降，对GDP的拉动力不及以往，住房花销却消耗了香港居民收入的70%以上。

江家在香港的房地产商中，论实力和影响力，并不算特别厉害，排名也在20名开外。江家的房地产开发的都是面向普通大众的中低端楼盘，利润不高，胜在销量可观。恰恰中低端消费者是受金融危机波及最严重的人群。

原本以为发生在泰国等东南亚国家的楼价腰斩以及断供潮不会影响到香港，但刚过春节，香港的楼市就先是风声鹤唳，随后草木皆兵、哀鸿遍野，许多炒楼的炒房客惊慌之下，急忙抛售手中楼盘，结果导致价格崩盘，不少楼盘价格超过腰斩，甚至不足原来的三分之一！

有一个江家的楼盘，价格直落三分之二。原600万港币一套的房子，直接跌到了200万港币。首付300万，贷款300万，价格下跌后，一样还要按照原来600万的价格还贷。等于说，你的房子现在只值200万，你已经付了300万的首付，超出了房子实际价值100万港币，同时你还欠银行300万的贷款。

许多人无力还贷，跑路者有之，跳楼者也有之——江家楼盘接连发生了三起因还不起贷款而跳楼的事件，一时人心惶惶，江家股票大跌。

江家除了房地产遭受重创，江安在东南亚低价吃进的一些公司，价值一跌再跌，比买进价格缩水了四分之三。受金融危机冲击的还有酒店、运输行业，都是江家的支柱产业。江家所有产业都被波及了还不算，江安冒进之下投资的几只股票也是大跌，江家元气大伤！

更雪上加霜的是，中国GDP增长持续加速下降。1996年，增速为9.9%，1997年，增速为9.2%，下降0.7%。1998年的第一季，直接下降到7.3%，CPI和PPI连续数位为负，通缩来袭。

一个著名经济学家承认："东亚金融危机的深度和广度都比原先估计的要严重得多，当时我们大家都没有想到……我们也需要做最坏的准备。"

尽管江安也引用著名经济学家的话来为自己的决策和投资失败开脱，但再多的开脱也改变不了江家即将一败涂地的事实，他也慌了，有一种大厦将倾的危机感。

江子伟虽然不再过问生意上的事情，其实心如明镜，对江安的所作所为心知肚明。之前一直没有阻止江安，是因为江子伟觉得江安的做法也有可取之处，或许可以火中取栗。作为早年偷渡到香港的第一批港人，他一向信奉富贵险中求的道理。

只不过时过境迁，此一时彼一时，现在的香港已经不再是当年的香港，经过几十年的洗礼和秩序重建，政治社会和商业环境都已经规范了，一切都在商业的规律之内。

所以当江安的弄险失败之后，江子伟也害怕了。他经过几十年的打拼打造的商业帝国，原本指望在子孙后代手中发扬光大，却怎么也没有想到，在他有生之年居然就看到了帝国末日。

江子伟一时急火攻心，再加上近来身体本来就不太好，于是病倒了。

爸爸病倒，江家生意一落千丈，江安急得心急火燎，江阔更是焦虑万分。各方一直在努力，却收效甚微，眼见江家生意继续衰败，爸爸病情持续加重，不管如何用心用力，都无济于事，江阔也病了。

江阔病得并不严重，但头晕，浑身无力，别说回何潮的短信了，连手机都拿不起来。她一连病了十几天，好一些的时候和郑小溪通话，有几次想要告诉郑小溪，她的病情，如果何潮能赶来看她，她会十分感动，但话到嘴边又咽了回去。

因为她听郑小溪说利道将总部搬到了深圳，又进入了飞速发展的快车道，何潮正在准备珠三角的区域布局，下一步会全国布局，现在正是利道发展的关键时期。何潮每天忙得不可开交，别说有空儿去追求邹晨晨了，连个电话都没打过，基本上和邹晨晨绝缘了。

这还差不多……江阔又在心里为何潮提升了印象分。

爸爸的病情随着江家生意越来越惨淡而持续加重，眼见一日瘦过一日，江阔心中的悲痛无法诉说。她有强烈的不祥的预感，爸爸怕是不行了。

如果爸爸不行了，江家再倒了，她该怎么办？

她知道艾木回到了香港，却一直没有抽出时间和艾木见上一面，现在的江家，就如一艘即将沉没的大船，她人在船上，除了随船一起沉没，别无选择。

如果何潮在就好了……不知为何，她又一次想到了何潮，想起每次和何潮在一起时，不管遇到多大的困难，不管前方的道路有多看不清方向，何潮总能带给她信心和希望，让她安定下来，并且相信明天一定是阳光明媚的一天。

"江阔，江阔……"

江阔正想得入神时，忽然听到爸爸的呼唤，忙来到爸爸床前，抓住了爸爸的手："爸爸，我在。"

"你和爸爸说实话，这一次的风浪，江家是不是真的过不去了？"江子伟双目无神，空洞地望向了窗外，窗外夜色如水，无风无雨，他深深地叹息一声，"老人们常说，出来混，总是要还的。年轻的时候不觉得，现在我年纪大了，越想越觉得后怕。当年不该为了赚钱，什么事情都做。你看现在香港的房价多高，不是建筑成本有多高，也不是地皮不够使用，完全就是一帮人联合起来，利用高房价压榨百姓的血汗钱。"

"爸，你怎么说起了胡话？"江安吃了一惊，想要阻止爸爸。

江子伟有气无力地摆了摆手："你让我说完，人之将死，其言也善，爸爸打拼了一辈子，到现在才算明白过来一点儿道理。人不能太贪心了，该放手的时候就得放手，不能什么都要。人生要是什么都有了，一完美，就离衰败不远了。江安，以后做事，万事留一线……"

"记住了，爸。"江安上前扶江子伟坐了起来，"爸，时候不早了，该休息了。"

"我还有话没有说完，以后有的是休息时间。"江子伟示意江安和江阔都坐下，他的气色忽然好了几分，"你们说，江家到底怎么样才能过去眼前的一关？"

江安低头不语，他已经束手无策了。现在风急浪高，经过几次尝试失败之后，他基本上放弃了抵抗。在大浪面前，个人的力量实在有限。

江阔本来一直没有掌舵江家，自然也没有什么办法，为了宽慰爸爸，随口说道："我投资了深圳的一家科技公司，现在发展势头良好，还有意投资深圳的一家快递公司，如果可以成功，说不定可以挽救江家。"

第三十九章

对比才知差距

　　足足花费了三个小时，何潮和郭林选才从罗湖口岸通关完毕。一步迈入香港的土地，何潮深深地呼吸了一口空气，还没有来得及发表感慨，就突然打了一个喷嚏。

　　郭林选哈哈大笑："我还以为你会说香港的空气都是香甜的，没想到，香港这么嫌弃你，送了你一个大大的喷嚏。"

　　"什么时候可以智能过关，不需要那么多人工，又节省人力又快速，该有多好！"何潮突发奇想。

　　来深圳将近一年了，何潮还是第一次踏上香港的土地，确实是想发一番感慨，因为他想起了一件事情——1990年，一个85岁高龄的老人在接见香港政府要员时，无限感慨地说道："我要活到1997年，就是要等到在中国收回香港之后，到香港我们自己的土地上走一走、看一看……"

　　1997年2月19日，农历正月十三，距离正月十五还有两天，距离香港回归中国还有4个多月，老人却永远地离开了我们，留下了没有踏足香港土地的遗憾。

　　如今音容宛在，若老人在天有灵，当欣慰地看到香港回归以来，虽然承受了东南亚金融危机的冲击，但在深圳和国家的支持下，尽管遭受了一定的损失，却并没有如东南亚国家一样，整个金融市场全面溃败。

　　应该是江家也受到了波及，何潮忽然迫切地想要见到江阔，他当即拿出手机拨打了江阔电话。

　　依然是无人接听。

　　"江阔不理你了是吧？"郭林选猜到了何潮打给谁，开心地拍了拍何潮的肩膀，"别灰心，继续打，你再多打几次才会相信自己已经失恋了。没关系，再多失恋几次也就习惯了。"

154

"谁失恋了?"邹晨晨的声音猛然在两人身后响起,她欢快得如一只蝴蝶,分别拍了拍何潮和郭林选的肩膀,"对郭公子来说,失恋和恋爱就像上班下班一样平常。"

一身长裙的邹晨晨在早晨的阳光下,亭亭玉立,脸若朝霞,她双手背在身后,笑意盈盈:"车已经到了,两人请跟我一起上车。"

"一共多少人?"郭林选忙跟在邹晨晨身后,他来过香港多次,对香港早已没有了新鲜感,他来香港的唯一目的就是和邹晨晨一起出差,"不会就我们三个吧?你应该为何潮配一个助理,括号:美女助理。"

路边停了一辆中巴,邹晨晨二话不说上了车,20座的中巴,除了司机之外空无一人,郭林选乐得叫了一声,一屁股坐在了靠前的位置上,一拍旁边的位置:"来,晨晨,坐这里。"

邹晨晨却坐到了副驾驶座,回头朝郭林选和何潮笑了笑:"先去香港历史博物馆,没问题吧?"

"去哪里都行,只要有你在。"郭林选也不计较邹晨晨有意不和他坐在一起,他指了指旁边的座位:"何潮,你坐那里,别和我坐一起。"

何潮才不想和郭林选坐在一起,笑了笑,坐在了旁边的位置上。他懒洋洋地打了一个哈欠:"第一次来香港,我有点紧张,万一有什么不适应的地方,你们多担待。可以提出改进意见,但我不接受批评。"

郭林选看了何潮一眼:"我懒得理你,一见到晨晨就油腔滑调,注意你的形象!"

邹晨晨惊讶得说不出话来,什么时候郭林选和何潮关系这么密切了?两人说话的语气不像是情敌,反倒像是亲密的哥们儿,她张大了嘴巴:"你们什么时候……"

何潮嘿嘿一笑:"你想多了,晨晨,我和郭公子还和以前一样是你的追求者,还是情敌。不过我和他达成了一个共识,情敌归情敌,但要做新时代、新形势下的新型情敌。"

上次郭氏父子在何潮的精心安排之下深入交谈之后,虽然还没有做到十几年的误解一朝冰释,但也比以前亲近了许多,郭统用答应不再过多地插手郭林选的事情,允许郭林选按照自己的方式创业和生活。父子两人都非常感谢何潮的成全,郭统用对何潮的观感一下上升到了超越江离形容的高度。

郭林选对何潮的好感也大幅上升,和父亲的关系是他多年的心结,要不是何潮,父亲和母亲当年的往事他到现在还不得而知。父亲从未向他说过自己和母亲的感情经历以及母亲为何离他们而去。在他的童年记忆中，父亲不是从来不管他和母亲，就是一见面就对他呵斥加批评，指责母亲不该对他传授不正确的价值观。

因为常年跟随母亲，郭林选不知不觉还是被母亲埋下了仇恨的种子，他以为他听到的都是真相，以为父亲对不起他的母亲，以为母亲是受害者，现在才知道，许多事情远非表面上那么简单，有许多真相隐藏在事情的背后，不用心去发现就会被蒙蔽。

知道真相后的郭林选并没有转嫁心中的怨气而去痛恨母亲，他觉得母亲很可怜！母亲用冷漠、自私和谎言为自己编织了一个世界，她生活在虚伪的世界里，心安理得地享用一切，还觉得全世界都背叛了她。她的痛苦、惊恐和不安，远比她得到的多。

可怜之人必有可恨之处，郭林选希望母亲可以早日走出内心的樊笼，打开枷锁抬头望望天空，天空湛蓝而广阔，可以容纳古往今来所有人的悲欢离合。

不过郭林选并没有因此而彻底原谅何潮，在"当年明月"以及打赌两件事情上，他还是觉得他吃亏了，得找个机会还回来。一码归一码，何潮是在父亲的事情上帮了他的忙，他感谢何潮，一样会想法回报何潮的付出。

何潮也很明显地感觉到他和郭林选关系的变化，当然他也知道欲速则不达的道理。郭林选和郭统用的心结，十年寒冰，解冻非一日之功，以后还需要不断地磨合升温才行。而他和郭林选的矛盾虽然没有那么深、那么久，但他很清楚，在邹晨晨的感情没有着落之前，他和郭林选之间依然会横亘着一道鸿沟。

中巴沿粉岭公路一路南下，两侧的景色和深圳并无太大区别，但建筑物高大先进了许多。第一次来到香港的何潮有几分兴奋，目不转睛地望向窗外。

香港，他终于来到了香港，来到了许多人向往的神奇之地！

记得小时候，父亲常年用两个背包，一个是黑色的手提包，上面印有北京天安门，另一个是白色的帆布包，上面是上海的字样。在何潮童年的记忆里，北京和上海是心目中最近又是最远的大城市，他幻想有朝一日可以参观北京天安门和上海黄浦江。

后来在北京上了大学，对北京无比熟悉之后，他在假期和艾术、周安涌、历之飞等人去过两次上海。对比之下，上海果然是十里洋场，比北京繁华并且富裕许多，用当时的话说是洋气许多。上海人无论是在穿着打扮还是言谈举止、消费习惯上，都引领全国风气之先。

从经济数据来看，也是如此。1980年时，上海的GDP是北京的2.24倍。到了二十世纪八十年代中后期，两地的差距开始逐渐缩小。从二十世纪八十年代后期到九十年代中早期，京沪两地的发展速度几乎持平，总量比值大体维持在上海和北京是5：3的水平。而广州的增速远远快于京沪，因而广州和京沪两地的差距都快速缩小，广州在跑步前进。

但到了二十世纪九十年代后期，北京的增长势头和上海、广州出现了明显的分野。北京的增速明显超过了上海和广州。1995年，北京GDP相当于上海的60%，广州的120%，而到了1997年，北京的GDP依然是上海的60%，却已经是广州的130%了，是深圳的160%。

香港的GDP却是北京的6.5倍，是深圳的近11倍，是北京、上海、广州和深圳总和的近1.6倍！

一到吐露港公路，繁华就扑面而来。林立的高楼、琳琅满目的商品以及各种各样的豪车，看得何潮眼花缭乱。去过北京、上海、广州和深圳的他，还是被香港的发达和先进震撼了。只和深圳一河之隔，香港一年的产值相当于深圳11年，这是什么概念？是三层楼房和100层摩天大厦的差距。

"喂，何潮，你什么要来深圳，而不是留在北京或者去上海？还有你，晨晨，成都也是挺不错的地方……"郭林选沉默了一会儿，没话找话。

"你想听真话还是假话？大话还是真心话？"何潮笑了。

"滚。"郭林选眼睛一瞪，"又没有外人，听你什么假话和大话。"

第四十章

贫穷限制想象力

何潮哈哈一笑: "我就说真话和真心话了。深圳是一个移民城市, 包容性强, 最重要的是谁也不认识谁, 所以容错度高, 都不怕失败, 因为就算失败了你也可以躲起来, 没人会知道你的失败也不会嘲笑你。但在从小熟悉的地方, 只要有一点风吹草动就会尽人皆知, 就会有无数人以关心你的名义打听真相, 会让你承受巨大的压力。许多人逃离从小长大的地方, 原因就是不想被熟人的见识、好奇所绑架。在深圳, 人人都可以拥有拓荒精神, 不用担心失败, 也不用害怕有色的目光, 可以轻装上阵……该你了, 晨晨! "

邹晨晨回头朝郭林选和何潮看了一眼: "我来深圳的理由就很简单, 我不太喜欢四川的安逸, 所谓少不入川、老不出蜀, 我还年轻, 不想被温柔乡消磨了斗志。还有, 我喜欢深圳的气候和氛围。对了何哥, 你住哪里? 不会住公司吧? "

在樟木头的时候, 何潮吃住都在公司, 公司搬到深圳后, 他就不再住在公司了, 而是租住在离公司不远处的一个城中村。

初来深圳时, 何潮惊奇地发现深圳的城中村和北京、上海大不相同。北京和上海在规划城市建设时, 遇到城中村一律拆除, 而深圳则是绕过城中村, 不动城中村的一砖一瓦。一开始何潮以为是深圳市政府避重就轻, 不愿意麻烦, 毕竟拆迁城中村需要耗费大量的人力物力不说, 拆迁过程中还有可能引发群体事件和矛盾。

更不用说需要巨额资金来满足拆迁户的需求了。

尽管自建市以来, 拆迁的城中村也不在少数, 但和北京、上海等各地遇到城中村一律拆除不同的是, 深圳的城中村除非自愿拆除, 否则在城市建设中遇到城中村, 多半会绕行。深圳的城中村和基本上消灭了城中村的北京和上海相比, 星星点点地分布在深圳的大街小巷之中, 像是城市中一处又一处的宁静之地。

许多城中村掩映在高楼大厦之间，距离繁华和喧嚣只有一步之遥，与之却如同两个世界。城中村安静而舒适，除了浓郁的生活气息，还有邻里之间的招呼和问好，以及每天抬头不见低头见的亲切。城中村尽管缺少规则和基础设施，楼和楼之间的间距过小，推开窗户就可以和对面楼中的人握手，所以称之为握手楼。但正是因为城中村的岁月静好，可以为外来的打工者提供一个远离浮躁的栖息之地，让每天都漂泊的心有一处可以停泊的港湾。

所以当何潮来到深圳后，郑小溪想为他租住一处高端公寓时，他拒绝了。他看上了紧邻公司的城中村的一处民房，民房面积不大，是两层小楼，他要了二层。二层一共三个房间，一间卧室，一间厨房，一间客厅，一个人住足够了。

最重要的是，价格也不贵。一套50平方米的公寓，价格也要五六百元，而他100多平方米的城中村二楼，才三四百元。

何潮住得既舒适又开心。

当得知何潮住在城中村时，邹晨晨和郭林选都同时张大了嘴巴。郭林选愣了一会儿才笑道："你可真会省钱，不过别怪我没提醒你，何潮，城中村可是鱼龙混杂的地方，什么人都有，小心半夜有姑娘敲你的房门。"

邹晨晨也是不解："何哥，你怎么不住公寓？公寓多方便、多干净，城中村……我总觉得乱哄哄的。"

"公寓是干净、是方便，可是每天在公司工作一天，回到家里，和公司一样是单调而冷峻的声调，感觉像是从公司的工作状态来到了公寓的工作状态，让人始终放松不下来。生活如果为工作所累，就失去了原有的意义。城中村的房子好就好在有家的感觉，漂泊在外的创业者，累了倦了，需要一个可以真正放松的地方，而不是一个富丽堂皇却不像家的公寓。"何潮深有感触地说道，"人要活得踏实、活得真实，才不会太累，不管是公寓还是城中村，睡得香才是王道。"

"这一点我赞成……"郭林选没有反驳何潮，反而点了点头，"我就不愿意住在家里，睡眠质量很差，一晚上要醒来好几次。后来发现还是住酒店安逸，就一直睡酒店了。"

"啊？"邹晨晨惊呼，"郭公子天天住酒店？多浪费，每天都得几百元。"

"几百元？几百元的酒店能住？我住的是总统套间。"郭林选哈哈一笑，"反正是我家的酒店，又不用花钱，不住白不住。"

邹晨晨吐了吐舌头："有钱人的生活我想象不到，贫穷限制了我的想象力。"

"香港历史博物馆离香港九龙酒店近不近？"何潮拿出早就准备好的地图，"如果有一天，电脑或是手机上有电子地图可以供人随时查阅该有多好，就不用带一个地图册了。你看我随身带了多少东西，通信录、地图册、香港旅游指南，真像出门旅游一样。"

　　"为什么要去香港九龙酒店？"邹晨晨想了想，摇了摇头，"我也不知道有多远，我也是第一次来香港。"

　　"不远，走路的话顶多十分钟。"郭林选挤眉弄眼地笑了笑，"怎么了？有约会？快说，和谁约在九龙酒店了？行啊，何潮，有本事，第一次约会就在酒店开房了。"

　　邹晨晨脸色一哂，微有几分不自在："何哥真有约会呀？"

　　何潮知道郭林选有意在邹晨晨面前挤对他，就嘿嘿一笑："是有个约会，不过是和前女友……"他有意顿了顿，见郭林选一脸期待，邹晨晨一脸紧张，"以及她的现任男友。"

　　"噗，"郭林选笑喷了，"服了，你的心真宽，见前女友和她现任男友，是去送祝福还是送温暖，或者是和她的现男友谈心？哈哈哈哈……"

　　何潮不笑，一脸严肃，十分认真地说道："都不是，就是为了见个面而已，我没那么多想法。"

　　邹晨晨托腮沉思了一会儿："何哥、郭公子，男人的想法和女人是不是差别很大？比如我如果和男友分手了，他再来找我，我无论如何也不会和他见面。你们男人是不是只要前女友一召唤，就毫不犹豫地过去帮忙了？"

　　郭林选沉吟了一下："能帮的忙肯定要帮的，毕竟相爱过一场。但如果是伤害过自己的前女友，就算了。话说我那么多前女友，没有一人回头找过我，也算是奇迹了不是？可能是我人太好了，她们都不忍心再伤害我一次。"

　　"我和你不一样，"何潮白了郭林选一眼，"我只有一个前女友，她也是第一次找我，她的现男友也是我的同学，我过来见她，不过是同学之间正常的往来。"

　　"你们都太狡猾，谁也没有明确地回答我的问题，喀喀。"邹晨晨故意咳嗽了一声，清了清嗓子，"好吧，我再问一遍，郭公子、何哥，如果你们的前女友出现在你们面前，有事情请你们帮忙，你们会怎么做？"

　　"我先说。"郭林选当仁不让地第一个应战，他当成了是邹晨晨对他的考验，"如果是我真心喜欢过的女孩，她有了困难回来找我，说明她鼓起了最大的勇气，遇到的困难肯定是身边没有人可以解决的天大的困难，我要是不帮，过不去自己的良心关。至于何潮就不用回答了，他肯定也会第一时间去帮忙。"

"为什么这么说？"邹晨晨侧过身子看向了何潮："何哥，如果你前女友这一次找你，是有事情要你帮忙，你会怎么办？"

"你觉得带着现任男友的前女友找我，会有事情求我帮忙？不会，她这么做等于告诉了我，她对现任男友不满，现任男友也不会满意的。"何潮心里清楚以艾木的性格，就算有什么为难的事情，也不会向他开口，"现在该我们反问你了，晨晨，你前男友有没有找过你？"

"没有，"邹晨晨斩钉截铁地答道，"一次也没有，完全没有任何联系。"

"为什么？难道因爱成恨，做不成恋人就成仇人了？"何潮笑眯眯地追问。

"不是，"邹晨晨狡黠地笑了，"因为我没有谈过恋爱，根本就没有前男友。我相信以后也不会有，只有现任男友和现任丈夫。"

郭林选摇了摇头，一副悲天悯人的表情："不管多厉害、多聪明的女人，在感情上都会幼稚得像是一张白纸。"

何潮十分惊讶："晨晨你这么优秀，怎么可能在大学期间没有恋爱？追你的人一定很多，包括吕庆园。"

"吕庆园是一个好人，只适合当朋友。"邹晨晨毫不避讳和吕庆园的关系，"大学期间，他追求了我三年，毕业后，他跟来深圳，又追求了我一年。四年了，抗日战争都走完一半了，他还不死心，连我都佩服他的毅力了。"

第四十一章

理性和判断力

"不是说好女怕缠郎，男人只要脸皮够厚，只要死缠烂打，就一定能够得手吗？"何潮笑眯眯地看向了郭林选，"郭公子经验丰富，来，分析一下吕庆园为什么这么有耐心？他最终到底能不能得手？"

"不能，一定不能。"郭林选抬头挺胸，得意扬扬地笑了，"晨晨在没有遇到我之前，就不喜欢他；遇到了我之后，他就更没戏了。美女和优秀男人，都是稀缺资源，遇到了一定不要错过。如果是一般的女孩，说不定早就被吕庆园感动了，因为女孩子嘛，喜欢被感情左右。晨晨不是一般的女孩，她有强大的理性和非凡的判断力。"

"我其实就是一个一般的女孩，也容易被感情左右，没有什么强大的理性和非凡的判断力……"邹晨晨忽然情绪低落了几分，她从副驾驶座来到何潮和郭林选中间，几乎没有迟疑，坐在了何潮的旁边，"郭公子，我和何潮有话要说，你别介意。"

郭林选微有失落，不过还是保持了风度："我不介意，就是会吃醋，哈哈。"

何潮见邹晨晨欲言又止，眉宇之间有忧虑之色，问道："怎么了？晨晨，你是遇到什么难事了？说出来，我可以帮忙。我不行的话，郭公子再上。"

"不是我，是你。"邹晨晨想起辰哥对何潮所下的封杀令，犹豫着要不要告诉何潮——不说吧，何潮或许会被打一个措手不及；说吧，又怕影响何潮的事业。怎么办才好？她左右为难，"事情有点棘手，不知道该不该和你说……"

郭林选心中一紧："晨晨，你不会真的爱上何潮了吧？"

邹晨晨白了郭林选一眼："别打岔，确实是很重要的事情。"

"对我来说，你的感情归宿比什么都重要。"郭林选幽幽地叹息一声，"晨晨，你就答应做我的女朋友吧，看在你的面子上，你想让我怎么帮何潮都可以。"

邹晨晨蓦然眼前一亮："真的？"

"当然是真的，我深圳一哥什么时候说话不算话？"郭林选站了起来，双手叉腰，"说吧，到底出了什么事情？"

不等邹晨晨开口，何潮想到了什么，淡然一笑："是不是晨晨知道了辰哥的事情？"

"你干吗要打辰哥的弟弟得罪辰哥？真是的！"邹晨晨生气地打了何潮一拳，"你在深圳还没有站稳脚跟，就被辰哥下了封杀令，他说了，谁都不许和你做生意，否则不小心被他误伤了，他概不负责。"

"辰哥？你得罪他了？"郭林选愣了愣，"真有你的，何潮，先是得罪深圳一哥，现在又惹了辰哥，你是不想再在深圳混下去了是吧？"

何潮简单说了他和辰哥之间的恩怨由来："第一，我不能因为辰哥对和仔不满，就让和仔去向他跪地求饶吧？第二，不能因为辰哥的公司在深圳有快递业务，利道快递就得退避三舍，让出深圳的市场对吧？第三，张送狗仗人势调戏卫力丹，上来就动手打人，不能因为他是辰哥的弟弟我就得忍气吞声，还要劝力丹从了张送是吧？"

"原来是这样。"邹晨晨的声音低落下去，她还以为何潮和辰哥之间的矛盾可以化解，现在才知道积怨已久而且矛盾重重，完全没有化解的可能，她叹息摇头，"何哥，你要怎么办？你真的不是辰哥的对手。"

"凡事总要试上一试才知道是不是有可能。"何潮并非心中没有一丝害怕，但也知道害怕没用，不如勇往直前，退后是死，前进也是死，还不如拼死一搏，"不用替我担心，晨晨，我就不信辰哥在深圳真能一手遮天！"

"你的利道快递现在业务量有多少？"郭林选笑嘻嘻地问道，"一天能不能赚到1000元？"

何潮被气笑了："利道快递现在有100多名快递员，每天的流水几万元，利润几千元。怎么，郭公子对利道快递是有什么想法？"

郭林选一本正经地说道："你说对了，我对利道快递有两个想法：一是善来集团和你们签订协议，今后善来集团所有的快递业务都由利道快递承接；二是我打算以个人的名义投资利道快递，你先别摇头拒绝，我钱不多，也就是100多万，多少给我5%的股份就可以了。"

100万、5%的股份，等于郭林选给利道估值2000万，也符合利道目前的规模。何潮一直没有引进资金，不是利道真的不缺钱，而是不想资本进入之后被绑架。而且风险投资在欧美发达国家是常态，但在中国，即使是改革开放的前沿阵地深圳，也是新兴事物。如果不是他一来深圳就接触到了江阔，恐怕到现在他还不知道什么叫融资。

近来何潮在恶补股权知识和风险投资的相关案件，了解到许多公司都是因不合理的股权结构以及盲目地引入资本最终导致公司被收购或是破产。他当初拒绝了江阔的投资，一方面是基于对股权和融资还不太了解，另一方面也是江阔想要的持股比例太高，他有些担心失去利道快递的控制权。

利道是他辛辛苦苦打下的江山，哪怕现在利道还很弱小，只局限于深圳、香港、东莞三地，但利道承载的是他的理想和蓝图，理想和蓝图只能自己绘制，画笔要掌控在自己手中。

何潮很清楚郭林选此时和利道签约并且投资利道的用意是什么，他很感激郭林选的雪中送炭，商场之上，历来锦上添花多、雪中送炭少，郭林选此举，很够义气了。

不过何潮不能接受："签订快递承接协议没有问题，给郭公子大客户协议价，但投资利道的事情……再等等，因为我先答应江阔了，凡事要讲究一个先来后到不是？"

"江阔是江阔，我是我，她除了资金，并不能为你带来额外的帮助。江家在香港是有实力，但在深圳……嘿嘿，根基还不如郭家。"郭林选以为何潮没明白他的意思，"况且江阔现在估计没钱投资了，江家受金融危机的冲击，自身难保。"

何潮还是摆了摆手："我答应过江阔，如果利道需要引进资金，优先考虑她，她排序第一。郭公子的心意我也心领了，如果她确定不投资利道，再如果利道渡过了眼前的危机，招聘到了更多的快递员，我会主动上门请求郭公子投资。"

何潮说得很正式，很认真，郭林选只好退让了一步，拍了拍何潮的肩膀："行，我也不勉强你了，这么着，大客户协议回去就签订，需要人手我也帮你想想办法，其他的事情，以后再说。"

邹晨晨暗中舒了一口气，第一次觉得郭林选在花花公子的外表之下，还有一颗乐于助人的深心。而她不知道的是，郭林选是有热情的一面，但也要看对谁，不是谁都可以入得了他的法眼。

邹晨晨安排的香港考察活动，除了邀请了何潮和郭林选，还有公司的几名主力员工。员工们提前一天就到了，在香港历史博物馆会合后，一群人参观完毕，就到了中午时分。

郭林选懒得和员工们一起，也不让邹晨晨介绍他其实是万众置业的大股东，他只顾和邹晨晨说笑，偶尔嘲笑两句心事重重的何潮。

何潮确实心事重重，不是因为辰哥的事情，而是因为江阔和艾木。

在深圳的时候他还不觉得金融危机有多厉害，虽然金融危机直接导致了庄能飞的破产，但现在庄能飞重新站了起来，并且深圳的气象就像多云的天气，虽不是晴天，但也不是乌云密布。香港就不同了，大街上十分萧条不说，到处都充斥着悲观的情绪，再配合阴沉的天气，有一种山雨欲来风满楼的压抑。

实际上，香港此时已经处在狂风暴雨之中了。

也不知道江阔到底是怎么了，江家受到了多大的冲击。郭林选只知道江家的状况不好，他和江家也没有多少业务往来，而且近来江安也很少来善来集团，他是从江家的股票跌到了只有原来市值的五分之一得出的结论，江家现在的日子肯定艰难。

何潮在深圳时还不觉得，来到了香港，感觉江阔好像有可能随时出现在眼前一样。他再次拨打了江阔的电话，还是无人接听。又让郭林选和邹晨晨分别拨打，还是不通，他就知道江阔肯定是出事了。

邹晨晨看出了何潮的焦虑，索性改变了行程："行了，别打电话了，我们直接去江家不就得了？我陪你去。"

"你的助理呢？"郭林选忙跟了过来，"不能丢下我一个人不管。"

何潮点了点头，还没说话，手机响了，他忙接听了电话。

"晚一些再去江家，先去见见艾木。"放下电话，何潮一脸无奈，"艾木今晚的飞机，只有几个小时了。"

香港九龙酒店位于维多利亚港，位置绝佳，自1986年开业以来，一直是香港的著名地标建筑之一，方方正正的建筑颇有风格。

何潮、邹晨晨和郭林选站在735房间的门口，他深吸了一口气，按下了门铃。在房门打开的一瞬间，邹晨晨忽然挽住了何潮的胳膊，并且顺势靠在了他的肩膀上。

第四十二章

知我者谓我心忧

七合科技的办公室很不起眼，不过是走廊两侧长长一排的房间之中最普通的一间，门口甚至都没有挂七合科技的牌子。

房间的面积也不大，50多平方米，放了三张办公桌以及沙发等一些办公家具和用品。

辛有风坐在沙发上，正在动作娴熟地泡茶。一个人坐在她的对面，圆脸、浓眉，穿一身皱巴巴的西装，单眼皮小眼，眼珠转来转去，不时地在辛有风的脸上、腰上和胸上穿梭。

周安涌坐在辛有风的旁边，跷着二郎腿，脸上挂着若有若无的笑意，正对身边的李之用说道："之用，下个月的利润能不能突破30万？"

李之用的手中拿着一个小巧的卡西欧计算机，不停地按来按去："差不多，无限接近30万。现在对七合科技来说，最大的困扰不是单子不够多，是人手和资金不够。安涌，你再想想办法，该扩大规模了。要不总这样下去小打小闹，永远成不了大气候。"

柳三金坐在远处的办公桌前，正不停地在纸上写着什么，他头也不抬地说道："一步一个脚印，先扎实了眼前的路，再想以后的路。不能好高骛远，钱永远赚不完，但要是在还没有学会走路的时候就奔跑，摔一跤有可能会丢了小命。"

"三金，你的问题在于总是太保守，现在是撑死胆大的、饿死胆小的时代，如果没有安涌，我们现在说不定刚刚够吃饭，还谈什么发展？"李之用对柳三金慢腾腾的动作有所不满，"你说你现在做事，完全没有以前的锐气和魄力，你到善来集团多久了，还没有被郭统用发现并且重用，是不是工作方法出现了问题？我都听说何潮和郭林选一起随邹晨到香港考察去了，何潮现在都和郭林选走近了，照这样

166

下去，我们和何潮的差距就越来越大了。"

"何潮的生意越来越好，我们应该为他高兴才对，都是自家兄弟。"柳三金呵呵一笑，放下笔过来坐在了李之用的旁边，"听你的意思，何潮就不能比我们强了？"

"不是，我不是这个意思。"李之用讪讪一笑，"何潮也是自己兄弟，我怎么会不盼望他的生意越来越好呢？主要是我们三个绑在一起如果还赶不上何潮，以后见到他，会被这小子耻笑的。"

"耻笑你什么？"柳三金忽然脸色一沉，重重地一翻通信录，通信录翻滚了一下，打开，正好露出了何潮的名字。何潮的名字后面，手机号码和BP机号码两栏都空着，他愤愤不平地说道："安涌，你到底是什么意思？这么久了，不带我们见见何潮也就算了，连联系方式都不让我们知道，是不是你和何潮有什么过节，只想让我们站队你这边？"

此话一出，李之用骇然变色。辛有风也是微微动容，周安涌却不动声色地笑了笑，端起茶杯抿了一口："有点烫了……有风，绿茶不宜过热，最好不要超过70摄氏度。"

辛有风歉意地笑了笑。

"三金，我很奇怪你为什么会这么想？"放下茶杯，周安涌慢条斯理地说道，"我可以理解你责怪我不带你们见何潮的心情，但你们有没有想过，现在你们见他有什么用？"

"有什么用？"柳三金梗着脖子，气呼呼地说道，"我们是从小一起长大的，这么长时间没有见面，又同在深圳，见上一面不应该吗？又不是联系不上！"

李之用见柳三金真的生气了，忙打圆场："三金说得也有道理，如果一个在深圳、一个在北京还说得过去，都在深圳，深圳又不大，才是北京的十分之一，这么久没见过面、没通过电话，确实有点怪异了。"

周安涌意味深长地看了李之用一眼："之用，你是要和三金一起怪我了？"

"没有，没有。"李之用见周安涌脸色不善，连连摆手，"我是就事论事，希望大家心平气和地谈一谈，有事情要摆到明面上说，才不会伤了兄弟感情。"

单眼皮男人的目光不停地在周安涌几人的身上扫来扫去，嘿嘿一笑，用语气怪异的中文说道："你们中国人真有意思，怎么会为了这点儿小事生气？又不是什么大不了的事情，在我们韩国，除了赚钱和喝酒，就没有大事。"

"金不换，没你的事情，你现在先不要多管闲事。"周安涌故作轻描淡写地笑了笑，"你不知道我们兄弟之间有多深厚的感情，有十几个孩子从小一起长大，就我们四个关系最好，20多年的友谊能保持到今天，在你们韩国是不是也是奇迹了？"

金不换撇了撇嘴："再强调一遍，我叫金仲焕，不叫金不换，你以后不要再叫我的外号。再叫我外号，我跟你急。"

周安涌哈哈一笑，摆了摆手，不再理会金不换的威胁："之用，以后你不要这么'墙头草'，要坚持自己的原则。是，我不让你们联系何潮，确实是有私心。"

"我就知道。"柳三金捡起通信录，又狠狠地摔在了桌子上，"安涌，其实我和之用都知道何潮的办公室在哪里，就是为了你的面子才不过去找他，这件事情，你做得有点过分了。"

"是，是有点过分……"李之用刚想发表自己的看法，被周安涌凌厉的目光一扫，顿时口气软了下去，"不过我相信安涌有他自己的考虑，肯定是为了我们好。"

"还是之用了解我，知我者谓我心忧，不知者谓我何求。之用、三金，我不让你们和何潮见面，也不希望你们和他联系，是对他的保护也是出于对你们的爱护。"周安涌摇了摇头，心中闪过一丝犹豫，不过看到柳三金疑惑而愤怒的眼神，仅有的一丝犹豫一闪而过，他叹息一声，下定了决心，"何潮自从创立利道快递，完全就像变了一个人似的，不但压榨员工、剥削手下，还处心积虑地打压竞争对手，甚至动手打伤了竞争对手的弟弟……一个还不到20岁的大学生，他怎么能下得了手呢？"

柳三金和李之用对视一眼，两人都流露出难以置信的神情。

辛有风一怔，周安涌的话是什么意思？蓦然想起了辰哥一事，她不由得心思大动，安涌怎么能这么说何潮？他到底对何潮有多大的仇恨，非要污蔑何潮是坏人？

何潮和辰哥弟弟张送产生冲突一事，辛有风后来从邹晨晨那儿打听出来了真相，她也认识卫力丹，又直接和卫力丹通了一个电话。得知事情的缘由之后，她觉得张送挨打不但活该，何潮打得还轻。她还将事实告诉了周安涌，周安涌听了之后，只是摇头笑了笑，不置可否。她以为周安涌听了进去，没想到，周安涌信口雌黄！

辛有风认识周安涌至少四年了，自认非常了解周安涌的为人，现在才发现，她越来越看不懂周安涌了。如果说之前她背叛了周安涌，是她一时糊涂轻信了庄能飞，现在她回到了周安涌身边，却更震惊周安涌和以前判若两人。

周安涌还是她以前认识的周安涌吗？或者说以前的周安涌只是一粒种子，现在才是生根发芽之后真正的他？

尽管她很想告诉柳三金和李之用真相，还未开口，迎面射来了周安涌阴冷的目光，她吓得打了一个激灵，话到嘴边又生生咽了回去。

李之用抽出一支烟："真的假的？何潮怎么变成这样了？他打了谁的弟弟？"

"我怎么不信呢？"柳三金瓮声瓮气地说了一句，夺过了李之用的烟，扔到一边，"不许抽烟。"

周安涌重重地叹息一声，重新抽出一支烟递给了李之用，他自己也点上了一支："抽吧，抽支烟压压惊。我一开始也不信，直到我见到了辰哥……何潮打了辰哥的弟弟！他惹了大祸，辰哥已经对他下了封杀令，谁要和他做生意就是和辰哥过不去。"

"啪！"

柳三金一拍桌子站了起来："说什么我也不信何潮会无缘无故打人！退一万步讲，就算他真的打了辰哥的弟弟，也没什么了不起！20多岁的年纪，谁还没有打过架？现在何潮正是最需要我们的时候，他有难，当兄弟的不能不管。不行，安涌，你马上告诉我他的联系方式，我要和他通话，问问他到底是怎么一回事儿。"

"三金！"周安涌也一拍桌子站了起来，"你不要太冲动、太自私了。你知不知道如果和何潮联系上，让辰哥知道了你是他的兄弟，万一对付你，你该怎么办？"

柳三金一拍胸膛："能怎么办？拼了。"

"匹夫之勇。"周安涌轻蔑地笑了笑，"现在辰哥只针对何潮一个人，何潮还好应付，不管是躲起来还是向辰哥认错。如果我们都冲了出来，就会打乱何潮原有的计划，到时何潮是顾自己还是保我们？你们以为我不想帮何潮？幼稚！帮他也要讲究策略和技巧，不是头脑一热冲上去挡在他的面前，如果是山崩地裂，你冲过去又有什么用？"

第四十三章

不知者谓我何求

"冲过去就算救不了他，大不了一起死，也是好兄弟。"柳三金依然嘴硬，语气却缓和了几分，"难道只能眼睁睁地看着他被人收拾？我看不下去。"

柳三金最近气不顺，他和周安涌说过十几次要和何潮见面，周安涌总是以各种理由推脱，尤其是过年后，周安涌和何潮经常见面，却每次都不通知他们，更不带他们。

春节期间，他们回了县城老家，和父母说起何潮、周安涌，父母也是感慨万千，说是很久没有见面了，很想念何潮、周安涌两家人。两人到处打听一番，就是打听不到何潮的联系方式，问周安涌，周安涌百般推诿，就是不给。李之用还为周安涌开脱，认为周安涌肯定是有不得已的苦衷，柳三金直接就急了，埋怨周安涌就是故意不让他们和何潮有联系，肯定是有什么不可告人的目的。

春节后回来，七合科技业务量大增，虽然有了辛有风的加入，但李之用还是忙得不可开交。柳三金在善来集团工作之余，也过来帮忙。他在善来集团越来越受重用，胡锐长期休养在家，他已经是实际上的保安队长兼车队队长了。善来集团上下的安保工作以及用车调度，包括郭统用的出行，都由他安排。由于善来集团的业务扩张，又有新的楼盘开工，需要调配大量的人力过去维持秩序，他的工作量激增。

即使如此，他也尽量抽出时间来帮周安涌，七合科技毕竟是几个兄弟自己的心血，他希望七合科技可以发展壮大。只是他始终想不明白，为什么周安涌不和何潮合作？有了何潮，七合科技肯定可以飞速发展，不会像现在一样因为人手和资源的不够而发展缓慢。

周安涌既舍不得启伦集团副总的位子，又想七合科技超越利道快递，怎么可能？何潮可是全身心地投入到利道快递之中，付出了全部心血和所有时间。投入和

170

产出是成正比的，世界上哪里有左右逢源的好事，脚踏两只船很容易掉到水里淹死。

柳三金很想和何潮见面的一个重要原因就是想说服何潮和周安涌合作，他相信兄弟同心、其利断金的道理。何潮一个人就可以打拼出一片天地，他和周安涌、李之用三人合伙也撑起了一片蓝天，如果利道和七合合二为一，兄弟四人联手，岂不是所向披靡了？

柳三金的想法简单而朴实，只是想让他们兄弟四个在一起，至于利道和七合并非同一行业，有没有联合的可能性，不在他考虑的范围之内。他想赚钱，但相比赚钱更让他开心的是兄弟情谊。

在向周安涌提过无数次要和何潮见面得不到回应之后，柳三金终于按捺不住心中的怒火了。他以前还信周安涌的各种说辞，现在已经可以确定周安涌就是故意阻挠他们和何潮见面。他不喜欢什么事情藏着掖着，有什么顾虑明说，别总当他们是傻子。

尤其是周安涌重用辛有风之后，他更对周安涌有了看法。辛有风是什么女人？见异思迁，为了自己的利益，连相爱了几年的男友都能出卖，永远不值得信任。

不过他也知道周安涌对辛有风并没有别的想法，而且现在七合科技也是无人可用，辛有风还算有能力，也值得信任。但他还是坚持自己的原则，一个人不管多有能力，人品不行，就不可用。

柳三金也看不惯周安涌结交的韩国客户金不换，他总觉得金不换一双过于精明的眼睛中有太浓厚的商业气息，仿佛每一个人都是他眼中的猎物一样。他虽然不知道周安涌和金不换有什么合作，金不换又有什么本事和实力，但直觉告诉他，金不换不会是什么好人。

他把直觉告诉了李之用，李之用笑他疑神疑鬼，让他只管相信周安涌的眼光就行。就算金不换不是什么好人，有周安涌在，再坏的坏人，也会被周安涌收拾得服服帖帖。

柳三金不是不信任周安涌，而是总觉得周安涌做事不够大气，明明是一件小得不能再小的事，为什么总是不能大大方方地让他们和何潮坐在一起见个面？他到底是怎么想的？就算他和何潮有了什么矛盾，都是从小一起长大的兄弟，就不能当面解决？

何况柳三金也知道近来周安涌和何潮来往密切，两人之间应该没有什么过节，就更让他想不明白周安涌到底在打什么算盘。

"别闹了。"周安涌太了解柳三金和李之用了，他拍了拍柳三金的肩膀，"别急，等过了这一段，我一定好好安排一个饭局，让你们和何潮坐下来聊一聊。现在时机不到……"

柳三金刚刚减弱几分的火焰猛然又升腾起来："现在时机不到？是不是等七合科技超过利道快递时，就时机到了？安涌，你能不能不要这么心胸狭窄？"

周安涌怫然变色："你说什么，三金？在你眼里我就是这样的人？如果你真觉得我这么小气、这么心胸狭窄，你现在就可以去找何潮。拿去，他的电话在通信录第一页第一个！"

周安涌怒气冲冲地递过去他的通信录，打开，塞到了柳三金的手里："除了何潮的联系方式，我的所有资源都在上面，你都可以拿走，想认识谁认识谁，想撬谁就撬谁，作为兄弟，我绝对不会说你半句不好！"

如果没有后面一句话，柳三金真会抄走何潮的电话号码，但周安涌后面的话刺激到了他，他一把推开通信录，摔门而出："安涌，你过分了！"

李之用起身去追，追到门口停下脚步，回头看了看周安涌和辛有风，又收回了脚步："算了，让他自己冷静冷静，他最近负责的工地出了一些小事故，心情有点不好，可以理解。"见周安涌脸色没有缓和，忙又说道，"虽然可以理解，但方法不可取。等我好好说说他，没大没小，不知道谁是老大、谁说了算，不能再和以前一样由着性子来了。"

"行了行了。"周安涌不耐烦地挥了挥手，状似无意地收起通信录，装进了口袋之中，招呼李之用，"坐下，现在说正事。"

金不换夸张地笑了一声："可以说正事了吧？再等下去我都快要睡着了。庄能飞那边的合同准备签了，周总，你还有什么要交代的注意事项？"

"金总纵横江湖多年，经验肯定比我丰富多了，我该向你学习才对。"周安涌哈哈一笑，亲自动手为金不换倒了一杯茶，"说到小灵通，金总觉得韩国市场对小灵通有多高的认可度？"

"韩国虽然是发达国家，比你们中国强了太多，但也不全是像我一样的富人，还是有不少穷人的，哈哈。韩国的有钱人都集中在汉城的江南区，巧的是，我也是来自汉城江南区。"金不换一脸得意的笑容，跷起了二郎腿，脚还抖个不停，"但在离江南区不远处有一个村叫九龙村，是韩国有名的贫民窟，穷人遍地走，人命不如狗。韩国人大多喜欢光鲜的事物，就像韩剧里面拍摄的一样，到处是富丽堂皇的

172

景象，哪里有这么好？都是骗人的！我是一个和他们不一样的韩国人，我很真诚，很实在，不会说假话、大话，韩国有好的，也有不好的，就像你们中国一样。"

辛有风双手托腮，痴痴地凝望金不换。她看过一些韩剧，深深为里面的唯美爱情而感动，也被韩国的美丽而吸引。在她的心目中，韩国和日本一样，是一个让人无比向往的国度，富饶、发达，犹如天堂。

美国太遥远了，从北京飞去韩国和日本就是两三个小时的航程，从深圳要远一些，但也比美国近多了。

金不换注意到了辛有风崇拜的目光，假装看不见，继续侃侃而谈："富人都用三星手机了，韩国的穷人比中国少，但买不起手机的也有一些，他们肯定也会需要小灵通。当然了，韩国人少，才四千多万人，只相当于你们一个省份的人口，再加上穷人少，小灵通的需求肯定不如你们中国了。毕竟，你们中国比韩国落后半个世纪以上。"

李之用听了觉得刺耳，正要开口反驳，却被周安涌的眼神制止了，周安涌干笑一声："中国起步晚，但发展迅速，早晚有一天会超过韩国，现在中国GDP总量已经超过韩国了，说不定有一天，光是中国一个省份的GDP就可以比肩韩国。"

"怎么可能？别做梦了。"金不换讥笑一声，"中国也就有限的几个城市还可以看一看，北京、上海、广州，深圳现在虽然也算不错，但比起汉城还是差太远了，北京也不如汉城。汉城可是和纽约、伦敦齐名的国际都市，深圳顶多算是中国国内的知名城市。"

李之用实在忍不住了："金先生，汉城什么时候和纽约、伦敦齐名了？我怎么听说香港才是和纽约、伦敦并列的全球三大金融中心之一呢？"

第四十四章

既强势又固执

金不换脸不红、心不跳，哈哈一笑："香港的名气是比汉城大一些，但还是比不了汉城的实力，汉城是世界一流的大城市中排名前三的，香港也勉强算是一流，排名在前十。"

"胡说八道，满嘴放炮！"李之用气得跳了起来，"香港比汉城强一百倍，深圳现在比汉城强十倍，二十年后，深圳比汉城强一百倍。"

"哈哈哈哈……之用，你别激动，别说二十年了，再给深圳二百年也赶不上汉城。"金不换得意而张狂地大笑，"韩国以前是中国的附属国，现在风水轮流转，说不定有一天中国会听韩国的命令，你信不信？"

"信你个鸡毛！"李之用性子再软，再见风使舵，也终于发作了，一拍桌子，"你们韩国不管是文字还是历史传承，都源自中国。就连汉城的名字，也是中国人起的。"

"是吗？我怎么不知道？我听韩国的专家说，汉字其实最早起源于韩国，就连孔子的祖籍也在韩国境内。汉城是中国人起的名字？怎么可能？"金不换连连摇头，一脸鄙夷之色，"之用，别这样给自己的国家脸上贴金，实力是靠做出来的，不是吹出来的，你明白吗？"

"好了好了，不要争了，争论这些没有意义，国家层面的事情，自然有专家教授和国家去讨论，我们是生意人，做的是生意。"周安涌忙出面缓和气氛，示意辛有风赶紧帮忙，"之用，赶紧向金先生道歉，他远道而来，是客人，中国人热情好客，不能对客人无礼。"

"我……"李之用难以下咽心中恶气，却又不得不听从周安涌的话，低下头，十分不情愿，"对不起，金先生，我太激动了。"

174

辛有风会意，端了一杯茶递到金不换手中："金先生不要生气，都是为了维护自己国家，你也可以理解的，对吧？"

金不换接过茶杯，放到嘴边轻轻抿了一口："理解，理解，有争论很正常，越争论越能看清自己的分量，是吧，李之用？要承认差距和不足，才能进步，知道你为什么当不了老板吗？因为你一没有气量，二不知道天高地厚。"

李之用强压心中怒火："安涌，你就能容忍他这样攻击我们的国家，嘲笑你的兄弟？"

周安涌依然不动声色："之用，别意气用事，生意是生意，爱国是爱国，不能混为一谈。"

"对不起，我接受不了他这种居高临下、不可一世的态度！"李之用转身出门，"安涌，你真的让我很失望。"

周安涌望着李之用的背影，动也不动，嘴角浮现一丝玩味的笑容，对愣在当场的辛有风说道："愣着干什么呀？倒茶呀。"

辛有风为金不换倒了茶，心中说不上来是什么滋味，既佩服周安涌的镇静和自信，又觉得他有些不近人情。也许古往今来成大事者，都会像周安涌一样不动如山，既强势又固执吧。

抛却国家情感因素，辛有风对金不换的印象还算不错，虽然金不换很嚣张、很自大，但人家有资本呀，就像美国可以在世界横行霸道一样，有实力就应该拿出有实力的样子。

周安涌表面上镇静，内心还是起了一丝波澜，毕竟柳三金和李之用相继离去，对他的冲击也不小。但内心再有波动，他也不能表现出来，不能让金不换小瞧了他。他故作轻松地一笑："见笑了，兄弟之间有时观点不和，争吵也正常，吵吵闹闹才能增进感情不是？来，喝茶，继续谈我们的合作。"

金不换嘿嘿一笑："要是我引起了你们兄弟之间的不和，我以茶代酒，敬你一杯。"一杯酒喝完，他扬手摔了茶杯，"要不是看在安涌的面子上，我怎么会和七合科技合作？要实力没实力，要名气没名气，要技术没技术，就连合作的态度也不端正。"

"啪！"

杯子摔碎的声音吓了辛有风一跳，她求助地望向了周安涌，周安涌摆了摆手，示意辛有风不必在意，打扫了就是。

175

"是，是，金先生批评得是，回头我会开会让他们改进。"周安涌满脸赔笑，"现在的问题是，800万的小灵通订单，金先生已经付了订金，万一庄能飞到时产能不足，不能按时交货，按照合同规定，要赔付多少？"

"赔偿合同总金额的三倍，也就是2400万人民币，也不算多。"金不换眨了眨眼睛，"庄能飞的工厂，也值个几千万。"

"不过根据我的估计，以庄能飞的能力，产能和品控都不会出现问题，可以保质保量按时交货。"周安涌眼中闪动光芒，"你预付了30%的订金，交货后，要在一个月内一次性付清余款，金先生，你准备好余下的70%也就是560万人民币的资金了吗？"

"哈哈哈哈……560万人民币才多少钱？60多万美元，我手中随时可以调动的现金最少也有500万美元。"金不换拿出钱包，打开，抽出厚厚的一沓美元甩在了桌子上，"我身上时刻都会带几万美元，看到没有，这点钱都可以在深圳买一套房子了。"

辛有风的眼睛都亮了，花花绿绿的美元点亮了她的眼眸，让她目眩神迷。

周安涌也是心脏大跳，现在美元和人民币的汇率是1：8.3，黑市上更高，金不换的一沓钱少说也有两万美元，合近20万人民币，确实可以买一套深圳70多平方米的房子。现在深圳的房子均价才5000多一平方米，偏远地方两三千一平方米的比比皆是。

不过他还是努力保持了镇静，他不是没有见过大钱的人，不能让金不换觉得他没有见过世面，尽管说来，他还真没有一次性见过这么多美元。他一把抓过美元，塞进了金不换的钱包，将钱包还给金不换，呵呵一笑："金先生是家族继承人，身家十几亿美元，区区几十万美元的货款当然是毛毛雨了，可问题是，我们不是付不起余款，是三成科技生产的小灵通滞销，原因在于三成科技……"

辛有风早就知道周安涌在算计庄能飞，却没想到，周安涌是想挖坑陷害庄能飞，算计是各凭聪明，陷害则是无中生有的栽赃，两者性质截然不同。

不过辛有风心中只是闪过一丝犹豫，随即就释然了，庄能飞对不起她的地方太多，周安涌陷害庄能飞，也算是替她报仇了。想起和庄能飞东躲西藏的日子，简直生不如死，如果不是周安涌宽宏大量再次收留她，她的一生差不多要被庄能飞毁了。

庄能飞活该被周安涌收拾！

周安涌有意无意地看了辛有风一眼，将辛有风咬牙切齿的表情尽收眼底，更加肯定了他的判断。走了柳三金和李之用，只留下辛有风和金不换谈事，反倒更好，因为辛有风不会对他设计庄能飞有什么看法，柳三金和李之用也许会有。为了安全起见，接下来的事情，知道的人越少越好。

"有风，我和金先生的计划，目前就我们三个人知道，我相信你能保守秘密。我也不是刻意针对庄能飞，也有一半原因是市场行为。毕竟像庄能飞这样的人，人品低下，行为恶劣，他也从事小灵通行业，会对整个行业带来负面影响。"周安涌脸色凝重，语气低沉，"我不希望看到在未来蓬勃发展的朝阳产业因为庄能飞的存在而影响到整个行业的趋势和声誉。"

辛有风点了点头，虽然觉得周安涌对庄能飞所能带来的负面影响揣测过于夸大了，但还是很感激周涌的信任："安涌，你放心，我一定会保守秘密，绝对不会向任何人透露。"

"任何人，包括何潮、江阔和海之心！"周安涌笑了笑，"你保证？"

"对之心姐姐也要保密？"辛有风愣了一愣，随后点了点头，"你说什么就是什么。"

"好。"周安涌开心地笑了，"等我和之心结婚时，你来当伴娘怎么样？"

"你们这么快就要结婚了？什么时候？"辛有风眼中迅速闪过一丝失落。

"估计明年。"周安涌深情地叹息一声，"女人的青春禁不起等待，既然我们相爱，早一些结婚，也好安心地创业。成家立业，先成家后立业，古人的话还是有道理的。"

"接着说我们的话题……"金不换看了看手表，"等一下我还有事情，就不和你们一起吃饭了。周总，你放心，事情我已经完全安排好了，最后出事的时候，肯定会在韩国起诉，韩国的法律，庄能飞又不懂，肯定不会赢的。"

"江阔和何潮懂不懂？"辛有风猛然想起了什么。

"何潮肯定不懂，江阔就不知道了。"周安涌想了想，又自信地笑了，"就算江阔懂，也没什么，她已经自身难保了。不出意料的话，江家这一次在劫难逃了！"

第四十五章

配　合

　　门一开，艾木和历之飞并肩出现了在何潮的面前。

　　一年未见，艾木多了几分知性。她戴了眼镜，留了长发，依然是当年牛仔裤加简单外套的打扮，青春依旧，容颜不改。

　　历之飞站在她的身旁，落后半个身子，更多了一丝沉稳的气息。

　　惊喜在艾木的眼中一闪而过，等她的目光落在挽着何潮的邹晨晨身上时，眼中的光芒迅速暗淡下去，又变成了意外和诧异。

　　"何潮，好久不见！"艾木微一迟疑，上来给了何潮一个大大的拥抱。

　　何潮轻抚艾木的后背，又和历之飞抱了抱，随后为他们介绍了郭林选和邹晨晨。

　　艾木削水果，历之飞倒茶，艾木悄悄指了指邹晨晨："女朋友不错，大方，得体，漂亮，而且很有眼色，行呀，眼光越来越高了。"

　　话虽这么说，艾木心中疑窦丛生，何潮喜欢的不是江阔吗？怎么这么快就又换了一个？印象中何潮并非一个见异思迁的人，就算他来到深圳后受环境影响变花心了，也不至于转身就抛弃了江阔。

　　好吧，艾木腹诽何潮一番，她也承认何潮和江阔并没有真正确定恋爱关系，就算何潮真的换了女友，也不算抛弃江阔，甚至连移情别恋都算不上，只能说是正常的选择。可怜的江阔，现在又病了，如果再遭到失恋的打击，说不定会承受不了。

　　更不用说她的父亲现在危在旦夕。

　　历之飞暗中打量邹晨晨几眼，将何潮拉到一边，小声问道："真是你的女朋友？"

　　何潮在被邹晨晨挽住胳膊的那一刻就猜到了邹晨晨的用意，毕竟他是前来面见前女友和她的现任男友，多少有点尴尬，邹晨晨是想假装他的女友为他撑场。平心而论，不管是相貌、气质还是言谈举止，邹晨晨丝毫不输于艾木，甚至有过之而无不及。但问题是，邹晨晨并不是他的女朋友。

在挽住他的胳膊的同时，邹晨晨和郭林选的悄悄话先后在耳边响起。

邹晨晨的话是："从现在起，我就是你的临时女友，他们问，你别否认，我配合你演一出好戏。不信比不过他们，哼！"

郭林选的话是："先借晨晨几个小时假装你的女友，我不会介意，更不会吃醋，还会支持你。记住了，气势上千万不能输，作为你的朋友，我不想跟着你丢人，一定得压他们一头。"

对艾木和历之飞，如果说之前何潮还有几分不满和恨意，现在都不见了。事情都过去了，大家各自安好，也不枉同学一场。正因如此，他才决定前来和他们见面。

何潮见历之飞的眼中闪动疑问和期待，索性说道："是，新女友，怎么样？还过得去吧？"

"何止过得去？简直就是完美。"历之飞打了何潮一拳，"行啊你，有本事，才一年不见，就接连换了两个女友，我都嫉妒你了。"

何潮听出了历之飞话中的漏洞："什么两个？"

历之飞虽然没有见过江阔，却听艾木说过江阔的事情，不由得促狭地一笑："别装了，都是老同学了，你的本事我还不清楚？当年你在学校里就非同一般，毕业后水平更进一步，可喜可贺。"

"有事直说，别含沙射影。"何潮还了历之飞一拳，"感觉你好像知道一些什么，说，你知道什么我不知道的事情？"

郭林选望着何潮和历之飞的身影，悄悄一拉邹晨晨："晨晨，我怎么觉得何潮的前女友也不怎么样，长得还说得过去，但缺少几分气质，和你相比，还是有不小的差距。"

"少来，鬼才信你的话。"邹晨晨白了郭林选一眼，见艾木在一旁小声打着电话，而何潮和历之飞也在一边窃窃私语，她和郭林选也在悄声说话，感觉房间中的氛围有几分怪异，"艾木人很不错了，你要相信何哥的眼光，就算是他的前女友，也是出类拔萃的人物……对了，万众置业目前只开发了龙岗联排别墅项目，郭总有没有同时再开发新的项目的想法？"

邹晨晨想起了饭桌上刘以授、曹启伦几人说过的话，隐隐担心郭林选会被几人坑得血本无归，但又不好明说，只好试探一问。

"你有什么想法，可以随时和我交流。"郭林选嘻嘻一笑，"晨晨，你要当万众置业是你自己的公司，要多策划、多谋划、多规划，万众置业的前景越明朗，你的未来就越阳光，你很聪明，肯定知道一个漂亮女孩的安身立命之本在哪里——要么嫁对人，要么入对行。"

"谢谢郭总教导，晨晨记下了。"邹晨晨嫣然一笑，明媚如阳光，灿烂有花香，"我正在做一个万众置业的五年规则，计划在未来五年内，上马低中高三个楼盘，争取在五年内将万众置业打造成深圳一支劲旅，成为让人注目而视的新兴房地产公司。"

"注目而视？应该是仰望吧？"郭林选笑了，他很清楚以邹晨晨的聪明可以马上领悟到他的言外之意。在万众置业的所有股东中，他相信只有他和邹晨晨是真心希望万众置业可以壮大，而曹启伦、刘以授两人，心思各异，赵动中也是另有谋算。

"被人仰望就不接地气了，一不接地气，就离倒闭不远了。注目而视是既羡慕又嫉妒又敬畏的意思，让人敬畏的企业才是伟大的企业。"邹晨晨俏皮地眨了眨眼睛，见何潮和历之飞走了过来，忙起身相迎，"郭总，如果他们欺负何潮，你可得帮忙，别因小失大。"

郭林选哈哈一笑，做了一个"OK"的手势："我是小气的人吗？"

历之飞朝邹晨晨微微一笑："刚和何潮说好了，晚上我们一起吃饭，已经订好了地方，新港中心三楼煌府。晨晨，为了庆贺我和何潮久别重逢，我请客，你千万别跟我抢，谁抢跟谁急。"

邹晨晨挽住了何潮的胳膊："听何哥的，他说什么是什么。"

何潮心满意足地点了点头："吃饭这样的小事，就不用你争我抢了，作为归国华侨，之飞和艾木赚的是美元，来国内消费，绝对是千万富翁的感觉。"

"晚上我还约了一个人……"艾木打完电话，凑了过来，朝何潮会意地笑了笑，"我在香港的一个老朋友，人特别好，介绍你们认识一下，也许会有意料不到的收获。"

何潮也未多想，点了点头："客随主便。不对，应该我是主人才对。你们都拿了美国绿卡，算是美国人了，回国是荣归故里。"

"去你的！"历之飞哈哈一笑，摇了摇头，"我还没有拿绿卡，也没想要拿绿卡，艾木正在申请，正常的话明年拿下绿卡，五年后可以入美国国籍了。"

"美国人，哈哈……"郭林选打了个哈哈，上下打量了艾木和历之飞几眼，"你们北京人是不一样，从20世纪80年代开始，一个比一个向往美国。上海人和你们争先恐后地出国，不过上海人喜欢日本。我就不明白了，美国有什么好？当年我在美国留学，待了才一年就发誓再也不去美国了，好山好水好寂寞不说，还不方便、不热闹，吃得烂，玩的地方少，荒山野岭，荒无人烟，感觉在美国待久了，我都能和一棵树对话了。"

艾木眉毛一挑："你是何潮的朋友还是晨晨的朋友？"

何潮介绍郭林选时，并未介绍他的真正身份，只说他是一个朋友，郭林选也难得地低调一次，乖乖地跟在何潮和邹晨晨身后，表现得还挺像一个助理。

"我呀？"郭林选大大咧咧地指了指自己的鼻子，"我是何总的助理，你们不用管我，当我不存在就是了。"

艾木呵呵一笑："何总的助理都是美国留学回来的高才生？厉害呀，何总。郭助理，你既然去了美国，为什么还要回国？国内哪里有美国机会多？就算回来了，也应该去大集团或是500强企业工作，再不济也可以去政府机关和事业单位，留在北京、上海多好，怎么会来深圳，还是在一家初创公司？"

"因为……"郭林选翻了翻白眼，"我知道自己的斤两，北京、上海太大了，人也太多，不适合我，还是深圳好，地方不大，人不多不少，而且又是野蛮生长阶段，说不定下一个奇迹就砸我的头上了。"

艾木乐了："何潮，你这个助理还挺有意思的。"

夜晚的维多利亚港，呈现梦幻般迷离的美景，林立的高楼、闪烁的霓虹灯，都倒映在波澜不兴的水面上，犹如梦境般绚丽。

微风轻吹，让人遍体生爽，何潮用力舒展了一下身子，无限感慨地说道："从小看着香港电影长大的我们，对香港有一种天然的向往和崇拜。比我们更年轻的一代，他们从小看着美剧和韩剧长大，会不会以后对美国和韩国有一种盲目的认可？"

第四十六章

并非一路人

邹晨晨点了点头："从某种意义上来说，文化的繁荣是一个国家或地区经济鼎盛到高峰时的另一种表现形式，大唐的荣光在1000多年后的今天，依然照耀着我们每一个炎黄子孙，全球各地华人聚集的地方都叫唐人街，而不是汉人街、宋人街、明人街，说明什么？说明对一个国家来说，经济和军事的鼎盛只能一时，而文化的鼎盛，却可以影响千年之久。"

郭林选也是微有感慨："你们发现没有？在1995年后，香港的电影一年不如一年了，而与此同时，国产电影在飞速上升，是不是说明香港的经济也到了顶峰，开始下滑了？"

"下滑倒不至于。"何潮背着双手，一副老气横秋的样子，"可能会有阶段性调整，一个地域的经济发展，和一个人的一生有相似之处，20岁起步，50岁到顶峰之后，开始慢慢下缓，60岁后退休，70岁后步入晚年生活。地区经济也许每个阶段的时间会拉长一些，但趋势是一样的。"

"美国建国200多年了，依然是世界头号强国，估计在我们的有生之年，美国还会是世界第一，不会衰落。"历之飞拍了拍郭林选的肩膀，"小郭，香港的经济总量现在几乎是深圳的11倍，就算停滞不前，深圳花费几十年的时间也赶不上。中国现在和美国的差距是多少？去年中国仅有9616亿美元也就是不到1万亿美元的生产总值，而美国的GDP高达8.6085万亿美元，中国经济总量仅是美国的11.17%，美国是中国的8.95倍，接近9倍。你觉得中国有希望追上美国吗？我不能说完全没有希望，万一哪一天美国自己崩溃了或是发生了国内战争，中国才有可能超越，否则照正常的速度发展下去，下下个世纪，再加上奇迹的发生，中国才有可能赶上美国。"

郭林选第一次被一个比自己年纪还小的人称为小郭，非常不习惯。这么多年来，他要么被人称为一哥或是郭公子，要么是郭总或是郭少，托大在他面前叫他小郭的，放眼整个深圳也为数不多。除了和父亲同辈的叔伯们，就是自家的长辈们了，就连政府官员也称呼他为小郭总。他皱了皱眉，就想发作。

邹晨晨忙拉了拉他的胳膊，他醒悟过来，嘿嘿一笑："历总也有经济学家的风范，数据记得这么清楚，人才。"

历之飞忙故作谦虚："我算不上什么人才，就是看的书多、走的路多，又喜欢思索，慢慢就比别人多了见识。对了小郭，你以前在美国哪所大学留学？"

邹晨晨见郭林选一脸痛苦的表情，忍住笑，用力拉了他几下，替他回答："小郭在英国和美国都留过学，在英国学的是哲学，在美国学的是人文……"

"啊，你还在英国留过学？"历之飞不敢相信自己的耳朵，能去美国留学已经是万里挑一了，去英国留学的难度比去美国还高，更不用说学哲学了，"小郭你不简单呀，学的都是形而上的学科，为什么不学计算机、数学、管理学这些容易找工作的专业？"

郭林选捏着鼻子，强忍笑意："因为我不喜欢工作，不想工作，所以就没打算学好找工作的专业。"

"你看看你，做人要有长远的目光，要认清自己，更要踏实，怪不得你从英国和美国留学回来，只能当何潮的助理。你学的都是华而不实的东西，而且对人生也没有规划，真是可惜了。我和艾木有一个朋友叫张志强，地道的北京人，家里有两套四合院，都卖了，足足卖了500万，然后移民去了美国，现在发展得特别好。有些人还不理解他的做法，认为他太冒进了，但十年后再看，肯定都会对他现在的英明决定佩服不已。"

郭林选不想再和历之飞说话了，完全不在一个层面上。对他来说，美国不是不好，但适合自己的才是最好的。他在国内有产业，有庞大的关系网，去美国有何用？在美国他只是一个一无所有的普通人，谁会当他是深圳一哥？

深圳成就了他，他就要热爱深圳并且留在深圳，继续为深圳增光添彩。他也相信，也只有深圳才是他的广阔天地。

"现在国内的房价上涨这么快，北京的房价就更不用说了，卖了四合院去美国？嘿嘿……"郭林选看了邹晨晨一眼，"晨晨，你说这人是傻呢，还是脑子有病？"

邹晨晨才不会像郭林选一样不顾及形象，她很温柔、很含蓄地说道："每个人都有自己的选择，也许有人觉得中国的未来没什么希望，所以去国外寻找机会。但我还是看好中国的发展，要是我在北京有两套四合院，打死我也不卖，光是等着升值，就能赚得乐开花了。中国经济的整体提升，有许多人躺着就赚钱了。就像余建成和刘以授一样，不知道怎么就富了，一觉醒来就是亿万富翁了。"

历之飞撇了撇嘴："有本事的人都会出国寻找机会，躺着赚钱多没意思，还是要靠自己的双手奋斗才有意义。"

"你爱奋斗就奋斗去，我就喜欢一生下来就有庞大的家业等着我去继承的惊喜。"郭林选哈哈一笑，大步流星而去。

艾木走在最前面，她放慢脚步，和何潮并肩："来香港之前，我去拉斯维加斯参加了美国的电子产品展，认识了一个美国客商，他叫布朗，人很好，我就向他推荐了你，说你在深圳的事业发展得特别好，深圳也是中国的制造业之都。他当时一脸茫然，不知道深圳在哪里，我只好解释说深圳是在香港边上的一个新兴城市，他说既然如此，为什么不去香港非要去深圳……何潮，我还是不太看好你留在深圳的选择，以及你从事的快递行业。"

何潮不说话，只是脸上挂着淡淡的笑意。艾木临去美国时，多次暗示让他和她一起去美国，他不是不向往美帝国主义的美好生活，只是很清楚一点，自己去了美国，除了刷碗端盘子，还能干什么？美国就算是遍地黄金，在别人的国家，也得让你捡才行。

艾木以为说动了何潮，继续开导："我还以为你来深圳会从事电子制造业，没想到干了快递。快递业是垄断性很强的行业，到目前为止，世界上成规模的、拥有庞大网络的快递公司也只有五家——德国敦豪（DHL）、美国联合包裹（UPS）、美国联邦快递（FEDEX）、荷兰天地快运（TNT）以及中国邮政的EMS。谁先主动，谁就可能在这个市场上站稳脚跟。在中国，你再努力拼搏，也拼不过EMS拥有的庞大资源优势，以及遍布全国各地的网点。乐观一点讲，就算你运气好，赶上了时代的列车，你的利道快递在国内站稳了脚跟，你也没有办法成为联邦快递、敦豪一样的国际快递。而据我所知，联邦快递明年就会进军中国。"

"我们似乎又回到了起点，"何潮停下了脚步，"不管我做什么事情，你都会反对。艾木，你想要控制别人的性格还是没变，以后要改一改，否则会吃亏的。每个人都有自己的选择和决定，你为什么总是喜欢把自己的想法强加到别人身上？"

一丝愠怒从艾木的脸上一闪而过，她努力克制了内心的火气："你不听就算了，忠言逆耳，你还是和以前一样固执、自以为是，并且独断专行。"

何潮愣了愣："不对，艾木，以前我和你在一起时，一向迁就你，和现在可完全不一样。"

艾木自知失言，她是想起了在美国和江阔的对话，在江阔眼中，何潮就是固执、自以为是和独断专行的形象，她摆了摆手，呵呵一笑："以前你是装的，现在才是真实的你。"

"在你面前假装，离开你就真实，说明我们终究不是一路人。"何潮回身看了看历之飞，"他是不是事事听从你的安排？"

"我喜欢听话的男人。"艾木一拢头发，脸上闪过一丝毅然的神色，"在美国，历之飞就算出门也要事先向我汇报一下。"

何潮摇了摇头，爱一个人没错，但爱得失去自我、失去判断力，就是悲哀了。他想起以前和艾木恋爱时，艾木的强势和霸道，他居然容忍了她那么久，也说明当年他是有多爱艾木。

或许也并非真因为爱，也有不甘和不舍。

"明年你硕士毕业后，真的决定留在美国了？"尽管知道是多此一问，何潮还是忍不住开口。

"当然了，我爸妈都过去了，全家人都会留在美国。历之飞也想让他爸妈过去，我还没有同意。"艾木冷冷一笑，"美国也不是那么好生活的地方，明年毕业后，我和历之飞的起步月薪也就三四千美金，到时养活两家人，也挺累的。美国收入是高，但消费也高，毕竟什么都是按美元结算的。"

第四十七章

劫 难

"有时间去美国一趟，你也好长长见识。"何潮并不羡慕艾木和历之飞每月可以有三四千美元约合三万多人民币的巨额收入，父亲工作了一辈子，现在月薪才几百元人民币，天壤之别。但美国人在美国花的是美元，不能折合成人民币再对比国内的物价来计算。

"三四千美元，在美国也算高收入了，美国的汽车和房子便宜……如果月收入到一万美元以上，就是富翁了。"何潮又补充了一句。

"美国是汽车和房子便宜，但日用品的价格按购买力来说，一美元能买到的日用品和一元人民币差不多。"艾木抬头一看，新港中心到了，"就像今天的晚饭一样，我们几个人大概要花四五百港币，在美国同样档次的饭店，也要三四百美元。"

何潮听出了艾木有意无意的炫耀："一顿饭这么贵？你和之飞还是学生，今晚我请客，不要跟我抢。"

"历之飞请客！"艾木加重了语气，"你要敢买单，以后我们永远不再见面！不要以为你成了大老板就可以耍威风了，你利道快递一个月的营业额，说不定以后还不如我和历之飞一个月的工资。"

何潮笑笑没有说话，以后的事情谁知道呢？

新港中心位于尖沙咀广东道30号，是一个商场，煌府在三楼，典型的广式风味茶楼。历之飞订了大厅一个位置，说是就喜欢体会广式茶楼人挤人、桌挨桌，吃饭时人声鼎沸的感觉，有一家人吃饭的亲切感。何潮也没点破包间会有最低消费的限制，虽然最低消费也不是很高。

位置比较偏僻，在一个角落里面，是一张十人的大桌。

艾木是北京人，从小在家里习惯了规矩，她看了几人一眼，当仁不让地坐在了首位，又不由分说安排了位置，让何潮坐在了她的右首，历之飞坐在了她的左首，她还让邹晨晨坐在历之飞的左首，又让郭林选坐在了邹晨晨的左首。

　　等于何潮一个人孤零零地坐在艾木的右首，而艾木的左边，一群人。邹晨晨不理解艾木的安排，想要和何潮坐在一起，演戏要演足，每一个细节都要到位才行，却被艾木强势拒绝了。

　　"晨晨你坐那里不要动，我这样安排是有用意的，等下要介绍何潮认识的重要人物会和何潮坐在一起……"艾木的语气不容置疑，"你们就暂时分开一小会儿，有什么大不了的？不许动！"

　　郭林选又差点拍案而起，长这么大，还没有人敢在他面前这么摆架子。邹晨晨眼疾手快，再次制止了郭林选，小声说道："何潮都没急，你急什么？你没见何潮总是一副稳坐钓鱼台的淡定模样？什么时候你能像何潮一样从容，你就长大了。"

　　"他不叫从容，叫老气横秋，叫逆来顺受。"郭林选越来越看不惯艾木和历之飞的做派，一个自以为是，一个装腔作势，太矫情了，还不知道天高地厚，要是以前，他要么一脚踢飞，要么摔门走人，"何潮也真行，这样的人都能忍受，得有多大心。不对，不是心大，是脸皮厚。"

　　邹晨晨气得踢了郭林选一脚："你怎么能说话呢？何哥不叫脸皮厚，叫有耐心有毅力，懂不懂？"

　　"你怎么向着他？"郭林选吃醋了，"你不会真的喜欢上他了吧？不行，如果你真的喜欢上了他，我要和他决斗。"

　　"别闹，现在不是胡闹的场合……啊，怎么是她？"邹晨晨话说一半，眼睛直了，呆呆望向远处，"怪不得艾木非要在何潮身边空出一个位置，原来是留给她的。不对不对，艾木怎么会认识她？"

　　"谁呀？"郭林选顺着邹晨晨的视线扭头看了一眼，忽然一口水全喷了出来，"哈哈哈哈……何潮，你今天真走运，前女友、现女友和下任女友全部到齐了。"

　　郭林选的喷力惊人，一口水毫无遗漏地都喷在了历之飞的头上和身上，历之飞精心梳理的一丝不乱的头发乱了，烫得十分舒展的POLO衫也湿了，他一脸愠怒，想要发作又忍了回去。

　　何潮顾不上理会历之飞的狼狈，回头一看，也惊呆了——江阔款款走了过来。

　　穿一身浅色长裙的江阔，瘦了不少，长发不再和以前一样散开，而是束在了身后。她穿了平底鞋，走路轻巧如猫，来到何潮面前，对目瞪口呆的何潮浅浅一笑："何潮，好久不见。"

"好久不见。"何潮起身相迎，想和江阔握手，手伸出一半又缩了回去，拿起毛巾擦了擦手，又伸了过去，"你瘦了好多？是不是病了？"

"是病了。"江阔没接何潮的手，轻轻咳嗽一声，以手掩嘴，顺势坐下，"我就不和大家握手了，怕传染你们。都不是外人，也不必介绍了。"

何潮只好尴尬地坐了下来，才发现江阔坐在隔了一个座位的位置上，他只好自嘲地一笑："不用离这么远，我不怕传染。你怎么病了？什么病？"

他又想起了什么，不解地望向了艾木："你说的重要人物就是江阔？"

"是呀，怎么？江阔江大小姐还不够重要吗？"艾木得意地一笑，又故作夸张地看了看邹晨晨，"何潮，你一定要相信我是无辜的，我真的不是有意安排你的两任女友见面，我并不知道你来香港会带着女友一起。"

江阔一愣，指了指自己，又指了指邹晨晨："是指我和她？"

艾木耸了耸肩，一摊双手："对呀，还包括我，前任女友。"

江阔意味深长地看了何潮一眼，又看向了郭林选："郭总还是输给了何潮，输得心服口服还是不甘？"

艾木和历之飞都没有留意江阔嘴中的"郭总"称呼，都想看看何潮到底该怎么过关。历之飞还真有几分同情何潮，他左看看邹晨晨，右看看江阔，两人他都是第一次见，一时无法分出高下，不由得既羡慕又嫉妒，何潮这小子走了什么狗屎运？怎么两任女友都这样漂亮？

都是同班同学，同样的是大学教育，为什么独独他如此优秀？

如果换了他，他该选择哪一个呢？他一时有些走神，暗中对比了一下艾木、邹晨晨和江阔，越对比越是沮丧！

不论是邹晨晨还是江阔，都比艾木强了许多。

邹晨晨是四川女孩，肤白貌美大长腿自不用说，性格还好，一双大眼睛灵动活泼，为人调皮可爱，举止得体，堪称极品。而江阔从小在香港长大，富有教养，举止优雅从容，虽在病中，仍然难掩清丽之色，尤其是她细嫩白皙的肤色以及近乎完美的鹅卵形脸蛋，无一处不精致，无一处不优美。

而艾木虽然也很漂亮，且为人大方，但她强势的性格以及有时近乎霸道的作风，让她的女性魅力大打折扣，缺少了温柔的一面。

188

好吧，尽管历之飞也知道艾木的梦想就是当一名霸道女总裁，但这年头能承受艾木脾气的男人真的不多，更何况说起来艾木虽然家境不错，也许比邹晨晨好一些，但远远比不了江阔。江阔却丝毫没有大小姐的脾气，说话温和，就连眼神中透露出来的愤怒和不满，都带着克制和含蓄。

这……就是教养！

历之飞的观察没有错，江阔的眼神中确实透露出来愤怒和不满！

她接到艾木的通知，说是何潮来了香港，艾木晚上安排了饭局，希望她过来一趟，她几乎没有犹豫就一口答应了。答应过后，她虽然有几分后悔，觉得应该矜持一下，让何潮过来见她才对，但后来一想，何潮也发了消息给她，她没有回复，也不怪何潮没有告诉她，何潮其实也很想见她。

既然何潮都来了香港，她不过来见上一面，也说不过去。说心里话，她最近心力交瘁，也很想见到何潮，和他说说近来发生的事情。她现在有许多话无人诉说，也只有他懂她。

尽管身体十分不适，但她还是坚持前来，却没想到，第一眼见到的人不是何潮，而是邹晨晨。

难道何潮和邹晨晨真的在一起了？在第二眼见到郭林选后，她又长舒了一口气，有郭林选在，说不定邹晨晨是和郭林选一起了。

平心而论，江阔还是有几分希望邹晨晨能够和郭林选走到一起的，她觉得两人还真有般配的地方。郭林选天马行空，随心所欲，邹晨晨聪明漂亮，八面玲珑，两人在一起，相得益彰，生活和事业都会同步，很是难得。有多少夫妻生活中相亲相爱，事业上却难以同步。

郭林选哪里肯承认输给了何潮，当即就要站起来反驳江阔，却被邹晨晨拉住，邹晨晨轻轻摇了摇头，暗示他现在不要添乱。向来天不怕、地不怕的他一遇到邹晨晨恳求的眼神，立刻就心软了，又坐了回去，小声说道："每个人都会遇到他的命中克星，你就是我的劫难。"

第四十八章

细 节

　　邹晨晨和郭林选的小动作，江阔尽收眼底，她微微一笑："晨晨，祝贺你。"

　　"祝贺我什么？"邹晨晨只能装傻，想转移话题，关切地问，"江姐姐，你病了？怎么这么不小心？是不是感冒了？"

　　"有些病，不是小心了就可以不得的。"江阔淡淡地应了一句，又冲艾木说道："艾木，我们两个认识的事情，何潮他们还不知道吧？"

　　何潮也看出了端倪，知道他又被艾木算计了，不由得心中恼火："艾木，你故意的，是不是？为什么不告诉我你约了江阔？"

　　艾木眉毛一挑："原本我是想给你一个惊喜，让你和江阔重归于好，谁知道你耐不住寂寞，又有了新欢，我替江阔气不过，就故意不告诉你，好让你出出洋相，看你到底怎么收场。江阔都为你病成这样子了，你倒好，有了新欢、忘了旧爱，古往今来从来没变过——但见新人笑，哪闻旧人哭。"

　　"艾木你不要乱说，我的病不是因何潮而起，这个不能怪到他的身上。"江阔轻轻咳嗽几句，何潮一时心疼，想伸手拍拍她的后背，却被她轻轻侧身躲开，"我的病是因为家里的事情。何潮，我和艾木是在美国认识的。"

　　江阔将她和艾木认识的经历简单一说："对不起，未经你的同意，我无意中看了你的呼机，记下了艾木的电话。"

　　何潮心潮翻腾，想说什么又不知道该从何说起，只好叹息一声："江阔，你为什么宁肯远到美国去找艾木，也不来深圳和我当面谈谈？我们怎么就变得这么陌生了？"

　　江阔淡然一笑："陌生吗？我们一直都是最熟悉的陌生人。我去美国找艾木，是想结识一个朋友，和我们是不是见面谈谈，并没有直接关系。"

　　郭林选不乐意了："何潮、江阔，我就不明白了，你们好好的干吗非要折磨对方？想在一起就在一起，不想在一起也明确说出来，别弄得猜来猜去的，很累人的好吧？"

"关你什么事！"何潮和江阔异口同声质问郭林选。

郭林选举双手投降："好，好，你们继续，我多嘴，我多事，我活该。你们喜欢玩你猜一我猜二的游戏，是你们的权利，反正我只是表达我的看法，我就是看不惯你们这样一个不敢爱、一个不承认爱的窝囊样！"

"小郭，过分了！"历之飞冷哼一声，"注意你说话的口气，没大没小！"

"小郭？"自从出现就没有笑脸的江阔忽然扑哧一声乐了，"你怎么叫他小郭？你知道他是谁吗？"

"他是何潮的助理，不叫他小郭难道还要叫他郭总？"历之飞语带嘲讽，嘿嘿一笑，"叫他郭总他也得敢应才是。"

"不敢，不敢，叫我小郭就行，你们继续。"郭林选心情大好，他是看了出来，何潮和江阔互相挂念彼此在意，却又各自矜持。江阔的病，估计有一半是因为何潮，他很乐见何潮和江阔的爱恨情仇，"我只管坐在晨晨身边看戏就好，有晨晨在，一切就都好说。"

艾木和历之飞对视一眼，两人眼中闪过浓浓的疑问。

不过没有人解答他们的疑问，何潮急于知道江阔的近况："你最近好吗，江阔？"话一出口又后悔了，江阔的样子能好吗？他的问题太傻了。

江阔却淡然一笑："挺好的，除了爸爸生病，没什么不顺心的事情。"

正是晚饭时分，环顾四周，空空荡荡，并没有几桌客人。饭店人流的多少是经济上行还是下行的最直接体现，何潮来到香港才不到一天，从他散步来到新港中心商场，一路上观察到的人流和整体状况可以得出结论，进入四月的香港，天气是转暖了，经济却进入寒冬了。

不多时上了菜，都是粤式风味，几人却都没有心思吃饭，沉默了一会儿，气氛有些沉闷和尴尬，还是艾木咳嗽一声打破了僵局："何潮，作为你的同学和前女友，正好大家都在，我就当面问你一个问题，你要如实回答，好不好？"

何潮知道艾木的性格："我如果说你最好不要问，你是不是也要问？"

"真了解我。"艾木挽了挽袖子。

"你还是别问了，你肯定想问我到底喜欢的是谁。"何潮忽然站了起来，拿起桌子上的一朵摆花，郑重其事地递到江阔面前："江阔，我喜欢你，请你接受我的爱。"

所有人都震惊了!

江阔的筷子停在了空中,她没有侧身看何潮一眼,愣了一会儿,忽然放下筷子,叹息一声:"何潮,你喜欢我什么?"

邹晨晨张大了嘴巴,摇了摇头:"勇敢的男人最性感,可惜,他表白的是别人。要是我,我直接就答应了。"

"我来。"郭林选也拿起一朵桌子上的摆花,却被邹晨晨一把推开。

"别闹,今天的主角是何潮,不是你,小郭。"

"小郭遵命。"郭林选起身来到何潮身边,双手抱胸,饶有兴趣地笑道:"何潮,加油,我离你近一些,在你身边挺你,给你精神上的鼓励。"

何潮深吸了一口气,酝酿了一下感情:"从见到你的第一眼起,我就喜欢你。江阔,你几乎满足了我对女孩的全部幻想,美丽、知性、大方、优雅,又古典又现代,既腹有诗书气自华,又懂经济和管理,上得了厅堂、下得了厨房……"

江阔的眉毛微动几下,依然无动于衷,似乎没有听到何潮的赞美。

艾木撇了撇嘴,小声嘟囔一句:"我和他恋爱三年,他从来没有说过这样动听的情话。"

"你闭嘴。"郭林选瞪了艾木一眼,"何潮为什么没说你自己心里没点数吗?你还不够资格让他说出来。"

"你!"艾木气得一拍桌子站了起来。

"嘘……"邹晨晨朝几人连使眼色,一脸焦急,"你们真是的,不要吵、不要捣乱、不要破坏气氛。"

何潮丝毫不受几人的影响,他和江阔认识以来的一幕幕,都在眼前浮现。初见时的乍见之欢,再见时的惊艳,几次相见之后的相处不厌,以及分开后的思念,他以为他很坚强很独立,他以为他可以只需要忘我地工作就可以不去想念江阔,他以为他可以做到心如止水,但在见到江阔的那一刻才知道,他输了,输得一败涂地,输得没有一丝还手之力。

他以前的坚持和努力,所有的挣扎和逃避,其实都是一种刻意,刻意告诉自己并没有那么喜欢江阔,刻意让自己相信如果没有江阔,他一样可以做得很好。现在他明白了一个事实,他的所有刻意伪装,其实都是自己可怜的自尊在作祟,他是怕被江阔拒绝,怕被江阔掌控,怕沉迷于江阔的魅力之中无法自拔。

192

是的，何潮终于承认他在江阔面前确实有那么一点点不自信，不仅是因为江阔的美丽和端庄，以及她的出身，还有她来自香港的优势。向来经济发达地区会对经济欠发达地区有一种压倒性的心理优越感，她在他面前并没有明显流露，但在和深圳各界人等来往时，她还是会不经意间流露一二。

并非江阔真有居高临下的感觉，而是她从小生长的环境和见识，让她见多了世间风云，确实见惯了浮躁、尔虞我诈的商场众生。有些事情对何潮来说新奇、有趣，并且想去尝试，但对她来说，一眼就可以看出是骗局、是套路，她难免会冷笑应对。

何潮只是一个从小在中部平原无名小村长大的穷小子，尽管后来有幸考上了大学，全家也搬到了省城，但毕竟是半路出家，并非从小在省城长大。上大学之后，他刻苦学习，努力融入城市，提升了自己的见识和格局，却也得承认，从小的成长环境，对一个人的影响很顽固，并非一朝一夕就可以改掉的。

就像有些从小家里很穷的富翁，在发达之后，却依然可以从一些小细节、小习惯上不经意流露出当年的窘迫。何潮上大学时有一个同学叫刘阿八，是一个富二代，非常豪气，总是喜欢请同学吃饭，每次都豪气冲天地说道："到饭点了，谁也不许走，今天我请客。"

许多人都以为刘阿八是天生富二代，只有何潮知道刘阿八也是穷孩子出身，他的家庭是中道发达。因为有一次何潮上厕所小便，尿完后刚要冲马桶，听到刘阿八在外面大喊："先别冲，先别冲，等等我，我也要尿，等我尿完一起冲，省水！"

细节出卖了刘阿八也是穷困孩子出身的事实，如果是一个从小生长在富裕家庭的孩子，不会想到两泡尿一起冲的省水大法。就像他和周安涌一样，现在虽然不再如以前一样贫穷，但在不同的细节上，有着同样的节俭。

比如他很在意行和住，出行和住宿，条件能好一些就尽量好一些，可以尽快恢复精力。但在吃饭和穿衣上面他就不挑剔，随便吃什么都行，衣服也并不在意是不是名牌。

第四十九章

匹 配

　　周安涌却在衣食住行上面非常挑剔，要吃美食、穿名牌、住公寓、坐豪车，很奢侈、很浪费，但同时又特别省水、省电、省办公用品。每次下班，作为仅次于曹启伦的启伦集团的堂堂副总，他总要检查一遍水龙头有没有关死，每个房间的灯有没有熄灭，只要被他发现有谁忘记了关灯，没有拧紧水龙头，或是浪费纸张，他就会大发雷霆，不把对方骂得无地自容誓不罢休。

　　许多人背后都叫周安涌周扒皮。

　　每个人的习惯中都带有童年烙印，不管你承认不承认，会一直存在，深深地影响你的一生。周安涌小时候家境虽然比何潮家富裕，但后来周父生病，花了不少积蓄。当时周安涌才七八岁光景，他的零花钱从每个月五角迅速降低为0，甚至让他很长一段时间不敢和小伙伴们一起出去玩耍，怕小伙伴们买雪糕和零食的时候，他只能在一旁眼巴巴地看着。

　　何潮当然不会坐视不管，但周安涌从小就自尊心强，不接受别人的施舍。也就是在那一段时间，周安涌养成了省水省电的习惯，习惯一旦养成，就延续到了今天。

　　何潮有一个最大的优点就是细心，他可以在短时间内观察到许多刚刚认识的朋友言谈举止中的一些细节，从中可以初步判断出此人的爱好、习惯和性格。他刚认识江阔时一眼就可以看出江阔从小受过良好的教育，不管是言谈举止还是办事风格，都不疾不徐，并且有着与她的年龄不相称的沉稳和从容，明显有大家闺秀的风范，他就知道，江阔非同一般。

　　后来熟了，多次观察之后，何潮对江阔更多了佩服。江阔大气，为人处世几乎事事得体，淡定之中有优雅，优雅之中有从容，实在是让人挑不出毛病。

　　不过江阔再优雅从容，毕竟只是一个20多岁的女孩子，正处于对异性充满憧憬的青春期。她渴望在事业上被人认可，更渴望在感情上被自己喜欢的异性接受。而当一个女孩喜欢上一个男人时，她的所有优雅、从容和得体就全部变成了矜持。唯恐被对方发现，又希望被对方发现，想告诉对方她的感情，又担心被对方拒绝，患得患失的心理让她变成了一个多愁善感的姑娘。

尽管江阔掩饰得很好，但何潮还是细心地发现了江阔对他感情上的细微变化，从初相识时的一见如故和乍见之欢，到后来的相处不厌和相谈甚欢，感情在与日俱增的同时，双方都同时被对方的才学和见识所折服。

最让何潮欣喜的是，他和江阔不但在生活中同步，在对事业的看法上，也出奇相同，虽有小的分歧，但大体上能保持一致，实在是非常难得。即使是从小一起长大的发小，在许多事情的看法上都难免会有冲突。

何潮自己也承认，他对江阔的喜欢是真心的，是真的想和她在一起！这种强烈的想要收割对方的欲望，在见到江阔的第一眼时就埋下了种子，到今天，已经成长为一棵郁郁葱葱的参天大树。

只是何潮和以前不同了，以前喜欢一个女孩，他可以唱着《花房姑娘》冲她吹口哨，直接告诉她，他喜欢她，并且玩命地去追求。现在就算他在内心深处也是在玩命地喜欢江阔，却不再明确地流露出来，不是怕江阔拒绝，而是觉得他现在还配不上江阔。

是的，何潮确实有几分自卑，江阔太优秀了，光芒耀眼不说，性格还特别好，不疾不徐，就算生气也是不吵不闹，淡然处之，有说不出来的淡雅平和。更不用说她有高人一等的出身，却没有盛气凌人的大小姐脾气了。作为一个穷小子，目前他在深圳虽然事业初有小成，但还不算有安身立命之本，他觉得他配不上江阔，没有办法给江阔一个安稳的未来。

艾木之所以大学一毕业就离他而去，还不是因为他给不了她一个光明的明天？虽说艾木向往的是美国，对比的是中国，但他是中国人，中国不够强大是因为每一个中国人不够强大，天下兴亡匹夫有责。现在他和江阔又面临着同样的问题，和香港相比，深圳远不够强大，万一他和江阔在一起后重演他和艾木的悲剧该怎么办？

一个男人得先有安身立命之本，先有了雄厚的事业，才会有足够的底气和勇气去追求自己所爱的姑娘，何潮希望将他对江阔的喜欢化为前进的动力。他拼命工作，努力开拓，就算江家商业版图的大山遥不可及，甚至在他的有生之年都不可能超越，他也要奋力一跃，希望可以站在更高的地方匹配江阔。

195

但就在刚才，在见到江阔的一刻起，何潮突然改变了主意，一万年太久，只争朝夕。既然他真心喜欢江阔，江阔又不讨厌他，他为什么非要为自己设置障碍？为什么不现在就追求江阔、追求自己的幸福？

眼前就有触手可及的幸福，非要等到以后，他是傻还是呆呢？更不用说江阔对他有情有义，他再不有所表示，就太不男人、太胆小如鼠了。

何潮突然就迸发了勇气，他就是想让所有人都知道他喜欢江阔，追求爱情就和拼搏事业一样，要有不怕失败勇往直前的勇气，怕什么真理无穷，进一寸有一寸的欢喜！

有时候得逼自己一把，拿出背水一战的勇气才有获胜的希望。哪怕只有百分之一的希望，他也要拿出百分之百的决心。

今天，何潮当着所有人的面向江阔郑重宣告他的决心："江阔，从你不再和我联系，到你不回我的电话和短信，我就知道我败了，败得心甘情愿，败得没有丝毫还手之力！我所有的坚持和假装，在你面前都不堪一击，你就是我的命中克星，我的闪电、我的阳光，我的一切。江阔，天高地阔，山高水长，我希望在以后的日子里，有你陪我一起度过……可以吗？"

何潮一番深情的演说说完，江阔依然纹丝不动，仿佛何潮是在向别人表白一样。邹晨晨却早已湿了眼睛，双手合十放在胸前："太感动了，太羡慕了，如果有一个人能这么向我表白，我一定会答应他。江姐姐，快答应何潮！"

艾木面无表情地看向了历之飞，历之飞不明所以，连忙点了点头："艾木你放心，下次我一定会补上一个比何潮更感人、更盛大的求爱场景……"

"滚！"艾木气得扔出了手中的筷子，不偏不倚正中历之飞的脑门，"你真是猪。"

"我怎么了？"历之飞揉着脑门，一脸委屈。

郭林选不无鄙夷地摇了摇头："跟现女友的前任男友比，你的脑子真是让驴踢了，也别怪艾木生气！你要是有心，就该现在做出来，而不是说下次。"

"我……"历之飞被郭林选戗得非常尴尬，犹豫一下站了起来，也效仿何潮拿过一朵桌花想要递过去，却被艾木一掌打飞。

"行了，别丢人了，现在是何潮的主场。"艾木气得又扔了一根筷子过去，还好没砸中历之飞。

郭林选做了一个噤声的手势："你们都老夫老妻了，就别闹了，把机会让给更年轻的追爱的人……江阔，快答应何潮，他虽然不如我优秀，但在专一上比我强，这一点我真的很佩服他。万花丛中过，寸草不沾衣。"

江阔依然是一副不动声色的表情，甚至身子都没有欠上一次，更没有多看何潮一眼。她轻轻用餐巾擦了擦嘴，微微一笑："煌府的菜不如以前了，多半是换了厨师。在金融危机的影响下，厨师的待遇降低，自然也要跳槽了。寒冬来临时，没有一个人可以躲过寒冷。"

何潮被晾到一边，不免有几分尴尬，嘿嘿一笑："江阔，你好歹说句话，成不成给个答复，你说我是站还是坐呢？"

"坐。"江阔抬眼看向了何潮，"又没人让你罚站，干吗站着？在回答你的问题之前，你先回答我的问题，过关了，你的问题才会有答案。"

艾木笑了，拍了拍手："如果江阔江大小姐是被人一求爱就要立刻有答复的人，她还不得忙死？不要以为你说几句话就可以打动江阔，对她说甜言蜜语花言巧语的男人多了去了，你只不过是几百分之一。何潮，坐下，别傻站着了，今天当着我和晨晨的面，你这一关别想轻松过去。"

历之飞也嘿嘿一笑，语气中满是调侃之意："当年你追艾木，可是费了九牛二虎之力，现在追江阔，不能太便宜了你。江阔，千万别被何潮的表演欺骗了，你要有足够的耐心，不能心软。"

"什么玩意儿！"郭林选怒了，一拍桌子站了起来，"你们是不是看不得何潮好？何潮非得受气、非得失败，你们才甘心？你们大老远从美国回来，就想看何潮怎么落魄、怎么难过、怎么被拒绝才开心，是不是？不是东西。"

第五十章

环境的影响

其实艾木虽然不愿意承认心里对何潮的轻视，但在美国待久了，不知不觉中就养成了高人一等的习惯。当初出国时，她并非没有劝过何潮一起出国，但何潮不但不肯，还固执地认为中国会比美国更有前景。她带着对何潮目光短浅自以为是的印象飞到了美国，在美国见识了它的强大和发达之后，就更为她当初的英明决定和远见而沾沾自喜，更为何潮井底之蛙的眼界而心生鄙夷。

现在看到何潮事业初有小成，说不服气是自欺欺人，但她也安慰自己，她和历之飞还没有大学毕业，毕业后不用一年半载就可以超过何潮。何潮的成功只是暂时的，他们不是不如何潮，只是还没有发力而已。

平心而论，艾木认为何潮连她都配不上，更配不上江阔。她虽然很轻视何潮以及邹晨晨、郭林选，却对江阔高看一眼，毕竟江阔是出身名门的香港大小姐。如果何潮真的当众追求江阔成功，等于何潮公然宣布找到了比她更优秀的女友，她再大度也难免嫉妒。何潮凭什么？以他的眼光和格局，他不配！

历之飞的心思虽然没有艾木多，但深受艾木影响，艾木的喜怒哀乐就是他的喜怒哀乐，他也不想看到何潮的事业和爱情两重成功。他并不明白他到底是什么样的心理，见不得何潮好难道仅仅因为艾木是退而求其次选择的他？他一直非常嫉妒何潮，他想不明白自己对何潮的敌意从何而来。

直到许多年后，历之飞才明白了一个道理——人们不是不能接受别人飞黄腾达，而是不能接受身边的人飞黄腾达！

历之飞本来就有几分嫉妒何潮事业有成——虽然不是事业大成，但远比他想象中春风得意——努力伪装的同学之间的久别重逢先是被何潮突如其来的求爱冲击，又被何潮的助理"小郭"当面责骂，他顿时火冒三丈，也一拍桌子站了起来："你是什么东西？没大没小，一个小小的助理，没你说话的份儿，滚一边儿去！"

郭林选从来都是天不怕地不怕、吃软不吃硬的主儿，本来就看不惯艾木和历之飞狗眼看人低的嘴脸，这一下立刻火气冲天，抓起酒瓶就要砸过去。

"坐下！"邹晨晨生气了，一把拉住了郭林选，"你要敢动一下，我立刻和你一刀两断，从此老死不相往来！"

郭林选高高举起酒瓶的手慢慢放了下来："坐下就坐下，谁怕谁！"

本来一直淡定优雅的江阔顿时愣住了，片刻之后扑哧一声乐了："想不到堂堂的深圳一哥郭大公子，为了爱情也甘心受这么大的委屈，晨晨，对他来说真是难得，居然能改了性子。"

"对，对，对，我就是为了我家晨晨。"郭林选顺势就上，还不忘狠狠瞪历之飞一眼："你小子小心点，再敢跟我耍流氓，小心我让你离不开香港。"

历之飞还想说什么，艾木却看出了端倪："江阔，小郭不是何潮的助理？"

不等江阔说话，郭林选忙接过了话头："是，是，我是何总的助理，如假包换。"

历之飞却还没有看清形势，依然一副不屑的语气："何潮你也不好好管教管教你的手下，一个助理能和我们坐在一起就不错了，如果非要按规矩办事，他都不能上桌！他不但上桌，还随便插嘴，动不动就拍桌子，太不懂事、太没素质了！"

郭林选刚刚下去的火气又被历之飞点燃了，他越看越觉得历之飞不顺眼，油头粉面不说，还无比势利。他从小到大最看不起势利的人，虽然他有时也有几分势利，但至少比历之飞表现得文明多了。

何潮朝郭林选摆了摆手："你先别闹了，先听我说。我之所以来香港，是为了两件事情，一是见见艾木和历之飞，毕竟同学一场，好不容易能见上一面，必须过来；二是要见见江阔。从春节到现在，江阔和我一没见过面，二没通过电话，我很担心她，怕她出什么事情。刚才我向她求爱，她没有答应，说要问我问题，好，现在大家都是见证人，在我面临最重要的考试之时，请大家为我加油鼓劲。"

何潮这么一说，谁都不好再闹下去，众人的目光就落在了江阔的身上。

江阔毫不畏惧众人的目光，淡然一笑："何潮，我的问题表面上和我们的感情无关，但最终是不是和我们的感情有关，就要靠你自己体会了。听好了，问题来了，亚洲金融危机，好吧，现在好多人用金融风暴形容了，到底是什么原因导致的？"

这个问题难度颇高，如果是江离在场，肯定会抛出长篇大论来佐证他的论点。私下里何潮也和他不止一次聊过金融危机的话题，他也多次发表他的看法，强调金融危机的根源就是东南亚的产业空心化以及过度的金融自由化催生的房地产价格过高，被西方的资本钻了空子，最终如同多米诺骨牌，倒下第一张后，引发了资金逃离的连锁反应，形成了金融海啸。

江阔的话一出口，艾术就笑了，她很清楚江阔有意刁难何潮。在她的印象中，何潮在大学期间虽然很有才华，但学的是文科，思维方式也偏形象而少逻辑，怎么可能懂经济？更不用说全球的经济形势了。

艾术一笑，历之飞也立刻心领神会地笑了。两人对视一眼，坐等何潮出丑。

何潮以前并非不懂经济，只是和艾术、历之飞很少聊起类似的话题，现在分开将近一年，士别三日当刮目相看，何况长达一年的时间他身在最前沿的深圳，亲身经历了金融危机的风浪，成长速度之快，远超身在大洋彼岸的艾术和历之飞。

更不用说中国现在虽然落后于美国，但和美国的安稳以及十几年没有什么变化相比，中国日新月异，一年的时间，就是天翻地覆的巨变。

环境如此，人也是如此。

"在回答你的问题之前，我想先听听两位来自美国的同学的高见。"何潮并没有急于回答，而是将球踢给了艾术和历之飞，"你们在世界上经济最发达的国家，肯定可以感受到华尔街的气息，来，为我们带来你们的高屋建瓴。"

艾术一脸得意的微笑，轻轻咳嗽一声："你算是问对人了，我在美国读研学的就是经济学。本质上讲，东南亚金融危机的根源是东南亚各国没有实力做实业，却还想赚钱，怎么办？就押注了房地产和旅游。东南亚各国有得天独厚的旅游资源，引来了大量游客，催生了房地产泡沫。而房地产泡沫越吹越大，大到了让人惊恐的地步时，东南亚各国还没有察觉，因为他们并不知道泡沫破灭的危害有多大，进入东南亚各国炒作房地产的游资却知道。游资的撤离，激发了东南亚金融危机的第一波浪潮。所以东南亚各国应该吸取教训，更加开放金融市场，扩大自由金融机制，像香港和新加坡一样，做金融自由港。"

"艾术说得完全正确。"历之飞赶紧附和，"外资撤离，泡沫破灭时，东南亚各国又毫无办法，想要封堵外资撤离，在不够自由的金融体制下根本就做不到，最终引发了惨烈的银行坏账和汇率暴跌，金融市场一片狼藉。因为没有实业的支撑，房地产就是空中楼阁，是建立在沙滩上的高楼大厦。而旅游业也是服务行业，每年几千万上亿的游客看似是一笔巨大的财富，但说没就没，不像实业，比如一座工厂，不可能说没有就没有了。所以何潮，你现在从事的快递行业也是服务业，和旅游业一样，说没就没了，我劝你还是赶紧回到实业上来，才能保证长远发展。东南亚的金融危机，多少旅行社都倒闭了，就是前车之鉴。"

何潮笑了笑，没接历之飞的话，转向了邹晨晨："晨晨的看法呢？"

邹晨晨微微皱眉，若有所思："我对东南亚金融危机关注得不多，但对深圳受到金融危机的冲击很有感触，深圳也倒闭了许多低端加工厂，现在到处资金紧张，许多行业一片萧条。都说东南亚金融危机是一个叫索罗斯的外国人造成的，不知道是不是。"

众人的目光都看向了郭林选，以为郭林选会发表什么高见，郭林选摇了摇头："别看我，我不会当引玉的砖，就算有想法，也不会和你们讨论，浪费时间。何总，下面是你的表演时间。"

何潮点了点头，深吸了一口气："东南亚金融危机是和索罗斯有一定的关联，他是压倒骆驼的最后一根稻草，但肯定不是决定性因素。索罗斯只不过是提前看到东南亚各国外资撤离的趋势，趁势在汇市下了几笔空单而已……"

艾木和历之飞对视一眼，同时摇了摇头，表示不赞同何潮的说法。

第五十一章

大是大非

何潮并不理会两人的动作，继续说道："量子基金在巅峰时期也就是区区60亿美元的规模，根本无从主动诱发任何一个国家级或国际金融中心级别的金融危机。东南亚遭遇金融危机的几个国家，都曾经是亚洲四小虎之一。就算体量再小，国家级别的体量也不是小小的一个量子基金所能比的。"

邹晨晨深以为然地点了点头："对，对，亚洲四小龙是韩国、新加坡、中国香港和中国台湾，亚洲四小虎是菲律宾、泰国、马来西亚和印度尼西亚，记得小时候，说起亚洲四小龙和四小虎，让人无比向往，觉得是除了欧美和日本，最发达的地区。"

何潮笑了笑："这一次的金融危机，四小龙和四小虎无一幸免，全部被拖下水，损失惨重。当然，最惨重的还是东南亚各国。任何危机的爆发，都是内忧外患的共同结果，内忧是根源，外患是诱因，索罗斯就是外患，就是诱因。索罗斯无非就是押注危机的时机对了而已，操作手法就是在危机发作前押几把汇市的空单，趁机挣点小钱。而在当时的国际金融市场，最大的盈利点还是在美国互联网投资领域，除了索罗斯，各大国际主流金融机构压根儿没看上在亚洲地区下空单的所谓盈利机会……"

郭林选不说话，只是默默地点了点头。艾木欲言又止，历之飞却没有忍住，脱口而出："何潮你说得不对，你太小瞧索罗斯的能量了……"

何潮不接历之飞的话，继续阐述自己的观点："虽然金融危机还在持续，远没有结束，不过已经可以回头看了。始发于1997年、爆发于1998年的金融风暴，大家关注的不是金融风暴的根源以及对金融危机的反思，而是争相讨论规模小到几乎可以忽略不计的索罗斯量子基金挣了多少不义之财，甚至有人认为，东南亚各国的自由金融体制还不完善，如果更自由、更开放，就可以阻止外资撤离……简直就是无稽之谈，是故意混淆视听！"

"东南亚金融危机最为关键的问题：弃实就虚。刚才艾术和历之飞的观点我也赞同部分，放弃制造业而鼓吹房价、旅游、服务业以及互联网，欧美的经济学家和基金先后弄出了房价泡沫和互联网泡沫，造成东南亚各国经济大动荡之余，以为自己可以大捞一笔，结果却发现，不但白忙了一场，最终欧美各国也没落到什么好处……"何潮开始了总结，"欧美各国在亚洲到处鼓吹自由的金融机制，却从来不会考虑每个国家的实际情况，香港和新加坡是自由港，是因为香港和新加坡的地理优势以及发展定位，和每个人的成功不可复制一样，不同国家的成功，也不可复制。欧美的自由金融体制，也不是灵丹妙药，更不是放诸四海而皆准的真理。"

"欧美已经领先了世界上百年，难道不是自由金融体制的成功？"历之飞对何潮的说法嗤之以鼻，"何潮，你不要坐井观天，没有见过世面就一厢情愿地认为欧美的体制不好，太自以为是、太自大了。你都没有去过美国，怎么知道美国不好？"

"我说美国不好了吗？"何潮也冷笑了，"别一听到批评美国的声音就像被踩着了尾巴的哈巴狗一样跳起来，再心系美国，你也是中国人。在美国人眼里，你永远是三等公民，连二等都不如！美国再强大，也是美国人的美国，不是世界的美国。美国是有数不清的优势和长处，有一点却让人反感，就是骨子里的白人优越感和制度优越感，认为他们的制度就是地球上最完美的制度，认为美国就是世界的领袖。别忘了，中国有五千年的历史！"

"说得好！"郭林选大声叫好，热烈鼓掌。

何潮越说越慷慨激昂："美国的制度好吗？好！完美吗？不完美！放诸四海而皆准吗？更不是！每个国家的国情不同，发展阶段不同，如果说美国的制度可以适合每个国家，就和一种药包治百病一样可笑。欧美向亚洲各国推销的自由金融市场，希望亚洲各国都建立一种完全自由化的金融市场，你觉得对方不远万里来到亚洲，不求回报、不为私利，就是一心为了亚洲人民的美好生活？他们就真的是活雷锋了？"

艾术反唇相讥："你太落后、太陈旧了，何潮，理解不了发达国家对第三世界国家的援助有多无私、多慷慨，就像一个穷人理解不了富人为什么要做慈善一样。境界的差距，限制了你的眼光和格局，你真该多出国，到处走一走、看一看，长长见识。"

"无私的援助？"何潮哈哈大笑，"你是说广场协议，还是说索罗斯的趁火打劫？或者还要深度讨论美国要求各国开放金融市场的用意？"

20世纪80年代初期，美国财政赤字剧增，对外贸易逆差大幅增长。美国希望通过美元贬值来增加产品的出口竞争力，以改善美国国际收支不平衡状况，所以签订广场协议。此协议签订后，日元大幅升值，国内泡沫急剧扩大，最终房地产泡沫的破灭造成了日本经济的长期停滞。直到现在，日本的经济还没有全面复苏。

何潮是没有出过国，但他研究了美国对外扩张的手法和脉络，从美元和黄金绑定，到美元和黄金松绑，美元奠定了世界货币的基础之后，美元又和石油挂钩，最终成就了美元霸权。美元霸权奠定之后，美国的经济实力突飞猛进，取代了英国成为世界头号强国，开始插手全球事务，游弋在全球海洋的美国航母无时无刻不在向世界各国展示和炫耀武力。

在展示和炫耀武力的同时，美国又大肆输出文化，美国漫画、美国电影以及美剧，成为美国向全球进行文化输出的武器。美国的全球影响力，不外乎经济援助和军事威胁加文化输出，其实就是胡萝卜加大棒以及说教式洗脑，说到底中国几千年的历史早就将上述套路玩得娴熟，美国不过是用现代手段重复了一遍而已，还是应了那句话，太阳底下无新鲜事。

美国对外鼓吹自己的金融自由机制，表面是为了各国发展开出的一剂良药，实际上如果深究，美国不过是让各国成为他的生财工具和挤掉泡沫的场所。就像深圳现在形成的产业链一样，位于产业链高端的公司扶植低端公司，绝对不是为了让低端公司发展成高端公司并且取代自己，而是让低端公司成为自己可以控制的产业链的一部分。

"国家和国家之间，利益优先，其次才是合作。"郭林选云淡风轻地笑了笑，双手抱胸，"你们才去美国多久，就以美国人自居了？是不是觉得美国就是世界上最伟大的国家，在为全球人类的幸福而奔走忙碌？年轻人，你们还是太年轻、太幼稚了，这么快就当自己是香蕉人了？"

艾木和历之飞本来被何潮的话戗得已经火冒三丈了，觉得何潮什么都没有见识过，还一副什么都懂的跩样太狂妄，恨不得狠狠打何潮一顿，但碍于同学面子，又不好做得过火。郭林选一个小小的助理也敢对他们出言不逊，两人顿时就发作了。

艾木盛怒之下，抓起一双筷子就扔向了郭林选。也是她平常扔习惯了，动不动就以武力收拾历之飞，同时拍案而起："小郭，你没资格跟我们说话！现在请你立刻马上离开！"

郭林选也不躲闪，手一伸，竟然将筷子抓在了手中，哈哈一笑："我第三任女友就喜欢朝人扔东西，在她的训练下，我练出了一身本事，袭击我别想得手。知道我第三任女友的下场吗？她是上海人，后来嫁到了日本，到了日本后才发现所谓的年少多金的日本男友是一个50岁的日本农民，现在成天被打，却不敢回家，怕被邻居笑话，因为她早就吹出大话，说到日本享福去了。"

历之飞怒不可遏，上前抓住郭林选的胳膊，用力一拉："你给我滚出去。"

郭林选不甘示弱，手腕一翻，推了历之飞一个踉跄："你再动我一下，我让你离不开香港。"

艾木不屑地冷笑连连："别说你了，就连何潮也做不到的事情，你居然敢大言不惭，我倒要看看，你怎么让我们离不开香港？"

郭林选冷哼一声，朝服务员招了招手："叫你们老板过来一下。"

坏了，何潮一惊，郭林选是真生气了。他忙站了起来，想要缓和一下气氛，不料才站起，却被人用力一拉，又坐了回去。

一直不动声色的江阔用低低的声音说道："有时遭遇一些挫折，可以让人更好地成长。"

何潮一下没反应过来："郭公子不会吃亏的……"又一想，明白了过来，原来江阔并不是在替艾木和历之飞说话，而是也看不惯两人的气焰，不由得暗暗一笑，"我还以为你站在他们一方，吓死我了。"

第五十二章

真实身份

"我没有立场，帮理不帮亲。"江阔刚刚露出的一丝笑意随即又消失了，变成了冷冰冰的拒人于千里之外的漠然，"谁要吓你了？是你吓自己，和我无关。"

好吧。何潮知道江阔的心结未去："你也看到了，江阔，艾木一向是这样的性格，强势、说一不二，当然，性格可以适应，但三观和理念真的没有办法妥协……"

江阔冷冷一笑："你和她在一起三年，三年时间都没有看清她是什么样的人？骗谁呢？"

"我真没骗你。"何潮不是女人，却能体会到江阔对艾木既嫉妒又不甘的心思，"在学校里面的恋爱，就是象牙塔里面的爱情，不想明天、不考虑事业。毕业后就不一样了，要就业，要选择，就必然要面对三观的冲突。所以说为什么校园爱情很难走到最后，因为走上社会才是一个人的试金石和练习场……"

"郭林选怎么和你一起来香港了？"江阔自从到了之后，就没有和何潮说几句话，如果说她以前生气是因为邹晨晨，现在生气除了因为邹晨晨，还加上了艾木。

作为女人，真正爱上一个男人的标志是对他的过去也无法释怀。原本以为她去了一趟美国，和艾木建立了友谊就会大度地放下何潮和艾木过往。但在再次见到艾木的一刻，她才知道她错了，她还是难免会想起何潮和艾木在一起的欢乐时光。

艾木和邹晨晨都在，如果说艾木代表的是何潮的过去，邹晨晨有可能就是何潮的未来。艾木争奇、邹晨晨斗艳，她在中间，也许只是何潮人生之中的过客，是过渡阶段。何潮退可守、进可攻，她呢？难道她就只有何潮一个选择？不能让何潮太得意了，敢摆出这样的龙门阵来向她挑衅。

江阔很生气，尽管理性地告诉她今天的场面应该不是何潮的本意，但她还是不管不顾地将一切过错都加在了何潮身上，反正都是何潮的错，都怪他，他就应该迁就她、让着她，谁让他前有艾木后有邹晨晨？他就是对不起她！

不过江阔气归气，还是保持了足够的克制，从小父亲就教导她，女孩子要学会以平常心看待一切，不要动不动就以自己的喜好来判断对错。

当初她答应艾木参加饭局，只知道艾木是想让她和何潮见面，如果不是何潮，她并不想和艾木吃饭，家里的事情太多，她无法分身。却没想到，除了何潮，郭林选和邹晨晨也在。

艾木并没有告诉她实情，她相信艾木也不是有意隐瞒，而是并不清楚郭林选和邹晨晨的真实身份。但不管怎样，今天的局面超出了她的意料，艾木没有实言相告让她很是气愤。就算艾木不知道郭林选和邹晨晨是谁，至少也要告诉她有外人才对。

好在她慢慢平息了怒火，见到艾木、历之飞和何潮唇枪舌剑，以及郭林选坚定地支持何潮，她就知道何潮和艾木的根本分歧在哪里了。说心里话，见到何潮和前女友如此看法相左，她内心还是难免有一丝欣慰和庆幸。

煌府老板高当勇近来颇为头疼，生意受到了金融危机的冲击，一落千丈，原先每天客流不断，从早忙到晚，一刻不得闲，现在倒好，每天客流稀稀落落，一周的营业额甚至不如以前一天的多。以前是每天有大量的现金流，可以清晰地算出利润。现在每天都在亏本经营，再这样下去，前几年积攒的利润，怕是今年就要全部赔进去了。

今天生意又比昨天惨淡，他转了一圈，越转越是心凉，盘算着什么时候关门算了，否则一直这样亏下去，什么时候才是头？总要给自己留一点退路才行。

听到服务员说有客人让他过去，他有几分不情愿。以前生意好的时候，不管是谁叫他，他必定第一时间过去，和气生财，多个朋友多条路不是？

犹豫一下，他还是决定过去一趟，不管是谁，现在能来饭店吃饭的人都是救星。

高当勇快步如飞，远远看到大堂的角落里坐了一桌人，十分醒目。他扫了一眼，没有发现熟悉的面孔，不由得狐疑，如果不是熟人，难道又是饭菜哪里出现了纰漏，客人要挑事不成？

现在生意已经这么惨淡了，万一再遇到不讲理的客人非要闹事，他可受不了。他心中一沉，来到了208桌前，微微弯腰，一脸谦恭："各位老板，我叫高当勇，是饭店的老板，不知道有什么吩咐？"

高当勇站在江阔的身后，正对着艾木和历之飞，两人坐在主位，他以为两人是正主。

"高叔……"江阔听出了高当勇的声音，忙起身让到一边，微微弯腰致意，"好久不见。"

高当勇吓了一跳，忙后退一步，连连弯腰："呦，江小姐，怎么是你？也不通知我一声，让你在大堂吃饭，太怠慢了。我的错，我的错。"

江家在香港虽然赫赫有名，但也不是人人都认识江家大小姐的，江阔又不是明星。高当勇之所以认识江阔，是他和江家颇有渊源。早年他初来香港之时，得过江老爷子的帮助。当年他陷入困境之中，若非江老爷子出手相救，他别说会有今天了，怕是早就不在人世了。

因此他对江家上下无比感激，只要江家过来吃饭，一律免单。

"没事的，高叔。"江阔摆了摆手，微微一笑，"不要太见外了，我又不是外人。不是我找你，是他。"

高当勇对江阔的恭敬态度，让艾木和历之飞为之惊讶的同时，又不免羡慕。江家虽然现在落魄了，可是瘦死的骆驼比马大，在香港依然颇有名望，远非他们所能相比。两人心中同时闪过羡慕和嫉妒的情绪，羡慕江阔有一个良好的出身，需要他们拼搏十几年才能追上，嫉妒何潮居然弯道超车，能得江阔青睐，他凭什么？

不过更让艾木和历之飞大跌眼镜的是，当高当勇的目光转向了郭林选之后，先是一愣，似乎没有认出郭林选是谁。过了一会儿，高当勇揉了揉眼睛，脸上的神情先是震惊然后是惊喜，随后他一个箭步冲到了郭林选面前，激动得双手发抖，一把抓住了郭林选的胳膊："郭……郭公子，真的是你？我以为这辈子都见不到你了，我……"

高当勇偌大的一个汉子，竟然忍不住呜呜地哭了起来。

江阔对高当勇还很有礼貌地起身相迎，郭林选却坐着不动，屁股都没有欠上一次，十分托大。艾木和历之飞虽然震惊，却还是不由得冷嘲热讽，历之飞讥笑一声："小郭变成了郭公子，还真当自己是什么了不起的人物了，好歹高老板比你年纪大了不少，你连站都不站起来，丢深圳的脸。"

郭林选懒洋洋地笑了笑："贫穷会限制人的想象力，见识也会。我不是不站起来，而是高老板承受不起我站起来……"

"哈哈哈哈……"艾木终于忍不住放声大笑，"小郭，你是我见过的托大装酷的人中，最有风范的一个。同样的是国外留学回来，为什么单独你这么优秀？"

郭林选又被成功地激怒了，一拍桌子站了起来："高叔，这两个人我很不喜欢，能不能让他们留在香港一段时间？"

郭林选刚刚站起来，高当勇双腿一弯，扑通一声跪倒在地："郭公子，叫我老高，千万不要叫高叔，我承受不起。留他们多长时间？一句话的事情！"

艾木和历之飞震惊得目瞪口呆！

不但他们两人无比震惊，何潮、江阔和邹晨晨三人也是一时惊愕，郭林选到底是什么来路，竟然让一个年近50岁的男人当众下跪？

江阔的惊愕中，还有一丝疑惑。别人或许不知道高当勇的为人，她却是清楚。别看高当勇只是一个饭店老板，在遍地富豪的香港毫不起眼，但当年混过黑道的高当勇曾经是响当当的一号人物，有过叱咤风云的风光往事。

香港回归后，香港各路人物逃的逃、跑的跑，洗白的洗白，上岸的上岸，基本上在英国统治下的乱象一朝风卷残云，变成了朗朗乾坤。高当勇却没跑，他比其他人更有嗅觉，早在1995年时就金盆洗手，不再混迹于黑道之中，改邪归正了。

高当勇当年最风光的时候，在尖沙咀一带，也是有名的勇哥，一路走来，不少人招手致意，是威风八面的人物。当勇哥急流勇退之时，还有许多人不理解，为什么勇哥在如日中天的时候选择回归家庭，当起了一个照顾家庭的居家男人？

香港回归之后，众人才恍然大悟，不由得佩服勇哥的先见之明。

香港虽小，却是风云变幻之地。勇哥退出江湖之后，才两三年时间就被众人遗忘了，他也心甘情愿地当起了饭店老板，不再过问江湖之事。

第五十三章

心中有天地

正是因为知道高当勇的前尘往事，江阔才无比惊讶高当勇对郭林选的倾情一跪。要知道高当勇虽然不复当年之勇，却依然是一条响当当的汉子，能让他下跪之人，寥寥无几。

江阔站了起来："高叔，你这是？"

郭林选用力扶起高当勇："高叔，别这样，会折我的寿。你就留他们在香港两周就行了，别让他们见到太阳，每天一顿饭，饿不死就行。"

"行！"高当勇点了点头，回头冲服务员一招手："叫君仔、连仔带几个人过来，送两位去反思两个礼拜。"

"是。"服务员应了一声，冲艾木和历之飞看了一眼，露出"你们死定了"的眼神，转身走了。

江阔知道高当勇的厉害："高叔，这样不好吧？他们是我的朋友。"

"对不住了，江小姐，我欠郭公子一份天大的人情，就是他要我的命，我也会毫不犹豫地给他。"高当勇转身看向了艾木和历之飞："算你们倒霉，得罪了我的恩人。如果你们有什么三长两短，我替你们偿命，大不了一命抵一命，你们也不吃亏。"

艾木和历之飞吓得不轻，不过依然嘴硬，艾木冷笑一声："香港是法治社会，你不敢把我们怎么样。"

"法治是人类最后的底线，我们其实是靠人情和道德活着。"高当勇点燃了一支烟，狠狠地吸了一口，"我说过了，我和你们一命换一命，也符合法治。"

服务员回来了，身后跟着几个人，文身、耳环，明显是古惑仔的打扮，气势汹汹的。几人也不说话，来到艾木和历之飞身后，像老鹰抓小鸡一样抓住了两人，转身就走。

艾木和历之飞终于知道害怕了，艾木大叫："何潮救我，江阔帮帮我，快，我要被带走了。"

历之飞吓得浑身颤抖："何……何……何潮，我错了，你快求小郭，不，求求郭公子放了我，我向他认错，真的不是有意的。我错了，再也不敢了。"

江阔于心不忍："郭公子，见好就收，别太过分了。"

郭林选翻了翻白眼，没有说话，他是真生气了。

邹晨晨虽然也看不惯艾木和历之飞的嘴脸，却也不想让事情闹大，摇晃郭林选的胳膊："郭公子、郭总，差不多就行了，要是你还不解气，回头我请你吃饭看电影，好不好？"

"不好！"若是以前，邹晨晨开口，郭林选有求必应，但今时不同往日，他确实被艾木和历之飞不知天高地厚的德行气得暴跳如雷。今天不好好收拾两人一番，他誓不罢休。

"何潮、何潮！"艾木被拖出了几米远，声嘶力竭地喊道，"你不能见死不救，毕竟以前我们相爱一场，你必须帮帮我。你要是不帮我，我会恨你一辈子！"

江阔本来被艾木的第一句话点燃了嫉妒的火焰，等艾木说完，她反而又轻松了，心中暗笑，就算何潮大学毕业时没有和艾木分手，还在一起，现在肯定也分了。艾木也不知道从哪里养成的大小姐脾气，真的不会说话，明明是求人，却像是在要挟别人一样。

何潮皱了皱眉，艾木的话虽然刺耳，他却不能真的见死不救。看多了香港电影的他，知道在回归之前香港的黑道确实心狠手辣。别说香港了，就是早期的深圳以及东莞一带，也有许多马仔、小弟出于赌博或是其他原因欠下巨债无力偿还，被扔到海里喂鱼。

他起身来到郭林选面前，郭林选摇头摆手："免开尊口！你也不行！"

何潮笑嘻嘻地说道："我不是为他们求情，是为江阔。"

"我和江阔又无怨无仇……"

不等郭林选说完，何潮俯身下去，小声在他耳边说了几句什么，郭林选的脸色才由阴转晴，随即又眉开眼笑了，连连点头说"好"。

郭林选拍了拍高当勇的肩膀："高叔，先等一下。"

他朝江阔挤眉弄眼地笑了笑："江阔，艾木是不是你的朋友？"

"是。"江阔不知道发生了什么，不过也能隐约猜到何潮和郭林选肯定达成了

211

什么共识。

"你想不想救他们？"

江阔点了点头，她是不喜欢艾术和历之飞自以为是的性格，但毕竟朋友一场，香港又是她的主场，她不能坐视不理。

"如果你答应何潮的求爱，我就放了他们。"郭林选嘿嘿一笑，摸了摸脑袋，"如果不答应，嘿嘿，他们的下场多半是被扔到海里喂鱼了。"

江阔愣了愣，笑了："拿我的幸福去交换他们的性命，听上去我很伟大、很了不起，实际上是被逼无奈……好，我答应你。"她马上想到何潮是利用了郭林选急于追求邹晨晨的心理。如果她答应了何潮的求爱，等于郭林选少了一个劲敌，他自然愿意了。不过说到底其实他还是被何潮利用了，但转念一想，聪明的女人要有适可而止的智慧，就算答应了何潮的求爱又有何妨，以后她一样可以拒绝和何潮恋爱。

表面上何潮是最大的赢家，其实她才是。

"好，麻烦高叔放了他们吧，误会，都是误会。"郭林选和高当勇握了握手，"高叔，今天的事情麻烦你了，我们之间的人情就这么一笔勾销了，你以后不欠我什么了。"

"不，这点事情抵销不了你当年对我的恩情。"高当勇紧紧握住郭林选的手不放，"今天算我请客，还需要什么尽管说，随便上。"

郭林选摆了摆手："不用了高叔，你最近生意也不好，就不让你破费了。过段时间，善来集团会组织员工来香港考察兼旅游，你这里就作为定点饭店了，到时还得麻烦高叔照应他们。"

"好说，好说。"高当勇感动得眼泪都流了出来，又看了看何潮，"郭公子，这个年轻人不错，有胆识有魄力，还有眼色。我这么多年见过不少人，他不管是面相还是气度，都不是一般人。"

"高叔过奖了，我还有许多地方需要向你和郭公子学习。"何潮忙谦虚地一笑，"像郭公子，能屈能伸，这么大的一个人物，甘心假装我的助理，不怕人嘲笑，还当得很称职，说明他心中有乾坤。高叔当年肯定也是风云人物，现在安心当一个饭店老板，过自己想要的生活，心中有天地，人生有定力。现在虽然香港的经济遭受到了金融危机的冲击，但相信很快就可以挺过去，毕竟香港紧邻深圳，而且背后还有一个强大的祖国。"

"是，是，说得好，香港不像以前是一个漂泊在外的孤岛了，而是通过深圳和内地连成了一片，背后有内地十几亿同胞的支持，一定能挺过难关。"高当勇连连点头，愈加肯定他没有看错人，何潮一句话就点中了他的往事和目前的困境，果然目光如炬，是一个极有眼光、有判断力的年轻人。

在得知了郭林选的真正身份后，艾木和历之飞无比惭愧，善来集团到底多有实力他们并不十分清楚，但在香港到处可见善来集团的广告，可知善来集团的影响力。两人后来拉着邹晨晨，悄悄打听了一下善来集团的底细，更是震惊得目瞪口呆。就他们两人来说，除非在他们身上发生和比尔·盖茨一样的奇迹，否则他们终其一生也无法达到郭林选所能拥有的财富。

有时想想，人生的不公平在于许多人都强调不能让孩子输在起跑线上时，有些人一生下来就在终点了，你怎么和他比？好在可以让人聊以自慰的是，终点是一座高山，你在向上攀登的过程中，他虽然坐在顶峰，却还有滑下来的可能，甚至会一落千丈，直接滑向深渊。只要你坚持不懈，至少在一直前进而不会后退。

天生就在顶峰的人，不但有高处不胜寒的清冷，也有什么都没有经历却什么都拥有的无趣。人生的意义在于奋斗和努力的过程，而不是得到的一刻。

几人只顾说话，谁也不知道江阔悄悄结了账，让高当勇好一顿自责，非要退还，江阔假装生气，高当勇才不再客气。

后来高当勇在郭林选的帮助下，渡过了难关，迎来了经济的好转。他对郭林选的感激无以言表，认为自己又欠了郭林选一条命。

当年在刚刚金盆洗手的一个月里，他被仇家追杀，走投无路之下，逃到了深圳。但仇家在深圳也有势力，追到深圳，并且联合深圳的势力，将他逼到了绝境。

危急之时，郭林选正好路过，当即拔刀相助。但郭林选也不是对方的对手，对方人多势众，眼见两人就要被打死，郭林选情急之下，亮出了身份，提出愿意出钱摆平此事。对方答应了，开价500万。

郭林选当即开出了500万的支票，对方才放过了高当勇。

如果仅仅是500万的支票，高当勇事后还清也就偿还了大部分人情。高当勇被人砍了一刀，伤得很重，深入后背数厘米，生命垂危。郭林选将他带回家中，悉心照料，还让私人医生为他救治。他在郭家足足养伤半年才恢复如初，他很清楚，如果没有郭林选，他不被砍死街头也会因重伤而死。

第五十四章

心开意解

郭林选就是他的救命恩人，恩同再造，尤其是郭林选对他精心照料的半年，是无法衡量的大恩。

当时郭林选正好失恋，加上刚看了不少香港的黑道电影，激起了他的侠肝义胆，而且他和高当勇一见如故，愿意为高当勇付出精力和时间。或许在他的内心深处，在高当勇身上看到了他缺失的父爱。

饭后，几人下楼，艾木和历之飞不敢再在郭林选面前有丝毫放肆，也没好意思再邀请几人到酒店坐坐，赶紧灰溜溜地走了。

何潮站在繁华的街口，看着闪烁的霓虹灯下美轮美奂的维多利亚港，见江阔微有疲倦之色，大为怜悯："江阔，我送你回家。"

"不用了，我自己可以回去。"江阔几乎没有丝毫犹豫就拒绝了何潮，"再说也不远，我走路十几分钟就到了。"

"对了，晨晨，有一个朋友约我去酒吧，你和我一起吧。"郭林选不由分说拉起邹晨晨就跑："何潮，你的事情自己解决，我只能帮你到这里了。如果这样还不行，你活该一辈子单身。"

"凭实力单身，为什么是活该？"何潮冲郭林选的背影扬了扬拳头，又自嘲地笑了，"江阔，你说郭公子和晨晨是不是挺般配的？你看他们的背影，真的很像一对璧人。"

"不像。"江阔没好气地回了一句，"邹晨晨更喜欢你，你和她才最般配。"

"我都向你求爱了，怎么还会和邹晨晨般配？"何潮急了，"你不能没完没了不是？我也没做什么对不起你的事情。当初我和郭公子打赌，现在的收获你都看到了。邹晨晨的万众置业启动了项目，郭公子成功地迈出了自己创业的第一步，并且他们两个也初步有了恋爱的迹象，一切都按照我当初的设想在进行，你怎么还生气？"

"扑哧，"江阔终于被何潮逗乐了，一拉何潮的胳膊，"走，送我回家。"

何潮挠了挠脑袋，一脸不解："你不是不让我送你回家，怎么又让了？是真的还是逗我玩？"

"你就是一个傻瓜。"江阔挽住了何潮的胳膊，"你就不知道我其实一直在假装生气，就是想让你哄我开心？"

"假装生气？生气还能假装？我不生气的时候绝对假装不出来。"何潮一脸笨笨的表情，"有时候我也觉得自己是一个傻瓜，明明很喜欢你，就是不说出来，也不知道在等什么。樱桃好吃树难栽，幸福生活等不来，得主动去争取。事业上的事情，我都会去争取，再大的困难也能克服，可是感情上的事情，就被动了。"

"你呀……"江阔迈开轻快的步子，和何潮并肩前行，"你不但傻，还笨，有时候女孩子闹闹脾气、耍耍性子，其实是想吸引你的注意，你就不会迁就一下我？我最难受、最艰难的时候你都不在我身边，我冲你发发脾气，冷落冷落你，不对吗？"

"不对。"何潮坚定地表现出直男刚正不阿的一面，"你难受、你艰难的时候，我不是不想在你身边，是你没有告诉我，也不和我联系，我不知道你难受、你艰难，也不知道你在哪里，怎么陪你一起渡过？如果你告诉了我并且让我陪你，而我没有去，才是我的不对。"

"你……"江阔气得一把推开何潮，一辆汽车从何潮身边呼啸而过，险些撞倒何潮，她花容失色，忙又拉回何潮，"对不起，对不起，我不是故意的。"

"不用对不起，你又没有对我造成伤害。"何潮还在纠结刚才的问题，"我打你电话多次，短信也发了无数条，光话费都不知道花费了多少，你一条也没有回复，还埋怨我，你还讲不讲道理？"

"讲道理？我现在就告诉你一个道理！"江阔推开何潮，双手叉腰，"记住了，千万不要和你的女朋友讲道理，因为女人有时不是要听道理，而是要听好话。明白了吗？"

"不明白。"何潮依然又呆又笨地摇了摇头，"如果是一个什么都不懂的小女孩，比如卫力丹，比如郑小溪，布置她们工作或是安排什么事情，有时我需要说一些好听话哄一哄，但你不一样，你是江家大小姐，见多识广，和她们不一样，你有知识、有文化、有眼光、有格局……"

江阔被何潮气笑了："我什么都有，但在你面前，我就是一个需要呵护、需要关爱、需要哄、需要听好话的小女孩！"

"为什么你要这样不讲道理？"何潮像是榆木脑袋一样，傻乎乎地瞪大眼睛。

"如果我和你讲道理，我就不是你的女朋友了！"江阔快要被气疯了，双手挥舞。

"你终于承认是我女朋友了。"何潮粲然一笑，原先傻呆呆的样子全然不见，他向前一步，伸开双臂将江阔紧紧地抱在怀中，"承认是我的女朋友真有这么难吗？要是你早早承认了是我的女朋友，我还会觉得和你有距离感、隔阂感吗？江阔，我希望在我有生之年，可以好好地呵护你、关爱你，尽我所能，打下一片天地。希望有一天我可以在深圳、北京、上海、香港，还有全世界各地，推开窗户，看到外面的花园，豪气冲天地对你说，看到没有，这都是朕为你打下的江山。"

江阔才知道刚才何潮一直在演戏，有意诱导她说出心里话，不由得大羞，挣扎一下想要摆脱何潮的怀抱，却没有成功，只好作罢："就算你真的打下了一片大大的江山，如果不好好经营，又跟不上时代，还是会丢掉。现在江家已经岌岌可危了，想当年，江家最辉煌、最鼎盛的时候，香港有五分之一的地产、五分之一的货运都是江家的产业。可是现在……"

夜色璀璨，人流如织，何潮和江阔走在香港的大街小巷，对江阔来说司空见惯的景致，对何潮来说却是既熟悉又陌生。熟悉的是，他曾经在许多电影中看到过的场景，第一次真实地展现在眼前，颇有惊奇加惊喜的感觉；陌生的是，在电影中和现实中的感受毕竟有所不同。

"看，这里是《食神》的拍摄场地！哇，《纵横四海》的饭店！快看，这里，这里，像不像《国产凌凌漆》里面的那把菜刀？"何潮像是一个走进了游乐园的孩子，惊叫不断，而江阔陪着他跑、陪着他笑，两人的身后洒下了一路的春光。

两人谁也没有留意，身后悄悄跟了两个人。

江阔心中温柔无限，终于等到何潮当众向她示爱，而她也向何潮表明了心迹，他们历经艰难险阻的爱情，总算迈出了关键的第一步。都说万事开头难，但她知道，她和何潮的爱情，最难的部分其实还在后面。

"站住！"

何潮和江阔正开心之时，冷不防身后响起一声断喝。何潮回身一看，身后有两个彪形大汉快步逼近，两人双手放在兜里，鼓鼓囊囊的也不知道是什么东西，他不由得心中一惊，莫非是枪？

看多了香港黑道电影的何潮，对香港有着一种根深蒂固的误会，认为香港遍地黑社会，处处抢劫杀人，尽管来到香港之后印象改了许多，但从小受到的影响一时还是无法彻底扭转。他在仅有一河之隔的深圳就完全没有对治安的担心。

何潮将江阔挡在了身后："你们是什么人？"

周围没什么人，这是一条狭窄封闭的小巷。香港的道路大多数不宽，狭窄而弯曲悠长的小巷也不少，何潮见对方来势汹汹，而且从容不迫，显然是有备而来，估计跟他们半天了。

"江阔，你快跑，我挡他们一阵子。"何潮用力一推江阔，"快跑，别管我，报警。"

江阔却并不走，反倒拉住了何潮的胳膊："不跑，我要和你在一起，同舟共济，同进共退。"

"别傻，你留下来会影响我发挥我的打架天分。"何潮摆出了一个架势，毫不畏惧地迎着越逼越近的两人的目光，"信不信我三拳两脚打倒你们？"

两人无论身材还是体型都比何潮强壮了许多，两人轻蔑地笑了笑，其中一个留着胡子的大眼男人嘿嘿一笑："郝行，要不要和他比试比试？"

被称为郝行的小眼男人伸出一根食指摇了摇："目测他的体型，在我们手下过不了三招，白志，还是你自己上吧，省得他觉得我们欺负他。"

白志一抹鼻子，摆出了标准的李小龙式的造型，"啊"地怪叫一声冲了过来。何潮推开江阔，一错身闪过了白志的一击，再一转身，一拳打在了白志的后背上。

白志被打得闷哼一声，朝前猛跑几步，险些摔倒。他"咦"了一声："看走眼了，居然有两下子。郝行，一起上。"

郝行冲了过来，和白志一前一后夹击何潮。何潮在两人的联手下，有几分招架不住了，他小时候是在父亲的强迫下练习过一段时间的武功，但只是用来强身健体，又不是专业的攻击技巧，只能算是比普通人强一些而已。

第五十五章

深圳要走的路还很漫长

　　而郝行和白志显然都是经过专业训练的高手，两人配合得也天衣无缝，攻击和防守十分到位，何潮也看了出来，两人留了分寸，否则他早就被打倒了。

　　慌乱之余，他还没忘记江阔："江阔，你怎么还在？赶紧走，再不走就来不及了。"何潮的潜台词是他快支撑不住了。

　　不料江阔却依然不肯离开，反而上前一步，挡在了何潮的面前："不要打了，你们到底想要什么？"

　　郝行和白志住了手，两人对视一眼，郝行吹了声口哨："要什么？要你！只要你跟我们走，我们就放过何潮！"

　　"你们知道我是谁吗？"江阔一脸笃定，毫不害怕，"是哥哥派你们来的吧？"

　　"你是江大小姐，谁不知道？"郝行上前一步，就要去抓江阔的胳膊，"不是江安派我们来的，我们另有老板指使。别废话了，赶紧跟我们走，再晚了就要扣我们的工钱了。"

　　江阔退后一步，躲开了，坚定地认为对方就是哥哥派来的人："跟你们走没问题，他也得一起。"

　　"他？他就算了，不值钱。"郝行摆了摆手，"他非要跟着也没问题，就怕到时没什么用还要花钱吃饭，老板一生气，说不定就扔海里喂王八了。"

　　何潮知道逃不过了，对方清楚地知道他和江阔的名字，显然不是什么拦路抢劫的小混混，他正要再次挺身而出时，忽然一辆奔驰飞快地冲了过来，郝行和白志见状，对视一眼，飞快地跑走了。

　　奔驰车上下来一人，正是江安。

　　江安一脸怒气："何潮，怎么江阔一遇到你就没好事？你以后离她远一些，否则我就对你不客气了。"

江阔顾不上理会江安对何潮的指责，惊讶地望着郝行和白志的背影："他们不是你派来的人？"

江安摇头："当然不是！快上车，赶紧回家。"

"他也要一起，要不我不走！"江阔一指何潮，"我不会扔下他不管。"

江安犹豫一下，回头看了看街道的尽头："都上车！"

奔驰车开出之后不久，风驰电掣般来了三辆宝马。车停稳后，下来了几个人，为首者是一个留着背头、手拿雪茄、戴着墨镜、披着风衣的中年男人，一脸沧桑，尽管戴着墨镜看不清他的眼睛，但从他紧抿的嘴巴可以看出，他十分生气。

郝行和白志站在他左右两侧，大气都不敢出。

"真没用。"他回身狠狠地踢了郝行一脚，又打了白志一个耳光，还不解恨，又用皮鞋蹭了蹭两人的裤子，在两人笔直的裤子上留下了脏鞋印。

两人低着头，一言不发，老老实实地承受了他的惩罚。

"何潮真的会几下子？"墨镜男用力抽了一口雪茄，朝郝行脸上喷了一口，"如果让我发现你们骗我，你们明天就会成为鱼食。"

"真的会，老大，我们怎么敢骗您？"郝行忙不迭地点头，"虽然他的身手很一般，但比一般人强了不少，才让他们多坚持了一会儿，等到了江安。要不是他，江阔早被我们拿下了。"

"我和他那么熟，怎么不知道他会武功？"墨镜男若有所思地摘下墨镜，"难道他以前一直瞒着我？没必要呀，我以前和他关系非常密切，亦师亦友……算了，不去想了，这不重要，重要的是，什么时候才能有机会拿下江阔？只有绑了江阔，江安才会还钱。"

"顾老大，江家真的不行了？"白志嬉皮笑脸地凑了过来，"我怎么觉得江家这么大的一个商业帝国，不可能说倒就倒，怎么也能挺过金融危机吧？应该还能抢救一下，现在就和江家结清旧账，以后江家重新起来了，就不会再和我们做生意了。"

"你懂个屁！现在是现在，以后是以后。现在都活不下去了，哪里还管得了以后？"墨镜男又吐出一口烟，"想当年我和何潮一起创业，后来毅然决然离开他，来到香港，才有了今天。要是现在还和他一起，我顶多是他的手下和马仔，怎么可能当上老大？同样的道理，现在我和江家决裂，等金融危机过去了，我就会取代江家，怎么还会给江家喘息重新起来的机会？男人做事情，当断则断，不要瞻前顾后。"

"是，是，老大英明。"郝行不失时机地拍了一记马屁，"等下次何潮再见到老大时，肯定会大吃一惊，他做梦都不会想到当年跟他混的手下，现在这么威风八面了。"

"何潮毕竟当过我的老大，而且在我最落魄的时候拉了我一把，做人不能忘本，要知恩图报。不管怎样，我都会敬他三分。"墨镜男身子朝后一靠，一道光线正好落在他的脸上，赫然是顾两！

"何潮在香港不会待很久，等他走了，再找机会绑了江阔。"顾两戴上眼镜，上了车，"也算是给何潮一个面子，毕竟他当年帮过我。郝行、白志，你们继续跟着江阔，只要她出门，就找机会下手。"

江家别墅的大门缓缓打开，奔驰车开了进去，停在了喷泉的旁边。何潮下车，见江家别墅占地少说也有十亩，位于半山腰，背山靠水，是一处风水和位置都上乘之地。

站在院中就可以俯瞰大半个香港，中环、尖沙咀、旺角、九龙，颇有坐拥天下指点江山之势，何潮一时心潮澎湃，险些引吭高歌。

在来深圳之前，香港在他的心目中一直是最传奇、最神秘，也是最向往的城市之一。不仅是因为从小看多了香港电影，还因为香港自身的传奇。

在何潮看来，香港无疑是世界城市发展史上最具传奇色彩的案例之一。1841年英军首次登陆港岛，在此后一个多世纪里，中国内地的每一次战乱和灾荒，都如一只巨手，变相地推动着大量移民逃往这座南方的避乱之城，为香港不断地注入了全新的活力。

在中华人民共和国成立后的相当长一段时间里，这座繁华的远东都市更成为960万平方公里土地与海外贸易的唯一窗口。最终，经过160年的迅猛发展，香港从一个荒无人烟的渔村，成为一座容纳约650万人口的超级都市，并被视为与纽约、伦敦并列的全球三大金融中心之一。

如此快的成长速度，显然是世界城市成长史上一个令人震撼和难以置信的奇迹。

香港是一座移民城市，和世界上许多移民城市得以迅猛发展的原因一样，香港所具备的持续上升的力量，源于源源不断的移民。移民为香港带来了新鲜的血液和经济振兴的力量。

时间向前推到1492年，在哥伦布发现新大陆后的几百年间，大量来自亚欧大陆的清教徒、冒险家、淘金者、小手工艺人乃至犯人、失败者，源源不断来到广袤的美洲，最终催生了纽约、旧金山等伟大的移民城市。

同样，自1841年香港开埠后的160多年间，大量来自广东、广西、湖南、湖北、四川、云南等内地省份的移民一批接一批来到香江两岸，凭借他们勇往直前的勇气和江湖气概，最终缔造了香港这座伟大的移民之城。邵逸夫、李嘉诚、郑裕彤、曾宪梓等商业巨子，都是这些移民中涌现出的佼佼者。

正是因为移民，从全国各地拥来的人们操着各地的方言，怀揣不同的梦想，带着背水一战的勇气，从未想过退缩，在无路可退之时，破釜沉舟，在香港上演了一个又一个悲欢离合、大起大落、功成名就的神话一般的故事。也正是因为大家都来自五湖四海，没有乡情的约束，没有父母的管教和熟人的有色眼镜，每个人才尽自己所能施展手脚。

香港重情重义，每个人都需要拉帮结派才能生存，也就催生了许多门派。有以地域划分的，有以行业划分的，有以理念划分的，等等。这些文化和传承深入到香港每一个人的骨髓和血液中，诞生了无数描述江湖道义的电影。

深圳现在就如同当年的香港，也是吸引了无数前来闯荡的移民，他们中有的是贫苦的年轻农民、无业游民、退伍军人、一无所有的幻想家，以及一些原有体制的逃离者，还有初出校门的大学生，无数人的欲望在深圳碰撞，无数人的梦想在深圳点燃，无数人的命运在深圳交织，无数人的人生在深圳跌宕。

深圳会是下一个香港吗？何潮深深地吸了一口夜晚清新的空气，头脑瞬间清醒了许多。他远望隔海的深圳，比起香港的明亮，深圳的灯光暗淡了许多，黑黑的一片，只有几座高楼依稀可见，完全没有大都市的气象。

1998年的深圳，依然是一座小城，何潮微微叹息一声，尽管深圳被无数人赋予了不可替代的地位，也是许多人心目中遍地黄金的圣地，并且深圳的GDP已经跻身国内前五，但和国际大都市香港相比，依然稚嫩得像是一个刚会走路的儿童。

深圳要走的路还很漫长。

第五十六章

僵持

"何潮，来。"江阔冲何潮招了招手，她不知道何潮在一边出神想些什么，微有些担忧爸爸，"陪我一起见见爸爸。"

何潮本想开一句玩笑：这么快就见家长了？话未出口，见江安在一旁脸色阴郁，就又咽了回去。江安也算是江阔的家长，他等于早就见过家长了，显然，江安这个家长反对他和江阔在一起。

也不知道江阔的爸爸会是什么态度。

江安不说话，阴沉着脸低头朝里走。穿过大堂，他们来到后院江子伟的房间。

何潮想要进去，却被江安以"外人不便进入"为由拒于门外，江阔想要争辩，何潮却摆了摆手："我在外面等好了，万一进去影响了老爷子的病情，就是天大的罪过了。"

等江阔和江安都进去了，何潮坐在门口的椅子上，不顾一旁保镖似笑非笑的嘲讽，闭目养神。他仔细回忆和江阔一起时被人追踪的每一个细节，再到江安突然出现为他们解围，他愈加肯定此事并不简单，并非是普通的打劫，应该和江家现在的困境有关。对方显然是冲着江阔而去，想绑架江阔，多半和经济纠纷有关。

江家真到了日暮西山的地步？

不行，他不能再让江阔待在香港了，不安全，要带她一起回深圳！他猛然想起了什么，起身就朝里面闯，被保镖拦住了。

戴着墨镜穿一身黑西服的保镖，和何潮以前看过的港片中的保镖一模一样，身材高大，表情冷峻，拒绝的面孔中还有一丝轻视。他伸出一根手指，轻蔑地摇了摇："没有江总的命令，你不可以进去！"

"好吧，不进就不进，我不为难你。"何潮友好地笑了笑，"不过麻烦你进去和江总说一声，我有重要的事情要和他说一声，如果他不出来见我，他会后悔的。"

保镖有几分犹豫，何潮加重了语气："耽误了大事，你担当不起。"

保镖进去后，很快就出来了，后面跟着一脸阴沉的江安。江安看了何潮一眼，径直朝院中走去，何潮紧跟其后。

"我们之间没什么重要的事情可以谈，"江安双手扶着栏杆站定，目视前方，"你别以为江阔喜欢你，你就可以进入江家，没门！你和江阔没有可能，我不同意，爸爸也会反对。你们根本就是两个世界的人，何潮，我奉劝你一句，好好待在深圳做你的利道快递，别琢磨什么歪门邪道攀龙附凤，像你这样想要攀附的穷小子，在香港多了去了，我见过的数都数不过来，你是其中最无能、最低端的一个。"

"攀龙附凤？"何潮呵呵地笑了，"江阔是凤还说得过去，你是龙？也太高抬自己了吧？哪里有做龌龊事情的龙？龙做事一向光明正大。"

"你说什么？"江安对何潮怒目而视。

"哥，你是江阔的哥哥，我也叫你一声哥。"何潮淡淡一笑，"今天的事情，不是偶然事件，你得给一个交代。"

"什么交代？"江安怒不可遏，"我不是你哥，别套近乎。在路上我不是已经说过了，郝行和白志以前是我的客户，他们因为生意破产，动了歪主意，想绑架江阔索要赎金，幸亏我及时赶到。"

"我差点儿就信了。"何潮用力拍了拍栏杆，"你的说法有三分之一的地方是真实的，所以很容易混淆视听，让人信以为真。郝行和白志也许真是你以前的客户，但他们想要绑架江阔的原因不是破产，而是你欠了他们的债，是不是，哥？"

最后一句，何潮拉长了声调。

江安赫然一惊，后退一步："你不要信口开河！"

何潮确实是凭空猜测，但他相信猜得没错，对方目的明确，并且很清楚他和江阔的身份，明显是有备而来，并且事先做足了功课。如果今天不是他硬撑了一会儿，江阔就会被对方得手了。

"这件事情我会查个清楚，江总，如果真的是因为你欠债，你知道后果有多严重。"何潮脸色一沉，语气阴冷了几分，"第一，为了江阔的安全起见，我要带她回深圳，你不许阻拦；第二，我要见江老爷子，你现在安排。"

"我凭什么听你的？"江安依然嘴硬，"你别想威胁我。"

"我没威胁你，我是为了江阔和江家的安危，连带也想救你。"

223

"你凭什么？"江安忍不住冷笑了，"就凭你一个小小的利道快递？别做梦了，还不够江家窟窿的万分之一！就凭你在深圳的人脉？太天真了，江家在香港经营多年，人脉遍及世界各地，在深圳的资源也比你强了何止100倍，你还想救江家？不知天高地厚，我就当你说的是梦话。"

"不试试怎么知道？"何潮也不生气，轻轻一笑，"现在能救江家的只有大势，而不是某一个人，谋事在人，成事在天，江家如果能跟上大势、跟上潮流，或许还有一线生机。"

"大势和潮流？说的什么屁话！你能知道什么是大势、什么是潮流？"江安失去了耐心，不耐烦地摆了摆手，"让江阔和你回深圳，我同意，但你要见爸爸，不行。他病得很重，禁不起任何风吹草动。"

"我必须见到江老爷子。"何潮寸步不让，"作为回报，在我查到郝行和白志事件的背后真相后，如果涉及了你，在不涉及大的原则问题上，我会替你保守秘密。"

江安脸色变幻不定，过了好半天才一咬牙："你得保证不调查这件事情，我才让你进去。"

何潮越来越肯定事件背后和江安大有干系，他想了想，点头："好，我保证不亲自调查这件事情，但你也得保证类似的事情不会再发生。"

江安咬了咬牙："我尽量。"

何潮有意留了一个漏洞，他只是保证不亲自调查，却没有保证不委托别人去调查。

房间内，江子伟的气色一如往常，并没有加重。江阔坐在床前，暗自垂泪。灯光昏暗，室内弥漫着中药的味道。

何潮迈着轻松的脚步来到江阔面前，将她拉起，小声在她耳边说道："你不要在病人面前哭哭啼啼，不但不利于他的恢复，还会让他心情沉重，病情加重。"

床上的江子伟，早已没有当年叱咤风云时的威风，干瘦而无神，他茫然地看着何潮："你是？"

何潮缓步向前："老爷子，我叫何潮，来自深圳，是江阔的朋友。您现在感觉好些了没有？您的身体其实没什么大事，就是操劳过度耗费心神过多，放宽心多休息就好了。"

"不行了，我快要油尽灯枯了。人老了，该走的时候就得走。"江子伟无力地摆了摆手，"你叫何潮？江阔的朋友？啊，我想起来了，听江阔说过你，你是在深圳创业？现在深圳的经济是什么气候？"

江安在一旁连使眼色，不让何潮说下去，何潮假装看不见，继续说道："过年的时候，受到东南亚金融危机的冲击，深圳的经济气候也遭遇了寒冬，很冷，很多公司倒闭，许多人都逃离了深圳，不再看好深圳的明天。"

"唉，我就知道深圳和香港一衣带水，肯定会受到冲击，你们还骗我说深圳比香港好了许多！喀喀……"江子伟一时情急，猛然地咳嗽起来，"深圳是内地经济的晴雨表，深圳都进入寒冬了，内地其他城市的经济能好到哪里去？如果连内地都承受不住金融危机的冲击，江家就完全没有希望了。"

江安大怒，用力一拉何潮，想要让何潮远离江子伟。江阔也有几分着急，埋怨何潮不该乱说话："何潮，你不要再说了，好不好？"

"不，我要说下去。"何潮不顾江安和江阔的反对，朝江阔使了一个眼色，暗示她少安毋躁，他自有分寸，"不过老爷子您最近一直在家里养病，并不知道外面的大气候，虽然深圳也过冬了，但春天也不远了。"

"真的吗？"江子伟浑浊的眼睛中闪过一丝光芒，不过一闪即逝，他又无力地摆了摆手，"你们都不要骗我了，我是老了，老眼昏花，但还不傻，还能知道世界到底变成了什么样子……江家要完了，无力回天了。"

何潮很清楚江子伟还不到70岁，身体机能并没有完全衰竭，之所以一直缠绵在床，主要的病因不是身体，而是心结。他打下了江家的江山，偏偏在他有心无力的时候大厦将倾，他无力回天却又不甘，心中郁积难安，却又硬撑着一口气，才造成了现在不好不坏的僵持局面。

如果是年轻人，血气方刚，还可以挺过去。但江子伟毕竟年纪大了，现在消耗的全是身体最后的能量，如果再拖延下去，江子伟撒手西去只是早晚问题。何潮不是医生，但因为母亲从小多病，久病成医，他也耳濡目染从中学到了不少东西，从气色上看，江子伟即将油尽灯枯。

第五十七章

生机就是观念

何潮坐在了江子伟的床前，心中忽然涌动久违的亲情，不知为何他想起了父亲。父亲虽然没有江子伟事业有成，心气却一样高，性格要强、不肯服输，在单位被边缘化之后，依然坚信他终有一日会被领导重视，还要走向重要的工作岗位，全然不知道一拨又一拨大学生走向了社会，属于他们的时代已经不可逆转地过去了。

父亲只有在生病的时候才会流露出软弱的一面，才会像一个父亲一样无助而彷徨。大多时候，父亲像是一个君王，牢牢地掌控着家中的大权，说一不二，从不接受建议也不接受反驳。

江子伟应该比父亲还好一些，至少早早交出家族大权，让江安执掌了江家。但从江安在他面前唯唯诺诺的神情就可以看出，当年的江子伟，也是唯我独尊的君王做派。

越是强势的人，其实内心越孤独，在生病的时候，就越软弱。对他们来说，失去生命远没有失去权威和对市场的判断力可怕。

"和香港相比，其实内地的形势更严峻。"何潮决定以毒攻毒，心病还须心医，要让江子伟面对现实、承认现实，才有可能化解心结，"从1997年起，内地国企改革导致了下岗潮，许多在国企干了大半辈子的职工，突然就失去了工作，对从来没有经历过市场冲击不知道市场经济是什么的他们来说，就像天塌下来一样。"

江安想要制止何潮，江阔也轻轻拉了何潮几下，他们的小动作被江子伟看在眼里，江子伟摆了摆手："你们不要捣乱，让他说下去。他说得比你们真实，也比你们的假话新鲜。我想听真话，想知道外面的世界到底是什么样子。"

江安赔笑："爸，要是累了就早点休息。"

江子伟推开江安："何潮，你接着说。"

何潮点了点头："古往今来，凡事都逃不过一个规律——物极必反。太安逸了，就会有折腾。折腾多了，就会想安稳。开始下岗时，许多人不适应，骂天骂地骂政府，觉得政府抛弃了他们，却从来没有想过他们在国企看报喝茶聊天混日子，浪费的是自己的青春，是拿自己独一无二最宝贵的生命去换取微薄的薪水，是对自己价值的贬低。我妈有一个同学，才初中毕业，但因为数学好，在一家国企当了出纳。1997年年初下岗，开始想不通，天天闷在家里生气，结果大病一场。病好了在家看书自学会计，学完了大学数学课程，考了会计证。去了北京后，有家公司以月薪8000的高薪聘用了她。现在北京的人均工资不到800元，当年觉得她没用的丈夫，现在为了支持她的事业辞职了，专门去北京给她操持家务并且带小孩。"

"现在香港遭受的金融危机，对香港的冲击确实巨大，但一家公司和一个人一样，在时代的潮流面前，是选择顺应时代潮流还是逆流而上？顺应时代潮流，也许会渡过难关，迎来新的天地。逆流而上，说不定会被大浪大潮冲击得粉身碎骨。"何潮注意到江安的不耐之色越来越浓重，江阔却听了进去，若有所思，更让他欣慰的是江子伟，聚精会神地聆听，他就知道，他的策略奏效了，"如果将江家比喻成下岗女工，是被金融风暴打击得摇摇欲坠，在风暴中沉没，还是抛弃包袱轻装前进，重新开创一片天地？"

"你的意思是，"江子伟的眼睛亮了亮，"江家还有生机？"

"生机是什么？就是观念。"何潮指了指自己的脑袋，"内地的西南边远之地，曾经有几个兄弟，刘氏兄弟，先养鸡，被骗后差点破产。后养鹌鹑，并且带动了超过十万户人家共同养殖。因为养殖户增加，刘氏兄弟知道饲料将会成为紧俏物资，就不再养殖鹌鹑，而是开办了饲料厂。后来他们又生产需求量更大的猪饲料，从此公司成了中国最大的饲料集团。刘氏兄弟创造的饲料集团叫新希望。在20世纪80年代的中国，梦想比黄金珍贵。而在20世纪90年代的中国，观念比黄金珍贵。"

江子伟挣扎着坐了起来："江家就好比是'二战'时的德国，曾经几乎赢得了每一场战争的胜利，但如果过不去眼前的金融危机，就是输掉了整个战役。"

何潮点头："我进入物流行业，除了信念，什么都缺。除了决心，什么都没有。但为什么我还要坚持梦想？因为我当初本来想进的是电子行业。我在华强北观察了一段时间，发现了一件事情，在美国需要花三个月才能找齐的电子元器件，到了华强北可能只需要一天，这就是华强北无可比拟、无可替代的优势，也就是人们常说的'天下武功，唯快不破'的道理。道理都简单，做到却很难。我如果从事电子行业，再快也快不过他们，那么我为什么非要自讨苦吃呢？所有的电子行业以后都离不开物流，华强北的快只限于华强北一带，但华强北的货是发向全国的，全国都快才是真正的快。我要做可以让全国都快的事业……"

"说得好，小伙子，你有逆向思维，也有包围思维，了不起，有本事。"江子伟的脸上多了几分神采，"你是觉得金融危机很快就会过去，不会持续多久了？"

"不会很快过去，应该还有一年的时间，但不会到2000年，顶多到1999年年底就会结束。比起下岗潮来说，金融危机持续的时间算短了，下岗潮说不定会持续四五年，毕竟积攒了这么多年的国企弊端想要化解，不是一朝一夕之功。"何潮相信江子伟有足够的承受能力，也拥有超出常人的智慧，只是被江安带偏了，他要拨乱反正，"梳理一下金融危机不难发现规律，先是1997年7月，金融危机从泰国爆发，随后影响到了菲律宾、印尼、马来西亚。10月，香港恒生指数一路下跌，跌破了9000点大关。11月，韩国爆发金融风暴。由此，东南亚金融危机演变成了亚洲金融风暴。"

江安无比震惊地看了江阔一眼，心中有说不出来的震撼：何潮不是文科生吗？他一个不入流的物流公司的小老板，怎会对亚洲的经济形势如此清楚？

江阔理解江安的震惊，说实话，刚认识何潮时她也被何潮的人设所欺骗，以为何潮学的是英语，爱好是传统文学，是一个安稳、传统并且刻板的人，却没想到，何潮突破了她的认知，在对经济领域的研究上，也颇有独到之处。

尽管说来何潮的经济理论不如江离深厚，但江离的理论太形而上了，过于注重形式和内容而忽略了实用，何潮的经济观点全以实用为主。也不知道何潮是从哪里学来的这些知识，江阔很是佩服何潮的一边实干、一边提高理论水平的同步前进。对于大学生来说，走向社会其实才是真正埋头学习的开始，而不是终点。

"今年年初，印尼金融风暴再起，面临着印尼有史以来最严重的经济衰退。受印尼影响，市场恐慌情绪蔓延，新元、马币、泰铢、菲律宾比索等纷纷下跌，直到4月8日印尼同国际货币基金组织就一份新的经济改革方案达成协议，东南亚汇市才暂告平静。从表面上看，似乎风平浪静，不过另一场危机正在酝酿之中。"

"够了，何潮，你不要再危言耸听了。"江安怕何潮的话再次刺激爸爸的神经，出言阻止。

"不，我要听，何潮，说下去。"江子伟此时气色恢复了几分，神色无比肃然，"我说过多少次了，让我听真话，我只有知道了最坏的后果，才能做出最正确的判断。江安，你一直报喜不报忧。我们做的是生意，不是在写童话，童话里可以什么事情都很美好，但现实中，要先知道自己能承受多大的损失，再谈能赚到多少钱。"

何潮冲江安歉意一笑："江总，老爷子所经历过的大风大浪，比起现在的金融危机危险多了，他能有今天，靠的不是运气，是勇气和超前的眼光。但是你不告诉他真相，让他老人家蒙在鼓里，是对江家的不负责任，是对他老人家的欺骗和不信任，更是对你自己的不公平。"

"说得对，何潮说得对，江安，你记住了，以后不要再对我撒谎。"江子伟愈加镇静了几分，"说下去。"

"另一场危机的源头是日本和香港。先说日本，东南亚的金融危机也影响到了日本，因为日本和东南亚国家的经济联系密切，日元汇率也从1997年6月底的115日元兑1美元跌至1998年4月初的133日元兑1美元，埋下了爆发危机的隐患。日本的经济体量巨大，如果引爆危机，对整个亚洲的冲击将会相当强烈。香港同样如此，香港作为世界金融中心之一，一直是国际炒家眼中最肥美的超级提款机，所以日本的金融风暴是不是爆发还不得而知，但国际炒家必然会对香港出手，只是时间问题。"

第五十八章

长远之道

"这个问题我也想到了，并且多次提醒了江安，江安却不信。"江子伟叹息一声，伸手紧紧抓住了何潮的双手，如遇知音一般双眼放光，"何潮，如果是你执掌江家，你现在会怎么做？"

何潮不理会江安嫉妒得冒火的目光，他并没有执掌江家的野心和想法，所以也不会在意江安想些什么，他也不是真的想为江家的困境开一服药方，他自认没有那个本事，他的所作所为只是想让江子伟化解心病，早日好起来。

"虽然老爷子的假设不会成立，但我就托大真的假设一下。如果我执掌了江家，会做三件事情。一是卖掉江家在东南亚国家的不良资产，保持现金流，不要再抄底收购公司，现在是现金为王；二是深耕内地市场，短期布局内地一线城市，中期布局二线城市，长期布局三四线城市，以制造业和房地产为主；三是江家砍掉在香港的船运、酒店等业务，只保留金融，将航运、酒店等业务变现，用来投资内地市场。"

江安禁不住冷笑连连："说得轻巧，内地几个一线城市的市场加在一起还不如香港的一半，香港是深圳经济总量的11倍，更不用说内地其他的城市了，二三线城市？人均月收入有没有500元？你让我去投资内地的制造业和房地产，和让我跳河又有什么区别？还说什么砍掉船运的屁话，香港港是世界最大的港口之一，吞吐量比内地十几个港口的总和还要多！"

"我只是一个假设，只管说，至于听不听，就是你的事情了。"何潮笑了笑，"风物长宜放眼量，凡事要看长远，内地有庞大的人口优势，有广阔的国土，有无数的人才，早晚有一天，会超过所有的亚洲国家，深圳也有超过香港的机会。"

"嗷……"江安讥笑出声，"刚才听你高谈阔论，我还以为你真懂经济，现在说什么深圳超越香港，完全就是异想天开、信口开河了，行了，时间不早了，何潮你可以回去了。"

江子伟却一脸凝重，摆了摆手："先不急，我还想再和何潮聊聊。"

"爸！你的身体受不了……"江安想要阻止，话说一半被江子伟摆手打断了。

"我没事，现在感觉特别好，浑身通畅了。来，扶我起来，我到外面走走。"

院中月色如水，空气中飘来阵阵花香，江子伟双手叉腰站在栏杆前，远望香港的繁华和深圳的漆黑，忽然笑了："当年我刚来香港时，香港和现在的深圳一样，谁都想不到香港会有怎样的明天。现在的深圳，也就是当年香港的重现，而且深圳会聚了全国的人才，会比香港更有前景。何潮，你说得对，未来下注内地市场才是长远之道。江阔，听说你投资了深圳的几家公司？现在发展的势头怎么样？"

江阔对何潮无比佩服加感激，爸爸卧床数月，今天是精神最好的一次，居然能下地走动了，都是何潮的功劳，她忙拉住了江子伟的胳膊："爸，我是投资了深圳的一家公司，不是几家公司。本来想多投资几家，一是何潮的利道快递不愿意接受我的资金；二是后来资金断了，哥哥都挪用了。"

江子伟回头看向了江安："江安，我大概算了一下，江家变卖一些资产和公司后，应该还有几亿的流动资金，为什么会没钱了？"

江安支支吾吾："股市大跌，为了稳定股价，我回购了一部分股份，用掉了几个亿。"

"真的？"江子伟目光炯炯，直视江安的双眼。

"当……当然是真的。"江安躲闪江子伟的目光。

"等下交来账本，我看一下。"江子伟回身拍了拍何潮的肩膀："年轻人，你很不错，有眼光、有见识，也很懂人性，谢谢你为我所做的一切。我的病好了大半，都是你的功劳。今晚你就住在江家，明天早上一起吃早饭，我还有话要和你说。"

江阔大喜，爸爸的话等于变相认可了何潮，她高兴得差点跳起来。

何潮被安排在了二楼的客房，和江阔的房间隔得不远。本来他被安排在了一楼，江阔不同意，非让何潮住在二楼最好的客房。

何潮客随主便，怎么都行。

宽大奢华的客房比他在深圳租住的城中村出租屋好了无数倍，尤其是一张西

231

式的大床，和他早年看过的香港电影里面富豪家里的完全一样，他微有几分兴奋和期待。小时候他总听大人说资本主义社会腐朽而堕落，现在看来也不是那么一回事儿，资本主义也有好人，也有好东西。

洗漱完毕，何潮正要躺下的时候，听到有人敲门，何潮以为是江阔，忙兴冲冲去开门，结果是江安。

江安脸色铁青，门一开，直接闯了进来，径直坐在了沙发上，示意何潮也坐。

"明天回深圳，你带江阔一起走，记住，短时间内别让她回香港。"江安刚坐下又站了起来，"虽然我很讨厌你，何潮，但在两件事情上我还是要谢谢你。一是刚才医生说，爸爸的病情好了许多，有恢复的迹象；二是我希望你替我照顾好江阔，保证她在深圳的安全。"

"等等，"何潮想问个清楚，"你到底惹下了什么麻烦？告诉我，我好想办法保护江阔。"

江安欲言又止，愣了一会儿，还是摇头走了："不过你也别高兴得太早了，我还是不会同意你和江阔的事情，除非你有能力和实力帮江家渡过难关，听清楚了，我说的是能力和实力，而不是理论。"

送走江安，何潮刚躺下，又有人敲门，他以为是江安去而复返，拉开门说道："有话不能一次性说完，又折腾我一趟。"

门口站着的却是笑意盈盈手拿红酒的江阔。

"怎么是你？"何潮一愣。

"怎么不是我？你想是谁？"穿一身睡衣更显肤白如雪，光着脚丫的江阔侧身进来，吐了吐舌头，"快关门，别让人看见。"

江家除了保姆，还有菲佣，楼道中不时会有人经过。

江阔倒了两杯酒，一杯递给何潮，她坐在床前的地毯上，和何潮碰杯："医生说爸爸好转了，正常下去，一个月左右就能康复。他连说奇迹，还问到底发生了什么，我都不知道该怎么回答他。何潮，你告诉我，爸爸为什么一见到你就好起来了？"

才一杯酒下肚，江阔的脸颊就飞起了红云，雨润红枝娇，明媚而艳丽，无比光彩照人。何潮坐在她的对面，离她一米远，唯恐离得太近了把持不住。

他也没有穿鞋，脚趾头碰到了江阔右脚的小脚趾，江阔不知道是没有察觉还是故意不躲避，他就大着胆子动了动。

"别乱动，你快回答我的问题。"江阔又倒了一杯酒，"我今天真的很开心，

232

爸爸病情好转了许多，他还对你赞不绝口，说你是一个非常难得的天才，他还说，你很有远见，希望有机会可以和你合作，也愿意投资你的公司。”

何潮按捺住心中的喜悦："老爷子过奖了，我是晚辈，要多跟他老人家学习，还指望他老人家多提携帮助。我不是医生，也不会治病，只会聊天。从中医的角度来说，人的病都是七情所伤，七情是喜、怒、忧、思、悲、恐、惊七种情绪，老爷子的症状在外是金融危机引发的风暴带来的冲击，导致忧思，在内是江家的处境不妙产生的惊恐，结合在一起，又很悲痛，所以七情占了六种，郁结成了心病。心病必须从源头化解，让老爷子重新树立信心，认为危机很快过去，江家可以渡过难关，他就会打开心结。心结一打开，情绪通畅，就非常有助于身体康复。”

江阔闪动一双好看的大眼睛，似懂非懂地点了点头："虽然我不是很懂，但听上去好厉害。可是为什么我和哥哥没有办法让爸爸打开心结？”

"你们是他最担心的人，老爷子既担心江家的大船沉没，又担心你们兄妹以后的生活，还有一点，在老人的眼中，你们再有能力、再有见识也终究是孩子，他们更愿意相信外人的判断而不是孩子，所以你们的话他会有条件地接收，并且会过滤掉其中他认为是为了宽慰他而故意编造的善意的谎言。"何潮想起了一件好玩的事情，笑了，"就像许多老人会被推销股票、基金以及保健品的年轻人欺负，甚至有些宁肯相信外人也不相信自己的孩子，也是同样的道理。”

"我明白了，远来的和尚会念经。"江阔轻笑出声。

"只对了一半，另一半原因是……"何潮伸手刮了一下江阔的鼻子，"我确实优秀，句句话都说到了老爷子的心里，点燃了他的斗志。说吧，你要怎么感谢我？”

"你想我怎么感谢你？"江阔一改以前的知性和职业，眼波流转，脸色红润如霞，轻咬嘴唇，性感而妩媚。

第五十九章

更进一步

何潮心中大动，却又假装矜持："你不要以为可以诱惑我，我是一个特别有原则的人。"

"去你的，想什么好事？"江阔嘻嘻一笑，一吐舌头，"要不我跟你去深圳，投资你的利道？"

"拿什么投资？"

"我自己。"

"想要多少股份？"

"一半。"

"想持股多久退出？"

"永久持股，不考虑退出。"

"我得先考虑一下，再观察你一段时间再下决定。"何潮嘿嘿一笑，"持股期太长了，万一不合适，想要分割就麻烦了。不如先合作项目，磨合之后还觉得可以长远合作，就再股份合作也行。"

"你的意思是项目合作相当于谈恋爱，股份合作是结婚，先恋爱后结婚比较稳妥，是不是？"

"聪明。"

"哼！别以为你是唯一的选择，我有钱有能力，哪家公司不欢迎我这样的合作伙伴？更不用说我又貌美如花，勤俭持家，人见人爱，花见花开。"江阔起身要走，却被何潮一把拉住。

"好好好，你是绩优股，我当然知道。所以我现在郑重其事地请求你，江总，请明天随我一起回深圳。"

234

"为什么我要随你回深圳？"江阔有几分微醺，脚步虚浮，险些跌入何潮怀中。

"利道要加快布局了，除了招聘更多的员工，马上就要开始布置区域性加盟网点了。现阶段，我想先采取加盟制，你说呢？"何潮见一瓶红酒快要喝完了，将最后一部分倒进了自己的酒杯里，"你别喝了，再喝就醉了。"

"加盟制没问题，我不反对。不过，我反对不让我喝酒。"江阔一把抢过何潮手中的酒杯，一饮而尽，咯咯笑了起来，"何潮，你和我说实话，你是不是和我哥达成了什么交易？你负责带我去深圳，他给你好处。"

"没错，他许诺的好处已经兑现了，就是让我见到江老爷子，哈哈。"何潮见酒已经被江阔喝完，只好摇了摇头，"就这么说定了，明天一早你跟我回深圳，我现在太需要你的帮忙了。"

"跟你回深圳可以，帮你也可以，但得明确是以什么身份。"江阔咬着嘴唇，笑意如水一样在眼中荡漾，"合伙人？女友？"

"人生合伙人。"何潮大着胆子揽住了江阔的肩膀，"人生包括事业和爱情，人生合伙人就是事业和爱情的双重合伙人。"

"算你嘴甜。"江阔甜甜地笑了。

"江家是欠谁的钱？"何潮想起江安的欲言又止，还是不太放心。

"欠的钱多了，都是正常的商业上的往来，同样，外面欠江家钱的也多了。每次金融危机，都是三角债导致现金流紧张，从而让一个又一个公司破产。怎么了？你想知道什么？"

"我想知道的，江安不会告诉我。"何潮陷入了沉默，他现在怀疑江安欠的钱不是正常商业上的债务，而是非正常的、非商业上的债务。商业债务是公司行为，一般不会涉及家人。

"我觉得你们对对方都有偏见，有机会我做东，你们好好吃一顿饭，坐下谈一谈，肯定可以成为好朋友。"江阔没有深思，头靠在何潮的肩膀上，笑了，"不过说是我做东，到时还得你买单，听到没有？"

何潮拍了拍江阔的脑袋："听到啦。"

次日一早，何潮睁开眼，发现他躺在床上，而江阔伏在他的床头睡得正香，脸色红润，憨态可掬，他一瞬间有些失神，昨晚就睡着了？江阔没有回房间，和他同居了一夜？不行，他得赶紧让她回房，被人发现可就解释不清了。

何潮忙叫醒江阔，江阔迷糊了一会儿才清醒过来，开心地做了一个鬼脸，脸一红，蹑手蹑脚地跑回了自己的房间。她刚进门，就听到了菲佣敲门的声音。

好险！何潮差点吓出心脏病。

八点，何潮坐在江阔旁边，和江子伟、江安一起吃了一顿其乐融融的早饭。经过一晚上的休息，江子伟的气色又恢复了几分，而江安也一反常态，和何潮有说有笑，俨然当何潮是家人一样。江安的表现落在江阔和江子伟眼中，江阔惊喜而江子伟若有所思。

席间，江子伟又和何潮聊到了内地的经济形势以及未来的发展方向，何潮坚定地看好中国内地的未来，虽然现在暂时遇到了困难，有下岗潮，有国有企业改革的阻力，等等，但国家会调整好方向，继续迎风破浪勇往直前。

而且何潮还坚信一点，如果国际炒家敢狙击香港股市，中央政府不会坐视不理，会果断出手制止一切对香港人民不利的事情。

一番话让江子伟信心继续大增，一顿早饭足足吃了一个半小时才结束。临走时，江子伟紧紧握住何潮的手："欢迎常来香港，常来江家，江家的大门永远对你敞开，以后，你就是江家的贵宾。"

对于江阔和何潮一起回深圳，江子伟十分赞成，还特意嘱托江安送一送何潮。

江家门口，江安和何潮握了握手，在握手的间隙，趁江阔没有注意，他用力一拉何潮，贴到他的耳边小声说道："我相信你会遵守承诺，何潮，记住，如果你不再调查我的事情，以后有赚钱的机会，我都会和你合作。"

何潮哈哈一笑："合作愉快！"

其实昨晚他就发了短信让郭林选帮忙调查一下江安最近的动向，郭林选回复说三天之内有消息。

和郭林选、邹晨晨会合后，江阔自告奋勇当起了导游，一行四人在香港又转了一天，晚上返回了深圳。一路上，郭林选不止一次问何潮晚上是不是住在了江阔的房间，却被何潮反问他住在了哪里。两人对视，哈哈大笑，惹得江阔和邹晨晨对两人注目而视。

邹晨晨对何潮一夜未归之事也颇为好奇，几次旁敲侧击想向江阔问个清楚，江阔只说何潮住在了家里，对邹晨晨关心的细节概不回应，却明确地告诉邹晨晨，何潮和她的爸爸相谈甚欢，深得爸爸喜欢。她就是要让邹晨晨吃醋，要向邹晨晨宣告她对何潮的主权。

邹晨晨表面上开心地祝福江阔，眼中的失落还是被江阔细心地捕捉到了，江阔心中有一种胜利的快感。

下午五点多，江阔随何潮一行回到了深圳。

接下来一周，江阔每天都和何潮在一起，讨论利道快递的下一步战略布局。在两人初步讨论出来一个结果之后，何潮又召集了郑小溪、卫力丹和和仔、高英俊等人，召开了一次股东大会。

经大会讨论决定，利道快递接下来的发展侧重两个方面：一是区域性布局，采取加盟制，加盟商只需要交纳一定的加盟费用，就可以使用利道的品牌和网络；二是利道在深圳的总部需要扩充规模，至少还要招聘200人。

又一周后，利道快递正式和善来集团签署合作协议，全面承接善来集团的快递业务，善来集团成为利道快递第一个集团级的大客户。在签约仪式上，何潮请来了周安涌、庄能飞、邹晨晨、海之心、辛有风等人。周安涌对何潮取得的进展表示祝贺，当众表示他会说服曹启伦，争取让启伦集团成为利道快递的第二个集团级大客户。

周安涌的表态赢得了郭林选的好感，郭林选当即和周安涌连碰三杯，声称要和周安涌成为好朋友。周安涌乐开了花，和郭林选交换了名片并互存了联系方式，当即约定了下次见面的时间。

江阔和邹晨晨将周安涌的一举一动尽收眼底，两人对视一眼，含蓄地摇头笑了。

何潮还宣布，鉴于利道快递的业务量激增，特聘江阔为利道快递的副总，并引进江阔的数百万投资，江阔持股8%，不排除以后继续追加资金增持股票的可能。

江阔正式加入利道快递。

庄能飞自始至终没和辛有风说话，却和周安涌聊了半天。再过一个月，三成科技就可以正式开工，和韩国客商SL集团的二公子金不换的合同已经签署，交货日期定在三个月后。一切都很顺利，不出意外，明年年初，韩国人就能用上三成科技生产的小灵通了。

庄能飞对周安涌表示了感谢，希望以后有机会继续和周安涌合作，辛有风的事情已经成了过去，大家要放下成见，目视前方。前方，才是男人的战场。

第六十章

中间路线

周安涌十分大度地告诉庄能飞，自己以前是记恨过庄能飞，但现在不但不再恨他，反而还要感谢他，如果不是他当年的横刀夺爱，自己还不会奋发图强，不会有今天的成绩。说不定现在自己还在元希电子，每月只赚两三千元，满足于现状，最大的目标就是买房买车，解决衣食住行的根本生存问题，怎么会有现在的眼界和格局？周安涌还邀请他参加自己和海之心的婚礼，婚礼初定在2000年的元旦。

庄能飞欣然同意，感慨周安涌确实成长了许多，能将辛有风放在身边，不但原谅辛有风以前的所作所为，还能重用她，并且让海之心放心，有本事，不简单。

两周后，在周安涌的努力下，启伦集团和利道快递正式签订了合作协议，启伦集团因此成为利道快递的第二家集团级大客户。周安涌此举也让之前一直生他气的柳三金无话可说了，李之用调侃柳三金达不到周安涌的格局和高度，在辰哥对何潮下了封杀令之后，周安涌还力挺何潮，并且促成了启伦集团和利道快递的合作，是对何潮巨大的帮助，时穷节乃现，危难出英雄，这才是兄弟情深！

柳三金大感惭愧，向周安涌道歉，周安涌原谅了柳三金，并且让柳三金尽快从善来集团辞职出来，全职加盟七合科技，因为他已经和郭林选成了好友，不再需要柳三金继续待在善来集团打通人脉了。

如果还是在之前的生气阶段，柳三金肯定不会答应，现在气消了，他认为周安涌确实是一个重情重义的好兄弟，当即从善来集团辞职，什么条件都没提就以七合科技副总的身份挑起了七合科技的担子。

七合科技在周安涌的主持下，也召开了一次重组大会，会议任命了海之心为七合科技的CEO，柳三金为副总，辛有风为首席运营官，同时还调整了股权结构，海之心成为第一大股东，持股87%，周安涌的股份都被海之心代持。

柳三金和李之用都有股份，各5%，辛有风3%，大家都看出来，海之心成为七合科技的实际控制人，是她和周安涌确定关系的象征，不出意外，两人结婚在即。

周安涌同时还宣布，为了进一步提升七合科技的实力和影响，七合科技接下来会摆脱启伦集团下游加工厂的制约，准备投产自己的七合牌小灵通，要打出名气，打造属于自己的品牌。因此，七合科技有必要引入资金和资源，他已经和两家公司达成了合作意向，一家是成缺集团，一家是星辰贸易。

成缺集团是什么来历大家都不知道，但星辰贸易是辰哥的公司，几乎人人清楚。柳三金和李之用、辛有风大惊失色，周安涌怎么一边不顾辰哥的封杀令促成了启伦集团和利道快递的合作，另一方面却又和辰哥合作，他到底走的是什么路线？

周安涌走的是中间路线，是长袖善舞左右逢源之道。为了解答几人的疑问，周安涌特意正式地为几人解释了一番。帮助何潮，是兄弟情谊，因为他和何潮并没有什么生意往来，只为感情。而和成缺集团以及辰哥合作，是商业考量，是纯商业行为。

柳三金还是有几分不理解，觉得不管怎样，周安涌都不应该和辰哥有生意往来，万一等辰哥真的对付何潮时，他到底帮谁？他没有回答柳三金的问题，只说不要设想太多不可能，而是要去想无数种可能。

在七合科技重组并且进入快车道发展的同时，利道快递也迎来了一个重要的节点——第一家加盟商正式签约了。

第一家加盟商不是在利道的诞生地樟木头，也不是在利道的总部深圳，而是在广州。和仔在广州一连住了两个多月，中间除了回来开会，就没有在深圳住过几天。两个月的付出终有回报，第一家加盟商诞生在了广州，并且由和仔一手促成。当签约成功后，和仔回到深圳总部，在无数人的瞩目下走过何潮专门为他铺设的红地毯时，他的脸都红了，又开心又紧张的他，快要走完红地毯时，一不小心摔了一跤。

还好，他摔在了高英俊身上。

高英俊几人负责招聘员工，前些日子因为金融危机，人才大量流失，很难招人。随着下岗再就业潮的来临，许多在内地其他城市下岗的工人背水一战，远离家乡来到深圳，被招聘到了利道。利道虽然没有完成招聘300人的目标，但也陆续新增了近200人。

至于当初口口声声答应何潮的吴老伯，却一去没有音讯，何潮原本也没有将希望押在吴老伯身上，好在还有郭林选帮他物色了一些人手，但总体来说还有200人的缺口！

之前何潮以为300人就够了，但在和仔签约了第一家加盟商后才发现，公司至少需要500人。还有一点，第一家加盟商签约后，陆续有加盟商谈好了合作条款，接下来一个月，少说也有四五家加盟商加盟，而且都是在深圳本地。

深圳的布局即将全面展开。

深圳的春天很短暂，夏天却很漫长。国庆节后，北方进入了凉爽模式，深圳依然炎热无比。转眼间，江阔在深圳一连待了三四个月，直到10月后，香港的金融危机愈演愈烈，江家虽然采取自救措施，收到了一定效果，但毕竟大势难挡，还是再次面临着生死存亡。

江阔不得不回香港了。

何潮不想让江阔回去，却又找不到更好的理由，江家有难，江阔不能一人隔岸观火。她要和家人同舟共济。江阔也告诉何潮，香港的真实情况可能比外界盛传的还要糟糕，海边豪华海景房，1997年卖1200万，1998年年初卖670万，现在再次腰斩，跌到300万出头。香港楼市暴跌一半，股市也是同样。

还好从8月开始，港府意识到了国际金融炒家对香港的企图，携近千亿美元的外汇基金毅然进入股期两市，全力反击国际炒家的超级卖空行动，以捍卫600万香港人的财富与未来。

早在1998年3月19日，新任总理朱镕基在九届全国人大一次会议举行的记者招待会上就庄严表态："万一特区需要中央帮助，只要特区政府向中央提出要求，中央将不惜一切代价维护香港的繁荣稳定，保护它的联系汇率制度。"后来，金融市场上流传起一个至今无法考证的故事，说是电视机前的大鳄索罗斯闻听此言，手中的茶杯一下子滑落到地上，摔得粉碎。

进入10月，香港的金融市场还是空前紧张，8月初的一天，期货指数在当天收市前一分钟急泻200点，以7390点全日低位收市。香港媒体普遍认为，这是国际金融大鳄在向港府下战书！亚洲金融危机，香港先后受到四次冲击，分别是1997年10月、1998年1月、1998年6月、1998年8月，其中以1997年10月和1998年8月两次冲击最为猛烈。

虽然最猛烈的8月攻击战已经过去，10月初的几次动荡让已经草木皆兵的香港股市再次出现恐慌。

江阔认为这一次的动荡是大战的征兆，何潮却觉得国际炒家已经弹尽粮绝，没有再次出手的能力了，此次只不过是试探而已。江阔不听，坚持要回去一趟，何潮只好由她。

为了江阔的安全起见，何潮打了一个电话给江安。

江安的声音虽然听上去很疲惫，但有几分兴奋："何潮，根据我的判断，金融危机其实算是过去了，股市和楼市都触底了，不出两个月就会反弹，现在是入手的最佳时机。"

何潮关心的是江阔的安全："两个月的时间很长，中间什么事情都有可能发生，我只想知道现在江阔回香港，是不是安全？"

江安沉默了一会儿："上次你和爸爸聊过之后，他又仔细研究了许多方针政策，决定抽出一部分资金去内地投资实业和房地产，不过由于金融危机的影响，江家的现金流很紧张，只投资了北京、上海两个城市的房地产，什么时候见效，还不好说。也算是转移了一些风险，我还是和以前一样的态度，并不是十分看好内地的市场。也许过四五十年后再来内地投资，才是最佳时机。"

何潮笑了笑，一万年太久，只争朝夕，四五十年后，别说江家了，就是李嘉诚来内地投资，也没有一席之地了。在人生中，身边的人出场顺序很重要。在商业上，介入时机很关键。

他并不想说服江安，也知道说服不了江安："我关心的是江阔的安全。"

江安支支吾吾地说道："只要经济回暖，江家的股票上涨，江阔就安全了。"

"我不想听你废话，赶紧告诉我，你到底欠了外面多少钱？"何潮怒了，粗暴地打断了江安的话，"别以为我不知道你做了什么见不得人的事情！"

何潮托郭林选打听江安到底做了什么事情惹了什么人，郭林选只用了一天就打听出来了大概——江安在数次决策失误投资失败之下，为了快速赚钱，被人拉下水参与了赌博。开始他还赢了点小钱，后来越输越大，欠债高达数亿港币！

对方威胁如果他不还钱，就绑架他的家人。他口中答应还钱，却哪里有钱去还？只好拖一天算一天。对方一怒之下想要绑架江阔，结果正好遇到何潮，江阔才算逃过一劫。

第六十一章

风起云涌

虽然知道江安背后发生了什么，但郭林选并没有打听出来江安欠谁的赌债，只查到对方来历神秘，并不是香港土生土长的富豪，而是一个突然崛起的势力。来自哪里，叫什么名字，多有实力，他一概不知。

何潮清楚一点，越是神秘并且查不到信息的人越危险，反倒是公开的名人好对付。江安也是老江湖了，在商场上摸爬滚打多年，怎么就走向了赌博这条不归路？以江安的聪明，就算去赌博，也应该选择合法的赌场和人公开去赌，而不是去地下赌场。

地下赌场可是吃人不吐骨头的地方。

数亿港币对于鼎盛时的江家来说，不过九牛一毛，但现在会要了江家的命，也有可能会要了江阔的命，何潮怎能不担心？香港虽然回归了，但暗中的势力依然存在，相比之下，还是深圳安全。

江安如同被踩了尾巴的猫，怪叫一声："何潮，你说话不算话！你答应我不去调查事情真相，为什么还要去查我？"

何潮深呼吸一口："我做到了没有调查你，却没有办法阻止别人调查你。江安，不要以为就我一个人盯着你，还有许多人想趁机吃了你。你是死是活我不管，但你必须保证江阔的安全，否则你知道后果！"

"好，好，我派保镖去接江阔，一定保证她的安全。你放心，她是我亲妹妹，我比你更担心她。"江安的语气软了几分，"何……何潮，我们说不定会成为一家人，我的事情你千万别向外面透露，更不要告诉爸爸和江阔，我欠的钱是我个人的债务，我一定会还清，你放心，不会连累江阔。"

"你好自为之吧。"何潮叹息一声，挂了电话。

尽管如此，何潮还是不太放心，又再次叮嘱江阔一番，告诫她不要一个人出门，也不要逛街，好好待在家里陪伴家人。

江阔刚走不久，利道快递就接二连三出事了，何潮牵挂江阔的心顿时被转移了过来。

先是利道的一个员工在送件时，被收件人打了一顿。收件人声称利道的快递员未经允许进了房间，并且偷窥他老婆洗澡。快递员被打得鼻青脸肿，再三申辩他并没有进屋，更没有偷看别人老婆洗澡。房间中有没有女人他不知道，反正是有几个小伙子，门一开就冲他一顿暴打。

何潮没有听信快递员的说法，赔偿了顾客损失后，开除了快递员。不料不久之后，又有数名快递员被打。被打的原因千奇百怪，有人是因为迟到了一分钟，有人却是因为早到了几分钟，有人是因为多看了客人一眼，还有人是因为送到客人家中时踩脏了客人的地板……

如此等等，一系列的事情集中爆发，此起彼伏不说，还应接不暇，前一个还没有处理完，后一个就又出现。每天接到最多的电话就是投诉电话，对方上来就骂人，丝毫不给客服解释的机会。

一时之间，人心惶惶，许多快递员都怕上门会被客人莫名打骂，人心浮动，有些人开始辞职。还有流言开始传播，说是何潮得罪了深圳的一个厉害大哥，对方现在要收拾他，是要往死里整他。

何潮在刚开始时还没有意识到问题的严重性，后来发现出事的范围都集中在深圳，而且大多是在南山区一带，他才开始醒过味儿来，是有人故意针对他，并不是他的员工有什么问题，每一个员工经过培训上岗并且有一整套规范流程，不会也不可能出现如此大规模集中的意外事件。

何潮第一时间想到了辰哥。

从香港回来已经过去了大半年，辰哥一直没有动静，他以为事情已经过去了，没想到辰哥不但有耐心而且还挺有策略。他原以为辰哥会气势汹汹地找上门来，不承想却采取了针对他的员工打击员工的工作积极性和热情的手法。

也不得不说，这一手确实狠，许多员工都不想干了，一时之间，辞职的有数十人之多。再加上一开始何潮粗暴处理被打员工事件，引起了许多员工的不满。

何潮痛定思痛，亲自上门请回了被打员工，当众向他鞠躬道歉，保证下一次一定先查明真相再下结论，并宣布公司奖励员工2000元，还个人掏腰包拿出1000元慰问金。

员工无比感激，表示要努力工作以回报公司。何潮此举，稳定了人心。但辰哥的挑衅不断，还在不断地冲员工下手。何潮请来江离和夏正一起召开了会议，夏正提出建议，让员工两人同行，不能落单。江离的主意是，在事情多发地段减少接单，同时加快壮大自己的实力，让辰哥忌惮，不敢轻举妄动。

和仔的想法简单粗暴，以血还血，以牙还牙，找到辰哥的快递势力范围，假装客户寄件，打伤辰哥的员工，让辰哥的快递公司干不下去。

何潮否决了和仔的想法，如此一来，就不是正常的商业竞争而是以恶治恶了，尽管说实话他也很想明刀明枪地和辰哥大干一场。

和仔很清楚辰哥的为人和手段，他告诫何潮，以辰哥的做事风格，打伤几个快递员才刚刚开始，真正的杀招还在后面。

郑小溪气愤难平，声称要求助爸爸，让爸爸带人去收拾辰哥，也被何潮否定了。求助于郑小溪的爸爸也未尝不可，但只是权宜之计，不能一劳永逸。更何况，他可以找到郑小溪的爸爸当助力，辰哥肯定也可以找到更有实力的靠山。如此一来，不但拉了郑小溪的爸爸下水不说，还有可能让郑父得罪更厉害的角色。

怎么办才好？江阔又不在身边，何潮一时不免有些烦恼，想找周安涌倾诉一番，希望周安涌能帮他出出主意。他打电话约周安涌时，周安涌却说没空儿。

"我没在深圳，兄弟，我在上海呢，估计要过半个月才能回去。你的事情我听说了，不算什么大事，不用担心，辰哥估计也就是想出出气，很快气出得差不多了，也就收手。好了，不说了，我正在谈事，回头再打给你。"周安涌说话语速极快，明显是不给何潮说话的机会。

周安涌站在门口和何潮通话，一口气说完，挂断电话，推门进去。

房间中坐了四五个人，坐在首位的赫然是余建成，陪坐的是刘以授和辰哥，另外还有一人，歪歪斜斜地靠在椅子上，显然已经喝多了，正是金不换。

桌子上，残羹冷炙，碗筷扔得到处都是，杯盘狼藉，有三四个空酒瓶。

周安涌倒了一杯酒，脚步踉跄地来到余建成面前，举起酒杯："余总，我再敬您一杯。我知道您不喝酒，没关系，您喝茶。"

余建成脸色红润，一脸淡然，手中握着一对健身球，摆了摆手："酒要适可而止，酒大伤身，要多喝茶，少喝酒，多养生，少熬夜。别看你现在年轻，记住了，年轻时熬的夜、喝的酒，到老了都会还回来。好了好了，放下酒杯。"

周安涌听话地放下酒杯，一脸恭敬："听余总的话。"

"余总？"余建成微露不快。

"余老师，余老师！"周安涌忙不迭弯腰鞠躬，"余老师最近气色不错，书画境界都大涨，离成为大家只有一步之遥了。"

"你可别捧杀我了，我是业余爱好，连专业的都算不上，怎么会成为大家？哈哈。"余建成嘴上谦虚，心中却是十分受用，手中的健身球转得更快了，"刚才我听了你和小辰、以授的合作计划，很好，很有前景，也有想法，我老了，不中用了，也不能为你们提供什么参考意见，如果你们有用得着我的地方，尽管言一声，我这把老骨头还能发挥发挥余热。"

"我最近的字和画都题字为余热老人，以后余热就是我的号了，哈哈。"

周安涌按捺不住喜悦之色，他精心组织了这个饭局，要的就是整合资源，将人脉最大化。他只通知了刘以授、辰哥、余建成和金不换，并没有告诉曹启伦和赵动中，要的就是他想自己组局，绕过曹启伦的主导。

没有邀请赵动中，是周安涌觉得赵动中过于深不可测，他始终摸不透赵动中的性格和为人，也不清楚赵动中到底想要的是什么。一个人不管是贪财好色还是喜欢抽烟喝酒，只要有欲望就有弱点，而赵动中向来不动声色，似乎连财色都难以激起他的兴趣，这让周安涌实在弄不清他加入万众置业，和曹启伦、刘以授走近，到底有何意图。

周安涌喜欢和意图明确的人打交道，意图明确，你可以清晰地知道他想要的是什么，如果你能满足他的需求，就可以合作，如果不能，就不必浪费时间。最怕就是又出钱又出力但又不明说到底想要什么的"奉献者"，这样的人，嘴上什么都不说，往往要的却最多，关键时候甚至会要了你的命。

第六十二章

借　势

周安涌将曹启伦排除在外，也有私心。他觉得时机足够成熟了，想要脱离曹启伦的控制，想要走出曹启伦的阴影，就像当年义无反顾借曹启伦之势离开庄能飞一样，他现在要借余建成之势！

余建成势力庞大，在深圳人脉之广，远超曹启伦和赵动中，就连刘以授和辰哥也有所不如。最重要的是，余建成很欣赏他，愿意提携他，如此天赐良机岂能错过？自从上次认识余建成后，他数次登门拜访，在余建成的梧桐山山居之中，和余建成喝茶论道，聊得不亦乐乎。

周安涌很清楚以余建成久经世事的聪明，过于明确的意图反倒会引起余建成的反感和警惕，他从来不向余建成提任何要求，也不谈论正事，不是谈论书法绘画，就是谈玄说妙。为此，他还恶补了不少相关知识，现学现卖，也收到了预期的效果。

周安涌用了半年时间，不下十次登门拜访，座谈几十个小时，用滴水穿石的精神一点点渗透，终于成了余建成最信任的忘年交。一次两人谈得兴起之时，余建成随口一说他多少年前就想收一个关门弟子，却苦于找不到合适的人。

周安涌闻弦歌而知雅意，当即顺势而上，拜了余建成为师父。从此两人就以师徒相称，不过余建成不想让外界传他附庸风雅，一个村主任，胡乱涂鸦几笔，还想收什么弟子，简直是贻笑大方。周安涌也正有此意，不想被人误以为他投其所好，非要拜一个外行当老师，明是老师实为干爹。

余建成不愿意公开，他也就顺水推舟答应了下来。

顺利地攀上了余建成这棵大树，如果不借一些阴凉来成就一番事业，周安涌一是对不起自己的幸运，二是愧对自己的智商。于是他借余建成关门弟子之名，迅速地得到了刘以授的进一步青睐和认可，并且赢得了辰哥的认同。

刘以授原本对周安涌印象一般，数次接触下来之后，觉得周安涌还算是一个机灵的年轻人，能说会道，又有眼色，就对周安涌又多了几分好感。到后来周安涌促成了万众置业的成立，还被余建成认可，他对周安涌就高看了一眼。当接到周安涌的邀请要一起吃饭时，他没怎么犹豫就答应了。见到饭局上没有曹启伦和赵动中，他就立刻明白了几分。

　　对于周安涌背着曹启伦组局，刘以授并没有什么想法，在他看来太正常了，周安涌翅膀硬了，自然要自己飞翔，更何况最近曹启伦不太上进，不再将心思用在事业上，而是醉心于打牌，天天打什么德州扑克，每天的输赢都在几千上万，日渐沉迷其中不能自拔，自以为公司有周安涌和邹晨晨就可以高枕无忧了。

　　笨！周安涌和邹晨晨是两员干将不假，但两员干将都不是启伦集团的股东，谁会为你卖命？谁不是一有机会就单干？

　　刘以授也有几分看不起曹启伦，曹启伦好歹也算是久经江湖之人，为什么如此放手不管，让周安涌一步步坐大？他到底是心大还是失去了雄心壮志？

　　刘以授也懒得多想，反正他只喜欢跟充满朝气的年轻人打交道，不管是男是女，年轻带来的活力让他充满了前进的动力。

　　和刘以授比较复杂的想法相比，辰哥的想法就简单多了，他最崇拜余建成，余建成认可周安涌，那么就说明周安涌值得信赖并且可以合作。虽然周安涌是何潮的发小，但他相信在利益面前，发小的情谊不堪一击。

　　所以当周安涌事先告诉他，要促成启伦集团和利道快递签约大客户协议，以安抚何潮和自己的另外两个兄弟时，他一口答应，并不觉得周安涌冒犯了他，相反却觉得周安涌有情有义，并且分得清轻重。

　　对于周安涌几次暗示合作，他并没有一口答应，而是既不拒绝也不同意，含糊其词地说等机会。周安涌也不急于一时，就和他不远不近地交往着，当今天再次邀请他时，他就一口答应了。

　　今天的饭局，辰哥很清楚周安涌是想整合资源，他也知道周安涌本身没什么实力和资金，但周安涌大有成为余建成代言人的趋势，重要性就凸显了。余建成近年来似乎是退隐了，其实是以退为进，想躲在背后操纵一切，如此既有幕后掌门人的神秘，又有万一出事时的退路，可进可退，进退有道，才是高人的高明手法。

　　谁不想藏身幕后遥控指挥一切？但不是谁都有这个能力和影响力！幕后掌门人要的是无与伦比的威望和强大的掌控力，要有对代言人的绝对控制。

代言人的角色不好找，既要代言人有能力，有手腕，又要听命于自己，近乎一个悖论。所以大佬终极的垂帘听政的愿望大多实现不了，一是要么无法找到最信任的那个人；二是要么找到了最信任的那个人，但那个人不具备替他运筹帷幄的能力。

从某种意义上来说，余建成是幸运的，因为他找到了周安涌。周安涌也是幸运的，因为他遇到了余建成。余建成是周安涌的命中贵人，而周安涌则是余建成的影子。

辰哥倒是希望余建成和周安涌的联手可以成功，余建成的余威还在，他的以退为进类似姜太公钓鱼，只等一个合适的人上钩。现在最合适的人已经出现，余建成怎会错失良机？他拥有庞大的财富，对他来说，钱已经不过是一个数字。但每个人都不想放弃自己的影响力和话语权，他自称为余热老人，不过是障眼法而已，他想要发挥的不是余热，而是全部的光和热。

周安涌见酒足饭饱，气氛也正好到位，就轻轻咳嗽一声："今天请大家聚在一起，我感谢老师、刘总和辰哥、金总的赏光，感激不尽！有什么招待不周的地方，大家多担待。"

余建成微微一笑："都是自己人，说这些就见外了。安涌，你有什么难处就直说，我和以授、小辰都是你叔叔辈的人，能不帮你吗？"

余建成一句话就定了调子，所有人都心里有数，余建成是认定周安涌了。就连喝得大醉的金不换也是努力睁了睁眼睛，嘟囔了一句醉话："安……安涌，有事尽管说，我们都会帮你。"

周安涌礼貌地笑了笑："我周安涌何德何能，能得各位亲朋好友的力挺，感动。为了感谢老师、刘总和辰哥的厚爱，我决定拿出七合科技30%的股份，无偿赠送给各位。"

都知道周安涌今日饭局必有所求，却没想到如此大方，直接赠送股份了。尽管说来七合科技现在名不见经传，也不值几个钱，但至少周安涌的情谊和表面功夫做到了。

当然，在座各位都不傻，也清楚无功不受禄的道理，周安涌此举，表面上是赠送，实际上还是想借助他们几人的影响力和人脉。周安涌的聪明之处在于先以赠送为由，只要几人下水，他就和他们是同一条船上的人了。

辰哥没说话，看向了刘以授。刘以授嘿嘿一笑："赠送什么的，太客气了，没有付出怎么会平白要你的股份？余老师，您说呢？"

余建成微微眯了眼睛："难得安涌一片孝心，我就收下了。"

刘以授和辰哥对视一眼，两人不约而同地心想：余建成对周安涌的爱护真是不遗余力，当儿子一样扶持了，余建成的话，肯定还留了伏笔。

果然不出两人所料，余建成停顿片刻，呵呵一笑："我们做长辈的，不能白拿晚辈的孝敬，多少也要有点表示才行。我手头还有50万的零花钱，就当压岁钱交给安涌去做生意了。作为七合科技的股东，七合科技越壮大，我们的股份才越值钱，是不是？哈哈。"

余建成一表态，刘以授也不能不有所表示了，当即说道："我有60万一直没地方放，就放安涌这里了。"

辰哥也只能及时跟进："我刚回款70万，正愁放到哪里去赚些利息，正好有安涌替我们打理，就劳烦安涌了。"

周安涌诚惶诚恐地推辞，被余建成推了回去，只好再次表态一定不会辜负各位的信任，才勉强答应。

见收到了预期效果，周安涌就又加大了筹码："虽然现在经济形势不太明朗，危机还没有过去，但历史不会停下脚步，早晚会迎来经济的上升。尤其是现在进入了科技时代，电子产品会很快兴起，七合科技眼下以生产小灵通为主，很快就会推出自己的七合品牌小灵通。但未来的趋势，手机才是最重要的通信工具，所以我的设想是，通过小灵通赚取的利润，买进国外的技术和芯片，尽快研制七合品牌的手机。"

余建成点了点头，刘以授和辰哥默然不语，金不换大声叫好："好，安涌的想法绝对符合发展的潮流，我支持。"

第六十三章

情义和商业

"虽然电子制造业会兴盛，但真正赚钱的还是房地产，毕竟对老百姓来说，衣食住行中的住最重要。孟子也说过：'民之为道也，有恒产者有恒心，无恒产者无恒心，苟无恒心，放辟邪侈，无不为己……'我有一个不成熟的想法，请各位前辈多指点。就像刘氏兄弟先从养鸡到养鹌鹑，再到开饲料场，成为中国最大的饲料集团后，又开始涉足房地产，说明了什么？房子是必需品，必需品的生产商，必然会赚钱。七合科技现在以小灵通为主，2000年后开始研发手机，2002年后开始进军房地产。2005年，开始进入酒店和餐饮行业，争取到2008年，十年时间内，七合集团成长为涉及衣、食、住、行方方面面的大型集团公司。"

周安涌继续侃侃而谈。

刘以授点了点头，周安涌的想法很不错，既有远见，又落地，不简单，不过还是理想化了一些，行业和行业之间有壁垒，隔行如隔山，打通两个行业就很不容易了，更不用说三四个以上行业了。

辰哥提出了自己的看法："房地产、酒店和餐饮，只是住和食，没有衣和行。"

周安涌点头："辰哥果然厉害，看到了问题的本质。服装行业，我暂时没有进入的想法，至于行……未来的行不仅交通，还包括移动通信，也就是手机。"

"服装行业其实也可以考虑，利润很不错。"辰哥点了点头，大部分赞同周安涌的想法，"我有几家服装厂，每年的产值都有几百万。产值不大，但利润空间大。"

余建成一拍桌子站了起来："古人有三道，君子爱财取之有道，政有政道，商有商道，安涌这么懂商道，让人敬佩。就这么说定了，既然我们都是七合的股东，以后在一些重要的场合，也要适当为七合打打广告、做做贡献。今天就到这里了，安涌，送我回山居。"

250

周安涌跟在余建成身后,眼睛的余光扫到了辰哥,忙落后两步,和辰哥并行:"刚才何潮打来电话,问我在哪里,我骗他说在上海……"

"你确实是在上海……宾馆。"辰哥笑了笑,说话间,两人走出了大门,身后的霓虹灯亮起,赫然是上海宾馆四个大字,"虽然是在深南中路的上海宾馆,但你就当自己省略了后面的两个字行了。"

"情义归情义,商业归商业,我行事一向泾渭分明。"周安涌望着上海宾馆的几个大字笑了,"辰哥说得对,我也没有骗他,只是少说了两个字而已。"

"我和何潮的事情,你当不知道就行了,一出是一出。"辰哥拍了拍周安涌的肩膀,"难得余老师这么赏识你,你一定要把握住机会,这可能是你这一生唯一腾飞的机会,不要因小失大。"

"我明白,谢谢辰哥的教诲。"周安涌连连点头,"希望辰哥以后多支持七合,相信我,七合一定会还大家一个奇迹。"

"会的。"辰哥看向了余建成,"有余老师在,再加上刘总和我,安涌,不出三年,曹启伦都会仰望你,更不用说何潮了。"

周安涌心花怒放,几乎要欢呼雀跃了:"对了,辰哥,你真的打算把何潮赶出深圳?"

"他只有两条路可走:一是交出利道,人可以安然无恙地离开深圳,想去哪里都可以;二是被我赶出深圳,人得受点皮肉之苦,利道也保不住。"辰哥仰望星空,长长地叹了一口气,"年轻人,有点想法可以理解,但得认清现实,看清脚下的路。看在你的面子上,如果他主动交出利道,我可以给他一笔钱,让他有机会在别的地方东山再起。当然,深圳就别想了。"

"明白,明白。"周安涌连连点头,有一句话到嘴边又咽了回去,"希望以后可以和辰哥多合作,辰哥也多提携小弟。"

"你懂事,又聪明,能得余老师认可,太难得了,我不帮你帮谁?"辰哥留下一句话,转身走了。

周安涌想说的话是:能不能交一笔钱放过何潮?

刘以授过来向周安涌告辞:"安涌,今天的事情办得不错,很体面,很有排场,但有一点,别走漏了风声,让启伦知道就不好了。"

"我明白,谢谢刘总。"周安涌郑重地点了点头,"来的都是自己人,应该不会和曹总通风报信。"

"不一定。"刘以授挤了挤眼睛，神秘地一笑，"金不换就不好说，哈哈。别怪老兄我没有提醒你，事先做好预案，万一启伦问起，你好有个说辞。行了，走了。"

周安涌点了点头，望着辰哥和刘以授远去的背影，开心地笑了。他成功地整合了属于自己的人脉，接下来，就要大展宏图了。

和周安涌即将大展宏图相比，何潮微有几分丧气。他一早来到了东莞的三成科技，等和仔刚刚停好车，庄能飞就迎了过来。

"怎么也不打个招呼就过来？你也学会玩突然袭击了？放心，我这里一没有偷懒，二没有金屋藏娇，绝对正在全力以赴生产产品……"庄能飞先是给了周安涌一个大大的拥抱，然后又说，"我告诉你一个好消息，一个坏消息，好消息是，今天有几个客人到访，有意和我们合作，坏消息是，他们提出了苛刻的条件。"

"谁？"何潮本来是想和庄能飞商量一下如何应对辰哥的威胁，不料却被庄能飞转移了注意力。

在庄能飞的办公室，何潮见到了两个熟人、一个陌生人——曹启伦、邹晨晨和赵动中。曹启伦是老朋友了，赵动中他还是第一次见。

曹启伦紧紧握住何潮的手："何潮，好久不见了，你现在发展势头不错，让人刮目相看啊。今天我专程过来，和能飞聊聊，看有没有合作的空间。渡尽劫波兄弟在，相逢一笑泯恩仇，是不是能飞？"

"都过去了，都过去了。"庄能飞哈哈一笑，连连摆手，"量小非君子，无毒不丈夫，我和老曹都是做大事的人，怎么会斤斤计较过去的那些鸡毛蒜皮的小事？老曹，正好何潮也在，说说你的想法。"

赵动中和何潮握手，眼中闪过机警的光芒："你就是周安涌的发小何潮？我常听安涌提起你，对你赞不绝口。"

"不要听一个人说什么，要看他做什么。"曹启伦冷哼一声，"动中，你要记住一点，一个人越是彬彬有礼，越是嘴上说得好听，就越有问题。"

"出什么事情了？"何潮听出了曹启伦话里话外对周安涌的不满，"曹总是受谁的气了？"

"能是谁？还不是你的发小、最亲密的伙伴周安涌！"曹启伦一提起周安涌就气不打一处来。昨晚他接到消息，周安涌大宴宾朋，邀请了余建成、刘以授和辰哥以及金不换，不但没有邀请他，连通知都欠奉，摆明了是不把他放在眼里，并且要背着他单干。这才多久，周安涌的翅膀就硬了？当初周安涌被他从元希电子挖来

252

时，就有人告诫他，周安涌可以背叛庄能飞，就能背叛他。

他还不信，认为周安涌之所以背叛庄能飞是因为庄能飞撬走了周安涌的女友，他和周安涌又不是情敌，而且在关键时刻拉了周安涌一把，周安涌就算不知恩图报，不能恩将仇报不是？

有一次有个朋友和他、周安涌一起吃饭，席间上洗手间，朋友趁着酒意对曹启伦说："你从后面看周安涌，可以看到他的腮帮子吗？"

"没注意，怎么了？"

"那是反骨。"朋友意味深长地笑了笑，"有反骨的人，会不断地背叛每一个帮他的人，你要小心了。"

曹启伦浑不在意，只当朋友是喝多了。后来他还真留意过，有几次从背后观察周安涌，确实可以看到腮帮子。在他的印象中，从背后可以看到腮帮子的不在少数，难道都是长了反骨？封建迷信，无稽之谈，不可信。

直到昨晚收到消息，他才再次想起了朋友的话，周安涌真的背叛了他！虽然还没有放到明面上，但只是时间问题了。

只不过曹启伦气归气，却奈何不了周安涌。余建成自不用说，他惹不起，对他来说余建成就是高山一样的存在，就是刘以授他也左右不了，甚至就连辰哥，他也不敢惹。也就是说，他明明知道了周安涌的所作所为，却还是不能拿周安涌怎样，才让他最难以接受。

后来冷静一想，既然周安涌背着他有所动作，他也不能坐等周安涌一飞冲天，他也要加紧自己的布局才行，就约了赵动中一起前来三合科技寻求合作。

想起前一段时间过于沉迷打牌的荒唐，曹启伦痛定思痛，决定改邪归正。

赵动中对于周安涌背着他和曹启伦在背后的小动作不置可否，在他看来，周安涌不管是坚定地留在曹启伦身边为曹启伦服务，还是自己寻求机会单飞，都是人之常情。

对周安涌来说，他肯定时刻在追寻利益最大化，有能力就自己飞，没能力就找一棵庇护的大树。

第六十四章

人生三种境界

赵动中原本对何潮并无兴趣，但在周安涌一再再而三的宣传下，对何潮慢慢有了好奇心，很想知道何潮到底是一个什么样的人。他也听出来了，周安涌对何潮的推崇确实天花乱坠，但到具体事情上，就口惠而实不至了，也就是说，周安涌就是喜欢动动嘴皮子，凡是可以帮助何潮的事情，其从来不会落实。

赵动中很想知道到底是周安涌本性如此，还是何潮的为人有问题，才导致了周安涌对他如此说一套做一套？

说句心里话，赵动中倒也挺佩服周安涌的能力，周旋于各色人之间，游刃有余，并且很快就建立了自己的圈子，是一个了不起的年轻人。假以时日，他肯定会有所成就。

第一眼见到庄能飞，赵动中内心毫无波澜，庄能飞和他想象中一样，不如曹启伦有咄咄逼人的气势，也不如刘以授有举重若轻的枭雄做派，更不如余建成不着痕迹的大将之风，甚至不如周安涌至少在观感和言谈上可以让人一见之下就心生好感。庄能飞就像是一座不算高大的山丘，对，就是山丘，土多石头少的山丘，有大地一般的厚重，却缺少山峰应有的锐利和硬气。

不过至少庄能飞还有足够的厚重感。

但当见到何潮第一眼时，赵动中脑海中闪现的第一个想法却是失望。是的，他有几分失望，何潮长得还算不错，稍黑，却浓眉大眼，周身上下匀称而健美，很有男人味道。但何潮既没有周安涌的讨喜、曹启伦的气势，也没有庄能飞的厚重，就像是一个各方面条件都不错但哪个方面都不突出的人。何潮太平衡、太淡然了，如果不是英俊的脸庞和帅气的眼睛，把何潮放到人群之中，没有人会多看他一眼。

何潮确实没有办法和周安涌相提并论，赵动中暗暗摇头，怪不得不如周安涌优

254

秀，过于拙朴了。如果一个人到了60岁以后拙朴，是大巧若拙，但在20多岁的时候拙朴，是笨拙，是过于少年老成。

不料何潮的第一句话就让赵动中对何潮的第一印象来了一个一百八十度的大反转！

何潮微微一笑："我们总是犯同样一个错误，永远把耐心和宽容给陌生人，却把最差的脾气和最糟糕的一面都给了最熟悉和最亲密的人。安涌如果让曹总生气了，是曹总太在意安涌了。如果是我做了什么对不起曹总的事情，曹总也许会一笑置之。"

凡事上升到了人性的高度，就是站在哲学的角度看待问题了，赵动中瞬间觉得何潮在平静淡然的外表之下，有一颗洞察世事的心。他不等曹启伦回答，当即抢先问道："何潮，你觉得现在科技发达消费升级了，人们是不是比以前更幸福、更快乐了？就像我们现在经常调侃古代的皇上，说皇上还不如我们现在一个普通人，因为皇上连电视都没有看过，更别说用过手机了。"

邹晨晨自从何潮出现，就没有说话，一直笑眯眯地看着何潮。周安涌的事情她听说之后，没有表态，但从曹启伦第一时间带她前来庄能飞的三成科技并且没有通知周安涌就足以说明了问题——曹启伦接下来将会重点扶植她。

何潮将赵动中初见他时的不动声色尽收眼底，就连赵动中眼中一闪而过的微微失望之色也没有错过，他就知道赵动中对他的第一印象一般。不要紧，路遥知马力，日久见人心，乍见之欢容易，久处不厌却难。往往第一印象特别好的人，期望值过高，相处以后失望却又最大。

何潮微微一笑，只想就想了想就回答了赵动中的问题："超越当下环境的对比其实是没有意义的，因为人类的幸福向来不是和过去未来对比，而是和现在和身边的人。所以我刚才说，我们总是喜欢把宽容和耐心给了陌生人，是因为我们对陌生人有期待，有想象的空间，而对身边的人没有，所以也就不再有耐心。现在比起古代，看似科技发展技术提升了许多，交通、通信进步了太多，以前连皇上都无法享受的事情，现代普通人都可以拥有。但如果说皇上还不如一个现代的普通人，就太违心了。"

"说下去。"赵动中点了点头，一脸期待。

"千百年来，进步的只是科技，科技提升的只是生活方式，而不是对幸福的感受。幸福感是一种很唯心的东西，我们对比皇上，是因为皇上的时代没有我们的科技。拿自己有的和别人没有的对比，本身就是一种荒唐和不公平。人类的欲望并没有随着科技的进步而提升，圣人说过，饮食男女，人之大欲存焉，社会发展到现在，人类所发明的所有科技和产品，无非还是为这两个基本欲望服务，在脱离了两个基本欲望之后，人性的需求就上升到了认可、权力和影响力。一个现代的普通人，有手机、有汽车、有BP机、有电视，是比皇上享受了更多的科技，但永远没有皇上一呼百应的权力、坐拥天下的风光。也就是说，一个现代的普通人只是拥有了人人都可以拥有的东西，但皇上拥有的是过去、同时代和现代只有极少数人才能拥有的至高无上的权力！"

何潮呵呵一笑："人生三种境界，生存、生活、生命，不要拿生活阶段对比生命阶段，不是同一个时代。"

"扯远了，扯远了。"曹启伦没听明白何潮和赵动中在讨论什么，不耐烦地挥了挥手，"不讨论这些唯心的形而上的东西，说说可以合作的项目。"

"其实赵总也是在和我讨论未来的科技发展，等于变相地在讨论在哪些项目上可以合作。"何潮保持了淡定的微笑，又说，"古人的人生四大喜事是什么？久旱逢甘霖、他乡遇故知、洞房花烛夜、金榜题名时。为什么现在的我们不再觉得这些事情是人生四大喜事呢？是因为科技的进步和发展，久旱逢甘霖？不需要，现在有人工降雨，也可以抽取地下水浇灌。他乡遇故知？也不用，电话联系很方便，不会走丢，不存在意外相逢的喜悦，都是提前约好。洞房花烛夜？古人结婚之前都不见面，一见面就洞房，自然干柴烈火。现代人结婚前谈恋爱谈了好几年，哪里还有洞房花烛夜的惊喜？至于金榜题名，以前的进士比现在的大学难考多了，但现在大学就相当于进士了，一是数量上来了，二是考上大学也不包分配了，也就没有了金榜题名的喜悦。"

赵动中连连点头，大为惊喜，何潮的见识远超他的外表，有些人是外表和谈吐过人，是才华外露。有些人淡然平和，看似普通，却内涵丰富，胸有丘壑："听何潮为我们上上课也不错，天天都是生意，太俗不可耐了。有时适当地提升一下自己的雅趣，陶冶一下情操，也有利于进步不是？启伦，你也静下心来好好听听。"

曹启伦撇了撇嘴："你们继续扯，我喝茶。"

何潮哈哈一笑："不敢不敢，我可不敢给各位前辈上课，其实我想说的也是商业，是从人性的角度来谈论商业。现在是进入了电子时代，人类对电子产品产生了前所未有的依赖，相信在以后还会更严重。我们都有一个欲望阈值，就像古人的四大喜事在现代人看来不叫事，是因为科技的进步提升了我们的欲望阈值，从某种意义上来说，我们没有古人幸福感强，因为他们什么事情都来之不易。来之不易就会珍惜，感受就会强烈。手机也是同样的道理，手机比小灵通先进，但太贵了，为了满足消费者的欲望怎么办？降低标准生产比手机便宜的小灵通。但所有人的欲望阈值都被提升之后，退而求其次使用小灵通，是一种无奈的选择。无奈的选择的结果就是，只要能力提升后，必然会抛弃现在的选择而去寻求更能满足欲望阈值的手机。所以，小灵通的周期不会太长……"

"明白了，你是在变相提醒我，我只是周安涌的小灵通，是他退而求其次的无奈的选择，他的欲望阈值原本不在我身上，是在余建成身上。"曹启伦刚才没听明白，现在明白了过来，顿时气笑了，"敢情何潮你和周安涌是一个腔调是吧？周安涌昨晚的事情你是持赞成态度了？"

"安涌昨晚什么事情？他不是在上海吗？"何潮一时惊讶。

"在上海？他告诉你，他在上海？"曹启伦一愣，随即哈哈大笑，"是，是，没错，他是在上海，哈哈哈哈。"

原来周安涌连何潮也瞒，曹启伦忽然心情大好，笑过之后觉得舒展了许多："算了，我先不和他计较了，只有实力上碾轧一切时，才能挺直腰杆说话。何潮，你的意思是说，小灵通只能昙花一现了？你这个论调倒是和周安涌正好相反，他认为小灵通会长时间内和手机共存，就像现在的BP机和手机共存一样。"

第六十五章

合纵连横

何潮还是坚持自己的看法："BP机、手机和小灵通，三者可以共存一段时间，但从长远看，肯定会只保存一个。要不太烦琐了，出门带那么多东西，多麻烦！科技的本质是让人们更简单快捷地生活，而不是复杂和麻烦。所以我认为未来的发展方向是将三种产品合三为一，只需要一部手机，就可以拥有BP机的传呼留言功能、手机的通话功能以及小灵通的低辐射、低话费的实惠。"

"这个想法好，至少能值1000万。"赵动中大为赞叹，用力拍了拍何潮的肩膀，"何潮，不瞒你说，我第一眼见到你，有七分失望，你太普通了，没有让人眼前一亮的东西。但现在一番交谈之后，我对你的印象从七分失望变成了七分喜欢。"

"谢谢赵总，我的最大优点就是第一印象先降低对方的期望阈值，然后稍微露出一点点的本事，就会让你们对我产生惊喜。要是一开始就让你们对我的期望阈值过高，然后再让你们发现我是金玉其外败絮其内，不就丢人了？哈哈。"何潮半是自嘲半是玩笑，心中却对曹启伦刚才的话闪过一丝疑惑，莫非周安涌昨晚不在上海，而是在深圳？

一句话又让赵动中对何潮的好感上升了几个阈值，他呵呵一笑，更庆幸今日来对了。他是沉稳慢热的性格，如果投资，喜欢长期持有。交朋友也是一样，并不喜欢一见如故的感觉，他很推崇《道德经》上的一句话：故飘风不终朝，骤雨不终日……不管是什么事情，来得快，必然也去得快。

他一直在寻找最合适的合作伙伴，从曹启伦、刘以授到周安涌、金不换等等，没有一人符合他的要求。他是一个对自己要求非常苛刻的人，非常自律，按时休息、准时起床，数十年如一日，从不间断，而且他不管是吃饭、散步、健身，还是其他事情，都极有规律，从来不会因为偷懒而间断。正是因此，他觉得他能做到的事情，别人就一定可以做到。如果别人做不到，就是不够自律、不够坚强。

水至清则无鱼，人至察则无徒，赵动中并不在意他交不到几个知心朋友，他一向是宁缺毋滥的原则，不管是朋友还是合作伙伴。如果志同道合者那么容易遇上，古人就不会留下一曲阳春白雪觅蹊径、高山流水遇知音的佳话了。

今日他才知道，有时还真是踏破铁鞋无觅处，得来全不费功夫。他原本只是抱着陪曹启伦过来转转的心思，正好今天没什么事情。他对曹启伦和周安涌之间的过节恩怨不感兴趣，也不是像曹启伦一样抱着寻求同盟的出发点来和庄能飞谈合作，不料无心插柳，居然认识了何潮。

很多年来，赵动中很少有冲动的感觉，今天他却忍不住脱口而出："何潮，希望我们有机会合作，先从眼前的小灵通做起，定一个长远的目标，谋划一个十年以上跨度的合作模式。"

曹启伦惊讶地张大了嘴巴："动中，你今天的表现太出人意料了，上来就要聊十年的合作，不是你以往的风格。"

"有时候遇到对的人，就得赶紧抓住，否则时机稍纵即逝。在寻找对的人的过程中，可以慢。遇到了对的人，就得快。"赵动中哈哈一笑："何潮，你有没有兴趣？"

何潮也笑了："承蒙赵总赏识，我当然有兴趣了，具体细节我们接下来详谈。"

"我也加入。"曹启伦唯恐落后，"我提议，万众置业和三成科技交叉持股，互通有无，共同打造一个全产业链的科技公司。"

"曹总，万众置业股权结构太复杂了，如果和三成科技交叉持股，会很麻烦。"邹晨晨忙提醒曹启伦，"不说刘总、安涌会不会同意，还有郭公子也有股份，要说服每一个股东同意并且签字，需要耗费大量的时间和精力。"

"晨晨说得对，我觉得不如另起炉灶。"赵动中现在很想和何潮联手做一番事业出来，"用启伦集团和三成科技合作，或者干脆我们以个人的身份入股。"

曹启伦现在坚定了和庄能飞、何潮合作就可以打击周安涌的出发点："还是以个人的身份入股比较好，除了三成科技，还可以入股利道快递。"

邹晨晨知道何潮不想稀释利道的股权，就有意提醒曹启伦："曹总，辰哥的封杀令……"

"随他去，他说什么就是什么，他以为他是谁？"曹启伦一下被激起了火气，"就这么定了，何潮，你开条件。"

何潮看向了庄能飞，从眼前来看，三成科技现有的资金还可以维持运转，但从

259

长远来看，确实需要引进资金和技术。但曹启伦的出发点并不是为了市场，而是为了和周安涌赌气。虽然不知道他们之间发生了什么，但可以猜测的是，周安涌多半做出了让曹启伦不满并且大为恼火的事情。

如果仅仅是曹启伦，何潮不会同意。但多了一个赵动中，就另当别论了。他只犹豫了片刻，就有了主意："我原则上没问题，欢迎曹总和赵总加盟三成科技，如果能飞和江阔也同意，就完全可以了。"

庄能飞虽然对曹启伦还有怨气，但眼前正是三成科技的紧要关头，他又是一个以大局为重的人，只想了想也点头同意了。

"行，具体投资多少，接下来再细谈。"曹启伦哈哈大笑，"有时想想觉得也挺有意思，同一战壕里面的战友，一转身有可能变成对手。而明明是对手，一次会面后又变成了合作伙伴。以前看新闻，我总觉得国际上国家和国家之间的关系像过家家一样，一会儿好、一会儿坏，现在看来，人和人之间也是一样。你们说，周安涌如果知道我们合作了，会不会气炸了肺？哈哈……"

"启伦你着相了，我们和何潮合作，和周安涌没什么关系，是出于商业上的考量。"赵动中一本正经地说道，"我挑选合作方，只看对方的人品和能力，从来不考虑额外的因素。"

何潮原本是想找庄能飞商量一下如何应对辰哥的威胁，没想到遇到曹启伦和赵动中，并且有了意外收获，一时心情大好，中午陪几人吃饭，又畅谈了一番。

和仔自始至终没怎么说话，低头闷闷不乐，被邹晨晨看在眼里，邹晨晨猜到了何潮现在遇到的难题，当快要吃完饭时，有意碰了碰和仔的胳膊："怎么一直不说话？和仔，是不是失恋了？"

对于目前形势一变再变的乱局，邹晨晨其实还是有几分担忧。万众置业现在分裂成了三个阵营，曹启伦和赵动中联手，要和何潮、庄能飞合作；刘以授和周安涌走近，并且和余建成达成了意向；郭林选置身事外，虽然表面上是倾向何潮的立场，但也不会因为和何潮关系不错就和曹启伦、赵动中联手对付周安涌一方。

周安涌倒没什么，哪怕是辰哥，郭林选也不会有多怕；但余建成就不行了，郭统用在深圳的影响力和人脉，还是远远比不上余建成根深蒂固。

邹晨晨并不惊讶周安涌的所作所为，在听曹启伦说起周安涌昨晚的举动之后，她心中很平静，既没有惊喜，又没有失望，反而是一种释然，因为她知道，周安涌早晚会飞走，飞走的时间不由曹启伦而定，而是由周安涌来定。

只是让她没有想到的是，周安涌此举竟然又将曹启伦和赵动中推到了何潮一方，现在逐渐形成了两大阵营，并且各方还持有股份，从长远看，很不利于公司的发展，也有可能引发一系列的股权纠纷。

　　只是她人微言轻，左右不了大局，只好走一步看一步了。好在她现在站队了曹启伦一方，也和何潮成了合作伙伴。有何潮在，相信在接下来的商业较量中，自己一方不会落败。

　　不过该帮何潮的时候还是要毫不犹豫地帮，虽然何潮和江阔确定了恋爱关系让她微有失落，但她还是不想承认自己喜欢上了何潮，并且不想让感情影响了商业上的判断。她认定何潮会比周安涌走得更远，别看现在周安涌顺水顺风，又傍上了余建成这棵大树。

　　和仔不开心还是因为辰哥的事情，他总觉得辰哥围剿利道是因为他，要不是他喜欢上了许愿，辰哥也不会盯着利道不放。利道许多兄弟被打，都是被他所害。他几次想要自己去找辰哥，都被何潮拦下。何潮这次来东莞专程带他过来，也是怕他一个人去做傻事。

　　尽管何潮一再告诉和仔，辰哥对利道的敌意不是因为许愿，也不仅是因为张送，还因为利道的快速崛起侵占了辰哥快递公司的市场份额，不管有没有许愿和张送的事情，辰哥都要想方设法狙击利道，将利道扼杀在摇篮之中。

第六十六章

突如其来的转折

现在的利道，崛起之势凶猛，尤其是利道一直主推的"快"，一个"快"字深得人心，口碑持续发酵中，在许多老客户自发地推广下，利道现在已经占据了深港澳三地的三成以上的市场份额，并且还在持续上升中，尤其是深圳，利道的份额接近了40%！

这已经是一个非常恐怖的数字了。

不只是辰哥对利道充满敌意，许多同行也对利道心存警惕，甚至就连远在上海、北京的快递公司，也开始注意到了利道的快速扩张。有不少人在打听利道的背后到底有什么财团或是势力支持，以及何潮到底是什么来历，是有什么背景还是哪家的公子哥儿。

其他同行对利道的崛起只是警惕和关注态势，辰哥则是直接出手了。邹晨晨对周安涌不顾辰哥对何潮的打压还要和辰哥联手十分心寒，不管周安涌说过多少漂亮话，表面上对何潮多关怀、多爱护，他的所作所为却暴露了他只为利益，毫不顾及何潮的生意和人身安全的真实想法。

邹晨晨最看不起表面一套、背后一套的人，既然曹启伦和赵动中与何潮联合了，就应该帮何潮解决眼下的辰哥难题，而且他们也有能力。

不过让邹晨晨哭笑不得的是，和仔并没有领会她的意思，上来就顶了一句："都什么时候了，还失恋？我都快要失业了！"

何潮立刻猜到了邹晨晨想要拉曹启伦和赵动中站台力挺他的想法，朝邹晨晨暗中使了一个眼色，笑道："和仔，金融危机马上过去了，经济形势很快转机，别那么悲观。"

和仔如果可以及时领悟何潮的意思就不是和仔了，瓮声瓮气地回了一句："经济形势再好转，利道也等不着了。何哥，你不要再拦着我，我已经决定了，不能因为我一个人而影响了利道几百名兄弟的饭碗。我去找辰哥，是死是活，我只求他放过利道。"

"不许走！"何潮怒了，一拍桌子，"我不让你去白白送死！而且还有一点，和仔，你怎么就不明白呢？辰哥不是因为许愿和张送的事情才对利道出手，而是因为利道挡了他的道。"

曹启伦和赵动中对视一眼，曹启伦没有说话，赵动中淡淡一笑："辰哥和何潮的过节，现在外面传得沸沸扬扬，都在指责何潮的不是。我和启伦对这件事情也一直关注，启伦，你怎么想？"

曹启伦愣了愣，没想到赵动中会直接点他的名，他本想回避此事，见躲不过去了，只好瞪了邹晨晨一眼，埋怨邹晨晨不该点炮："作为局外人，不知道背后到底发生了什么，我还是不发表意见了。"

何潮也能理解曹启伦置身事外的选择，他从两人来到之后都避而不谈此事就知道曹启伦和赵动中不管是不是惹得起辰哥，都不想惹祸上身，能和他们合作就已经不错了，不能强求过多。

何潮忙嘿嘿一笑："就是，就是，一点小事如果也惊动曹总和赵总，岂不是显得我太无能了？不劳两位费心，我自己能解决这件事情。"

"何潮！"邹晨晨生气了，推了何潮一把，"你就别自己逞强了。要是商业上的事情还好说，按照规矩来，谁也不怕谁。可是辰哥乱来，天天打伤你们的快递员，谁受得了？"邹晨晨索性摊开了说，"曹总、赵总，我觉得你们应该帮帮何潮，不要让刚刚崛起的利道快递因此折了。和仔，你说，现在利道的快递员有多少人辞职？业务量又下降多少？"

和仔哼了一声："有100多人辞职，业务量下降了三成以上。"

曹启伦阴阳怪气地笑了一声："没问题，帮，该帮的一定帮。前提是，如果我是利道的股东，我就师出有名了。"

"哈哈哈哈……启伦，趁火打劫就不好了。"赵动中忽然下定了决心，"何潮，这件事情我要过问一下，不管能不能帮上忙，你让我先试一试。"

曹启伦也不以为意："生意是生意，人情是人情，何潮不会在意的，是吧？"

何潮点了点头："利道暂时还没有融资的打算，也谢谢赵总的好意，我已经想好了解决的方法。"

"怎么解决？"曹启伦现在反倒好奇了，何潮是有商业头脑，也有长远眼光，但和辰哥较量，靠的不是头脑和眼光，而是拳头。何潮在深圳太势单力薄了，相信就连郭林选也不会冒着彻底得罪辰哥的风险而不顾后果帮助何潮。

何潮笑了笑，气定神闲："我一直忘了一个关键的人，刚才他来了短信，约我过去谈一谈，相信他能帮我。"

"谁？"曹启伦、赵动中、邹晨晨和庄能飞异口同声。

"夏正。"何潮说出了一个名字。

庄能飞猛然一拍桌子站了起来："对呀，我怎么忘了良哥。原本我还想实在不行，大不了我带几个兄弟伏击辰哥，好好收拾他一顿，让他消停消停。既然你能请动良哥，良哥只要肯出面帮你，事情肯定会迎刃而解。"

"良哥肯帮忙吗？"和仔有几分怀疑，"夏正和夏良关系一直不好，兄弟之间几乎没什么往来，要不出了这事儿，他早就去求良哥帮忙了。"

"肯。"何潮十分肯定地点头，却不肯再多说什么，只是让众人尽管放心。

回深圳的时候，邹晨晨非要坐何潮的车，曹启伦也只好由她。曹启伦最近对她的兴趣大减，主要也是她百毒不侵，任凭他施展各种手段，别说得手了，都没有机会和她单独相处。再加上他最近因为打牌输了不少，也就懒得再在她身上下功夫了。

当然，也和邹晨晨和郭林选逐渐走近有关。

尽管邹晨晨和郭林选还保持着正常的工作关系，但郭林选入股万众置业以来，对万众置业的介入很深，事必躬亲不说，还经常来万众置业上班，也不知是真的要发展万众置业，还是为了邹晨晨。但不管是哪一种原因，他和邹晨晨的关系确实是密切了许多。

曹启伦有自知之明，虽然也自认英俊潇洒，天下无双，但和更年轻并且单身的天生富二代郭林选相比，还是有一定的差距，也就慢慢打消了对邹晨晨的心思，只希望邹晨晨能够将万众置业发展壮大。

出了周安涌和余建成等人联手的事情曹启伦相信他之前和刘以授约定借机侵吞善来集团的事情怕是也告吹了，刘以授和周安涌估计又去谋划更大的事情了。

邹晨晨和何潮坐在后座，和仔在前面开车。邹晨晨一开始没说话，上车后闭目养神，不一会儿竟然睡着了，还靠在了何潮的肩膀上。

何潮无奈地笑了笑，邹晨晨的脑袋不断地下滑，他只好托住。和仔从后视镜望了一眼，嘿嘿一笑："我什么都没看见，肯定不会告诉江阔。"

"告诉江阔也没事，我只不过是借肩膀给她一用，是助人为乐。"

"这样的助人为乐，我愿意每天都有。"和仔嘲讽地笑了笑，"何哥，你真的想到对付辰哥的办法了？"

"我还能骗你？"何潮白了和仔一眼，看了看手机，"开到华侨城，我和良哥约好了。"

"得令。"和仔开心了，"良哥出面，肯定马到成功。这几天差点儿憋死我，辰哥太坏了，不光明正大地和我们竞争，背后出阴招、下狠招，算什么英雄好汉？"

"他本来就不是英雄好汉。"邹晨晨睡醒了，一擦嘴角的口水，不好意思地笑了，"梦到吃叫花鸡，真香。对了，说到哪里了？何哥，等下我陪你一起见良哥。"

"你别掺和这件事情了。"何潮不想邹晨晨也卷入其中，"好好经营你的万众置业就行了。"

"不行，这事儿我管定了。我就是爱管闲事的性格……"邹晨晨拍了拍和仔的肩膀，"和仔，等下到了地点，你先去忙你的事情，我陪何哥就行了。公司肯定还有许多事情离不开你。"

何潮还想说些什么，一听邹晨晨此话就又咽了回去，邹晨晨太懂事了，支走了和仔，不让和仔的冲动影响了谈判，带上她，还是有帮助的。

和仔确实放不下公司的事情，也没多想，到了华侨城放下两人就走了。

何潮忽然笑了："你现在比江阔还像我的助理兼女友，要是让江阔知道了，她肯定会吃醋。"

"江姐姐才不会，她很大度，既体面又得体。我只能帮你一些小事，等利道哪一天遇到了天大的困难时，她挺身而出，谈笑间，樯橹灰飞烟灭，你才知道她是你真正的命中贵人。"邹晨晨吐着舌头笑了，"但现在她不在，没有办法帮你，就只能由我代劳了。而且我还肩负着管你的责任，至少有我在你身边，可以挡下许多被你迷倒的小女孩。"

"何哥，我哥在楼上。"

何潮的身后忽然响起一个声音，何潮回身一看，正是夏正。

第六十七章

剑拔弩张

夏正微有几分尴尬，搓着手："不是我一直不肯帮你，何哥，你也知道我和他的关系不好。后来江离对我说如果他不出手，利道可能就完了，我才意识到了事情的严重性，特别后悔自己的不懂事，都什么时候了，还在意自己的一点面子。拉下脸求求自己的亲哥真的就这么难吗？"

"行了，正哥，别说了，我没怪你，本来也不好意思请良哥出面。"何潮反倒有几分不好意思，是江离说动了夏正，夏正又出面请来了良哥，他之前也不是没有想过动用良哥的关系，但转念又打消了自己的想法。良哥和辰哥齐名，既然齐名，又分别在不同的区，肯定是实力相当。让实力相当的一方去求另一方，需要良哥降低身段并且放下面子，他要欠很大的人情。

他却突然间收到夏正的短信，说是已经约好了和良哥面谈，事已至此，他再推脱就是矫情了。

上了二楼，来到209房间，推门进去，房间中空无一人。夏正看了看手表："怎么还没到？"

"到了。"

一个响亮的声音在身后响起，何潮回身一看，一个个子不高、眉毛很浓、额头很宽的中年男人大步流星走了过来。他的长相和夏正有五分相似，不同的是，他身上没有夏正的温顺和朴实，而是有一种含而不露的张狂。

"良哥。"不用想就知道来人正是夏正的哥哥夏良，何潮忙恭恭敬敬地叫了一声，"不好意思，麻烦良哥了。"

"我弟的事情就是我的事情，再说麻烦就不要叫我良哥了。"良哥用力一拍何潮的肩膀，哈哈一笑，看了夏正一眼："如果不是因为何潮的事情，你是不是一百

266

年也不给我打一个电话？"

夏正不看夏良的眼睛："爸妈身体都还不错，亲人们没病没灾的，你平常又忙，我又没什么事情，打电话干什么？"

夏良眼睛一瞪："你的意思是除非我死了，你才主动过来看我是不是？"

好嘛，一见面就吵，这兄弟两个也是够了。何潮忙借为夏良介绍邹晨晨为由打掩护，中断了兄弟两人的吵架。

"你女朋友不错，有眼光。"夏良对邹晨晨印象很好，他一口浓重的湖南口音普通话，"四川妹子？四川妹子好，和湘妹子有的一比。什么时候结婚？我送一份大礼给你们。"

"哥，晨晨不是何潮的女朋友，何潮的女朋友在香港。"夏正微带不满地说道，"以后别动不动就乱说，影响形象。"

"影响什么形象了？影响你的形象了？"良哥嘿嘿一笑，他说话的语速很快，但并不是生气，"好，不管你女朋友是谁，反正你结婚的时候我会送你一份大礼，就凭你让我弟这么服你、这么帮你，我就敬佩你。来，说说你和张辰的事情。"

何潮一眼就看出来了，良哥是一个热心开朗的人，他的软肋就是夏正，他非常在意夏正对他的态度，甚至有几分刻意讨好夏正。想想也真有意思，作为一个呼风唤雨的人物，他在深圳的威名毫不亚于辰哥，但让许多人谈之色变的他，却在夏正面前矮了几分。每个人都有自己的命中克星，邹晨晨是郭林选的，夏正是良哥的，江阔是他的。

周安涌会不会也是他的克星或者说劫难？

何潮简单一说他和辰哥的恩怨由来，也没隐瞒和仔的事情。一开始良哥的脸上还挂着轻描淡写的笑容，后来笑容慢慢凝固，等何潮说到是因为利道快递抢走了辰哥快递公司的市场份额，而辰哥才对他不依不饶时，良哥脸上的笑容全部不见了，换上了凝重之色。

"事情有点复杂，"良哥本来坐在何潮对面喝茶，现在站了起来，"夏正只和我说了张送的事情，我以为只是因为他的弟弟被打，现在才知道背后有这么多事情。弟弟被打，想办法出出气也就消气了。和仔带走了许愿，也不是什么了不起的大事，相信张辰也不会没完没了，我开口了，这个面了他还得给，但如果是生意的事情，就不好办了。我的面子再大，也不可能大过钱。"

"我就知道找你也没用，平常被人一口一个良哥叫着，还真以为你有通天的本事。"夏正站了起来，气呼呼地一拉何潮的胳膊："何哥，我们走，不求他，我们一起和辰哥硬拼，不信干不过辰哥。"

"夏正！"良哥一把抓住了夏正的胳膊，满脸怒容，"我说过我不管了吗？我只是说事情有点棘手，需要动用一点儿关系和人情才能摆平，你怎么这么没耐心？你的耐心和宽容都给了别人。"

夏正也犯了几乎所有人都会犯的错误——对外人展现最好的一面，对亲人展现最差的一面，何潮想要劝上几句，忽然手机响起了。

是郑小溪来电。

"何哥，不好了，辰哥带着上百人来到了公司，见人就打。"郑小溪的声音带着惊恐的哭腔，"我刚才报警了，警察还没有来。我好害怕，他们都好凶，像疯子一样。"

"小溪，你先别急。"事情的变化之快，让何潮也有些始料不及，"和仔和高英俊他们呢？"

"高英俊在，和仔不知道去了哪里。啊，和仔回来了，他身上好多血……"郑小溪的声音中断了，和仔的声音传了过来："何哥，我惹祸了，不过你放心，所有的后果我一个人承担。你尽管打我骂我，等我料理完了所有事情后，再向你负荆请罪。"

"和仔，你不要做傻事！"何潮狂吼一声，电话却挂断了。

"出什么事情了？"良哥顾不上再和弟弟争论，拦住了何潮的去路，"不是外人，你告诉我。"

"好，我跟你一起去。"得知事情的真相后，良哥几乎没有犹豫就下定了决心，又拿出手机打了一个电话："多叫几个人过去，至少保证人身安全。"

利道快递总部经过大半年的装修和整理，已经初具气象，院中绿植成片，另有假山和鱼塘，虽小，却也点缀了空间。院子不算大，也被精心收拾得很雅致，不像是一家快递公司的总部，倒像是一家颇有格调的文化公司。

平常，利道快递的办公楼来往的客户不多，也就是何潮在的时候接待一些重要的合作方或是开会，除此之外，大多数时间很安逸、很静好。

当初何潮也正是看中了此处的宁静，有一种闹中取静的世外桃源之感。只是现在，世外桃源的平静被打破了，一群人气势汹汹地冲了进来，密密麻麻地站在院子之中，齐声高喊："何潮出来！还快递市场公平！何潮出来！必须严惩打人者！"

郑小溪躲在二楼的房间中，瑟瑟发抖，不敢露面，更不用说下楼了。她长这么大，还是第一次见到如此群情激愤的场面。电话线已经被掐断，手机也被和仔抢走，和仔还将她锁在了办公室里，她现在是上天无路、入地无门，只盼着何潮能早些回来。

和仔抢走她的手机，临走时还再三叮嘱："不要让何哥回来，你听到没有？千万不要再打电话给他，他回来会被打死的。你想害死他？啊！你想害死他吗？"

郑小溪现在心里无比矛盾，既盼望何潮回来主持大局，又怕何潮真被人乱拳打死。她朝下张望半天，没见到和仔，心想和仔到底去了哪里？难道是趁机跑了？

楼下，一楼走廊。和仔倔强地站着，光着上身，后背鲜血淋漓，头上也在流血，鼻青脸肿不说，胸前也是伤痕成片。如果不是他标志性的大鼻子，不熟悉的人一眼还真认不出来他。

对面坐着一人，跷着二郎腿，嘴里叼着雪茄，正是辰哥。

"和仔，你能有今天，都是拜我所赐。你不知恩图报我不怪你，你带走许愿，带走我的手下，带走我的客户，你不是想要挖我的墙脚，你是想刨了我家祖坟！"

和仔哼了一声，含混不清地说道："许愿和我相爱，又关你什么事？她是你的员工，又不是你的女人和亲人。我也没带走你的手下，是你不善待兄弟们，兄弟们过来投奔我，想找一份工作，我能不收留他们？他们凭本事吃饭，光荣！我也没挖你的客户，客户不来利道，也会选择别的快递公司，别把自己的落后怪罪在别人的进步上。"

"跟着何潮学会伶牙俐齿了，和仔，可惜在实力面前，没用。"辰哥起身，一个耳光打在和仔的脸上，"你是不是觉得有了何潮当靠山，我就不敢动你了？呸！何潮在深圳连根鸡毛都算不上，我想要收拾他，跟踩死一只蚂蚁没多大区别。不，还是有区别的，蚂蚁不会说话，他会叫疼。"

"哈哈……"

辰哥的几个跟班一起大笑。

"辰哥，辰哥……"一提到何潮，和仔的语气软了下来，"求求你放过何哥，你怎么收拾我都行，就是打死我，我也没有一句怨言。我拿我的命换何哥的平安！"

第六十八章

趁机

"你的命……"辰哥轻蔑地摇了摇头，伸出一根手指，"不值钱！何潮打了张送，这笔账到现在还没算，利滚利，他现在连本带利偿还的话，就算奉上整个利道快递也不够，还得赔上一条腿。"

和仔听出来了，辰哥是要对何潮大下杀手了，他无比后悔他的冲动之举，"扑通"一声跪倒在地："辰哥，都是我的错，是我不对，我不该去找你的麻烦，你放过何哥好不好？你让我做什么都可以，我真的知道错了。"

"滚开！"辰哥厌恶地一脚踢开和仔，还不解气，又上去踢了几脚，"妈的，一个小马仔，也敢狗仗人势跑过来教训我，你以为辰哥的名号是白叫的？"

事情起因是和仔一时冲动，送完何潮和邹晨晨后，开车冲到了辰哥公司的总部，一见到辰哥，就指责辰哥不该让人打伤利道的快递员，劝辰哥赶紧收手，否则会有严重的后果。

辰哥半年来之所以一直没有找何潮的麻烦，并不是他忘了这件事情，而是在一次聚会时，他遇到了宁劲和彭帆，两人不知为何提到了何潮，都对何潮赞不绝口，言谈中流露出对何潮的赏识。

辰哥一时摸不着头脑，不知道两人到底和何潮是什么关系，因两人名气很大且影响力颇广，他一时没敢轻举妄动，暗中四处打听两人到底是不是何潮的幕后靠山。

直到最近他才打听清楚，两人只不过和何潮有过一面之缘，并无深交，他才长舒了一口气，暗笑自己过于谨慎，而何潮还真走了狗屎运，只和两人见了一面，就保了其半年多的平安，何潮还真有点本事。

何潮如果知道他只因当时为宁劲和彭帆留下了一个好印象，就为他争取了半年多的缓冲期，一定会既庆幸又开心。庆幸的是，要对身边的每一个人尽量留下好印象，久而久之，好印象就会形成发酵效应，为你带来足够的人脉和资源。就像夏正，只不过是他叫车时遇到的一个出租车司机，因为他对谁都一视同仁，不会轻视或小瞧任何一个人，才赢得了夏正的好感和信任。

开心的是，宁劲和彭帆一句无心之话为他争取了大半年的缓冲期，让利道快递的实力更上一层楼。如果是半年前，利道快递不是辰哥的一招之敌，会在辰哥的出手下，迅速崩溃而倒闭。何潮一向信奉与人为善即于己为善的道理，他始终坚持的就是生意只是暂时的，交情却可以长久。

辰哥正愁找不到突破口，和仔却主动找上门了，当即大喜，先让人暴打了和仔一顿，又故意放和仔逃走，再带人追了过来，以受害者的身份来讨还公道，趁机灭了何潮并且收了利道快递。

和仔现在知道他一时冲动闯下了大祸，等于制造了一个机会给辰哥，不由得又气又追悔莫及。他紧紧抱住辰哥的大腿不放："辰哥，你放过何哥吧，我做牛做马报答你。"

辰哥不说话，一拳接一拳打在和仔的后背上，和仔嘴中不断地喷涌鲜血，他像是溺水的人抱住最后的一根稻草，任凭辰哥打个不停。十几拳后，和仔无力地闭上了眼睛，双手一松，晕死过去。

"死了没有？"辰哥接过手下递来的毛巾，擦了擦手上的鲜血，"还真是一个硬骨头。以前和仔在我手下的时候，我也没觉得他有这么硬气……何潮呢？"

"不知道，没找到，应该没在公司。"一个留着一绺胡子的手下说道，他指了指楼上，"楼上已经全部搜过了，除了何潮的办公室锁死了进不去，其他办公室都检查了。"

"走，跟我上去。"辰哥扔了毛巾，看了倒在地上的和仔一眼，"带上家伙，砸了何潮的办公室。"

"张辰，我跟你拼了！"伴随着一声怒吼，三个人不要命一样冲了过来，为首一人手持一根棍子，正是高英俊。

高英俊、罗三苗、伍合理三人去人才市场招聘员工，回来后发现公司的院子中多了上百人，大门被堵得水泄不通，顿时大惊，不知道发生了什么事情。罗三苗和伍合理想直接闯进去，被高英俊拦住，高英俊假装路人，摆出一边看热闹一边不知情的架势，向一个人套了套近乎，问出了实情。

原来是辰哥带人来闹事了，高英俊倒吸一口凉气，忙打电话给何潮，得知何潮正在赶回的路上，大为心安。放下电话，高英俊没有听从何潮让他原地待命的指示，他关心和仔和郑小溪的安危，尤其是郑小溪。

尽管谁都看得出来高英俊暗恋郑小溪，高英俊却从来不肯承认，只说郑小溪作为何哥的助理和行政，是大内总管，劳苦功高，大家必须对她多一些关心和爱护。关心她、爱护她，就是关心爱护何哥。

被罗三苗和伍合理嘲笑有贼心没贼胆，高英俊被逼急了，眼睛一瞪声称暗恋最美，他不希望破坏他对郑小溪纯洁而朦胧的好感。

现在郑小溪被困，高英俊怎么可能坐视不理？他假装不怕事大的吃瓜群众，骗过了辰哥的手下，和罗三苗、伍合理一点点挤到了里面，见辰哥正准备带人上楼，当即按捺不住就扑了上去。

作为保安出身的三人，从外形看都不是身强力壮之人，动起手来却不含糊。一番打斗过后，辰哥的五个手下被摞倒，三个手下受伤，还有一人被高英俊一拳打飞。奈何辰哥人多势众，最后的结果是高英俊三人被打得遍体鳞伤，和和仔躺在了一起。

高英俊努力爬到和仔面前，抓住了和仔的胳膊："兄弟，你不能死呀，你得等等何哥……"

"噗……"和仔一口鲜血喷出，喷了高英俊一脸，他虽然一笑就浑身痛，却还是被高英俊逗得忍不住笑了，"高英俊，你说的是什么屁话？等何哥一起死，是不是这意思？"

高英俊索性躺在了地上："我不是那个意思，是说我们要坚持等何哥回来，有什么遗言要向他交代一下。"

"滚，我们死不了，别说丧气话。"罗三苗倒在高英俊的身边，踢了高英俊一脚。

伍合理呜呜地哭了："我不想死，我还没有谈过恋爱睡过女人，要是死了就太亏了。"

"都别说了，真没出息。"和仔挣扎着要爬起来，"何哥不在，我们就是利道的顶梁柱，我们不能让辰哥欺负每一个利道人。"

几人都挣扎着要站起来，却又被路过的几个辰哥手下打了几拳，又痛苦地倒在了地上。

楼上，辰哥轻轻敲了敲何潮办公室的门："有人吗？请打开门，我保证不会欺负你。如果不打开门，我数到三，门会被砸开，我保证你会受伤。"

郑小溪在房中浑身颤抖："你……你……你不要进来！"

"三！"辰哥失去了耐心，一脚踢开房门，冲进去抓住了郑小溪，"说，何潮在哪里？"

"我……我不知道。"郑小溪吓得脸色惨白，却还是保持了一丝清醒，"我警告你，辰哥，如果你敢动何哥一根手指，我保证我爸会和你算账。"

"你爸？杨梅下村的村主任郑大河是吧？"辰哥松开了郑小溪，轻描淡写地笑了笑，"郑大河马上就不是村主任了，他都自身难保了，还有能力保护何潮？别做梦了。辰哥我认识深圳十几个村主任，不是所有村主任都像余建成余老师一样有影响力的，哈哈……"

"张辰！"

辰哥的笑声未落，一声响亮的怒吼从院中传来，震得窗户轰轰直响。

"何潮在此，你放过他们，有本事都冲我来！"

无数人顺着声音回头一看，何潮昂首阔步迈进了院子。辰哥的众多手下被他的气势震慑，自动让开了一条道路，分列两旁，不像是严阵以待的队伍，倒像是热烈欢迎何潮的仪仗队。

何潮大步流星，目不斜视，一副虽千万人吾往矣的气概，穿过上百人的队伍，独自上楼，来到了辰哥面前。

何潮上下打量辰哥几眼："辰哥，第一次见面，阵势未免太大了一些。"他一闪身，推开辰哥紧抓住郑小溪的手："小溪，去泡壶好茶。"

郑小溪依然紧张得牙齿打战："何……何哥，你怎么回来了？快……快走！"

"走？去哪里？深圳是我家，我就要留在深圳，好好发展自己的事业，谁也别想干扰我。"何潮二话不说坐在了自己的座位上，摆出了一副主人的架势："辰哥，坐，你们都坐。"

辰哥冷冷一笑："何潮，你比我想象中更冷酷，你的兄弟们在下面正在流血，你还有心情喝茶？你真行。"

"不然呢？"何潮呵呵一笑，自顾自倒了一杯茶，一口喝完，"我一路上调兵遣将，紧赶慢赶总算提前一步赶到了，不喝口茶润润嗓子怎么和你谈判？"

273

第六十九章

不必急在一时

"谈判？你以为我们之间还有谈判的可能？"辰哥仰天大笑，朝外面一指，"你看外面的人群，你觉得你还有资格和我谈判？何潮，你不要太天真了。"

何潮已经大概知道了事情的始末，他不怪和仔的鲁莽，因为他知道，就算没有和仔的冒失之举，辰哥也早晚会对他出手，早晚！

"别急，辰哥，你有人，我也有。"何潮泰然自若地倒了几杯茶，除了给辰哥一杯，还不忘给他手下的几名兄弟，"要不你以为我姗姗来迟是干什么去了？肯定是搬救兵去了。来，喝茶，等茶喝完，救兵也就到了。"

辰哥一愣，随即哈哈大笑："何潮，你太有意思了，你以为我会等你的救兵到了之后再动手吗？你要是想用缓兵之计，就不应该告诉我，你还有救兵！"他随即脸色一寒："动手！"

几人冲过来就要冲何潮大打出手。

"等等，"何潮站了起来，摆了摆手，"急什么？动手也不必急在一时，还有辰哥，你不是号称放眼深圳无人可怕，难道还怕我搬来的救兵灭了你的威风？"

"我会怕你？笑话！"辰哥几乎气笑了，"好，我就等你的救兵过来，我倒要看看，深圳还有谁敢为你的事情出头，敢落了我的面子。"

留着一绺胡子的手下悄声说道："辰哥，小心中了何潮的缓兵之计。"

辰哥身边有左膀右臂，右边的小胡子叫胡而剑，外号胡二贱，左边的满脸络腮胡子的叫胡少村，人称胡骚春。胡二贱争狠斗凶，胡骚春诡计多端，两人跟随辰哥多年，是辰哥的智囊团兼保镖，深得辰哥的信任。圈内都知道辰哥正是因为有二胡辅佐，如虎添翼。

胡骚春连连点头："而剑的话有道理，我看何潮的救兵一时半会儿到不了，我们不能坐等他的救兵上门，万一他真叫来了厉害的人物，又人多势众，我们的大好局面就毁于一旦了，辰哥。"

辰哥若有所思地点了点头："有道理，有道理！不等了，何潮，我以前给你开出过两个条件，让你二选一，可惜你错过了，现在你只有一个选择了——交出利道快递，滚出深圳！"

"如果我不交出来呢？"何潮依然一脸淡然笑意，"想不到堂堂辰哥，事事都要听从手下的建议，是不是这么多年来，辰哥不过是台上的木偶，真正的决策者是大小胡子两位？失敬失敬，原来你们就是传说中的隐形掌门人！"

辰哥脸色一沉："何潮，你挑拨离间的水平也太低级了……你的意思是非要硬撑到底了？如果你不主动交出来利道的话，下面和仔他们的下场就是你的下场。"

胡骚春脸色一沉，朝胡二贱使了一个眼色，胡二贱会意，一左一右来到何潮身边，架起了何潮，带他来到辰哥面前。

辰哥拿出一份协议书："何潮，这是已经拟好的合同，你愿意作价一元将利道快递转让到张辰名下，签字生效。"

胡骚春和胡二贱用力压下何潮，胡二贱朝何潮踢了一脚："快签字，别给脸不要脸。现在不签，等下你沦落到和和仔一样的下场不还是得签？做人要看清形势，好汉不吃眼前亏。"

"我签，我签还不行吗？放开我，我就签。"何潮挣脱了两人的魔爪，拿过签字笔，扫了一眼合同，笑了，"说个小插曲，你们肯定不知道这一支小小的签字笔需要塑料、油墨、不锈钢等一系列的生态链的配合才能生产出来，未来的产业都是生态链产业，没有一家公司可以单独地生存。到目前为止，内地没有一个厂家可以生产出来签字笔笔尖里面的小圆球，别看它小，但由于加工精度要求极高，内地制造不出来高精度加工车床，就生产不了圆珠……"

"你到底签不签？"胡骚春怒了，一拳打向何潮，"啰唆个没完，真不是男人！"

"签！"何潮话一出口，身子朝一侧一躲，闪开了胡骚春的一击，手起笔落，签字笔插在了胡骚春的右手之上，又一转身，飞起一脚踢在了胡二贱的肚子上。

两人猝不及防，被何潮手起脚落打倒在地上。

辰哥大惊失色，一拍桌子飞身而起，飞起一脚踢向了何潮。何潮后退几步，拎起茶壶扔了过来，却被辰哥轻易地躲过。

不过何潮的目标并非辰哥，茶壶"啪"的一声落在了桌子上，摔得粉碎，茶水也流了一地，正好砸在了合同上面，合同全湿，明显不能用了。

辰哥勃然大怒，回身拎起一把椅子就要朝何潮砸去，何潮迅速后退到窗口的位置，辰哥快步跟上，此时胡二贱和胡骚春也围了过来，何潮被三人团团围住，除非跳楼，否则后退无门。

辰哥狂笑："何潮，本来我还看在许多朋友的面子上想放你一马，不想收拾你，没想到你不但不识趣，还自不量力。算了，你既然自己不想活，我也乐得推你一把。"

辰哥后退一步，朝胡二贱和胡骚春使了一个眼色，两人会意，步步逼近何潮，何潮吓得大叫："你们要干什么？光天化日之下，要当众行凶杀人？"

"行凶杀人？是你自己不小心摔了下去，二楼，摔不死的，别担心。"辰哥嘿嘿一笑，"不过多半会摔一个下半生生活不能自理！啊！"

辰哥话未说完，头上结结实实挨了一棍，疼得他倒吸一口凉气，回身一看，郑小溪手持高尔夫球杆，正对他怒目而视。

"放开何哥！"郑小溪不再瑟瑟发抖，她双目圆睁，愤怒让她鼓足了勇气，而出于对何潮的爱护更是让她不顾一切，"再不放开他，我杀了你。"

"敢打我！"辰哥怒了，一摸脑袋，鲜血涌了出来，他上前一步夺下了郑小溪的高尔夫球杆，正要飞起一脚踢倒郑小溪时，外面传来了一个洪亮的声音。

"张辰！"

辰哥顿时愣住了，脸上闪过惊愕和不解的神色："良哥？"

"是我，张辰，我是夏良！"良哥的声音远远传来，三分从容、七分愤怒，"你这些不长眼的小弟挡住我的路，我是从他们身上踩着过去，还是你告诉他们什么叫好狗不挡道？"

辰哥脸上的怒意一闪而过，但努力平息了怒火，看了何潮一眼："你的救兵就是夏良？"

何潮暗中长舒了一口气，良哥总算及时赶到了，他故作镇静地笑了笑："本来我还想叫上媒哥和景哥，后来一想觉得太麻烦，就算了，毕竟小小的辰哥还不够资格同时惊动另外三位大哥，是吧？三位大哥同时出动，也会折了你的寿。"

辰哥气得鼻子都要歪了，想打何潮几拳出气，外面却传来了几声惨叫以及嘈杂声，他忙狠狠瞪了何潮一眼，和大小胡子下楼了。

"小溪，你太冲动了。"何潮上前怜惜地将郑小溪抱在怀里，安抚她受到惊吓的心灵，"以后不许这样了，男人的事情，让男人解决。"

"不。"郑小溪由刚才的不知所措到慢慢平息下来，下定了决心，不管怎样她都不能让何潮受到伤害，她要保护何潮，尽管她也知道她连自保之力都没有，但保护何潮是她的职责所在。

何潮可以感受到郑小溪为他奋不顾身的勇敢，十分感动，他又安慰了郑小溪几句，好说歹说劝郑小溪下楼去看和仔等人，良哥和辰哥就在大笑声中进来了。

夏良和张辰肩并肩，同时迈进了何潮的办公室，看两人勾肩搭背的亲热样子，很像是失散多年的兄弟。

夏良漫不经心地看了何潮一眼："何潮，有什么好茶尽管上来，我和辰哥聊几句。"

张辰也嘿嘿一笑："要最好的茶，何潮，千万不要小气，我和良哥好久没见了，今天得好好叙叙旧。"

如果不是何潮和良哥关系很好，又和夏正关系非同一般，眼前的一幕会让他怀疑良哥到底是过来帮他，还是真的要和张辰叙旧。好在他有足够的自信和强大的心理素质，当即烧水泡茶，拿出了表姐送他的凤凰单枞。

三杯茶过后，夏良和张辰的寒暄也接近了尾声，两人聊了一些陈年往事，真像是借何潮的地方回忆往事来了。何潮也颇有耐心，安静地泡茶倒茶，不插一句话。十分钟后，两人结束了热切的聊天，脸上的笑容也渐渐消失。

夏良将茶杯重重一放："天也聊了，茶也喝了，辰哥，何潮也算尽了待客之谊，你还有什么不满意的，都和我说说，我让何潮尽量满足你的诉求。"

张辰的笑容迅速转为阴冷："一口茶就能抵销他的所作所为，也太便宜他了，就算有良哥的面子也不行。"

夏良的脸色也渐冷："辰哥的意思是，我的面子能抵几分？"

"我看在良哥的面子上，他的手下和仔抢走我的手下小妹许愿的事情，就一笔勾销了。"

夏良哼了一声："还有呢？"

第七十章

人情只是通融

"何潮打我弟弟的事情，不能就这么算了。如果是我不小心动了夏正，良哥也不会因为我请良哥喝一次茶就当事情没有发生过，是不是？"张辰的眼睛眯成了一条缝，"将心比心，你说呢，良哥？"

"张送被打的事情，不能全怪何潮不是？也有张送的原因，你弟弟如果不多加管教，以后打他的人多了去了。"夏良握紧了拳头，眼中流露出不耐烦之色，"这么说，辰哥是一点儿面子也不给了？"

"不管谁对谁错，只要有人打了张送，我就得打回去。不是我不给良哥面子，是弟弟被人欺负了，我当哥的如果没有一点儿表示，以后还怎么当兄弟们的大哥？大哥不就是替兄弟们出头、帮兄弟们出气的吗？如果做不到这一点，谁还认你当这个大哥？"张辰的语气渐冷，"谢谢良哥大老远过来看我，情义我心领了。来到了我的地盘上，如果我不表示表示，就显得我太不懂事了，今晚我请客，良哥一定要给个面子。"

言外之意就是何潮的事情夏良就不要再过问了，他请夏良吃饭，也算是给足夏良面子了。毕竟夏良是在他的势力范围之内，手伸得太长，越界了。

夏良脸色微微一寒，迅即又哈哈大笑："这样，辰哥，既然你给我面子，我也不能不接下不是？何潮打张送的事情，就不要计较了，今晚我请客，深圳最大最好的饭店，随便挑，只要你辰哥开口，想吃什么有什么，想玩什么有什么。"

"良哥可能没听明白我的意思……"张辰咳嗽一声，干笑说道，"这事儿过不去，除非何潮离开深圳。"

"何潮是我的兄弟，他要是被人逼着离开深圳，我这个当哥的以后就没法混了。"夏良看了一眼在一旁不动声色的何潮，"辰哥，都是明白人，就别说糊涂话

278

了，你把话挑明了，你到底要怎样才会放手？"

"何潮离开深圳，交出利道快递！"张辰轻轻一笑，"本来我还想要何潮一条腿，既然良哥来了，给良哥一个面子，让何潮完整地离开深圳。"

"啪"的一声，夏良摔了杯子，站了起来："张辰，不要欺人太甚。如果我不同意呢？"

张辰也站了起来，双手叉腰："良哥，这么多兄弟出动了，要是空手回去，我以后就指挥不动他们了。你不同意也可以，只要你能说服我这100多个兄弟。"

何潮见场面越来越僵，就要开口说话，却被夏良制止。夏良哈哈一笑："怎么着，你是仗着人多势众，非要欺负我们没人是吧？张辰，今天的事情，我是管定了，如果你真的一点儿也不退让，不好意思，我以后有的是办法让你难受。"

"不用不好意思，夏良，我这个人目光短浅，只看重眼前。以后是以后，眼下痛快了得手了，我就满足了。"张辰至此已经断定，夏良并没有带太多人过来，否则以夏良的实力，早就翻脸了，他今天吃定了夏良和何潮。

如果只是一个何潮，不足以显示他的威风。但再加上一个夏良，传了出去，他将会名声大震，一举超越和他齐名的媒哥和景哥，成为深圳四哥的领军人物。

如此良机岂能错过？张辰一咬牙，今天就算往死里得罪夏良也值了。平常四人很少有单独碰面的机会，夏良主动送上门来，要是错过如此千载难逢扬名立万的时机，他就太笨了。

张辰也是认定夏良和他是一样的好汉不吃眼前亏的性格，就是要仗着自己准备充分，打何潮和夏良一个措手不及。等木已成舟，夏良再想秋后算账就晚了。

不料张辰失算了，夏良是准备不充分，也承认了自己没带来足够的人手，却寸步不让："今天我来得比较匆忙，只带了30来个人，真要动起手来，肯定打不过你们100多人。但是，我今天还就管定何潮这事儿了，张辰，你是不是连我也一起收拾了？"

张辰先是一愣，随后冷笑一声："不敢，不敢，谁敢碰大名鼎鼎的良哥一根手指？不过如果我收拾何潮的时候，良哥正好挡在前面，我没有看清，一不小心伤了良哥，也是情非得已，不是本意，还请良哥大人大量，原谅我的不得已……我对良哥一向尊重，但误伤有时在所难免。"

夏良的脸色越来越难看，正要发作时，何潮开口了。

何潮在一旁沉默半天，冷静地观察张辰和良哥的唇枪舌剑，很清楚两人平常旗鼓相当，但为了他的事情，良哥不得不放低身段向张辰求情，因此在气势上就先输了几分。他更清楚的是，以良哥现在的身份地位，轻易不会求人，相信因为他的事情，也是一忍再忍了。

他不能让良哥为他忍让太多，也不想欠人情太多，况且他也知道，除非真的凭借实力让张辰退步，否则张辰会不死不休。人情只可以用来通融，而不是交换。人情可以交换的东西，都不会太贵，否则就不叫人情而叫利益了。

而现在张辰和他之间涉及的就是赤裸裸的利益之争，良哥和张辰本来就没有什么合作，更多的是竞争，不管是明争还是暗斗，总之分歧大于共同点，良哥如果不是因为他，才不会低声下气向张辰求情，一求情就落了下风。他对良哥无比感激，可以说良哥为了他，真的是仁至义尽。他不能再让良哥为他出头了，他该顶上来了。

"辰哥，我们之间的事情，从张送被打到和仔和许愿相爱，再到利道快递抢夺了你们星辰快递的市场——辰达快递后来更名为星辰——每一件事情都不是我的错，张送被打，是张送活该，是他调戏卫力丹不成，非要动手动脚，作为男人，泡妞是正常需求，但强迫对方就很低级了。至于利道快递和星辰快递的市场竞争，是客户选择的结果，自己不争气，怪得了谁？"何潮掷地有声，"你既然带人上门无理取闹，我已经报警了。"

"报警？哈哈。"张辰仰天大笑，"等警察赶到，事情早就结束了，你以为我傻，会给警察留出时间？行了，你也别给我讲什么大道理了，你算老几，才几岁，还想教育我？现在赶紧签了协议，你还可以平安、完整地离开深圳，否则的话，哼哼……"

"这么说，没有一点儿谈判的余地了？"何潮脸上的笑容也消失不见了，眼神中微露寒冷之意，"既然如此，辰哥，你就别怪我不客气了。原本我还打算和星辰快递公平竞争，你都欺负到我头上了，我再和你讲公平公正，也是对牛弹琴了。"

"你怎么对我不客气？"张辰嚣张地看了看四周，"都是我的人，你别告诉我，你还埋伏了大队人马？哈哈，我们不是在演电影，认清现实，何潮，有良哥在，我不动你，只要你保证交出利道就行。胡而剑，再准备一份协议。"

"是。"胡而剑应声出去，片刻之后回来，又打印了一份协议。

张辰才不管何潮还有什么后手，在他看来一切尽在掌控之中，何潮再怎么折腾也翻不起什么风浪，他的耐心已经消耗殆尽，将协议摔在了何潮面前："你有三分钟时间签字，时间一过，兄弟们等急了，我可不保证你的人身安全。"

夏良气得拍案而起："张辰，真要撕破脸皮了？"

张辰很西式地耸了耸肩："不能怪我，良哥，是何潮挡了我财路，还处处和我作对。我又没招惹你，是你来找我，我已经很给你面子了。"

话一说完，张辰脸色骤然一变，抓住了何潮的手用力一拉："赶紧签字，不要再耽误时间。"

何潮用力挣脱张辰的魔爪，后退几步。二胡见状，分别向前想要抓住何潮。夏良冷哼一声，对他的两名手下下了命令："动手！"

夏良一共带了30多人，大部分在下面，只有两人随他上楼，分别是他的左膀右臂章军和余星。章军长得五大三粗，颇有威武气概；余星瘦弱，脑袋大脖子细，长得像是营养不良。

两人早就对张辰的咄咄逼人不满，夏良一下命令，章军一个箭步扑了过去，一脚踢向了胡二贱，而余星则扑向了胡骚春。

张辰嘿嘿一笑："良哥是非要动手不可了？可别怪我人多欺负你。"

夏良朗声一笑，飞身过去，关上了房门："人多有什么用？远水解不了近渴，擒贼先擒王，来一个瓮中捉鳖，先逮了你再说。"

"就凭你们几个？"张辰轻蔑地摇了摇手指，突然暴起，一脚踢向了夏良，"夏良，别给脸不要脸！"

夏良早有防备，闪身躲开，还了一拳，出拳如风，一拳打中了张辰的后背："张辰，别以为别人都怕你！"

张辰也没想到第一个回合就中了一拳，当即大怒："灭了他们！都给我狠狠地打，一个也别想走。"

第七十一章

谋定而后动

只不过他高估了自己一方的实力以及低估了何潮一方的战斗力，准确地讲，是严重低估了何潮的攻击力。才一动手，何潮就动若脱兔，纵身跃起，一脚踢倒了胡二贱。

是的，一脚，就一脚！

倒不是胡二贱真的如此无能，身经百战的他，再不济也不至于被何潮一脚放倒，何况何潮又不是什么打架高手。主要还是何潮出手太突然太快了，明是朝张辰出手，却是攻击的胡二贱。

何潮从小不爱打架，但真的遇到打架事件，也不怕。他和周安涌有一个共同的朋友叫石堡垒，人如其名，长得像一座堡垒一样魁梧，不但人高马大，拳头也像石头一样，拳拳到肉，坚硬无比。

有一次石堡垒和一群人在庙会上，和以前一个名叫陈关的对手狭路相逢。对方人多，有十几人，他只带了三四个人，其中还有一个何潮，而何潮严格来说并不是他的团队成员，只是偶遇，和他同行而已。

对方一见石堡垒落单了，新仇旧恨一起涌上心头，当即招呼一声，挥手就让手下将石堡垒几人团团围住。

说实话，当时的何潮确实有几分害怕，不怕不可能，他又不像石堡垒一样天生爱好打架，不打架皮痒痒。最重要的是对方人数比自己一方多了数倍，而他不过是和石堡垒同行，被无辜地牵涉其中。

石堡垒看出了何潮的畏缩，毫不在意地嘿嘿一笑，俯身在何潮耳边说道："别怕，别看他们人多，都是孬包，只要打倒了带头的，其他人立马就蔫了。何潮，信我的，你别跑，一跑准倒霉。你气势越强，对方越心里没底。"

何潮点头，信了石堡垒的话。他以前有过类似的经验，当遇到一条凶恶的大狗时，如果你蹲下身子虚张声势要攻击它，或是冲它而去，它有可能吓得夹着尾巴逃窜。但如果你转身就跑，它绝对会穷追不舍，你跑得再快也快不过四条腿的狗，早晚被它追上咬上一口。

何潮听了石堡垒的话，周安涌却没听，他转身就跑，几乎没有片刻的犹豫。在他的想法里，他和石堡垒原来不是一路人，没必要为石堡垒承担任何的风险，现在对方明显是在找石堡垒的麻烦，和他有什么关系？

三十六计，走为上策，周安涌撒丫子就跑，跑得比兔子还快。可惜他忽略了一点，对方已经将他们团团包围了，不管往哪个方向跑，都是对方的人。他只跑出去不到几步，就被对方其中一人截住了。

对方一拳将他打倒在地，大喝一声："别让他们跑了，他们尿了！"

石堡垒愤怒地瞪了周安涌一眼："草包！笨蛋！坏我大事！"他朝何潮使了一个眼色："如果你不配合我的打法，今天就真的栽这里了。"

何潮点了点头："我们一起上，你从右边我从左边，我们同时攻击陈关，一举拿下他！"

石堡垒邪邪地一笑："好！不过不是拿下，是打倒……动手！"

石堡垒动手了，动作之快，超出何潮预期太多，何潮只觉得眼前一花，石堡垒就近身到了陈关的身前。

有些人就是天生的打架好手，何潮不由得感慨。不过不等他再感慨下去，陈关已经出手了。

陈关的反应也够快，正在啃甘蔗的他，手一扬，半米长的甘蔗朝石堡垒头上砸去。石堡垒也不躲闪，更不退让，左手一挡，"咔嚓"一声，甘蔗重重击打在石堡垒的左臂上，当即断为两截。

陈关没想到石堡垒会硬挡甘蔗，一愣神的工夫，石堡垒还手了，一记右勾拳打在了陈关的下巴上。陈关被打得身子一歪，一个趔趄，朝左边便倒。

石堡垒的右勾拳威力再大，也不可能一拳就打倒陈关。陈关也是从小练拳，拳脚功夫很是了得，虽然被击中一拳，但迅速调整了身形，准备还手时，不承想何潮的拳头到了。

打架和打仗一样，尤其是人多的时候，讲究的是配合。有时配合默契的话，两个人出手相当于十个人的威力，若论单打独斗，陈关至少可以在石堡垒的手下走上十几招，他是不如石堡垒威猛，但也不是石堡垒的一招之敌。只是他忽略了何潮的存在，也是他并不认识何潮，只当何潮是石堡垒的小跟班，并未将何潮放在眼里。

最重要的是，他压根儿就不认为何潮会对他造成多大的威胁，毕竟何潮瘦弱不说，一眼看上去明显是没有打架经验的菜鸟一个，却怎么也没有想到，他平生未尝一败的战绩，却一时大意失荆州，败在了一个圈外的非专业人士手中。

何潮错身来到陈关左边，双拳齐出，轰向了陈关的胸膛。陈关虽然先失一着，却还是从容地躲过了何潮的双拳出击，浑不在意地反手打了何潮一拳，只为了逼退何潮，注意力还是全部放在了石堡垒身上。

向石堡垒还击的时候，陈关还不忘大喊一声："都上呀，兄弟们，别让他们跑了，今天来一个瓮中捉鳖！"话一说完，他忽然感觉到了哪里不对，何潮并没有被他逼退，反而又冲了过来。

嘿，哪里来的一个愣头青，难道他不怕死？没听过街内关哥的威名？陈关正要一拳收拾了何潮，石堡垒的第二击就到了。

石堡垒外号是三拳两腿，意思是他的拳头比腿厉害，也有三拳两腿可以打败对手之意。通常情况下，石堡垒和人交手也会遵循三拳两腿的惯例，也就是说，先打出三拳，后踢出两腿，无数和他交手的对手都知道他的套路，却少有人躲得过去，因为他们都知道他出手太快了。

陈关以为石堡垒还会按照惯例第二招出手也是拳头，不想石堡垒却是右腿横扫。他身子一纵，轻巧地躲了过去，不料还没有等他落地，忽然感到身后有危险迅速逼近。他下意识回头一看，只看到一只拳头迎面而来，一拳就砸在了鼻梁之上。

"啊！"

钻心的疼痛让陈关痛呼出声，剧烈的酸痛让他睁不开眼睛，他双眼紧闭，脚刚落地，石堡垒的第二腿就赶到了，正中腰间。

是横扫。

陈关被结结实实地扫中，几乎倒飞出去三米多远，摔了一个仰面朝天。不等他再次站起，何潮和石堡垒几乎是同一时间冲了过去，两人一左一右拧住了他的胳膊，将他从地上提了起来。

众人皆惊。

只一个照面，几秒钟，陈关就被拿下了，陈关的手下几乎不敢相信自己的眼睛，都惊呆了。直到陈关在石堡垒和何潮的强迫下，喝令他们住手，他们才纷纷放下手中的武器——甘蔗、车锁、链条、棍子，众人面面相觑，却看清了一个事实，他们输了，只一个回合就输得一败涂地。

此事过后，石堡垒对何潮极为赏识，几次想要拉何潮加入他的阵营，许诺他一个副手的位置——在自己之下，在所有人之上。因为石堡垒看了出来，他有勇有谋，是一个难得的人才。如果有他相助，自己肯定可以称霸县里。

只是何潮志不在此，更不在一县之地。后来何潮考上了北京的大学，石堡垒才知道"燕雀安知鸿鹄之志哉"的真正含义，而他在过了青春期的躁动，对打架和称霸渐渐失去兴趣，随着年龄增长，开始为未来谋求出路时，才发现他初中毕业辍学之后，和曾经的同学伙伴的差距越来越大。

而当年追随他的兄弟们，也纷纷成家立业，不再打打杀杀，他也回归了家庭，奈何身无长技，又没有文化，最终只能种地，再也不复当年的意气风发。后来大学期间，何潮回家里时还见过他，当年叱咤风云的一个人物，早已和大街上被生活所累的男人没有两样。

也正是何潮不出手则已，一出手必定命中的谋定而后动的性格，使他在被辰哥带人团团包围时，依然保持了镇静。在来的路上，他就和夏良达成了共识，他们不可能在短时间内调集和辰哥一样多的人手，那么只有一个办法可以取胜了——智取。

所以一动手，何潮就先声东击西干倒了胡二贱，随后丝毫没有停留，和夏良对视，两人手起脚落，又联手打翻了胡骚春。

一个回合就连倒两员大将，张辰也不慌张，冷冷一笑，左拳右腿，和章军、余星战在了一起。而他另外的几个手下，则将何潮和夏良围住，几人打成了一团。

外面传来了砸门声："开门！快开门！"

"辰哥在里面，快砸门！"

砸门声愈加激烈，甚至听到有人搬椅子、拿钢锯的声音。张辰新收的小弟魏杰最为拼命，他一向颇有眼色，人机灵，又会说话，虽然其貌不扬，长得黑，个子矮，又才加入星辰贸易不久，却已然深得张辰信任。

魏杰和十几人守在外面，虽然张辰并没有交代什么，他却知道他们十几人的任务是保证辰哥的绝对安全。

285

第七十二章

一波三折

对方包括何潮和良哥在内，一共才四个人，而跟随辰哥进入办公室的少说也有七个人，无论如何对方也不是辰哥的对手，更不用说辰哥的身手可以以一当十！

相信以何潮一方的人手，再加上良哥，就算关上门打起来，辰哥也不会吃亏。

因此刚开始关门的时候，魏杰既没有多想也不担心，还以为是辰哥想关门打狗，就和其他人说说笑笑，只等着门一开就看到何潮等人鼻青脸肿的狼狈样子。过了一会儿，他们察觉到不对，里面果然叮叮当当地打了起来，却不像预期一样很快结束战斗，而是听起来似乎还十分激烈。

不好，战斗如果激烈，说明对方很难缠，说不定辰哥会受伤，魏杰顿时打了一个激灵，当即招呼众人砸门。

何潮办公室的门就是普通的木门，当初装门的时候就没有考虑有一天会被人暴力破坏，尤其是被一帮平常就以破坏为生的专业人士，可怜何潮的办公室大门只坚持了不到一分钟就被砸得稀烂！

魏杰带人破门而入。

一分钟的时间虽短，对何潮和夏良来说，却已经足够了。

张辰低估了三个人，第一个是何潮，第二个是余星，第三个是章军。对何潮是严重低估，他一直坚持认为何潮不过是一个文弱书生，论打架动手，肯定不是他的一招之敌。而余星和章军作为夏良身边的两员大将，他也自认还算了解，从许多方面打听过两人的为人和身手，得到的消息是两人机智多谋，但并不骁勇善战。

只有夏良的武力值他并不清楚，传闻夏良身手非常厉害，曾是少林寺俗家弟子，还当过保镖，出拳如风、出腿如电，是深圳四哥之中唯一真正的练家子出身。

正因如此，张辰一开始将全部注意力和精力都放在了夏良身上，他认为只要打

286

败了夏良，其他人就会束手就擒。不料只一交手，他就大失所望，夏良远非传说中那么神乎其神，他的身手稀松平常，甚至不如他手下的二胡。

但余星和章军就不一样了，两人其貌不扬，但一个以柔克刚，一个大开大合，配合得天衣无缝，只用了几招就打得他一群手下七零八落。

二胡联手，甚至都没有在余星和章军两人的手下走过五招，就被打得屁滚尿流。而另外五六个人被余星和章军打得满地找牙，也用时不超过一分钟。

而更让张辰震惊和无法相信的是，他被何潮和夏良联手制服，也用时不到一分钟。

其实以张辰的本事，倒也不至于连一分钟都撑不下去，主要还是他自视过高，太过低估何潮的战斗力。事后他追悔莫及的是，何潮也并不是多能打，而是总能找到最恰当的时机，不出手还好，一出手就必定得手。

何潮原本是和夏良联手对付张辰的手下，余星和章军对付二胡及其他人，才交手一个回合，何潮和夏良对视一眼，心意相通，眼神交错之间，和余星、章军交换位置，变成他们联手对付张辰了。

张辰一开始并未在意何潮和夏良联手和他对战，在他看来，夏良远不是他的对手，遑论何潮了。不料甫一交手，他将八成的注意力放在了夏良身上，却万万没想到何潮的战斗值比他预估的高出了太多，一着不慎就着了何潮的道儿。

如果郭林选在场肯定会大笑张辰的大意失荆州，历史证明，许多大人物的失败都是因为自视过高，从轻视不起眼的小人物时就埋下了祸根。张辰直到被何潮和夏良联手制服，双手被背在了背后，还不相信他已经失败的事实。

门被砸开了，魏杰带人冲了进来，十几人各持武器，高高举起，却又愣住了，辰哥被人拿下了，双手被反制，弯着腰低着头，像是在认错。

"让他们都退出去！"夏良用力一压张辰的胳膊，"张辰，好汉不吃眼前亏。"

张辰一咬牙："别以为你们抓了我就可以反败为胜了，有本事弄死我，弄不死我，他们就会弄死你们！"

何潮冷冷一笑："都现在了，说狠话没什么意义，辰哥，你是想继续僵持下去，还是想解决问题？"

"解决你就是解决问题！"张辰毫不退让，大喊一声，"别管我，往死里打！"

"行！"何潮干脆利落地说了一个字，手腕一抖一翻，用力一拉，随着张辰的一声惨叫，他的胳膊被何潮卸了下来。

夏良一脸愕然，随即朝何潮赞许地点了点头，不由得暗中惊讶何潮看似文弱，

287

其实会许多他认为不可能的技能，而且在关键时候出手绝不含糊，毫不拖泥带水，颇有大将之风。

最重要的是，何潮的狠绝和对形势的判断非常到位，每一招每一步都不落空，怪不得弟弟夏正对何潮无比崇拜，何潮确实有非同寻常之处。夏良暗自决定，交定何潮这个朋友了。

魏杰一时呆立当场，愣了半天："辰……辰哥……"

"别管我，打残他们！"张辰痛得冷汗直冒，恨不得杀了何潮，奈何手臂脱臼，动弹不得，只有咬牙切齿地说道，"他们不敢怎么对付我，你们不用投鼠忌器，赶紧上啊。"

张辰平常喜欢说一些成语，往往又因理解不了成语的意义而用错，话一出口，魏杰就忍不住笑出声："辰哥，您用词不当，投鼠忌器是说您是老鼠……"

"滚！"张辰鼻子都气歪了，怎么也没想到魏杰在关键时候会如此蠢笨，"再不动手我就不要你了。"

魏杰才如梦初醒，意识到现在不是咬文嚼字的时候，愣了愣，忽然一跺脚："都还傻站着干什么？想吃屎也得趁热，赶紧动手救人啊！"

何潮忍不住笑了出来："辰哥，他又把你当屎了。你这手下，该扔扔、该换换，别留着过年了，都跟猪一样笨。"

魏杰顿时火冒三丈，第一个冲过来，一脚踢向了何潮，何潮不躲不闪，扭动张辰胳膊原地一转，魏杰一脚就踢在了张辰的肚子上。

张辰"嗷"地惨叫一声，气得都没有力气发火了，只是无奈地送了一个白眼给魏杰，眼神迸射出的光芒如果是实质的，魏杰已经被万箭穿心了。

魏杰吓得一屁股坐在了地上："对……对……对不起辰哥，我不是有意的，我就是故意的……不是，不是，我不是故意的，就是有意的。不是，不是，我……"

其他人实在看不下去了，过来几个人将他推到一边，一拥而上，何潮和夏良抵挡不住众人的冲击，被迫放开了张辰，控制张辰的大好局面一失，两人立刻被逼到了退无可退的墙角。

张辰咧着嘴，扶着自己的胳膊，一步一吸气地来到何潮和夏良面前："何潮、夏良，事到如今，别怪我没给过你们机会。你们是自己跳下去，还是被抬着扔下去？"

何潮和夏良对视一眼，都从对方眼中看到了无奈，窗外传来了争斗的声音，夏良只看了一眼就知道大势已去，他带来的30多人被全部控制了。人多力量大，有时还真没有办法。

张辰脸上的笑容因为疼痛有几分狰狞，动作幅度过大，带动了受伤的胳膊，疼得他一咧嘴，他一拳打在夏良的肩膀上，随后飞起一脚，踢向了何潮。

何潮退后一步，躲开了张辰的一脚，背靠在墙上，没有办法再后退半分了，张辰嘿嘿一笑："有本事你再退？你他妈再退一个试试？"

山穷水尽之时，何潮居然还能笑得出来："退不了了，不退了，能到现在的局面已经满足了。对不起了良哥，让您跟着我一起受累了。"

夏良也是哈哈一笑："说这话就见外了，我一生经历过多少大风大浪，眼前这点儿小事又算得了什么？张辰，尽管放马过来，杀了我，下辈子还和你没完。就算我摔个半死，也会和你纠缠一辈子。"

"死到临头了还吹牛？煮熟的鸭子嘴硬。"魏杰又及时跳了起来，话一出口又意识到了哪里不对，忙又纠正自己，"不对不对，他们还没有死，不算煮熟，顶多算是半熟……"

话说一半，一个响亮的耳光打来，他被打得后退几步一屁股坐在地上，捂着被打得生疼肿了半边的左脸，愣了愣，忽然大声叫好："好，打得好！辰哥的手法已经到了出神入化的地步……"

张辰痛苦地闭上了眼睛，挥了挥手，几名手下当即拖走了魏杰。

此时，何潮的手机却不合事宜地响了，张辰大度地摆了摆手："接，尽管接。天王老子现在也救不了你。"

何潮接听了电话，还笑了："行，好，可以动手了。"

"对，是可以动手了。"张辰缓缓地转过身子，面对何潮和夏良两人，一字一句地说道，"何潮和夏良因为争执而大打出手，一不小心摔了下来，在送医院的途中，重伤不治……"

他挥了挥手："行了，扔下去吧，别再在我眼前晃来晃去，看着心烦。"

手下一哄而上，纷纷抬起何潮和夏良，两人挣扎反抗却无济于事，毕竟架不住人多，眼见就要被从窗户处扔下去……

第七十三章

及时雨，艳阳天

"都让开！好狗不挡道！"一个苍老却洪亮的声音响起，从院子的大门之外传来，如在耳边一样嗡嗡作响，"怎么着？是不是觉得我一把年纪就是不中用的老骨头了？信不信我像麻袋一样扔了你？"

话音刚落，只听"啊"的一声惨叫，紧接着又传来数人的惨叫，大门一响，一个穿一身黑衣、脚蹬布鞋的老者双手背后，大步流星地走了进来，他的身后跟着一队人马，浩浩荡荡，有上百人之多。

上百人，个个都是年轻力壮的小伙子，分成两队跟随在老者身后。老者俨然是一名指挥千军万马的将军，昂首挺胸，目不斜视，只要有张辰的手下想要近身，就会被他身后的小伙子一脚踢飞。

几次交手之后，张辰的手下再也无人敢上前一步，不管是单人作战还是比人多，都比不过对方，张辰手下的气焰迅速消退下去。

"何潮，我吴老伯说话算话，你说要100人，我花了大半年帮你凑够了100人，现在都给你带过来了。"吴老伯声音洪亮，中气十足，"你这里这么多人，到底是怎么回事？看样子，是被人上门砸场子了？"

吴老伯心明眼亮，一眼就看出了不对，他来到走廊上，发现了躺在地上的和仔、高英俊几人，更是明白了几分，冲身后摆了摆手："看好他们几个，谁再动他们一根手指，你们可以让他们赔十根手指。"

看管和仔几人的人还不服气，上前想要制止，被吴老伯的人打得落花流水，哭爹喊娘。

正好被张辰扔出来的魏杰下楼，急于立功重新赢得张辰认可的他，当即飞起一脚踢向了吴老伯："老不死的，敢在太岁头上动土，我踢死你！"

吴老伯哈哈一笑，一伸手就抓住了魏杰的右腿，用力一拉，魏杰收势不住，一个大劈叉摔在了地上，疼得脸都变绿了，双手捂裆，痛哭失声："啊啊啊，我我我，太太太倒霉了。"

吴老伯一脚踢开魏杰："滚一边儿去，倒霉也是自找的，何潮是我看好的后生，你们敢来找他的麻烦，就是打我吴老伯的脸。"

吴老伯上次在深大门口遇到何潮后，和何潮约好要帮何潮找100人。他回到莲花北村就开始物色人选。他以为不就是100个人吗？莲花北村、南村加在一起，100个年轻力壮的后生只多不少。结果一盘点才知道，近年来随着深圳市区的扩张，北村和南村的年轻后生大多数外出打工，一部分留在深圳，一部分去了北京、上海和广州，还有一小部分去了香港或是出国，留在村里的寥寥无几。就算是留在村里，也不是没事可做，而是在经营各种生意，总之，没有闲人。

吴老伯才知道他上了何潮的当，以为是一件特别容易的事情，结果却是一个天大的难题，不过他喜欢挑战，战胜难关说明他还不老。

但吴老伯怎么也没有想到，找到100人花费了他大半年。有几次他都想提前联系何潮，告诉他，现在有50人了、70人了、90人了，够不够？每次拿起电话最终又放下，他不甘心，不想认输，100人就像是他的一个承诺，是他的声誉，如果不到100人，就等于他输了。他已经输给何潮一次了，不能再输第二次。

吴老伯对何潮态度的转变就是深大门口的事件，何潮教训张送之举，特别符合他疾恶如仇的脾气，又因为何潮并没有如他预期的一样破产倒闭，反倒将利道快递经营得蒸蒸日上，他对何潮的好感就发生了一百八十度的扭转，上升到了喜爱的高度。

何潮很像年轻时的他，固执、倔强、不服输，不过何潮比他强的一点是，何潮在固执和倔强的同时，又有圆滑的一面，不像他，认死理，死要面子活受罪。

不过吴老伯虽然认识到了自己的缺点，却从来没有想过要改正，为什么要改？活了一把年纪，就要活个舒心，不能为了别人而委屈自己，是不是？

在寻找100个后生的过程中，吴老伯无数次受气，无数次想要放弃，后来都咬牙挺了过来，最后第100个人找到时，他把自己关在屋子里，喜极而泣，呆坐流了半天眼泪，感觉像是完成了人生中的一件大事一样。

吴老伯也不知道他为什么这么热衷于这件事情，说是在帮何潮，其实他内心也清楚，他是在帮自己过关。自从55岁后，他感觉自己像是一个废人一样，没有了目标，也没有了动力，每天就是吃饭、散步、睡觉、站在路边看象棋或是和人吵架。

自从遇到何潮后，他眼睁睁看着何潮从一个睡在公园椅子上的叫花子变成了现在的大老板，仿佛命运之手在何潮身上施展了神奇的法术，让何潮的命运经历了火箭一般的飞跃。也正是何潮对他起到的榜样的作用，让他重新点燃了斗志，找到了生活的动力和方向。

在长达半年的时间内，完成对何潮的承诺，让何潮高看他一眼，成了他最朴实也是最坚定的出发点。所以，人数一够，他就第一时间迫不及待地带人过来，也没有通知何潮，要的就是给何潮一个天大的惊喜。

却怎么也没有想到，他今天挑选了一个好日子。

谁敢上门找何潮的麻烦？吴老伯人老成精，一进门就发觉了不对，当即不顾阻拦，一路横冲直撞上楼。他不能容忍任何人对何潮的欺凌，因为何潮就像是他培育长大的一棵大树，怎么可能任由别人胡乱砍伐？

吴老伯很生气，带人冲到了何潮的办公室，推门进去，第一眼看到的人是张辰，不由得一愣："你是张送的什么人？"

张辰一愣，对吴老伯这个半路上杀出的程咬金毫无印象，更没有心理准备，下意识答道："我是他哥，你又是谁？"

"上梁不正下梁歪，你们哥俩儿没一个好东西！"吴老伯大步来到张辰面前，一个耳光结实地打在了张辰的脸上，"半年多前我教训了张送，现在我再教训你！你回家告诉你父母，如果他们再放纵你们胡作非为，早晚坐牢。"

"你他妈哪里来的老东西……"

张辰被打晕了，在原地转了一个圈，正要指挥手下还手，吴老伯比他动作还快，挥了挥手，他带来的十几人就将张辰的手下全部打倒在地。

"你再说一遍？"吴老伯的手指不断杵张辰的胸口，"我是老东西，你是什么东西？敢说我老，老怎么了？老证明至少活得长，没有早亡，你说不定还有早亡的可能。"

力道很大，张辰疼得不断后退，却靠在了何潮的身上，何潮托住了他的后背，不让他再后退半步。

"吴老伯好。"何潮冲吴老伯点了点头，朝窗外看了看，开心一笑，"您老人家来得正好，简直就是一场及时雨。"

"我不但是及时雨，我还是艳阳天。"吴老伯说话间，手腕一翻，又打了张辰一个耳光："你就是那个什么辰哥是吧？是不是因为何潮打了你弟弟，你过来找他麻烦？我告诉你，从今天起，何潮是我的侄子，你要再动他一根汗毛，我管你什么张辰张送，都统统扔到海里喂王八，听到没有？"

夏良悄悄碰了碰何潮，小声问道："他谁呀？没听说深圳还有这么大年纪的大哥，听他的口气、看他的气势，比我和张辰牛气多了，他到底是什么人？"

何潮笑了笑："等下解释。"

张辰接连挨了两记耳光，耳朵嗡嗡直响，人都有几分蒙，从未受过如此奇耻大辱的他被卸掉了一条胳膊不算，还被人当着众多手下的面打脸，他恨不得杀了吴老伯以泄心头之恨。只是形势比人强，在人屋檐下，他不得不低头，现在何潮一方已经完全占据了上风，他如果不退上一步，说不定真的连小命都保不住了。

张辰一路摸爬滚打才有了今天，是一个能屈能伸的角色，当即语气软了几分，赔着笑脸："老伯您误会了，我是过来和何潮商量一下收购利道快递的事情，何潮不同意，正准备走的时候，您来了，就起了冲突。我现在马上走，以后肯定会远离何潮10米开外。"

张辰一边说，一边朝倒在地上的手下使眼色，就要离开。

"慢着……"吴老伯拉长了声调，"就这么让你走了，显得我们不够大气不是？张辰，你既然是客人，主人也好好招待你了，你总得留下一些礼物才对得起主人的盛情是吧？"

张辰脸色不善："老伯是想留我一条胳膊还是一条腿？"

"你又不是猪，我要你的肘子和后腿又没用。你写一张字据，一是向何潮认错，二是保证以后不再对何潮不利，如果有违反，不得好死。"吴老伯的想法很简单，他要为何潮解决张辰这个后顾之忧。

第七十四章

放手一搏

张辰愣了愣，一丝怒气从眼中一闪而过，随即又换了一副笑脸："好，我写，我写。不过我的胳膊脱臼了，没法子写啊！"

吴老伯别看年纪大了，动作却很麻利，说话间，伸手抓住了张辰的胳膊，一抖一送就帮他接好了。张辰疼得倒吸一口凉气，强忍怒火，拿过纸笔写下了一张字据，正要交给吴老伯时，手机响了。

吴老伯从张辰手中抢过字据，点了点头："虽然字写得跟狗爬的一样，但表述清楚了。行了，你可以接电话。"

张辰一看来电，眼中惊喜一闪而过，跑到一边儿接听了电话。几分钟后，他又回到了吴老伯面前，突然抢走了吴老伯的字据，扔到了嘴里，哈哈一笑："对不起，我收回之前的话。等下余老师过来，他会主持公道。"

"余老师？哪个余老师？"吴老伯想发火，却被何潮轻轻拉住。

"余建成。"何潮心中一凛，事情越来越麻烦了，连余建成都介入了，怕是要闹大了。在余建成眼中，别说利道快递了，就是整个快递行业也是微利的新兴产业，他不会放在眼里。

那么余建成插手他和张辰的纠纷，肯定是出于人情，必然会偏向张辰了。好不容易赢得的大好局面，却因为余建成的一个电话而毁于一旦！怎不让人无比无奈和愤懑！

何潮脑海中又蓦然闪过另外一个强烈的念头，背后会不会有周安涌的推动？随即他又否定了自己的猜测，自责自己不该对周安涌产生猜疑，周安涌即便在他和张辰的对抗中不便出面帮他，也不至于暗中帮助张辰来对付他。

可惜的是，何潮还真的不幸猜错了，余建成之所以出面帮助张辰，还真是周安涌的功劳。

余建成和张辰虽有交情，但并不深，况且余建成一向不太爱管闲事，犯不着为张辰出面。张辰今天前来利道快递总部冲何潮大打出手，周安涌事先已经得知了消息。而在张辰被吴老伯制服后，张辰的手下也第一时间通知了周安涌。

周安涌微一思忖，当即打出了一个电话给余建成，在和余建成沟通了五分钟后，余建成放下电话就打给了张辰。

如果说吴老伯自恃身为深圳土著，不给张辰面子，但余建成出面的话，他必须得礼让三分。余建成名气太大，深圳有无数城中村，余建成是无数村主任的偶像和精神领袖，不管认不认识他，他都是深圳所有曾经和现在城中村村民以及村主任的标杆性人物。

吴老伯本想逼张辰重新立一张字据，在听到余建成要出面的一刻，瞬间打消了念头："余老师什么时候到？"

"马上。"张辰脸上洋溢着一切尽在掌握中的自信，他也没有想到周安涌居然有这么大的面子，不但说服余建成介入此事，还能说动余建成亲自出面斡旋，不用想就知道，余建成肯定倾向他，他大大咧咧地坐了下来："何潮，赶紧烧水上好茶，余老师可是一个挑剔的人。"

夏良心中一沉，余建成都出面了，事情真的闹大了，他兜不住了，只能向何潮投去了无奈的目光。何潮却回应他一个会心的微笑，一脸淡定，浑然没事儿人一样，重新插上电热壶，水刚烧开，余建成就到了。

余建成依然是一身太极服打扮，脖上挂了一串质地精良、包浆浓厚的球子，手中一对核桃也磨得油光鲜亮，脚上穿一双皮鞋，整个人神采奕奕。进门后，他一一和众人打了招呼，径直坐在了首位上。

"我听安涌说了你们的事情，安涌非求我过来一趟，说何潮是他的兄弟，张辰是他的合作伙伴，都是自己人，他不想你们任何一人受到伤害。他说得很恳切，又是出于真心，我没有办法拒绝，就只能跑一趟了。说吧，你们有没有达成什么共识？"余建成目光炯炯地环顾几人，在何潮和夏良的脸上一闪而过，在吴老伯的脸上稍作停留。

吴老伯认识余建成，余建成并不认识他，说心里话，他一向当余建成是他的榜样，今日第一次见到，还真有几分仰慕余建成的风采，甚至小有几分激动。

微一停顿，余建成一指何潮："你先说，我认识张辰，省得让他先说影响我的判断，不能犯先入为主的错误。"

从表面上看，余建成的做法很公正，何潮却清楚，余建成是想让他抛砖引玉，不管他怎么说，张辰都会推翻，他才不会上当，索性反其道而行之，直截了当地说道："事情都已经过去了，谁对谁错并不重要，重要是怎么解决眼下的难题。既然有德高望重的余老师出面，余老师又为人公正、帮理不帮亲，刚才第一眼我就觉得余老师颇有古君子之风，所以我有一个冒昧的请求，希望余老师为我和辰哥立一个规矩出来，通过比试定输赢，谁输了，谁就退出深圳市场！"

余建成本来目光低垂，一副万事不过于心的淡然，蓦然眼皮一抬，一缕精光射向了何潮，眼中微露惊讶之色。

原本他想挖一个坑让何潮先跳进去，再用他渊博的知识和过人的口才，说得何潮心服口服，再让何潮向张辰赔礼道歉就顺理成章了，没想到何潮直接跳到了裁决阶段，这么说，何潮并不想大事化小、小事化了，或者说，何潮并不想直接认输，而是要一决胜负？

虽然心中微有不快，不过何潮的一句"古君子之风"深得他心，余建成微一沉吟，眼神不经意在张辰脸上一转，轻轻咳嗽一声："哈哈，何潮你谬赞了，余某不过是喜欢传统，附庸风雅罢了。好，既然你想通过比试一决高下，张辰，何潮的提议你同意吗？"

"谁输了谁就退出深圳市场？"张辰冷笑一声，摇了摇头，"筹码不够，要再加上不但退出深圳市场和广东省的市场，还要把之前拓展的市场都转让过来，如果你答应，我就没有问题。"

何潮几乎没有丝毫犹豫就一口答应："没问题，有余老师在，不怕你反悔，我答应你。相信在余老师面前，我们谁也不会不信守承诺。"

余建成认定既然张辰语气如此坚定，肯定是胜券在握，他也没再多想，当即点头："好，既然你们都没有意见，就这么说定了。空口无凭，立字为证。"

"何潮，"夏良将何潮拉到了旁边，微带埋怨，"张辰势力庞大，不管怎么比试，你都没有胜算。"

"谢谢良哥的关心，不过事情发展到现在，躲不过、逃不过，放手一搏，也许还有一条生路。退是死，进也是死，与其被打败，还不如求败。"何潮下定了决心，紧咬嘴唇，"要是败了，以后山高水长，等我东山再起的时候，一定会报答良哥的恩情。如果胜了，希望有机会多和良哥合作。"

夏良知道何潮心意已决，他也很欣赏何潮当断则断的性格，拍了拍何潮肩膀："不管输赢，我都会支持你。"

"谢良哥。"何潮重重地点了点头，转身回到余建成和张辰面前："余老师、辰哥，你们起草协议吧。"

余建成目光一扫夏良，冲夏良招了招手："夏良，来，你当一个中间人，起草一个协议，何潮和张辰立字后，你当个见证人也一起签字。"

"行。"夏良知道余建成是想让他做何潮的担保人，如果何潮输了不履行承诺，会拿他是问，他仍毫不犹豫地同意了，"有余老师主持公正，我相信不管谁输了，都会输得心服口服。我一向敬佩余老师的为人，厚道……"

夏良想用几个形容词来吹捧一下余建成，却一时词穷，还好何潮及时补上："余老师一直有古君子之风，古人最优良的秉性在余老师身上得以传承，持忧、明势、怀仁、报国，是余老师的写照。"

余建成先是一愣，愣了足有一分钟之久，才回过味儿来，被何潮的话说得心花怒放。一直以来，他最喜欢以古君子自居，却又不知道该怎么形容他的风格，直到何潮的八字定论一出，他在细细品味之后，一时欣喜若狂！

持忧，不正是他忧国忧民的真实写照吗？明势，不正是他身退心未退的现状吗？怀仁，不正是他一生仁厚待人的完美总结吗？报国，不正是他位卑未敢忘忧国的满腔热血吗？

真是太到位了，他一生的所作所为，完完全全可以用这八个字概括，他甚至激动之下想好了等他死后，在他的墓碑上用"持忧、明势、怀仁、报国"作为最后的谢幕词。

有那么一瞬间，余建成甚至都喜欢上了何潮，虽说周安涌也很合他的脾气，并且周安涌言谈举止也深得他心，但周安涌对他的了解和点评，还只是皮毛，只停留在表面，何潮的话却深入了骨髓，让他无比受用的同时，又有高山流水遇知己的狂喜。

第七十五章

出场顺序很重要

只不过毕竟他和何潮是初见，而周安涌又是他对外承认的唯一的关门弟子，除了暗自懊悔和何潮相见恨晚，只能收起想要收何潮为弟子的私心，毕竟关门弟子只能有一个，他不能打自己的脸。

更何况周安涌和何潮又是发小，周安涌对何潮多有执念。余建成很清楚，如果他真的再收了何潮为关门弟子，周安涌怕是无法接受。

虽见猎心喜，但余建成只能按捺住心中的雀跃之意，无限惆怅地拍了拍何潮的肩膀："何潮，你过奖了，余某一生所追求的境界就是古君子之风，只是还远远没有达到。"他摇了摇头，一脸惋惜，"可惜了，可惜了……"

夏良和张辰都惊呆了，不明白余建成为什么突然连叫可惜，可惜什么？什么可惜？

只有何潮敏锐地捕捉到了余建成眼中的失落，也猜到了余建成的所想，他也是故作一脸无奈："也许是可惜，也许是错过，人生的出场顺序很重要。"

"对对对，人生的出场顺序真的非常重要。"一句话再次触动了余建成的内心，如果他先认识的是何潮而不是周安涌，那么他的关门弟子就是何潮而不是周安涌了，也就不会有眼前的遗憾了，只是人生中谁先出场、谁后出场，确实由不得自己，他深吸一口气，恢复了情绪，"现在开始立字据。"

"怎么赌？"张辰虽不明白刚才余建成和何潮之间发生了什么，他远远体会不到何潮和余建成之间精神高度的瞬间共鸣，却也能察觉到刚才两人之间的惺惺相惜，微微紧张之余，希望尽快敲定和何潮的豪赌，以免节外生枝，"请余老师立一个规矩。"

余建成坐回到主位上，微一思忖："张辰，你的星辰快递的理念是什么？"

张辰脱口而出："真诚、效率！"

何潮见余建成的目光朝他投来，说道："快递快递，和天下武功一样，唯快不破。利道快递的理念就一个字——快！"

"好。"余建成轻轻鼓掌，"你们就以'快'来做文章，比试一下送同样一个单子，谁最快谁就是获胜者。"

"没问题，怎么比？"张辰当即同意，他自信以他建成多年的渠道，肯定比才成立一年多的利道快递通畅多了。如果是比快，他十拿九稳会轻松获胜："何潮你别尿，敢不敢比快？"

"比快没问题，比快的方法很重要。"何潮才不会退缩，他温和的目光投向了余建成："余老师，我可不可以提议比试的方法？"

"可以，没什么不可以的，你尽管说。"余建成脸上始终保持了淡淡的笑意，"当然了，张辰也可以提议，深圳就是一个包容开放的城市，可以容纳每个人的梦想，也允许每个人畅所欲言。"

"我的提议是从香港接件，先送到深圳，再到东莞，同样的距离，谁的路线最科学，时间最短，以最终安全地到达客户手中为准，谁就是最后的胜利者。"何潮很清楚利道目前的优势还是集中在深港一带，在香港、深圳和东莞之间，获胜的机会要大上许多。

张辰却不以为然地笑了："从香港到深圳再到东莞，太近了，体现不出来一家快递公司的真正实力，也让星辰快递赢得不够光彩，不如从香港到深圳再到广州，怎么样？我们就不比全国件了，只比区域件的速度。"

余建成不等何潮有所表示，当即拍板了："好，从香港出发，以广州为终点，运输的工具和路线不管，谁最先到达终点，谁就是获胜者。如果你们双方都没有意见，就可以在协议书上签字了。"

夏良在一旁拟好了协议书，有几分迟疑："何潮，你真的决定了？"

"决定了！"何潮虽然在广州刚刚建立分部，但现在只能前进，不能后退，就算是人生豪赌，他也要赌一把，就和当年南下深圳一样，不尝试一下谁知道输赢在谁手中？他拿过协议书，扫了一眼，当即签上了名字。

张辰也二话不说签上了名字，哈哈一笑："何潮，结果出来之后，希望你不要反悔。相信有余老帅在，你也不好意思反悔。"

"谁也不许反悔！"余建成脸上的淡淡笑意消失不见，取而代之的是一副冷若冰霜的表情，眼神中流露出凌厉的寒意，"谁敢反悔，谁就是不给我面子。不给我面子的人，在深圳还没有。"

余建成点到为止，随即又恢复了云淡风轻的笑容："呵呵，开句玩笑，别往心里去。"

如果何潮真当余建成刚才的话是玩笑，他就太天真了，他很清楚余建成不着痕迹的威胁，主要是，他压根儿就没想过要后悔今天的决定。

约定好了三天之后开始正式比试，余建成先行离开，张辰留下来帮何潮收拾残局。

让张辰帮忙收拾残局，是余建成的主意，也是余建成给吴老伯一个面子。自从余建成出现，吴老伯自始至终都没有说话，在一旁安静得如同不存在一样。直到余建成快走的时候，吴老伯才向前一步，做了自我介绍。

出人意料的是，余建成听说过吴老伯，他和吴老伯叙旧几句，还拉着吴老伯的手，邀请其到自己的山居做客。也正是因为吴老伯，他觉得要有所表示，就让张辰将残局清理干净。

张辰虽不情愿，却还是得听从余建成的安排。他手下100多个兄弟一起干活儿，很快就将破坏得乱七八糟的利道快递总部整理得干干净净。

临走时，张辰忽然想起了什么，问道："何潮，虽然三天后你就离开深圳了，但有一件事情我还想问个明白，当我们动手时，你接到了一个电话，说可以动手了，是动什么手？"

何潮没想到张辰还挺细心，小细节记得这么清楚，不由得笑了："如果你知道瀛海威的广告营销，就会很快知道我在动手做什么事情了。"

1996年深秋的一天，北京白颐路口突然竖立起了一块硕大无比的广告牌，上面的广告语是："中国人离信息高速公路还有多远？向北1500米！"许多人被广告语所吸引，向北行进了1500米，发现了一个网络科教馆，是瀛海威的所在地。瀛海威由此一举成名，很快成为中国互联网的先锋企业。

张辰和何潮不同，他生于南方，长居在深圳，认为广东之外的地方全是北方。对于北方，他既没有兴趣，也懒得去了解，怎么可能知道发生在1996年北京深秋的一件广告营销事件。

当深圳如火如荼地发展制造业和房地产时，在北京，已经悄然萌生了数家日后叱咤风云的互联网企业。深圳不是没有互联网氛围，相比之下，深圳更喜欢看得见、摸得着，可以明确算出利润的硬件，而对于新兴的互联网产业，大家更多的是观望和等待，并不认为有些虚无缥缈的互联网可以颠覆现在的模式。

张辰本想说他不知道什么瀛海威，更不想知道什么广告营销，想了想，觉得不能露怯，只是轻蔑地笑了笑，转身就走了。

离开利道快递总部不久，汽车行驶到了CBD一带，路旁一个大大的广告牌子映入了张辰的眼帘。张辰原本没有在意，只扫了一眼就收回了目光，忽然又猛地抬头，一行大字强烈地冲击了他的视线："此广告位出租，现价50万，明天涨价至100万！"

"嘁，"张辰阴郁的心情被广告语逗乐了，他指了指广告牌，"谁脑子被门夹扁了才花50万在这里打广告？这地段路牌广告，顶多20万。还明天涨价到100万，当谁是傻子呢？谁家的广告牌？赶紧问一下，以后不和他们合作，省得侮辱智商。"

手下立刻有人打电话咨询，片刻之后有了结果，一个留着分头名叫张骑的手下说道："辰哥，打听出来了，原本是巨大中华广告公司的路牌，被利道快递花20万买了一年的使用权，现在的广告词，是利道快递让人制作的。"

"何潮？"张辰愣了片刻，又摇头哈哈一笑，"难道他说的动手就是弄一个广告牌立起来？真是一个傻蛋。何潮的脑子不是被门夹扁了，而是被盐腌过了，成了猪头肉。"

"哈哈……"一车的手下一时大笑。

"三天后就开始比试，时间太紧张了。"张辰走后，吴老伯、夏良都没走，留下来和何潮商量对策，夏良忧心忡忡地说道，"根据我对利道的了解，在深圳一带，还有优势，出了深圳，就近乎空白了。"

"只要是挑战，就是机遇。"何潮并不气馁，相反，却有几分斗志昂扬，"现在多了吴老伯带来的100多名员工，我们的力量壮大了不少。良哥，现在我就通知夏正、江离过来开会，商量一下比试的事情。吴老伯，麻烦您让人送和仔他们去医院。我们一定要打赢这一仗，要不和仔他们受的伤就没有价值了。"

第七十六章

善后事宜

　　"刚才邹晨晨已经派人送他们去医院了。"吴老伯背着手，点了点头，忽然有事可做的他，整个人都精神了几分，充满了活力，不，还有斗志，"何潮，这一次比试你一定要胜利，要不我丢人就丢大发了，好不容易走街串巷找到了100人，拍着胸膛向父老乡亲保证人人有工作，结果你的利道快递转手输给了张辰，我怎么向他们的父母兄弟交代？你要是败了，不管走到哪里我都跟着你，非得等你东山再起不可。"

　　邹晨晨在跟随何潮来到利道总部后，目睹了和仔等人的惨状，吓得不轻。后来恢复了镇静之后，她暗中让人照顾和仔几人，悄悄打了120。

　　等张辰一走，120救护车就到了，她陪同和仔几人一起去了医院。临走时，她告诉郑小溪，让郑小溪照顾好何潮，别让何潮冲动之下做出傻事。郑小溪非要也去医院陪护和仔，被她劝下。她猜测何潮接下来肯定会和利道几大股东商议对策，力劝郑小溪留下。

　　"我尽力赢要赢得光彩，败要败得精彩。"何潮笑笑，"谢谢吴老伯从开始就对我的鞭策和鼓励，我没有别的回报，愿意赠送您一些利道快递的股份，希望在您的关爱和照顾下，利道快递可以更快更好地成长。"

　　"好，我收下了，就不和你客气了。"吴老伯哈哈一笑，"不过我的股份不要超过0.1%，象征性有一点就行，以后我就可以以利道快递的股东身份和别人谈事了。"

　　何潮是发自真心要报答吴老伯，吴老伯也是一心想要帮助何潮，同时也让他有事可做，他的开心没有一丝假装。

　　此时正是需要同盟之时，何潮的目光又看向了夏良，夏良连连摆手："我是为了帮夏正，也是认可你这个兄弟，股份什么的不会要，我不会也没兴趣经营快递。何潮，你现在不用和我客气，赶紧准备应对三天后的比试重要。"

302

何潮感激地点了点头。

不多时，夏正、江离都赶到了，除了两人，还多了一个不速之客——郭林选。

郭林选在得知张辰大闹利道快递时，吃了一惊，急匆匆想要赶来，却被父亲劝住了。父亲语重心长地告诉他，先不要插手此事，一是此事原本是何潮和张辰的个人恩怨，外人不便插手；二是先让何潮自己凭借实力过关，如果何潮连眼下的张辰一关都过不了，说明何潮没有足够的随机应变的能力，以后也很难成就大事。

人生有许多路，只能自己走。有许多坎，只能自己翻越。走过去，越过去，才是完成了历练。

郭林选不想听父亲的大道理，非要过去帮忙，却被江离叫住了。江离也是和郭统用同样的观点，他虽然非常担心何潮，但还是按捺住了过去帮忙的心思，让何潮自己凭借能力过关。当然也是他清楚一点，他过去也帮不上什么忙，郭林选更是。

郭林选过去的话，更有可能会让事情从可控变成失控。江离相信何潮有自己的对策，不需要他们出面，他也能很好地应对张辰。相反，如果被郭林选的介入打乱了部署，说不定反而会让何潮乱了阵脚。

经过一番争论，江离最终还是没能说服郭林选，不过他想要的也不是非说服郭林选不可，他也清楚这么久以来，他从来没有说服过郭林选一次，他只要拖延时间就足够了。

在接到何潮电话得知事情已经告一段落后，江离知道他成功了，只要在关键阶段郭林选没有参与就是胜利。

郭林选才知道又一次上了江离的当，江离的拖延战术屡试不爽，偏偏他每次都陷入其中而不自知。他急匆匆赶到利道快递总部，见何潮没有受伤，才大为放心。

何潮向众人简短一说事情经过，着重介绍了比试的事情。何潮刚说完，郭林选就一拍桌子站了起来："太欺负人了，上门打砸抢，完了还要比试再定胜负，不是摆明了先打脸后打腿吗？不行，不能比，直接打回去。"

吴老伯不知道为什么第一面就不喜欢郭林选，他斜着眼睛冷哼一声："你知道个屁！张辰带人过来，最后不但被打得满地找牙，胳膊还被何潮卸了下来，他的手下也被打伤了十几人，最后还得收拾残局，付出了这么大的代价，争取到的不过是一个公平比试的机会。算来算去，他弟弟张送被打、许愿被和仔带走，以及一些兄弟投奔了利道，都没有讨还回来，你自己算算，谁吃亏谁占便宜？"

郭林选又慢慢坐了回去："说得也是，何潮等于打了弟弟打哥哥，哥哥其实不用挨打，也可以和何潮来一次公平比试，这么算的话，张辰折腾一番，没讨了好去。"

"岂止没讨了好，简直丢人丢大了。毕竟他兴师动众，带了这么多人上门，最终什么也没有拿走，传了出去，他声名和颜面都扫地了。"吴老伯背着双手，在房间中走来走去，"不过就是苦了和仔、高英俊他们了，挨了一顿打。好在都是年轻人，养几天伤就好了。"

"不对，不对……"郭林选又站了起来，"你谁呀？何潮，什么时候利道凭空冒出来一个老头儿？他都多大年纪了，你拿他当员工还是当祖宗？"

一句话气乐了吴老伯："我是老头儿不假，可我不是员工也不是祖宗，我是利道快递的股东，也是何潮的长辈。怎么了？你也想当我的晚辈？我还未必看得上你。"

郭林选怒了，拍案而起要和吴老伯争论一番，却被夏良劝住，夏良和颜悦色："郭公子，给我一个面子，现在不是吵架的时候。如果你不能帮何潮解决问题，只为他添乱，你就不是他的朋友，而是损友。"

"是，良哥，是我冲动了，我改。"郭林选忙满脸赔笑，点头认错，态度之好，让众人都不敢相信自己的眼睛。

什么时候天不怕地不怕的深圳一哥转了性子，居然如此惧怕深圳四哥中的良哥？何潮想起了当初在"当年明月"之时，郭林选一听良哥的大名，当即逃之夭夭的往事，不由得心想：每个人都有克星，如果说邹晨晨算是郭林选的情关，那么良哥就是郭林选的克星。

良哥和郭林选之间到底发生过什么事情，让郭林选对良哥如此畏之如虎？何潮虽然很好奇，但现在不是追究此事的时候，只好先压了下去。

几人又商量了一番，决定调动一切力量完成比试，务必一举赢得胜利，因为此事事关利道快递的归属问题，马虎不得。

庄能飞得知此事后，打来电话问需不需要他做些什么，被何潮回绝了。三成科技试生产在即，不能大意，庄能飞必须全程留在工厂，以免出现什么差错。从以前的电子元件组装到自己生产，等于向前迈进了一大步，必须严肃认真对待。

在何潮的安排中，并不需要庄能飞出面，但需要江阔的帮忙。

何潮打电话给江阔，铃响半天，却无人接听。何潮以为江阔没有听到，也没多想，就又打给了江安。

江安的电话倒是一打就通。

"江总，有件事情需要你帮忙。"何潮也不绕弯，简单一说他和张辰的比试，直截了当地说出了他的诉求，"我是希望借助江氏的渠道，让单子在香港的运输更快更安全。"

江安粗暴地打断了何潮的话："这点儿事情也值得惊动江家？江家又不是你开的。香港又不大，从最远的赤柱广场到罗湖口岸，也不过六七十公里，慢也慢不了多少。"

"这次比试非常重要，必须分秒必争，一定要保证每一个环节不能落后，更不能出现差错。"何潮听出来江安无心帮他，他也不在意，"江阔呢？为什么打她电话没有接通？"

"不知道。"江安语气极不耐烦，似乎在忙着什么事情，"还有事情吗？没有的话就挂了。"

"等等，"何潮敏锐地感觉到了一丝不安，"你是不是又在赌博？江家的情况刚刚好转，你想要气死老爷子吗？"

"要你管？你算老几？"江安恶狠狠地吼了一句，"何潮，以后再过问江家的事情，别怪我对你不客气。"

何潮摇了摇头，江老爷子病情忽然加重，多半和江安继续胡作非为有关，只是现在他有事缠身，顾不上多管闲事。虽说对他而言，江家的事情不算是闲事。

既然江安指望不上，郭林选就自告奋勇负责香港路段的运送保障，他打电话拜托了煌府的老板高当勇。高当勇毫不犹豫地一口应下，保证全力以赴，不会让单子在香港境内有一丝闪失，并且会以最快的速度送达罗湖口岸。

得到了高当勇的承诺，郭林选放心不少，又和何潮商议在深圳路段的运送保障，夏正当即保证他会带领一支出租车车队全程护送，不会让单子在深圳境内落后张辰一秒，至少要领先对方半个小时以上。

第七十七章

最难的难点

最难的点在于深圳到广州的运送。

深圳到广州最有时效保障的是火车，但火车速度不够快，远远达不到后世的高铁，要三个小时左右，还不如直接汽车运输快捷。

按照正常利道快递的运送流程，香港到深圳是汽车运输，深圳到广州是铁路运输，可以最大限度地节省费用，并且保证时效。但比试不是大宗运输，是单件运输，只要时效不计成本，就得重新规划路线了。

为了确保万无一失，何潮还请来了卫力丹。

别看卫力丹还在上学，她却已经成了利道快递的首席顾问兼路线规划专家，她编写的软件已经完成，为利道快递科学规划最优路线立下了大功。当然，其中也少不了夏正的帮忙。夏正发动他自己的车队——他已经拥有了10辆出租车——并且联合其他同行，为卫力丹提供了大量真实而翔实的一手数据，才让卫力丹的软件得以完善。

毫不夸张地说，利道快递一直比别的快递快了一步，卫力丹的才华和夏正的配合功不可没。

卫力丹过来之后，时间已经不早了，何潮让郑小溪吩咐厨房准备了饭菜，就在他的办公室里边吃边聊，最终敲定了一个最后方案和两个备选方案。

忙完之后，夜已经深了，何潮一行又到医院看望了和仔和高英俊。郭林选想让邹晨晨和他一起回去，邹晨晨不肯，非要留在医院陪护。何潮不同意，让所有人都回去，自己留了下来。

最后，夏正、卫力丹坚持要留下来陪何潮一起，郭林选、邹晨晨、吴老伯、夏良、江离和郑小溪等人回去了。

夜色如水，照耀四下寂静而遥远。何潮睡不着，起身出去。

和仔几人受伤不重，只是皮外伤，打针之后都沉沉睡去了。

病房的后面有一个花园，花园的正中有一个不大的池塘，里面长满了荷花以及各种水草。何潮坐在池塘边的一块石头上，右手托腮，思绪纷飞。

"想什么呢？"不知何时，卫力丹悄无声息地坐在了何潮的身边，已经大三的她出落得越发水灵而粉嫩，犹如一朵即将怒放的鲜花，无比喜人又初露风情。她轻轻一提裙角，露出了纤细而光滑的小腿。她脱了鞋，想将脚放到水里。

"别放。"何潮伸手抓住了她的脚踝，"医院的水，说不定会感染各种细菌，不卫生，不安全。"

"不放就不放。"被何潮抓住了脚踝，卫力丹没来由脸一红，想要挣脱何潮的手却又享受当下的一刻，她迟疑片刻，还是动了动小腿，"你放开我，抓疼我了。"

何潮一时走神，想起了江阔，忙松开手，不好意思地笑了笑："你知道我肯定不是有意抓住不放……"

"我不知道。"卫力丹咬了咬嘴唇，忽然鼓足了勇气，"何哥，你真的从来没有喜欢过我？"

"怎么会？我一直都喜欢你。"何潮忽然想起了和余建成所说的一句话——人生的出场顺序很重要，他来深圳之后，第一个出场的女孩是江阔。月光下，他露出了一口好看的洁白的牙齿："从一开始，你就像我妹妹何流一样，特别惹人疼爱。"

"我才不是你的妹妹，也不需要你的疼爱，我自己什么都会，不需要一个哥哥照顾，哼！"卫力丹倔强地昂头，直视何潮的双眼，"如果没有江姐姐，你会不会喜欢我？"

人生没有假设，何潮也不会去想象如果卫力丹是他来深圳之后第一个出现在他生命中的女孩，他会不会和卫力丹在一起，假设没有意义，反而徒增烦恼："如果没有江阔，也许我们也不会认识。人生中的每一个环节都是必不可少的，少了哪一个，都是人生的缺憾，也许还会影响到下一个情节。"

"我不听，我不听，我就想知道，如果有一天江姐姐不喜欢你了，你会不会和我在一起？你不许再绕来绕去，直接告诉我，你的心里话。"卫力丹赌气似的将脚放到了水里，"你不说实话，我就一直泡在水里面。"

何潮一拉卫力丹的胳膊，被卫力丹躲了过去，他只好认输："好，好，算你狠。如果有一天江阔不喜欢我了，而我还对爱情抱有幻想，而你到时还是单身，我会考虑和你在一起。"

"这还差不多，算是过关了。"卫力丹跳了起来，光着脚踩在石头上，在原地转了一圈，"其实我也知道江姐姐不可能不喜欢你，你们才是最合适的一对，我只是想给自己一个希望，哪怕虚无缥缈，至少也有了一丝可能，是不是？"

"小古怪。"何潮嗔怪地笑了，"最近有没有和江阔联系？"

"有呀，前天我还和她通话了，她一切都好，江老爷子的身体虽然不是很好，但康复得很快，江姐姐说估计再有一周左右就没事了，她就能返回深圳了。听得出来，她特别想回来和你在一起。"

"前天？"何潮微一思忖，忽然想起了什么，"你现在打一下江阔的电话试试，看能不能联系上她？"

"都几点了，她早就睡下了。"嘴上这么说，见何潮一脸认真，卫力丹还是拿出了手机，拨打了出去，片刻之后摇了摇头，"无人接听。"

"好像哪里不对。"何潮微有忧色，"江阔不应该不接电话。"

他发了一条短信过去："江阔，方便时回电，我有事情要和你商量。"

"不早了，回去吧。"何潮伸手拉过卫力丹，"最近张送没再烦你吧？"

"没有，上次挨打，他老实了许多。不过也就是在我面前老实了，在别的女孩面前，他还是一样。他注意力转移了，看上了一个叫徐绒的女孩。"

"以后你离他远点儿。如果他再敢骚扰你，告诉我，我再好好教训他一顿。"何潮挥了挥拳头，"有时就得以对方听得懂的语言和对方对话。"

"如果这一次输了，利道快递真的要退出深圳和广东市场？"卫力丹双手背在身后，跟在何潮身边，"何哥，你有没有考虑过最严重的后果？"

何潮当然考虑过最严重的后果是什么："先做最坏的打算，再考虑最好的结果。我想好了，万一真的输了，就离开深圳，不，离开广东，去香港回北京或者到上海创业，不也一样？"

"不管你去哪里，我毕业后就跟到哪里，你不许不要我！"卫力丹挽住了何潮的胳膊，嘻嘻一笑，又左右看看，"先借用一下江姐姐的物品，江姐姐不会看到吧？没事，就算她看到也不会说什么，因为她也知道，你喜欢我就像喜欢妹妹一样。"

何潮无奈地摇了摇头，卫力丹和大部分女孩一样，既爱幻想又会自我安慰。不过他心中的担忧加深了几分，江阔不会真的出事了吧？

深南大道自深圳建市以来，就一直是主干道之一，也是深圳的象征。深圳大道两侧的广告牌，由于位置好，车流量和人流量大，价格从来居高不下，有些地段和显要位置甚至要价高达100万。在1998年，100万是一个天文数字。

但效果很明显，毕竟曝光率高。只不过由于过于密集，也容易形成视觉疲劳，不少司机和乘客从深南大道路过，很少会关注两侧的广告牌。即使是无意中看上一眼，如果不是图案特别有特色、广告语特别鲜明，很难留下印象。

相比之下，CBD附近的广告牌，位置看似比深南大道更好，但由于人流多而车流少，价位反倒不如深南大道。

深南大道两侧的广告牌以房地产、工厂出售出租以及招商为主，而CBD附近的广告牌，以销售电子产品、手机品牌的宣传为主。

昨天就有人注意到一个要价50万出租费的广告，声称第二天涨价到100万。许多人并没有放在心里，只当是一场闹剧。不料第二天一早，广告语就换了："此广告位出租，现价100万，明天涨价至200万！"

这顿时吸引了无数人的目光，联想到昨天的广告语，无数人都想知道到了明天会不会真的涨价到200万了。200万元一个广告位，简直就是作死的价格。不少人抱着看热闹的心态，就想知道哪家公司会花如此大的手笔买一个广告位。

200万，天文数字，许多中小企业一年的利润也未必有200万！

第三天一大早，无数人聚焦在广告牌下，没有让众人失望，广告牌上的广告语再次更新："利道快递，速度第一。选择利道，无往不利！"

原来是一家名叫利道快递的快递公司花费200万买下了广告位，许多人议论纷纷，不知道利道快递是从哪里冒出来的快递公司。但不管是知道还是不知道利道快递，所有人都认定了一个事实——利道快递实力雄厚。

实力能不雄厚吗？肯花200万买一个广告位宣传，说明利道快递的年利润在2000万以上！

利道快递一举成名！

"什么？利道花了200万打广告？不可能！"

第七十八章

措手不及

张辰正在办公室和周安涌、刘以授商量明天和何潮比试的事情，在听到手下的汇报后，他还不相信，当即和周安涌、刘以授开车到了CBD，亲眼见到了广告牌上的利道快递广告语和标志后，才确信真的是利道快递。

张辰脸色变幻不定，说不上来是什么滋味："何潮真是疯了，如果明天他输了，利道快递归了我，他不是帮我打了广告？哈哈。真是一个傻蛋。"

"何潮才不傻，他聪明得很。"周安涌微微眯了双眼，他很清楚何潮的实力，现在的利道快递一年能有200万的利润就不错了，不可能拿出200万打广告，其中必有猫腻，他微微一想就明白了什么，哈哈一笑，"何潮真的进步很快，这一手玩得太高明了。"

"怎么个高明法？"刘以授也想不明白何潮的套路，但知道CBD附近的广告位价位，"这个位置这个牌子，顶多20万，不可能是200万。"

"刘总说对了，何潮就是用20万元玩出了200万的效果。他先花20万租下广告位，然后自己打广告对外出租，每天翻倍上涨，涨到200万时，利道快递的广告出现，在路人看来，是利道快递花200万买下了广告位。"周安涌太了解何潮了，只一想就明白了其中的手法，摇头笑了，"何潮现在商业上越来越如鱼得水了，不用多久，怕我们都不是他的对手了。他还是和以前一样，勤于思索，善于学习。"

刘以授沉思片刻："这一手玩得高明，我怎么就没有想到呢？不过也好，何潮帮利道快递打出了名气，明天过后，利道快递就归辰哥了，何潮还是白忙活一场，有一句话怎么说来着，为他人……"

"为他人作嫁衣裳。"周安涌及时接话，不过他没有刘以授乐观，微有忧色，"何潮此举，恐怕不仅是为了玩一个20万的费用花出200万效果的套路，还有更深的用意。别的不说，只说明天的比试，因为利道快递名声大震，到时会有许多市民为利道快递加油，甚至会为利道快递让路，所以说，明天的比试，辰哥，一定不能掉以轻心。万一让何潮侥幸赢了，不但损失巨大，还成笑话了。"

"何潮赢不了！"张辰眯着眼睛冷冷一笑，"我已经一切准备妥当，绝对确保万无一失。"

刘以授也附和着得意地一笑："安涌，明天过后，利道快递就姓张不姓何了，这里面，也有你的一份功劳。"

周安涌连连摆手："和我有什么关系？我对快递业又不感兴趣，别扯上我。"

"哈哈，是，和你没关系，余老师出面也不是你的面子。我知道，我知道……"刘以授用力一拍周安涌的肩膀，"你要始终在何潮面前充当好人的形象，毕竟你是他的发小和兄弟，我理解，明白。"

张辰也心领神会地笑了："安涌，你放心，就算何潮输得一无所有了，他也不会怪你，你确实一直在帮他，没有害他。"

周安涌反倒不好意思地笑了笑："我确实是一心想要帮帮何潮，不管能不能使上力，帮上忙，肯定是一片真心。不过不希望他知道，也不指望他领情，只要他经过历练之后，能够更踏实更努力就足够了。"

刘以授和张辰对视一眼，忽然一起哈哈大笑，刘以授笑得很奔放、很开心："我就佩服安涌的口才，别人是妙笔生花，他是舌灿莲花，什么事情都让他做了，什么话也都让他说了。"

一早起来，何潮洗漱一番，就和郑小溪、卫力丹、夏良、江离、郭林选、吴老伯一起，来到位于CBD的启伦集团的总部。刚坐下，他们还没有来得及喝一口茶，张辰、周安涌、余建成、刘以授、海之心、辛有风一行人也到了。

曹启伦在听说了何潮要和张辰一决胜负的消息后，当即表示要作为见证人参与进来，并且愿意提供场地。何潮自然没有意见，张辰也同意，就将比试中心安放在了启伦集团总部的曹启伦的办公室中。

何潮本来想单枪匹马前来迎战，郑小溪不同意不说，卫力丹也非要参加，还有江离、夏良以及吴老伯等人，说什么也要观战并且要为何潮助威，何潮只好全部应下。他也想通了，张辰一方肯定也人数众多。

既然是比试，一要比快，二要比气势，不管哪一种，都不能输。

原本何潮没有邀请庄能飞，却没想到庄能飞也不请自来。他不但来了，还带来了赵动中。

在双方正握手寒暄时，庄能飞和赵动中推门进来，所有人都愣住了。

庄能飞也愣住了，因为他看到了辛有风。

辛有风眼神复杂地看了庄能飞一眼，微有不满和幽怨之意："你怎么也来了？关你什么事情？"

"这句话应该是我问你才对，关你什么事？"庄能飞毫不客气地顶了回去，"何潮是我的股东，我关心他理所应当。你呢？你是星辰贸易的股东还是启伦集团的股东？都不是！还有你，周安涌，你是启伦集团的人，却站在张辰一方和你的兄弟何潮作对，你对得起你们几十年的情义吗？"

周安涌淡然一笑，丝毫没有被庄能飞咄咄逼人的言语激怒："深圳第一课，庄总教会我怎么撬走别人的女朋友而不用解释和内疚。深圳第二课，曹总教会了我如何挖走别人重点培养的员工而不用付出代价。深圳第三课，有风教会了我怎样看透一个人并且迷途知返，人非圣贤，孰能无过？知错能改，善莫大焉！深圳第四课，何潮是我兄弟不假，但辰哥也是我的合作伙伴，不能因私废公，厚此薄彼。"

刘以授开心地大笑："我现在怎么这么爱听安涌说话呢？他一说话就是人生哲理，让人不服不行。"

周安涌忙谦虚一笑："刘总过奖了，自己人不夸自己人。"

曹启伦气得不行，周安涌俨然已经不以启伦集团的员工自居了，就连过来启伦集团也是和余建成等人一起。碍于余建成的面子，他又不好当场发作，只好打起精神，以主人身份盛情邀请众人入座。

曹启伦办公室的面积不可谓不大，却从未有过如此多人的时候，就显得有几分拥挤。还好邹晨晨早有准备，让人将会议室的长桌一字摆开，何潮和张辰双方分坐两侧，一一对应，曹启伦作为东道主，坐在末座，余建成被众人一致推到了首位。

余建成坐定之后，环顾众人："今天难得聚得这么齐，高朋满座，是一大幸事。我有幸担任何潮和张辰比试的见证人，又被大家推到了首位，惭愧。不过余某虽然不才，但一向公平持中，不会偏袒任何一方。下面，我再强调一下规矩……"

众人都神情肃然，静静聆听。

"比试的内容大家肯定都知道了，从香港发出一个快件，送到广州，谁最先安全、快速并且保证快件没有破损的情况下送达目的地，谁就获胜。获胜一方，将拥有失败一方的商标使用权和市场份额；失败一方，将永久退出深圳和广东的快递市场。你们双方都清楚了吧？"余建成神情严肃，语气是不容置疑的认真。

何潮和张辰同时点头："清楚！"

"好，既然都清楚了，我再重申一下我的原则。一，我只是见证人，不参与比试，也不会为比试的任何一方提供任何帮助。二，比试的任何一方，可以使用任何交通工具，但不能违反交通规则。违反交通规则一次，扣10分钟。也不能出车祸，出车祸一次，扣20分钟。三，物品不能损坏。不管出于什么原因，只要物品损坏，就是输了。"

"物品？"何潮惊呆了，"当初约定的时候，并没有要求是物品，只说是单子就可以，什么时候变成物品了？"

余建成漫不经心地看了张辰一眼："由单子变成物品，是我的临时决定，之前也没有和张辰说。我也经常寄快递，知道如果只是一个普通单子，比如一份文件、一个信封什么的，考验不出来一家快递公司的真正水平。只有一件物品，比如一个花瓶或是一个易碎品，如何快速安全地运送，才是对一家快递公司综合素质的整体检验。花瓶、水壶，你们可以自由选择。"

说是自由选择，其实是二选一，何潮才不相信余建成私下没有和张辰沟通。原先他以为只要快速安全地运送单子就足够了，没想到由单子变成了易碎品。要知道，运送一件易碎品的难度比一份文件高出了何止十几倍！

最重要的是，他事先没有准备，被打了一个措手不及。在香港的快递员，甚至都没有准备包装易碎物品的箱子！

香港方面是由郭林选负责安排，郭林选自然清楚，顿时变色，站了起来："余老师，临时增加难度，事先没有通知，不公平。"

第七十九章

分秒必争

"不公平……吗？"余建成拉长了声调，"余某主持公道这么多年，还是第一次被一个小年轻说不公平。郭林选，就算是你爸郭统用站在我面前，也不会说我办事不公道。"

郭林选还想争论几句，被邹晨晨拉回了座位，邹晨晨小声说道："别争了，争也没有意义。与其在这里争，还不如在比试中一较高下。越有难度，越能激发何潮的好胜心。"

邹晨晨猜对了，何潮就是固执、从不认输的性格，他只惊讶片刻就面对了现实："我选花瓶！"

卫力丹急了，想要制止何潮，花瓶比水壶还易碎，选择花瓶等于捧了一个定时炸弹，一不小心碰碎了，等于全盘皆输。水壶至少比花瓶还安全几分。

卫力丹还没有来得及站起来，就被郑小溪拉住了，郑小溪坚定地摇了摇头。经历过上次事件的她，突然之间成熟了许多，遇事不再轻易惊惶失措，而是知道多想一想了。

"不用管他，他既然决定了，就心里有数了。何哥一旦心里有数，就会全力以赴，我们只要支持他就可以了。"郑小溪轻轻一拢头发，目光坚定而充满信心，"越是困难，越要团结一致。"

卫力丹惊讶地看向了郑小溪："小溪姐，你变了许多。"

郑小溪的目光从周安涌脸上一扫而过，目光沉静而没有一丝波澜："一个人经历事情多了，就会成熟。成熟是你看清了世界不是童话，社会也不是你的开始。"

余建成才不理会下面的窃窃私语："何潮既然没有问题了，张辰？"

"我也没有问题。"张辰迅速和周安涌交流了一下眼神，一切进展得很顺利，完全符合预期，他对获胜更有信心了，"何潮选择了花瓶，我就选择水壶好了。他喜欢华而不实的东西，我觉得水壶好，实用。现在可以开始了吗，何潮？我尊重你的时间，反正我是准备好了。"

何潮看了看手表："现在刚刚九点半，余老师，几点开始合适？"

"十点好了。"余建成朝曹启伦点了点头："启伦，麻烦你打开投影，我们一起看着地图。"

曹启伦早有准备，不等他发话，邹晨晨就起身打开了投影，在众人的对面，一幅硕大的地图清晰地展现在了眼前。

是香港地图。

余建成拿过邹晨晨递过来的激光笔，红点落在了赤柱广场上："10点整，在赤柱广场会有两个人送来两件物品，花瓶和水壶，你们的快递员现在就可以在赤柱广场等候了。"

何潮打出了一个电话："准备接件。请留意是一个花瓶，易碎，千万小心。"

负责香港段的快递员罗道正是上次被辰哥的人打伤的第一个快递员，也是被何潮误会解雇的第一人。后来何潮知道错误之后，亲自请他回来，并且让他走了红地毯，他非常感激何潮的信任。这一次比试，他自告奋勇要打头阵。他心里憋了一股气，不管付出多大的代价，一定要确保首战告捷。要对得起何哥的信任，也要不辜负利道上下几百名兄弟的重托。

罗道本来没准备易碎品的包装箱，听到何潮的指示，不免有几分紧张，和他同来的高当勇哈哈一笑说道："不怕，不就是包装箱吗？我带了。我每年都要进不少烟酒和海鲜，常备最好的包装箱，保证可以保护好花瓶不会损坏。"

何潮为了确保万无一失，香港段派了两名快递员，罗道和刘河。罗道为主，刘河为辅。因为有高当勇的帮助，何潮也就没有安排车辆。

高当勇不但带了三辆车过来，还安排了十几人护航。

张辰一方阵势更是惊人，除了四名快递员，还有十几辆汽车以及几十人的队伍。不像是护送快递，倒像是迎亲。

10点整，货到了，一辆厢式小货车停下，两个人抱着两个物品下来。经过验货、装箱、填写地址一系列常规操作之后，货物正式交接，开始了运送。

罗道和刘河负责保护货物，两人上了三辆车中间的一辆，高当勇亲自担任司机，发动了汽车。

"如果你们信得过我，就让我按照自己的路线开，会绕路，但保证不堵车，没有红绿灯，也不会出现意外。"高当勇扭头看了一眼，见对方的汽车已经绝尘而去，却并不着急开动。

罗道想了想，一咬牙："行，一切听从勇哥的安排。"

刘河有几分不放心："勇哥……"

高当勇开动了汽车："少废话！坐好了，当年我在香港飙车的时候，你们还没有出生呢！你们只管保护好花瓶，其他的事情就交给我了。"

一阵刺耳的轮胎声传来，汽车猛然如脱缰之马弹射出去，将罗道和刘河狠狠地甩在了座位上。两人吓得赶紧抱紧了花瓶，在他们的视线中，车窗外面的景色在迅速后退。

曹启伦办公室内。

1998年，还没有即时传输技术，没有办法实时显示车辆情况，却可以保持实时通话知道对方的位置，并且在地图上以红点显示。何潮一方负责实时通话的是卫力丹，她左手电话右手激光笔，在投影的地图上勾画出了何潮一方的路线。

张辰一方负责实时通话的是海之心，她戴了耳机，解放了左手，显得更从容一些。

从赤柱广场出发，何潮一方走的是浅水湾道，而张辰一方走的是大潭道，一个向西，一个往东，绕长连山而行。不管是浅水湾道还是大潭道，都是山道，不同的是，大潭道路宽弯少，而浅水湾道路窄弯多，且比大潭道路途更远更长。

浅水湾道更考验司机的驾驶技术，正是因为路窄弯多，所以车少。相比之下，大潭道车流要密集一些。从浅水湾道北上到尖沙咀，要过维多利亚港，可以走红磡海底隧道或是西区海底隧道。而从大潭道北上，走东区海底隧道比较近。

张辰暗自盘算了一下时间，按照现在的进度推算，他的车辆会比何潮的车辆至少提前10分钟到达隧道。提前到达隧道就意味着香港段的比试，他胜券在握了。

隧道里面经常堵车，尤其是作为第一条开通的红磡海底隧道，于1972年建成通车，车道窄，车流大，经常一堵就是半个小时以上。何潮的车队只能走西区海底隧道，相比东区，绕远至少多出五六公里。

在分秒必争的比试中，五六公里的差距就是胜负的差距。张辰早就做过计算，从赤柱广场到罗湖口岸，有三条线路，一是他们现在选择的东线，总里程近52公里；一是中线，约51公里；一是现在何潮一方所走的西线约57公里。

316

虽说东线和中线车流量大，但如果提前做好准备，先派车辆打好前站，可以确保一路畅通，会比车少但路长的西线快上不少。张辰之所以出动了十几辆汽车，就是早就做好了预案。

四辆汽车负责在一公里之外开路，将沿途所有可能引发拥堵的隐患提前解决，只要是挡路的车辆，要么别到一边，要么直接骂开，好让后面的四辆汽车疏通道路，保证运送快递的汽车通行。另外还有四辆汽车断后，不让任何汽车超车。可以说，张辰设计的队形，参考了当年香港黑社会老大出行的阵势，既保证了安全，又确保了快速，做到了万无一失。

十分钟后，张辰一方的车队已经领先何潮一方三分钟以上了，张辰露出了欣慰的笑容，和周安涌悄然交换了一下眼神。

周安涌很清楚除了万无一失的车队，张辰还安排了伏兵。万一出现了什么变故，伏兵就会横空出世，狙击何潮的车队，让何潮功亏一篑。

何潮，对不起了，不是我不肯帮你，实在是我和张辰合作得太过密切，没有办法因私废公。我们兄弟之间多年的感情，我很想你取得胜利，但从另一个角度来说，胜利对你来说也许不是好事……周安涌意味深长地看了何潮一眼，何潮正在聚精会神地观看战况，没有注意到他的眼神。

周安涌心中喟叹一声：何潮，希望你输掉利道快递之后，重新选择更符合时代发展的行业，不要再从事落后陈旧没有希望的快递业了。作为劳动密集型行业，快递业在未来的科技时代，早晚会被时代的洪流淘汰。他想让何潮输掉利道，是想让何潮迷途知返，以何潮的聪明才智，可以从事制造、金融、房地产等诸多有未来前景的行业，何必非要被小小的快递行业拴死？

对星辰贸易来说，星辰快递只是很小的一个分支，对何潮来说，利道快递却是全部。所以快递行业的兴衰对于张辰来说无关紧要，对何潮来说却事关生死。因此，周安涌认定他帮张辰获胜，其实是在反面成就何潮。

何潮并没有多想周安涌为何和张辰在同一个团队，在商场上，立场和队形经常变化是常事，所谓形势比人强，不同形势之下每个人的选择不同，可以理解。

第八十章

第一局

　　他现在一心只想取胜，利道快递是他的心血，是他的全部。就眼下来说，是他的安身立命之本。从长远来说，是他的理想和情怀，寄托了他关于时代和未来的许多设想。

　　他不能输，一输，就输掉了所有。他没有退路，尤其是吴老伯帮他找到100名员工之后，现在的利道快递充实了力量之后，面临着一个重大的转折期。如果不是张辰非要节外生枝，现在利道快递已经开始加快区域布局，下一步就是全国布局了。

　　好在何潮从来都相信一点，危机危机，危中有机，任何危机都有可能转化为机遇。古人的智慧早在数千年前就告诫我们："祸兮，福之所倚；福兮，祸之所伏。"

　　香港段的运送，既然是郭林选主导，何潮就没有再过问太多，毕竟香港他也不熟。他是用人不疑疑人不用的策略，全权交由郭林选负责，直接放手不管了。而郭林选和他一样，完全委托高当勇接手之后，问也没问高当勇如何保证物品安全以及如何运送。

　　何潮还以为郭林选一切尽在掌控之中，如果让他知道郭林选比他还大条，连高当勇的运送方案看都没看，肯定会惊吓出一身冷汗。还好，现在他虽然微有担心，眼看着自己的车队逐渐和对手拉开距离，却还是充满了必胜的信心。

　　郭林选却开始慌了，悄悄拉了拉邹晨晨的胳膊："有没有纸巾？快，借我一下。"

　　邹晨晨坐在郭林选的右首，扭头一看顿时吓了一跳："你怎么出这么多汗？哪里不舒服？"

　　"心里，我心里难受。"郭林选指了指心口，如果是他的快递公司，就算输了又能如何，总共也不值多少钱，但利道是何潮的，而且事关面子，如果香港段真的输了，等于打了他的脸，他以后还怎么面对何潮？

邹晨晨多聪明，立刻猜到了什么："勇叔的运送方案，你都没看，不知道勇叔到底怎么走怎么保障，对不对？"

郭林选心虚地点了点头，不敢直视邹晨晨的眼睛。

邹晨晨气坏了，用力一拧郭林选的腰肉："你怎么这么不靠谱？这么大的事情你都不认真对待，还有什么事情你会当真？你气死我了！"

郭林选疼得一咧嘴，倒吸一口凉气，却强忍着没敢叫出声来："嘘，小声点儿，别让何潮听见。万一真输了，我赔他一个利道快递不就行了？顶多值2000万！"

"你！"邹晨晨眼睛都红了，"不是钱的问题，钱买不来何潮的心血和付出，买不来他的志向和理想！"

"行了行了，我错了还不行吗，姑奶奶？别闹了，赶紧关注战况，现在不是还没有输吗？"郭林选的左边是卫力丹，卫力丹的左边是何潮，他与何潮隔了一个人的距离，相信何潮没有听到他的话，不过等他的目光落到投影上时，顿时脸色大变，"啊，差距又拉大了？"

何潮车队已经抵达了隧道，出乎张辰意料的是，车队没有选择西区隧道，而是红磡海底隧道。作为香港第一条海底隧道，红磡海底隧道年久失修，远不如东区和西区通畅。张辰车队选择的是东区隧道，此时已经过了隧道，而何潮车队刚刚抵达。

差距正在一步步扩大。

何潮脸上流露出紧张之色，虽然没有像郭林选一样连连擦汗，额头上也渗出了汗珠。说不紧张是自欺欺人，如果第一回合就输了，会大大影响士气。在深圳段，他虽然准备得非常充足，但张辰毕竟在深圳的时间比他长多了，人脉也广，再充分的准备也有可能出现意外。

余建成则是一副稳坐钓鱼台的淡定，他轻抿一口茶，淡然的目光从每个人脸上一一扫过，不管是何潮一方还是张辰一方，他都一视同仁。

相比何潮一方的集体紧张，张辰一方显得轻松许多，都是一副胜利在望的表情，辛有风甚至心不在焉地转起了笔。

卫力丹激光笔的红点停留在了红磡海底隧道的入口，她摇了摇头："信号断了，应该是进入隧道了。"

周安涌轻轻咳嗽一声，见成功地引起了众人的注意，才开口说道："何潮，别太过于勉强自己了，尽人事，听天命，只要尽力了，就无愧于自己了。"

"尽力了却没有做到，还是问心有愧。"何潮紧张的心情稍微舒展了几分，

319

"不过不管怎么样，谢谢你，安涌，有你在，我心里就踏实了许多。"

周安涌点了点头，一脸诚恳："虽然我坐在辰哥一方，但作为你的发小和辰哥的朋友，我不希望你们闹成现在的样子。但既然事情发生了，就要勇敢面对。不管怎么解决，只要解决了就好。过了眼下的坎，前方依然是阳光大道。"

余建成微微点头，周安涌的话确实中听，句句熨帖，像是喝了一口浓到极致、鲜到深处的鸡汤。

邹晨晨嘴角一抿，露出了她标准式的敷衍的笑容，悄声说道："安涌最擅长的就是一本正经地胡说八道以及完全正确却没有任何营养的心灵鸡汤。"

"堵车了吧？"张辰却没有闲情雅致炖一锅心灵鸡汤，他只关心胜败，见红点半点没动，心情不由得更加舒畅了，"现在差距是三公里了，基本上可以确定胜负了。香港段第一回合的比试，何潮，你输定了！"

卫力丹没有说话，耳朵紧贴在手机上，手中的激光笔还是照射在投影的隧道入口处。而海之心手中激光笔的红点，已经经过了香港中文大学，朝保荣路体育馆方向而去。不管是东线、中线还是西区，最终都会在过了保荣路体育馆后的大头岭游乐场处的立交桥交会，然后驶向粉岭公路，直达罗湖口岸。

基本上可以说，谁先抵达大头岭游乐场处的立交桥，谁就敲定了胜局，因为一转向粉岭公路，就是全程平坦的高速，距离罗湖口岸也就只有四公里了。

海之心一直一脸平静，忽然露出了欣喜的笑容，手一动，红点落在了大头岭游乐场上。

"啪啪啪啪……"

刘以授带头鼓掌，哈哈一笑："胜利了！第一局，领先对手10分钟以上。不错，开局非常好。"

"别得意得太早了。"庄能飞怒气冲冲地回敬了刘以授，"刘总，等下如果又输了，会很丢人的。一把年纪了，稳重点儿好，有利于保持形象。"

刘以授正要发作，却被周安涌劝住，周安涌摇头一笑："刘总，别生气，等下笑到最后开香槟的时候，你陪庄老板多喝几杯，好好庆祝一下。"

何潮没有说话，双手握拳，紧盯着投影不放。郭林选的头低了下去，不敢抬头再看投影一眼，心里痛恨自己太大意了，不该完全放手不管，应该亲自上阵才对。

卫力丹却一脸平静，手中激光笔的红点稳稳地落在隧道入口，虽然足足有五分钟没有动上一下，她却依然不动声色，仿佛输赢都和她无关一样。

320

眼见对方的红点越来越远，卫力丹还在不慌不忙地拨打电话，但电话一直不通，她没有一丝焦急，反倒戏谑地笑道："是没话费了还是手机没电了？没话费了赶紧充值，没电了赶紧换电池，关键时候掉链子，勇哥和郭公子一样，不太靠谱。"

郭林选都快哭了，一点儿也笑不出来，索性把头埋在桌子上，不敢看人。

"还好，电话终于打通了。"不等众人嘲笑郭林选，卫力丹忽然面露喜色，冲众人做了一个鬼脸，"不容易，有生以来打得最艰难也最期待的一个电话……喂，勇哥，到哪里了？好，我更新位置。"

"不可能！"

当卫力丹激光笔的红点上移了几寸时，所有人都屏住了呼吸。没有让大家失望的是，卫力丹开始时缓慢移动，两秒过后，手猛然一抬，红点落在了距离罗湖口岸只有两公里处的粉岭公路上。

张辰惊吓出一身冷汗，当即站了起来："不可能！你作弊！"

"作弊？"卫力丹冷笑了，继续移动红点，张辰车队的红点在她的红点后面约一公里，"我可以直接落在罗湖口岸上，有用吗？我又不是神笔马良，画什么就有什么。"

张辰急了，大喊："海之心，赶紧确认一下，是不是被他们反超了？"

海之心神情严肃，过了一会儿才说："确认，是被对方反超了。不，准确地讲，是从隧道出来后，对方一直领先我们，只是我们没有发现而已。"

"怎么可能没有发现？他们为什么这么笨？他们是瞎子吗？这么明显的一辆汽车都看不到？"张辰急得跳了起来，脸色铁青。

周安涌忙用力一拉张辰的衣袖，不能输不起，退一万步讲，就算输不起，也不能当着何潮的面显得输不起。他是好面子的人，不管任何时候都要保持足够的镇静和从容。

第八十一章

第二局

"辰哥，别急，胜负还未定，"周安涌话说一半，卫力丹的红点已经跳到了罗湖口岸处，他知道第一回合莫名其妙地就输了，不免心里也有几分窝火，"不要紧，才第一局，后面还有两局，还有许多次翻盘的机会。"

张辰也意识到了自己的失态，缓缓坐了下来："何潮，你先别高兴太早了，我们还有两场硬仗要打。"

何潮谦虚地一笑，一颗心落到了实处，故作小心地擦了擦额头上的汗："我自始至终都没有高兴，一直在担心，倒是辰哥刚才明显过于提前高兴了。不要紧，后面的每一场硬仗，我都会奉陪到底！"

郭林选抬起头，一脸懵懂地看了看四周，见众人神态各异，张辰一方微有沮丧，何潮一方皆有欢喜，不明白发生了什么："怎么了？张辰认输了还是我们战胜了？"

"当然是我们战胜了。你永远不要指望别人会主动认输，要用实力让对方只能认输，才是王者风范。"夏良也长舒了一口气。多少年了，他从未如此紧张过，刚才险些喘不过气来。不过当他的目光再次落到投影上时，一颗心又一次提了起来。

第二回合的比试开始了。

几乎没有停歇，在罗湖口岸交接之后，罗道和刘河第一时间过关，来到了深圳，立刻上了早就等候多时的印有利道快递的小货车上。

货车司机赫然是夏正。

夏正戴了一顶鸭舌帽，大大的墨镜遮挡了半张脸，让他显得既高深神秘，又有一丝老大的气质。

本来夏正想开出租车运送，临时换了货运汽车，因为利道快递的厢式货运小汽车的后厢里面有可以保护易碎品的装置。虽然货运汽车比出租要笨重一些，速度也不够快，但在深圳市区内，只要技术过关，也差不多。

市区车多，都跑不快。

罗道和刘河二话不说，上了货运汽车的后厢，里面的装置很专业，有缓冲设备，还有顶级减震工具。两人将花瓶绑好，固定在了装置上，正要关上后门时，一个人突然跳了上来。

来人捂得严严实实，戴了帽子、口罩和眼镜，完全看不出来是谁。罗道和刘河大惊，想要赶对方下车，以为对方是张辰派来的故意捣乱的破坏者。

来人不肯下车，拉下了口罩："别声张，是我。"

"和仔！"罗道惊呼一声，"你怎么来了？你不是还在住院？你快回去，你的伤还没好。"

和仔又戴上口罩，用低低的声音说道："不亲眼看到赢了张辰，我在医院生不如死。你们要是还当我是兄弟，就当没看见我。我要和你们一起，打败张辰，还利道快递一个公道！"

车子发动了，夏正脸上闪过一丝无奈的笑容，他从后视镜中看到了刚才和仔上车的一幕，却假装没有看见。他知道和仔有心结，不忍心扔下和仔，让和仔错过如此重要的一场事关利道生死和个人名誉的比赛。

"我们的车怎么还没到？都死哪里去了？"曹启伦办公室里，张辰望着投影上的红点，大发雷霆，"告诉林敏，如果五分钟之内还没有过关，就不用过了，也不用回来见我了。"

"过关了，交接了。"海之心左手按在耳机上，手中的激光笔点在了深圳一侧，"交接完毕，深圳车队已经接手货物，车队启动！"

张辰坐回座位上，见自己一方的红点和何潮一方的红点距离相差10公里之远，不由得又焦虑起来："告诉关了了，让他马上提高到最快速度。"

余建成慢条斯理地笑了一声："不行，不管是在市区还是高速，一是不能闯红灯，二是不能超速。任何违反交通规则的举动，都会影响到最终成绩。记住，我们要的是公平公正的比试，不飙车，不影响正常交通。明白没有？"

"明白。"张辰只好按捺住心中的烦躁，"听余老师的，不超速不闯红灯不影响正常交通。"

回到座位上，张辰轻轻碰了碰周安涌，周安涌会意地点了点头，轻轻推了一张字条给辛有风。辛有风接过看了看，微不可察地朝周安涌点了点头。

何潮几人的注意力在投影上，并未发现周安涌和辛有风之间的小动作，庄能飞却看得清清楚楚。他见辛有风起身出去，也趁人不注意，悄悄跟了出去。

从罗湖口岸去广州，要穿过整个深圳市区，最好的方案也是唯一的方案是走京港澳高速。何潮一方的车队是三辆车，前面一辆广州标致开道，中间是货运小汽车，后面是一辆出租车。出租车是夏正的车，由他聘用的副班司机张亭在开。

没错，后面是一个女司机。

张亭顶多30岁，留短发，干练而飒爽，戴着墨镜、手套、套袖，全副武装，一看就是专业司机。

张辰一方依然声势浩大，出动了七辆车，前三后三，中间是一辆奔驰S600，是的，张辰出动了他的豪华座驾奔驰S600来负责运送货物，可见他对此次比试的重视程度。

何潮一方沿着唯一的路线，从京港澳高速一路北上。才走不久，后面就跟上了张辰一方的车队。两个红点一开始有五六公里的距离，很快拉近，十分钟不到，缩短到了两三公里以内。

张辰才又暗中舒了一口气，和周安涌对视了一眼，周安涌朝辛有风空空的座位看了一下，张辰心领神会地微一点头，忽然脸色一变，落在了庄能飞的空位上。

周安涌此时也才注意到庄能飞不见了，当即站起来，推门出去了。

何潮注意到了几个人依次出去，却并未多想。他拿过卫力丹手中的手机，和夏正对话，要求夏正保持速度，不要急躁，从深圳到广州，只要一路上保持匀速前进，不超速不闯红灯不出车祸，就可以始终保持领先。对夏正的车技，他完全放心，夏正独自驾驶的里程超过了30万公里，是绝对一流的老司机。尤其是夏正常年在深圳市区开车，所以市区之内的比试，应该十拿九稳。

何潮的设想是没有问题，因为有限速，只要在畅通的道路上行驶，前车始终保持最高限速，后车不超速的话，会一直落后前车。

也确实如何潮所料一样，张辰车队在追近到两三公里的差距之后，双方的距离就没有再进一步拉近，反而不时还会拉大一些。半个小时后，又变成了五六公里的距离。张辰不免又焦虑了几分，站起又坐下，一副坐立不安的神情。

郭林选现在轻松了许多，之前香港段赢得漂亮，他自认居功至伟，干得漂亮，一颗心落到了肚子里，也敢和邹晨晨说话了。可惜邹晨晨现在全神贯注关注战况，没空儿理他。邹晨晨知道，深圳市区和深圳到广州段，才是最容易被反超的最危险的第二回合。

"别那么紧张，在深圳，没人敢折腾风浪。深圳不比香港，一切都很规范。"郭林选碰了碰邹晨晨的胳膊，"香槟我都准备好了，等下不醉不归。"

"醉个鬼！"邹晨晨推开郭林选的手，瞪了他一眼，"最可悲的是首战告捷先庆功，孤芳而自赏，得意而忘形……等尘埃落定了再提庆祝的事情，现在再提，我跟你急。"

"这不已经胜利在望了，还能出什么差错？"郭林选伸了伸懒腰，打了一个大大的哈欠，"除非出现什么意外，比如撞车呀、爆炸呀，或是车子没油了，等等。"

"别说了，乌鸦嘴！"邹晨晨制止了郭林选的啰唆，悄悄一指周安涌、辛有风和庄能飞的位置，"何哥有这样只会帮倒忙的朋友，也够不幸了。你没发现人都不在了，肯定是密谋什么去了。"

"我的任务完成了，我只负责香港段。深圳段有夏正，有江离，有良哥，足够了。"郭林选双手抱头，用力朝后一靠，哈哈一笑，"你看现在两队车队的距离还是保持了五六公里，不，距离正在拉大。"

距离确实正在拉大，后面张辰一方的车队不知道出了什么事情，速度越来越慢，几分钟后，停下不动了。

张辰脸色极度不善："出什么事情了？赶紧查清楚！"

海之心愣了一会儿才说："关了了说，车子抛锚了。"

"废物！抛锚了赶紧换车，又不是一辆车。不对，我的奔驰怎么会抛锚？昨天刚做过保养，难道是被人动了手脚？"张辰一边说，一边看向了何潮，言外之意不言而喻。

张辰有意无意地误导，所有人都看向了何潮。何潮才不会被他的脏水泼中，呵呵一笑，坦然地说道："辰哥是什么意思？怀疑我做了什么手脚？一是我没有机会接触到你的专车，二是我也没开过奔驰，就算想做手脚也不会。"

"哼，说得好听。"张辰冷哼一声，"你手下懂车的不少，和仔就懂。你还有不少出租车司机朋友，想要破坏一辆奔驰，易如反掌。"

第八十二章

第三局

"如果破坏一辆停放在我办公楼下面的奔驰，肯定很容易。但辰哥的奔驰平常不是停放在自己公司就是家里，我就算想破坏也得有机会不是？"何潮依然应付自如，"现在最要紧的是赶紧换车或是修车，而不是和我斗嘴。"

"我是当着余老师和大家的面，敲打敲打你，记住了，下不为例，不要再有什么不好的想法。"张辰一副义愤填膺的样子，"之心，赶紧让了了他们换车，赶紧出发。告诉他们，别怕，就算输了，也虽败犹荣。我们输也要输得光明正大。"

好嘛，何潮倒成坏人了，何潮也懒得和张辰争辩，也清楚不管他怎么解释，都会越描越黑，是非以不辩为解脱，何况他也隐隐猜到了一点，接下来恐怕张辰会暗中使坏了。

以张辰的性格，如果不是早就准备好了应对之策，他不会这么有兴致抹黑自己。不过不管他准备了什么手段，何潮都相信夏正的实力。

关键时候，就是要靠朋友的帮助。人生在世，在家靠父母，出门靠兄弟，永远是真理。夏正是他绝对没有二话的好兄弟，不管他怎么说，夏正都要亲自上阵，就是要确保在深圳市区到广州市区，不会出现什么差错。

正在开车的夏正接连打了两个喷嚏，他揉了揉鼻子，自嘲地一笑："谁在想我？"

副驾驶座坐着一人，个子不高，十分瘦弱，留一绺胡子，打扮很新潮、很另类，像是艺术家，他懒洋洋地望向窗外："打两个喷嚏是有人骂你，你想多了。你是不是又得罪谁了？说，有没有背着我姐干什么不可告人的事情？"

"滚得远远的！"夏正笑骂了一句，"子作，你以后少在你姐面前胡说八道，我每天除了开车，就是关心股市、操心利道的事情，再琢磨一下未来的电子科技，从来没有时间也没有精力去追逐女人。我的原则是，所有不以结婚为目的的恋爱都是要流氓。我和你姐结婚了，就得对她对家庭对自己的原则负责。"

"行，我信你了。"龙子作嘿嘿一笑，他是夏正老婆龙雨的弟弟，堂弟，"姐夫，我觉得你对何潮太好了，好得都让我姐嫉妒了。我姐天天上班，你从来没有接送过一次，总是让别的司机送。何潮的事情，你立马就亲自出马了，怎么感觉你对何潮才是真爱？"

"说实话，子作，不是谁都可以遇到知音的，怪不得古人说高山流水遇知音。在见到何潮的一刻，我真有一种三生有幸的感觉。"夏正无限感慨，回想起和何潮初识到深交的过程，依然心潮澎湃，"我当时很迷茫，不知道该怎么做，就像刚来深圳时一样。我刚来深圳后不久，就想回老家了。感觉深圳人和人之间非常疏远，除了工作上的关系，并没有任何私下的接触，见面聊的不是赚钱就是股票、房产，等等，除了赚钱和八卦，对其他事情全不感兴趣。我觉得人活着总得有一个追求，赚钱是物质，八卦是精神，但如果一个人只知道赚钱和关注别人的八卦，不在意内心的感受，不就和一条没有梦想的咸鱼一样吗？"

龙子作很理解夏正的感慨，点头叹息一声："说得也是，当初我来深圳的时候，也是觉得很迷茫。深圳很大，又很小；深圳很忙，又很闲。我想成为一名画家，却在大芬村加盟了油画联盟，成了油画生产线上的一名工人。是的，我觉得我只是一名流水线上的工人，而不是什么画家。我离我的梦想越来越远，赚的钱却越来越多，是不是很讽刺？梦想和现实竟然是对立的两个方向。"

"梦想和现实并不对立，可以合二为一。何潮就做到了，这也正是我最佩服他、欣赏他的地方……"夏正注意到后面一辆汽车正在迅速超车，连超十几辆车，在一点点逼近，他并未在意，以为是深圳街头常见的飙车党，"他喜欢挑战，喜欢战胜一切不可能。我刚认识他时，他一无所有，一心想从事电子制造业。后来调整方向，改行做了快递，到现在，利道快递已经打出了名气。他最让人服气的地方就是认准的事情只要开头了，就会义无反顾地做下去。子作，你如果再继续坚持下去，也一定可以成为一个有名的画家。"

龙子作从小的梦想是当一名画家，来到深圳后，加盟了大芬村油画工作室。

龙子作希望有一天他的油画可以在法国、美国、英国展览，他成为无数人追捧的国际知名画家。可惜梦想和现实的落差有些大，他在大芬村油画工作室拿固定工资，画一幅画的局部，和组装车间流水线上的工人没有区别。

他才知道，深圳没有文化不是传说，而是事实。在深圳，任何文化都会被量化、物化并且定价，成为商品。文化如果可以被定价，可以成为流水线上的商品，还叫文化吗？他也清楚一点，养活了包括他在内100多名画家的老板并没有当批量生产油画并且低价销往国外是一种文化行为，而是商业行为。他们只是手工艺人，不是画家，是他想多了。

欧美国家的家庭有挂油画的习惯，是的，只是习惯，并不说明他们多有文化，多喜欢艺术，因为大多数普通民众对艺术也没有鉴别欣赏能力。他们并不知道他们购买的物美价廉的颇有中世纪画家风格的油画，是来自遥远中国的一个南方城市的一个小村落。

所以大芬村油画流水线上生产出来的油画，以几美元一幅的便宜价格，得到了欧美众多油画批发商的青睐。毕竟，中间的利润差越大，批发商就越开心。

开始时龙子作还可以独立画画，可以构思，可以天马行空，甚至可以署名。后来老板不再纵容他的任性，让他加入了流水线作业之中，只负责一幅"乡野之歌"油画的局部——画树。再后来更是精准到只画树干，树枝和树叶另外有人负责。

他画了一段时间后，觉得自己变成了一根光秃秃、毫无生命力的树干。他向夏正和龙雨抱怨，长此下来，他非得忧郁症不可。

夏正理解不了龙子作内心的苦闷，觉得他是矫情，是无病呻吟。当夏正决定帮何潮赢深圳段的比试时，叫上了他，因为他一直说想要寻求刺激，要发现在平淡生活中的闪光点。

夏正对龙子作的说法嗤之以鼻，平淡生活中的闪光点？是人话吗？白天有太阳，晚上有路灯，都在闪光!

虽然夏正不是很喜欢龙子作的空想，认为他和江离一样想得太多、做得太少，属于抱怨型社会人格，当然，江离理论高深，但从不抱怨，比他好多了，但夏正还是希望他能够找到自己想要的人生，开心地生活，像何潮一样，既有想法又有实干的能力。

后面一路超车的汽车此时已经和夏正的货车并驾齐驱了，是一辆老款的宝马，贴了颜色很深的膜，看不到里面的人的长相。车牌也有些斑驳了，最后一个数字像"8"又像"3"。

夏正没有在意，还想和龙子作讨论他的下一步问题，在他看来，开车运送一个花瓶从深圳到广州，是一趟轻松之旅。他开车几十年，安全驾驶几十万公里，多危险的情况都经历过，他有理由相信，放眼整个深圳，也没有几人可以在车技和行车

328

经验上和他不相上下。

龙子作却注意到了异常："姐夫，小心这辆宝马，多半有问题。"

"没问题，一辆走私车而已，不用大惊小怪。你呀，就是喜欢凡事都爱钻牛角尖。"夏正不以为然地笑了，"深圳大街上到处是走私车，你以前闷在屋子里很少出门，是不是觉得这辆宝马像是间谍电影里面的特务的车？行了，别异想天开了，他故意贴深颜色的膜，又弄旧车牌，就是为了不被交警记住，这叫做贼心虚。"

"不是你说的问题，"龙子作皱着眉头，右手轻轻敲击车窗，"你看他的车外观很像宝马，但明显有拼装的痕迹，不对，对，就是拼装车，不是原装宝马。"

"现在改装车很多，不叫拼装好不好？"夏正笑了，"你别在关公面前舞大刀了，总说业余的话。"

"不是改装车，就是拼装车！"龙子作急了，摇下了窗户，"你听，这是柴油机的声音，怎么会是宝马六缸汽油发动机的声音？姐夫，你知道对画家的基本要求是什么吗？是观察力，是细致入微的观察力！"

果然传来了"嗒嗒"的柴油机特有的沉闷的声音，夏正信了几分："行，行，你说对了，是拼装车，是宝马的外壳，也不知道是什么底盘和什么车的发动机，行了吧？和我们又有什么关系呢？我好好开车，你好好放松就行了，真是的。"

第八十三章

关键局

此时夏正三辆车已经沿京港澳高速行驶到了机场附近，还没有改名为深圳宝安国际机场的深圳黄田国际机场也还没有开始扩建，是一个小机场，在国内的排名还远在十二名开外。

现在的京港澳高速深圳段，也远不如后世的车多，车辆稀少，车速不快，也不堵车。所以夏正才微放放松，就连旁边的拼装宝马车和他并行了近一公里的路程，他也没有放在心上。

过了机场，路上的车辆更少了，龙子作也迷迷糊糊快要睡着了。一直并行的拼装宝马忽然一加油门，"轰"的一声绝尘而去，龙子作猛然打了一个激灵，又被惊醒了："出什么事情了？"

夏正有些后悔带龙子作同行了："你别一惊一乍好不好？影响我的判断！你还是睡吧，别打扰我开车。"

"要出事。"龙子作紧盯着前面拼装宝马消失的尾灯，"刚才它先是跟踪，然后又和我们并行，现在又突然加速离开，绝对是在前面设置陷阱了，姐夫，要小心。"

"我就纳闷了，你哪里来的这么多关于阴谋的想法？"夏正理解不了龙子作的思维，"再说就凭他一辆破破烂烂的拼装宝马，能掀起什么风浪？咦，抛锚了？"

才说一半，刚刚绝尘而去的宝马又出现在视线之中，抛锚在了路上，而且还横在了路中间，左右只留了一辆车勉强通行的距离。

夏正顿时警醒了，想到了什么："搞不好你还真说对了，拼装宝马就是故意来捣乱的……呼叫张亭，呼叫张亭。"

张亭早就发现了拼装宝马的不对劲，已经有所准备："夏哥，收到，我马上去开路。"

张亭的出租车一脚油门踩下，超越了货车和领头的标致，一马当先冲到了前面。此刻周围并无其他车辆，拼装宝马从跟踪到并行，显然就是在等候现在的机会。

张亭距离拼装宝马还有不到一公里之遥，片刻之后，就只有700多米了。拼装宝马车上下来两个人，手中各拎了一个油桶，也不知道里面装了什么。两人一个车头一个车尾，突然同时脚下一滑，油桶脱手扔出。

一个油桶中翻倒出来一地机油，机油明晃晃一片，在阳光下闪耀蒸腾的光泽。另一个油桶一路滚动，边滚边撒落一地的三角钉。是的，不管怎么滚动总有一个尖头朝上的三角钉，是专门用来扎胎的铁钉。

张亭心中一凛，对方看似是无意中洒落了机油和三角钉，其实明眼人一眼可以看出是有意为之。拼装宝马现在横亘在道路中间，左侧和右侧留出的空白位置一边是机油，一边是三角钉，不管从哪边经过都有翻车的可能。

她从后视镜中看了一眼，身后夏正的货车和她的距离是300多米，也就是10秒的时间。没时间了，张亭一咬牙，直朝拼装宝马冲了过去。

拼装宝马上面下来的两人，戴帽子、口罩和墨镜，显然不想让人看到他们的本来面目。两人布置完毕，一抬头，发现一辆出租车疯一样冲了过来，两人也不惊慌，对视一眼，露出了得意的笑容。他们的拼装宝马经过精心改装，车重足有三吨，别说出租车了，就是夏正的货运小卡撞上，也会当场报废。

两人不慌不忙地躲到一边，就想亲眼见见出租车当场报废的下场。出租车报废之后，也会形成路障，只要阻拦了夏正车队的通行，他们的目的就达到了。

张亭本来对准了拼装宝马侧面的B柱，汽车侧面是汽车最薄弱的部位，以最硬的车头撞击最薄弱的侧面，如果力道用巧，有可能将对方的汽车一分为二。

距离拼装宝马只有100米时，张亭临时改变了主意，因为她注意到下来的两人并没有躲远，而是站在拼装宝马十米开外的地方好整以暇，她瞬间想到了一个关键，既然是拼装宝马，肯定经过加固和加重，对方如此托大，如此信心十足，说明拼装宝马的车重是正常汽车的数倍以上。

两车相撞时，质量重的汽车必然比质量轻的汽车受损轻，更不用说对方的车上没人。

不能以卵击石！张亭瞬间改变了主意，在出租车即将撞上的一刻，她猛然拉下了手刹，出租车一个漂亮的甩尾动作过后，后尾重重地撞在了拼装宝马的侧面。

"砰"的一声巨响，拼装宝马被撞得硬生生移到了一米开外。

果然是加重加固了，张亭非常庆幸刚才的英明决定，如果是车头直接撞上，现在的她不死也得身受重伤。以如此大的力度撞击，拼装宝马只移开了一米，说明对方的车重至少是正常车重的三到四倍。

由于是车尾撞击，车头没有受损，发动机正常运转，张亭向前开出十几米远，再次倒车，又狠狠地撞击在了拼装宝马的侧面。

拼装宝马又移开了一米多。

车上下来的两人急了，再撞几下，路障就没用了，两人只对视一眼，立刻同时动手，手一扬，撒花一样撒出了一大把三角钉。

张亭感觉汽车后面猛然一顿，顿时心中一沉，轮胎被扎了。她一咬牙，再次猛烈撞击在拼装宝马侧面，一定要为夏正撞出一条通路，否则只要车停下来，不知道会发生什么事情，天知道对方还有没有埋伏。她记得清楚，当年有一次她开出租车去关外，半路上被扎胎，下车查看的时候，被乘客打晕。乘客和早就约好的埋伏在道路两侧的劫匪一起，不但抢了她身上所有的钱，还要试图对她施暴。

幸好夏正正好路过，夏正大喝一声，拎着车锁下车，和对方打成一团。最后夏正打得浑身是血，打伤对方三个人，对方才被他不要命的狠劲吓跑。

如果不是夏正舍命相救，后果不堪设想，从此张亭视夏正为恩人。她甚至一度喜欢夏正，想要嫁给他。只是他对她的情意一直视而不见，直到他和龙雨结婚，她才明白她哪里不适合他——他喜欢比他小的姑娘，而她比他大了两三岁。

没有夫妻缘分，就当朋友好了，张亭后来在夏正组建车队时，加入了夏正的车队，很快就成为夏正车队的主力干将。

张亭现在依然独身，她对婚姻没什么奢求，也不主动去寻找，相信如果有缘分就会出现，没有也不勉强，反正只要努力工作，一直待在夏正身边就足够了。

夏正的事情就是她的事情，她也不认识何潮，但既然夏正认何潮当大哥，何潮的事情也就是她的事情。

在第三次撞击过后，四个轮胎全部爆胎了。再看夏正的货车距离只有300米了，张亭一咬牙，拼了，她一脚油门踩到底，前轮爆发出刺耳的摩擦声，轮胎被甩飞，钢轮箍在地上擦出长达一米的火花，她施展了平生绝技，也是她开车以来车技的巅峰之举——原地打转。

一圈、两圈……五圈……张亭用尽最后一丝力气，用平生练就的高超车技和勇往直前的勇气，为夏正的货车扫出了一段安全的道路。虽然只有五六米宽，但也足够了。

当夏正的货车还有50米远时，张亭用尽全力，猛然撞击在了拼装宝马的侧面，将拼装宝马撞到了三米开外，她的出租车也被撞坏，壮烈牺牲了。

夏正和龙子作目睹了发生的一切，龙子作几乎不敢相信自己的眼睛，几次揉眼，几次惊呼："太强悍了，太牛了，姐夫，我要追求张姐，我喜欢她的凶猛和狠劲儿。"

夏正眼睛湿润了，他知道张亭拼命是为了他，他用力一抹眼泪："张亭，谢谢你！"

前面开道的标致第一个冲了过去，"噗噗"两声，被两个遗留的三角钉扎了胎。还好，夏正的货车有惊无险地通过，在张亭出租车的扫荡和前车以身试险的帮助下，顺利过关。

不过也损失惨重，三辆车，报废一辆，损坏一辆，只有夏正的货车完好无损。

夏正和前车通话，让他们留下和张亭的出租车一起等待救援，他不能停留，继续前行。刚穿过拼装宝马设置的路障不久，后视镜中就出现了七辆汽车排列一行的浩浩荡荡的车队，他心中一惊，好快，张辰的车队居然赶上来了。

不久前他还听到消息说，张辰的车队由于主车抛锚而停下来了。夏正只微微一想就明白了什么，什么主车抛锚，不过是缓兵之计，是为了让何潮放松警惕，好让拼装宝马得手。今天要不是张亭，他还真就栽在这里了，肯定会被拼装宝马干掉。

大意了，他真是大意了，还多亏了龙子作的提醒以及张亭的舍命相拼。他暗自擦了一把冷汗，如果因为他的大意而耽误了何潮的大事，真是天大的罪过了。他拍了拍龙子作的肩膀："子作，谢谢你，刚才多亏你提醒了我，要不我还真过不了刚才的坎。接下来我必须打起精神，一定要圆满地完成何哥交给我们的任务。"

第八十四章

底牌

"不谢，说谢就见外了。不过姐夫，你天天何哥何哥的挂在嘴边，他真有那么好？我就不信了，他有什么了不起，能让你这么维护他？"龙子作有几分嫉妒何潮，"等下次见了他，我一定好好考考他，别的不说，没有文化知识就会让我看不起。"

"先别说何哥了，注意后方来人。"夏正斜了一眼后视镜，双手紧握方向盘，"相信张辰的车队也不敢明目张胆地制造交通事故，根据规定，谁发生了交通事故就扣谁的分数。"

"是不能明目张胆地制造交通事故，但不用交通事故一样可以阻碍你行车。你不要忘了，对方的车队有七辆车，我们只有一辆。"龙子作探头朝后面看了看，摇了摇头，"不管是气势还是排气，我们都不是对方的对手，怎么比？认输算了。"

"你怎么天天说丧气话？"夏正怒了，缓缓加速，慢慢和后面的车队拉开了距离，"别以为我的货车就是普通的货车，也有过改装，发动机经过加强了，比不了奔驰S600，但也不比车队其他的汽车差。而且不允许超速，对方就算开飞机也没用。"

龙子作无所谓地笑了笑："经过刚才的一出，张辰手里如果还有底牌也不会太多了。不用怕，姐夫，有我在，他们只要一有风吹草动，我就会立刻发现，我们好采取反制措施。"

"你也不是光会说丧气话，也会鼓励人嘛。"夏正嘿嘿一笑，不再理会龙子作，而是向卫力丹汇报最近动向了。

曹启伦办公室。

刚才发生的一幕虽然在座众人没有目睹，但从卫力丹绘声绘色的描述中，还是感受到了现场的紧张气氛。一步生、一步死，生死两重天，尤其是在张亭奋不顾身

334

地冲向拼装宝马的时候，不少人都屏住了呼吸。

不少人中不包括周安涌、辛有风和庄能飞三人，因为他们三人都没有在场。

辛有风、庄能飞和周安涌三人依次出去之后，辛有风绕到后面一个背人的角落，悄悄打出了一个电话："可以动手了，切记，一定不要让夏正认出你们是谁。还有，千万不要造成大面积车祸以免影响自己车队的通行，记住没有？"

挂断电话，辛有风一抬头，顿时愣住了，迎面而来的是庄能飞愤怒的目光。

庄能飞一把抓住辛有风的胳膊，声音由于出离愤怒而微微颤抖："辛有风，你背后算计何潮，忘了何潮曾经收留你帮助你，曾经为了你还和周安涌反目成仇吗？"

辛有风目光闪烁，不敢直视庄能飞的眼睛："我……我没有！你……你别乱说。"

"我乱说？你都打电话要陷害何潮了，我还乱说？我长着眼睛也有耳朵。"庄能飞的脸色都气得煞白了，他对辛有风重新回到周安涌身边本来就有几分不满，好在一直以来辛有风除了帮周安涌做事，并没有设计过何潮，他感觉上也就好了许多，却还是没想到，关键时刻，竟然是辛有风出面阻碍何潮的大事。

此次比试非同小可，事关利道的生死和何潮的去留，在如此大是大非的问题上，她居然和张辰沆瀣一气，庄能飞就忍无可忍了。

辛有风也不知道哪里来的勇气，忽然用力挣脱了庄能飞的手："要你管！我想怎样便怎样，和你又有什么关系？你是我什么人？立场不同，我肯定倾向就不同了。"

"你还有理了？"庄能飞气极，伸手想要再抓住辛有风的胳膊时，手腕被人抓住了。

周安涌及时赶到了。

周安涌目光阴冷，一脸似有似无的笑意："庄总，对女人动手动脚不是你的风格，辛有风现在是我的人，你没有资格对她指手画脚！"

"心疼了？"庄能飞甩开了周安涌的手，后退一步，"周安涌，我现在才算真正看清你的为人，唯利是图，利益至上，眼里从来没有情义和道德，满嘴的谎言和仁义道德，一肚子的坏水。你是全天底下最虚伪、最势利、最阴险的小人！"

"谢谢夸奖，不敢，在厚颜无耻以及撬人墙脚上面，我还得向庄总学习。如果不是庄总教会我许多技能，也许我现在深圳还没法立足呢。"周安涌将辛有风挡在身后，"男人有事情冲男人来，别欺负女人。欺负女人的男人，永远是孬种，是窝囊废！"

庄能飞难以压抑心中的愤怒："好，既然你这么说了，就别怪我不客气了。刚才辛有风打电话让人动手，是不是针对何潮？"

"是又怎么样？不是又怎么样？你又没有证据。"周安涌得意地笑了，"庄总，现在是讲究证据的年代，别凭空猜测。"

话未说完，庄能飞一拳打去，周安涌早有防备，朝旁边一闪，脚下一勾，庄能飞差点被绊倒。

庄能飞勃然大怒，再次出拳打向周安涌。周安涌再次躲开，还了一拳，正打在庄能飞的胸膛上。辛有风也不干了，上前帮忙，却被庄能飞推了一把。周安涌趁机出手，再次打中庄能飞，庄能飞被打了一个乌眼青。

等三人回到办公室时，前方的战局已经尘埃落定。众人都对庄能飞的乌眼青投去了惊讶之意，却没有人开口问个清楚，猜都能猜到发生了什么。

比起庄能飞的乌眼青，何潮车队最终险之又险地过关，才是最让人关注的重大事件。

人人心里明白，张辰之前提到他的奔驰抛锚，现在何潮的车队遭遇意外，其实是张辰有意先埋了伏笔，省得何潮的车队出现意外时，被人怀疑他是幕后指使。其实在座的都是聪明人，谁不知道在眼下的紧要关头，只要一方出现任何意外，肯定是另一方暗下黑手。

余建成却呵呵一笑："过关就好，过关就好，吉人天相，何潮，说明你平常没少做好事。人要经常做好事，但行好事，莫问前程，临时抱佛脚就晚了。好了，下面继续。"

投影上，张辰车队的红点距离何潮车队的红点越来越近，从10公里开外缩短到了100米左右，很快就并行了。

何潮从卫力丹手中拿过了电话，亲自交代夏正："夏正，保持车速，不要超速！现在高速公路上车不多，只要出了深圳市区，到广州市区之前，比的是平稳驾驶和安全行车。"

"明白。"夏正领会了何潮的意思，何潮暗示最艰难的部分是在广州市区，眼下不要被对方带偏了节奏，一不小心超速就麻烦了。

半个小时后，何潮车队和张辰车队一前一后出了深圳市区，车速提高到了120公里。车队的距离没有拉开，依然保持了恒定，前后不过几百米。如果不是拼装宝马设置路障事件，现在车队的距离应该在15公里以上了。

15公里，接近胜负的距离了。

何潮强压怒火，见对面的张辰依然一副胸有成竹的样子，知道对方应该还有后手："辰哥，听说你有一家汽车改装厂？"

"是呀，你有什么汽车改装上面的需求，欢迎随时光临。"

"加固、加重、拼装、拼接，都可以做到吧？"何潮意味深长地笑了。

"都可以，就像你们车队遇到的拼装宝马那样的加重加固也可以做到。"张辰知道何潮有所暗指，哈哈一笑，"不过我可以明确告诉你，何潮，拼装宝马事故，和我无关。"

"我知道和辰哥无关，辰哥是守规矩的人，事事讲究。"何潮的目光从周安涌、辛有风的脸上扫过，"不过和辰哥身边的人是不是有关，就不好说了。"

周安涌脸色一沉："何潮，你怀疑我？"

何潮没接话，看向了投影："还有一个多小时就到广州了，但愿一切顺利。差不多可以中场休息一下，曹总，来点茶水，有牛奶、糕点更好，现场有许多女士，她们肯定想吃东西了。"

"还是何潮想得周到，怜香惜玉，哈哈。"曹启伦大手一挥，"早就准备好了，就在隔壁。"

一个半小时后，何潮车队抢先一步进入了广州市区。张辰车队紧随其后，前后相差不超过三分钟。

车厢内，和仔由于穿得过于严实，满头大汗，罗道劝他脱了衣服，反正在车厢里面，也没人看到。和仔坚决不肯，总觉得只要露脸就会被何潮发现。

拼装宝马制造的事故，着实让几人吓了一跳，有惊无险地过关之后，几人更加不敢掉以轻心，紧紧抓住花瓶，以防破碎。他们很清楚，当时如果翻车，无人敢说一定可以保证花瓶的安全。

现在进入了广州市区，罗道长舒了一口气，和仔却说："最艰难的一仗就要来了，千万不能放松。现在距离交货地点还有15公里，记住了，最后15公里，才是最后的决战。"

"是，和仔哥。"罗道和刘河异口同声，大声保证。

两人话音刚落，猛然感觉车身一震，随后朝右一偏，中间的花瓶迅速朝一侧滑去。和仔当即伸手托住花瓶，大喊一声："夏正，怎么回事儿？"

第八十五章

无所不用其极

夏正在车身一沉的时候就意识到不好了，多年的经验告诉他是右后轮爆胎了，货车是后轮驱动，后轮爆胎最是危险，他当即紧急修正了方向，又同时采取了刹车制动。

还好周围没什么车辆，如果不是夏正经验丰富，车技高超，当时就翻车了。经过一番努力，总算勉强停稳了汽车。

夏正下车察看，不由得倒吸一口凉气，不只是右后轮，左后轮也爆胎了。怪事，明明昨天一连检查了十几遍车况和轮胎，为了保险起见，还专门换了四个新轮胎，一路上都没事，怎么就一到广州市区就爆胎了？

难道是被人做了手脚？是谁？又是什么时候？

现在不是追查真相的时候，夏正当即向卫力丹报告了情况，最快的处理方式只有一种：换车。

为了保险起见，他们在广州市区也安排了接应车辆，除了何潮专程从深圳派来的两辆利道快递的汽车，广州的加盟商也提供了两辆备用车。按理说备用车应该在进入市区的收费站处接应，为什么现在还没有见到影子？莫非哪里又出了什么差错？

郑小溪负责联系广州的接应车辆，经查，接应车辆早早就在收费站等候了，后来收到消息，让他们直接到终点会合，他们就掉头走了。

谁下了命令让他们去终点会合？郑小溪怒了，质问张辰到底是怎么一回事儿，张辰摇头微笑，一问三不知。她还想问下去，却被何潮拉住了。

何潮知道当面什么也问不出来，他太善良了，善良到相信张辰会和他来一场公平公正的比试，却怎么也没有想到，在深圳有头有脸的张辰辰哥，会暗中埋下了这么多的伏笔，处处设防，明里暗里多处使坏。最后汽车爆胎的一出，多半是张辰买

338

通了他的员工，暗中提前做了手脚。

何潮长叹一声，现在再让接应车辆回来，来不及了，基本上可以说大局已定，他输了！

张辰脸上流露出得意的笑容，右手轻轻敲击桌子："不好意思，何潮，承让了。在余老师面前，在大家面前，你不会说话不算话吧？"

"不会。"心中很失落，眼睁睁看着自己辛辛苦苦打下的基业就是拱手让人，何潮几乎压抑不住内心的悲伤，他虽然用他还年轻来日方长来安慰自己，却还是无比难受，如果不是众人在场，他几乎要痛哭出来，不过他还是紧咬牙关，"等你的车队到达终点的时候，我们就签署转让协议。"

身为男人，就应该一诺千金。信誉才是无价之宝。

卫力丹也是一脸失落："怎么会这样？不应该！背后肯定有猫腻，何哥，一定要查出是谁在背后做了手脚，好好的，为什么爆胎了？又是谁让接应车辆去了终点？太巧合了，肯定有问题。"

"输不起就明说，"周安涌阴阳怪气地哼了一声，"别找那么多客观理由。没关系，何潮丢掉的只是深圳和广东的市场，又不是全国的市场。如果他有本事，在北京、在上海、在杭州，一样可以东山再起，打造一个全国性的快递公司，再反过来侵占深圳和广东市场不就可以了？或者改行从事其他行业，辰哥，如果何潮留在深圳从事电子制造业，不算违反约定吧？"

"这个嘛，"张辰没想到周安涌节外生枝抛出了这样一个难题，想了想，"不违反，我和他只是约定他在快递行业退出深圳和广东市场，并没有要求他不能在深圳从事其他行业。"

"就是，就是，以何潮的聪明才智，不管是从事电子制造业还是金融、文化或者房地产业，都会如鱼得水。"辛有风也忙不迭说道，几人都认为大局已定，以胜利者的姿态来安慰开导何潮。

"谁说何潮输了？不到最后一刻，记住了，何潮，永远不要认输！"卫力丹的手机不知何时打开了免提，江阔的声音清晰而悦耳地传了出来，"广州段的比试，我来！"

包括何潮在内的所有人都惊呆了！

见到江阔突然出现在眼前，夏正更是惊得张口结舌，直到江阔推了他一把，催促他说道："别愣着了，夏正，赶紧让快递员上我的车，时间很紧了。"

夏正才如梦初醒，忙打开了后车厢，和仔三人下车，抱着花瓶上了江阔的车——奔驰GL，和张辰的座驾正好是同一品牌，不过张辰的是轿车，江阔的是SUV。

"江……江阔，你怎么会在广州？怎么会知道我们的位置？"夏正心里有一团疑问要解开。

江阔转身就走："来不及多说了，夏师傅，你留下调查一下爆胎的原因，查到幕后指使，我去运送花瓶。广州一战，必须要赢。"

穿牛仔裤和T恤的江阔，头发束了起来，十分干练洒脱，她发动了汽车，让和仔和刘河坐在后面，抱紧花瓶，让罗道坐在副驾驶座，负责和卫力丹保持联系。奔驰车发出了一声沉闷的怒吼，随后如离弦之箭猛然飞驶而去。

夏正搓了搓手，愣了半晌才摇了摇头："绝处逢生，多亏了江阔。现在的年轻人，有魄力、有胆识，肯定能成大事。"他围着货车转了一圈，依次检查了几个轮胎，终于发现了问题所在，眉头皱了起来。

江阔的车技何潮见过几次，并没有留下什么深刻的印象。在何潮的眼中，女人开车一般只有两种情况，要么如动物凶猛，是让人望之色变唯恐避之不及的女魔头风格，横冲直撞，横行霸道；要么温柔如水，温吞吞、慢悠悠像是打太极，反正就是要么猛、要么尿两个极端。

江阔开车的风格介于猛和尿之间，很平稳、很安静，又很淑女，从容不迫地加速，游刃有余地拐弯，行云流水地超车，就和她最喜欢的奔驰一样，感受不到强烈的推背感，并不觉得在提速，不知不觉中，车速已经上升到了120公里的时速。

奔驰的风格是从容优雅，从不暴烈，更不狂躁，但绝对不慢。

如果现在何潮坐在江阔的车上，会完全改变以往对江阔开车风格的看法。江阔双手紧握方向盘，眼神犀利，动作娴熟而敏捷，见缝插针、肆意汪洋地超车，打转向灯、加速、超车、回轮，一气呵成，犹如羚羊挂角无迹可寻，直惊得后座的和仔张大了嘴巴，惊叹连连："我的乖乖呀，太厉害了，比我的车技好100倍！嫂子，你什么时候练成了这么一手漂亮的车技？可以当车神了。"

江阔正在全神贯注地开车，并没有认出捂得严严实实的和仔，他一开口她才吃了一惊："和仔，怎么是你？你怎么这身打扮？"

江阔的脸又微微一红："什么嫂子？别乱叫！"

和仔像一只树懒一样紧紧抱住花瓶，样子要有多滑稽就有多滑稽，更不用说他全副武装，怎么看怎么怪异。

　　"别提了，我是偷偷摸摸从医院跑了出来，要是让何哥知道了，非得再打我一顿不可……"猛然意识到了什么，他又闭了嘴，"不说了，不说了，现在不是闲聊的时候，我们已经落后张辰的车队至少5公里了，除非有奇迹发生，否则想要翻盘，太难了。"

　　"不到最后一刻，永远不要认输，记住了！"江阔目光坚定，紧抿嘴唇，"从这里到番禺，有两条路，一是京港澳高速，一是南沙大道，也可以走西线公路绕到市良路，和仔，你说走哪条路？"

　　和仔一时难下决定："我……我不知道，应该走高速会更快一些吧？"

　　"张辰的车队走的是高速，而我们现在落后于他们，想在高速上超过他们，在限速的情况下，没有可能。"江阔迅速做出了决定，"当和对方有明显差距的时候，只有两种选择，要么弯道超车，要么险中求胜。现在我们想要翻盘，既要弯道超车，又要险中求胜。"

　　"嫂子的意思是走小路？"和仔不是很理解，"小路会绕得远，而且还不太好走，不是会更慢？"

　　"高速有限速，有些小路没有。"江阔神秘而狂放地一笑，"是时候展现我的真正车技了，好多年没有玩车了，就怕手法有些生疏了。和仔，你们坐稳了！"

　　江阔猛然一打方向盘，轮胎发出了一声惊呼一样的暴响，汽车驶向了小路。和仔紧紧抱住花瓶，感觉五脏六腑都被震得锣鼓喧天，他发出了绝望而不甘的呐喊："不是说开宝马坐奔驰，奔驰的舒适性很好吗？为……为……为什么这么颠簸？"

　　是一条很偏僻路况很差的小路，部分地段还是土路，幸好GL底盘高，是越野车，如履平地。只不过车内和仔等人就遭罪了，才几分钟不到，和仔的脑袋就和车顶进行了不下十次的亲密接触。

　　"没……没事，不用管……管我，我能行。"和仔唯恐江阔担心他而放慢车速，想表明一下态度，不料话说一半才发现江阔压根儿就没有在意他的感受，车速还在提升，他只好自嘲一笑，"要的就是在关键时候当机立断，嫂子，你真有何哥的风范。有句话怎么说来着，小不忍则……"

第八十六章

不顾一切

"乱大谋！"罗道实在看不下去了，插了一句，"和仔，你能闭嘴吗？我都快紧张死了。如果输了，我想死的心都有了。"

"输不了！"江阔紧咬牙关。

"输不了！"张辰在惊悉事情突然发生了惊天的转折之下，震惊了半天才缓过神儿来，他先是自我安慰一番，又安抚众人，"不要着急，不到最后一刻，就不能放弃。安涌，你说几句。"

江阔的意外出现，犹如一盆冰水从天而降，让即将到手的胜利变得前景不明了，如此巨大的落差让张辰从高山跌到了谷底，也让余建成、刘以授和周安涌心情低落了几分。

几人已经准备要开香槟庆祝了。

不承想，天下掉下个江妹妹，截和了！好吧，虽然胜负还在未定之间，并非是截和，但得而复失的沮丧还是让张辰大为不快加不安。但又有什么办法？何潮并没有违规。

江阔到底是怎么突然冒出来的？是何潮的伏笔还是江阔意外杀出？张辰恨得牙根直痒，他费尽心机，事先精心准备，几乎每一个环节都计算得精准，甚至为何潮准备了好几份"礼物"，结果人算不如天算，何潮不但一再过关，就连最后的爆胎，也有人现身相救，何潮到底走了什么狗屎运？怎么总是有人在关键之时帮助何潮？

何潮凭什么？

张辰想通或者想不通，都不重要，重要的是，现在双方的差距正在逐渐缩小。不，也不能说是在缩小，只能说何潮一方正在奋起直追，双方车队从不同的路线朝共同的目的地进发——广州市番禺区何贤纪念医院。

余建成脸色不变，依然淡然从容，仿佛谁胜谁负和他没有丁点儿关系一样，不过他右手手指不停地敲击桌面还是出卖了他内心的感受——他焦虑了。

何潮自然清楚表面上公正公平的余老师，从根本上还是希望张辰获胜，毕竟他和张辰关系更近。从哲学和人性的层面来讲，世界上所有的客观都是主观，所有的公正和公平，只是相对的公正和公平。他并不在意余建成的真实态度，只要余建成能够保持表面上的公正，已经足够了。

人非圣贤，不能用圣人的标准来要求别人，自己做不到的事情非要别人做到。人们都希望可以做到严以律己，宽以待人，实际上往往却是宽以律己，严以待人。

不过为了保险起见，何潮还是需要把丑话先说到前头："余老师，江阔开车接应，符合正常流程吧？"

"符合。"余建成微微点头，难掩眼中的失落之意，"何潮，你总是在关键时刻给人惊喜，不过也是，起起落落才是人生。你的奇兵是早就埋伏好的，还是意外收获？"

何潮才不会告诉余建成真相："就和拼装宝马、货车突然爆胎一样，人生总有意料不到的失望和惊喜，是吧，余老师？古人说，君子知命不算命，一个人知命以后，心中没有疑惑，能够坦然接受一切，自然不需要刻意算命。坦然接受最好的，也泰然接受最坏的，是我从余老师身上学到的东西。谢谢余老师，自从认识余老师，我觉得人生的眼界都拓展了不少。余老师大度、从容，古道热肠，待人诚挚，很有古君子的四风。"

余建成顿时心情大好，因为担心张辰失利的情绪也舒展开来，哈哈一笑："古君子四风？我还是头一次听说，说来听听，都有哪四风？"

张辰和周安涌对视一眼，都从对方眼中看出了忧虑。如果何潮很是倔强，非要和余建成对着干，句句冲撞，肯定会引发余建成的极度不快，从而被余建成彻底列入敌对名单。不想何潮顺势而为，竟然也能说中余建成的痒处，两人同时担忧，如果何潮也入了余建成之眼，成了余建成赏识之人，岂不麻烦大了？

余建成可是他们最大的倚仗！

何潮才不理会张辰和周安涌的担忧，他们的担忧是他的机会，他谦恭地一笑："古君子四风第一风，君子不责人所不及；第二风，君子不强人所不能；第三风，君子不苦人所不好；第四风，君子不貌人所不成……现在很少有人可以做到古君子四风了，也就是余老师温柔而缜密，明辨而近恕，优优乎有古君子之风也。"

余建成听多了别人对他的奉承，要么拙劣而露骨，要么俗不可耐而谄媚，就连周安涌的夸奖也明显可以感觉到谄媚的成分，只有何潮的称赞，不着痕迹又恰到好处，最重要的是，特别合他的心意，完全就像是为他量身定做的一般。

余建成不只是心花怒放，简直是开心到了极点，他哈哈一笑，连连摆手："不敢当，不敢当，何潮你不要如此谬赞，余某虽然自认有些修养，又一心想要传承传统文化，但离古君子之风还是大有差距。不过余某有两点可以保证做到，不责人所不及，不强人所不能，后两点，还需要继续努力。今天的比试，马上就要接近尾声了，虽然中途出了一些小插曲小意外，都无伤大雅，总体来说，何潮和张辰都遵循了规定，下面，让我们期待最后一刻的来临。"

最后一刻其实来临得很快，在何潮和余建成对话完毕后，江阔的车辆已经追上了张辰的车队。就连和仔也不知道江阔怎么就这么熟悉广州的大街小巷，在里面穿行，犹如闲庭信步，往往在看似绝路之时，又绝处逢生，一转弯就是柳暗花明。

和仔和罗道的心脏被刺激得起起落落，几乎承受不起一步生、一步死的生死两重天的超强节奏，还是刘河聪明，索性闭上了眼睛，任凭汽车摇来晃去，脑袋被碰得生疼，也坚决不睁开眼睛。

江阔不但车技高超，在全速状态下大脑也异常聪明，争分夺秒，许多次在和仔看来险之又险的夹缝中，她却能从容穿越，两侧顶多还有三五厘米的空隙，可以说是只差分毫。

由于道路过于难走，颠簸过大，有好几次汽车平地跃起一米多高，人在半空，和仔吓得面无人色，紧紧抱住花瓶，将身体当成减震肉垫，几次震荡和猛烈撞击之后，他感觉浑身骨头像散架一样。有几处伤口才有愈合的迹象，又被崩开了，鲜血渗了出来，疼得要命。

他强忍着不出声，汗水却已经湿透了衣服。

由于和仔捂得特别严实，江阔观察不到他的表情，十几分钟后，车上三人，除江阔之外都被撞得遍体鳞伤不说，还七荤八素，都要晕死过去了。汽车再次腾空飞起，从小路拐到了主道上，罗道终于看到了张辰的车队。

"追上了，追上了！"罗道开心地大叫，"太好了，我们又有获胜的希望了。"

一开口他才知道嘴角都被撞到了，钻心地疼，他顾不上许多，冲着张辰的车队大喊："喂，小心，你们的车爆胎了。"

张辰的车队还是保持了前三后三中间一辆奔驰的队伍形状，自始至终都没有分开，说明他们不但组织严密，路线规划合理，也说明他们的车队经过专业训练。

罗道的话并没有引来对方的反馈，他嘿嘿一笑，扬手扔出一个东西。

"啪啪……"几声清脆的爆炸声响后，对方车队明显放慢了速度，前后各有一辆汽车越队而出，缓缓靠边停车。

罗道不顾嘴上的疼痛，哈哈大笑："总算出了半口恶气，几个炮仗就让他们吓成这个样子，明显是做贼心虚。"

江阔顾不上说罗道什么，继续提速，此时已经接近了限速极限，前面正好有一个大弯。按照规定，弯道之时不允许超车。她忍了忍，还是老老实实地回到了右侧行车道。

张辰在办公室见到两个红点前后不超过10米的距离，再看距离目的地只有1公里左右了，不由得急了，大喊："加速，开快点儿，千万不要让他们超过去！怎么速度慢下来了？前面是不是有大车？超车，不能慢！"

张辰猜对了，前面确实有大车。头车原本不想在弯道时超车，因为弯道超车看不清对面来车，张辰既然下了命令，司机就一咬牙一打左转向灯，超车了。

头车一超，后面几辆车也同时超车。江阔摇头，真是急眼了，太危险了。她忙按了几下喇叭，提醒对方注意路牌上所写的"事故多发区"的警示。

却被对方误以为她也要超车，反倒加速了。江阔眼尖，一眼看到对面有一辆大车开来，而车队已经整体超车，和右侧车道的一辆大车并行。前进无路回归右道无门，不好，要出事。

江阔心善，在她看来不管是什么样的比试，人命第一。留得青山在，不怕没柴烧，人没了，就算有金山银山也是没用。她急得连按喇叭，想要提醒张辰车队。

"没用，"和仔猜到了江阔的用意，有气无力地说道，"你是好心，对方却未必领情，也不会认可你的好意。别按了，会让对方以为你是在挑衅。"

345

第八十七章

后会有期

果然让和仔说对了，江阔越按喇叭，张辰车队提速越快，等头车发现从拐弯处出现的迎面而来的重型卡车时，想要躲闪为时已晚！

如果只是一辆车还好，可以灵活躲闪，偏偏是五辆车排成一列。头车叫苦不迭，想回到右道，右道有大车，想减速，后面的车跟车距离过近。司机只能连闪远光灯提醒对面大车让行和减速。

作为一名常年跑长途的老司机，滕永旺开车经验丰富，至少独自驾驶超过30万公里。一般情况下他有三个原则，让速不让道，躲人不躲狗，撞车不撞人。今天他精神状态还不错，昨晚睡得香。但在接连开了五六个小时后，他还是不免有了几分疲惫。

开始时，他见有车迎面过来，知道是超车的车辆借道，也没多想，稍微降低了速度。不料对方迟迟没有超过右侧的大车，距离越来越近，眼见躲不过去了他才紧张起来，再一看，不由得怒骂，超车还要五辆车一起超，龟儿子，你们当公路是你家开的？

滕永旺拉了一车钢筋，他不能踩死刹车。如果踩死刹车，车后的钢筋会万箭齐发，将驾驶室和他扎成筛子。他也不能猛打方向躲闪，自车太重，会造成猛烈的甩尾，前后左右的汽车都会被波及。

没办法，只好硬撞了，他狂按喇叭并狂闪远光灯，见对方也回应远光灯，不由得被气笑了："瓜娃子，老子是刹不住了，不是和你娃闹着玩。"

五辆车过去了三辆，就在张辰的奔驰S600刚刚交错而过时，被滕永旺的大车狠狠地刮了一下后尾，车身猛然一顿，又撞击在了右侧大车的左前轮上。车身猛烈地摇摆几下，还好最终稳住了身形，一加油门，绝尘而去。

第四辆和第五辆车就没有那么幸运了，和滕永旺的大车发生了激烈的碰撞。尽管双方都采取了制动措施，但双方时速的叠加还是威力巨大，一阵巨响过后，滕永旺的大车受伤轻微，而张辰的两辆汽车，损失惨重。

在一系列的撞击中，紧跟在右侧大车后面的江阔在被无数碎片砸中后，总算穿越了车祸现场，等她看清前车的时候，却发现前车再次绝尘而去。

"胜利！"

曹启伦办公室中响起了一阵欢呼，张辰和周安涌鼓掌相庆，刘以授和辛有风握手庆祝，就连余建成也是微微点头。

"余老师，刚才不算违规吧？"欢呼过后，得知胜利在望的张辰为了确保最终的胜利不出纰漏，要让余建成确定一下。

"不算，虽然发生了交通事故，却是大车违反交通规则的原因。"余建成不在现场，只根据刚才海之心和卫力丹现场播报中的描述就下了定论。

综合海之心和卫力丹刚才对现场情形的转述，谁都听得出来是张辰车队强行超车引发的车祸，却因为主车没有发生碰撞而蒙混过关，庄能飞气得一拍桌子，推门出去："早知道什么无耻的手段和没有底线的方法都能施展，早先直接宣布张辰获胜就行了，还费这一番力气装什么大尾巴狼？"

余建成望着庄能飞的背影，淡然一笑："一个男人30岁时如果还和20多岁时一样血气方刚，对身体来说是好事，对成就事业来说，就是阻碍了。"

何潮双手抱头，郑小溪轻声安慰："何哥，我们已经尽力了，你不要气馁。就算你输光了一切，还有我们陪你东山再起。"

"对，我们都会在你身边。"江离、夏良、郭林选异口同声。

"我一把老骨头了，也跟着你干了。"吴老伯掷地有声地扔了一句。

"还有我！"江阔的声音从话筒中传来，微有几分失真，却饱含热情和真诚，"何潮，对不起，还是差了一点点，我现在追不上了，只剩下最后100米了。但请你记住，在你未来的人生岁月里，不管是100米还是1万公里，我都会陪你一起走过。"

"谢谢你，江阔。谢谢你们！"何潮释然了，朝余建成以及所有支持他的人深深鞠了一躬，"我们团队自始至终，一不作弊，二不制造意外，三不算计对手，凭本事、凭实力，踏踏实实地比完了全程，我为你们骄傲，更为你们自豪。不管在多么重大的利益面前，我们保持了初心，坚守了原则，没有背离我们的底线，我相信，不管以后我们是再次创业还是再次出发，还会赢得胜利，并且坚持到最后。"

"你的团队很让人敬佩！"余建成微有几分羞愧，不过没有表露出来，他知道整场比试对何潮不公，张辰在背后做了太多手脚，但他也只能维护张辰的利益，就想再多安慰何潮几句。何潮是一个不错的年轻人，他不希望何潮经此一事之后就消沉下去："何潮，以后有需要我出面的地方……"

不料话说一半，海之心猛然站了起来，由于用力过猛，带动了桌子上的东西，地图册还有水杯摔到了地上，"砰"的一声，响声惊人，吓了众人一跳。

"输了？"海之心的声音颤抖了，"不可能？我们不是最先抵达吗？"

"赢了！"卫力丹一下跳了起来，开心得像一个孩子，用力挥舞手中的手机，"我们赢了！哈哈哈哈，人算不如天算，我们的物品完好无损地送达，虽然比对方慢了三分钟，但由于对方物品破碎，我们是最后的获胜者！"

"什么？"张辰愣住了，不敢相信自己的耳朵，"碎了？怎么会碎？"

在超车的一瞬间，张辰的奔驰S600被前车后车同时夹击，车尾被撞击。车内负责保护水壶的两人，不像和仔一样用身体当肉垫死死保护货物，结果货物飞起，在车内接连翻滚数下。

到达地点，打开包装箱验货时才发现，张辰的水壶已经成了一堆碎片，而何潮的花瓶丝毫没有损坏。损坏的是和仔，他浑身上下没有一处完好，在得知张辰一方因物品破碎而失败后，他只来得及大笑了三声，就昏迷过去了。

"不可能！我不相信！"张辰搬起桌上的投影仪，重重地摔在了地上，"我不会输，我不可能输，我怎么会输给何潮？何潮，你作弊，你要赖，你……"

"够了！"余建成终于忍无可忍了，脸色一寒，"张辰，如果你输不起，今天你输掉的一切，算我头上！我宣布，何潮获得了胜利！祝贺你，何潮！"

话一说完，余建成转身走了。

曹启伦咧着嘴，似哭又像是在笑："辰哥，你摔的投影仪是启伦集团的财物。"

"我赔你十个！"张辰拿过转让协议，唰唰几笔签上了自己的名字，"我敢赌，就输得起！何潮，我们后会有期！"

周安涌站了起来，一脸遗憾，表情复杂多变，他叹息一声："祝贺你，何潮！是我没有想到的结果，不管怎样，希望你未来的道路越走越宽。另外我要宣布一件事情，第一，我正式向曹总提出辞职，从即日起，我退出启伦集团，和启伦集团再无关系；第二，我定于1999年5月1日和海之心完婚，届时盛情邀请大家光临。谢谢。"

曹启伦先是愕然，随后哭丧着脸："损失了一台投影仪，又走了一个副总，我怎么这么倒霉呢？好吧，我也宣布一件事情，即日起，我和赵动中正式加盟三成科技，并有意投资利道快递，好了，现在阵营应该划分清晰了吧？"

周安涌冲何潮、曹启伦等人抱拳："后会有期！"

图书在版编目（CIP）数据

浩荡.2 / 何常在著. -- 北京 : 北京联合出版公司,
2020.8
ISBN 978-7-5596-4319-3

Ⅰ.①浩… Ⅱ.①何… Ⅲ.①长篇小说—中国—当代
Ⅳ.①I247.5

中国版本图书馆CIP数据核字(2020)第106071号

·

浩荡.2

作　　者：何常在
出 品 人：赵红仕
选题策划：北京磨铁图书有限公司
责任编辑：徐　鹏
封面设计：白砚川
内文排版：刘珍珍

北京联合出版公司出版
（北京市西城区德外大街83号楼9层　100088）
三河市冀华印务有限公司印刷　新华书店经销
字数389千字　700毫米×980毫米　1/16　印张22.5
2020年8月第1版　2020年8月第1次印刷
ISBN 978-7-5596-4319-3
定价：49.80元